ADAM SILVERA

AM ENDE STERBEN WIR SOWIESO

Aus dem amerikanischen Englisch
von Katharina Diestelmeier

ARCTIS

Die Originalausgabe erschien 2017 unter dem Titel
They both die at the end bei HarperCollins Children's Books, New York

FSC
www.fsc.org
MIX
Papier aus verantwortungsvollen Quellen
FSC® C014496

Deutsche Erstausgabe
2. Auflage

Übersetzung: Katharina Diestelmeier
Lektorat: Ulrike Schuldes
Umschlagillustration: Simon Prades
Umschlaggestaltung: Erin Fitzsimmons
Satz: Greiner & Reichel, Köln
Druck und Bindung: GGP Media GmbH, Pößneck
Printed in Germany 2019
ISBN 978-3-03880-019-4

www.arctis-verlag.de
www.facebook.com/ArctisVerlag

Für alle, die daran erinnert werden müssen,
dass jeder Tag zählt.

Ein herzlicher Gruß an Mom für all ihre Liebe
und an Cecilia für ihre harte, aber liebevolle Kritik.
Ich hatte immer beides nötig.

Liebe Leserinnen, liebe Leser,

der Ausgangspunkt meines Schreibens war immer ein persönlicher, und *Am Ende sterben wir sowieso* bildet da keine Ausnahme. Aber im Unterschied zu meinen ersten beiden Romanen ist die Handlung dieses Buches keine verfremdete Fanfiction meiner eigenen Erfahrungen, sondern sie entstand gerade aus einem *Mangel* an Erfahrung. Ich bin jung, habe aber trotzdem schon viele Jahre meines Lebens vergeudet. Ich habe viel zu viel Zeit damit verschwendet, ein wählerischer Esser zu sein, meine Meinung für mich zu behalten, zu lügen, statt Freundschaften zu vertiefen, mich erst mit neunzehn zu meinem Schwulsein zu bekennen, die vielen süßen Typen in der U-Bahn nicht zu grüßen, nicht vor Freunden zu singen, weil ich eine furchtbare Stimme habe, und vieles mehr.

Erst beim Schreiben dieses Buches wurde ich mutiger, ermuntert von einem Jungen, der Stein für Stein die Mauern um sich herum einreißt, bis er schließlich seine vielen Unsicherheiten und Ängste abgelegt hat – und von einem anderen Jungen dazu ermuntert, meine Fehler zu korrigieren und Dinge zu klären, solange noch Zeit dazu ist. Ich habe Krokodilfleisch probiert und werde es nie wieder tun. Ich bin bereit, anderen gegenüber meine Meinung zu vertreten. Ich sage die Wahrheit, auch wenn sie unbequem ist, weil ich gelernt habe, dass das eine Freundschaft festigen kann. Wirklich jeder weiß inzwischen, dass ich schwul bin, sogar – und das ist vielleicht am wichtigsten – alle Schüler in konservativen Bundesstaaten, in denen ich auf Lesereise gehe, egal wie sehr das ihre Eltern möglicherweise auf die Palme bringt. Ich habe noch nie einen süßen Typen in der U-Bahn gegrüßt, aber ich habe bei einem Besucher meines Mitbewohners, der die ganze Zeit mit mir geflirtet hat, den ersten Schritt getan, und jetzt ist er mein Freund. Ich habe mitten in der Woche um drei Uhr morgens in einer Karaokebar mit anderen Jugendbuchautoren gesungen, und ich war grauenhaft und glücklich.

Ich glaube wirklich, wir sollten unser Leben so bald wie möglich und so gut wie möglich leben, denn im Unterschied zu den Figuren in diesem Buch weiß ich nicht, wie viel Zeit mir auf dieser Welt noch bleibt. Und ihr auch nicht. Also wartet nicht zu lange damit, zu denen zu werden, die ihr sein wollt – die Uhr tickt.

Von ganzem Herzen,
Adam Silvera

Erster Teil

DER TODESBOTE

Leben – es gibt nichts Selteneres in der Welt.
Die meisten Leute existieren, weiter nichts.
Oscar Wilde

5. September 2017
MATEO TORREZ
00:22 Uhr

Der Todesbote ruft an und hat eine einschneidende Warnung für mich – heute werde ich sterben. Nein, »Warnung« ist das falsche Wort, denn der Zweck einer Warnung ist ja, dass man etwas vermeiden kann: Wenn ein Autofahrer jemanden anhupt, der bei Rot die Straße überquert, gibt er ihm damit die Möglichkeit, stehen zu bleiben. Das hier ist eher eine Ankündigung. Der Alarm – ein unverwechselbares, unaufhörliches Läuten wie von der Kirchenglocke ein paar Straßen weiter – ertönt aus meinem Handy am anderen Ende des Zimmers. Und schon bin ich kurz davor, auszurasten. Ein ganzer Schwall Gedanken löscht augenblicklich alles um mich herum. Ich wette, ähnlich verwirrt fühlt sich eine Fallschirmspringerin, wenn sie sich zum ersten Mal aus einem Flugzeug stürzt, oder ein Pianist bei seinem ersten Konzert. Nicht, dass ich das je erleben werde.

Es ist verrückt. Gerade eben noch habe ich den gestrigen Blogeintrag auf *Countdown* gelesen – einer Seite, auf der Todgeweihte ihre letzten Stunden mit Einträgen und Fotos live dokumentieren, wobei es in dem konkreten Beitrag um einen Studenten ging, der ein neues Zuhause für seinen Golden Retriever suchte – und jetzt werde ich selbst sterben.

Ich werde ... nein ... ja. Ja.

Mir bleibt die Luft weg. Heute werde ich sterben.

Ich hatte schon immer Angst vor dem Sterben. Ich weiß nicht, warum ich dachte, dass genau diese Angst mich auf magische Weise davor bewahren würde. Natürlich nicht für immer, aber zumindest bis ich erwachsen sein würde. Dad hat mir immer eingeschärft, ich solle mir vorstellen, ich wäre in einer Geschichte die Hauptfigur, der nichts Schlimmes zustößt und die erst recht nicht stirbt, denn der Held muss schließlich am Ende die Welt retten. Aber jetzt legt sich langsam der Lärm in meinem Kopf und am anderen Ende der Leitung wartet der Todesbote, um mir zu sagen, dass ich heute im Alter von achtzehn Jahren sterben werde.

Puh, ich werde wirklich ...

Ich will nicht rangehen. Lieber würde ich in Dads Schlafzimmer rennen und in ein Kissen brüllen, weil er sich den unpassendsten Moment ausgesucht hat, um auf der Intensivstation im Koma zu liegen. Oder gegen eine Wand schlagen, weil ich für einen frühen Tod schon vorherbestimmt war, als meine Mutter bei meiner Geburt gestorben ist. Das Telefon klingelt zum vermutlich dreißigsten Mal, und ich kann es genauso wenig ignorieren wie das, was heute im Lauf des Tages passieren wird.

Also schiebe ich den Laptop von meinem Schoß und erhebe mich leicht schwankend aus dem Bett. Ich habe ein flaues Gefühl. Wie ein Zombie gehe ich auf den Schreibtisch zu, langsam, ein lebender Toter.

Auf dem Display steht *TODESBOTE*, was sonst.

Obwohl ich zittere, gelingt es mir, den Anruf entgegenzunehmen. Ich sage nichts. Ich weiß nicht, was ich sagen soll. Darum atme ich bloß, denn ich habe weniger als achtundzwanzigtausend Atemzüge übrig – die durchschnittliche Anzahl von Atemzügen, die ein Mensch täglich macht – und kann sie genauso gut auch aufbrauchen, solange es noch geht.

»Hallo, hier spricht der Todesbote. Mein Name ist Andrea. Sind Sie das, Timothy?«

Timothy.

Ich heiße nicht Timothy.

»Sie haben den Falschen«, erkläre ich Andrea. Mein Herzschlag beruhigt sich, auch wenn ich Mitleid mit diesem Timothy habe. Wirklich. »Ich heiße Mateo.« Den Namen habe ich von meinem Vater, er möchte, dass ich ihn selbst ebenfalls weitergebe. Was ich jetzt auch tun kann, falls ich irgendwann einen Sohn haben werde.

Ich höre eine Computertastatur klappern, während Andrea wohl den Eintrag oder sonst irgendetwas in ihrer Datenbank korrigiert.

»Oh, entschuldigen Sie bitte. Timothy war der Herr, mit dem ich vorhin gesprochen habe. Er hat die Nachricht nicht besonders gut aufgenommen, der Arme. Sie sind Mateo Torrez, nicht wahr?«

Und damit schwindet auch mein letzter Rest Hoffnung.

»Mateo, bitte bestätigen Sie Ihre Identität. Ich fürchte, ich muss heute Nacht noch sehr viele Anrufe erledigen.«

Ich hatte mir immer vorgestellt, meine Botin würde mitfühlend klingen und mir die Nachricht schonend beibringen, ja vielleicht sogar eindringlich beteuern, dass mein Tod angesichts meiner Jugend besonders tragisch sei. Um ehrlich zu sein, hätte ich es auch in Ordnung gefunden, wenn sie aufgekratzt gewesen wäre und mir gesagt hätte, dass ich mich amüsieren und das Beste aus diesem Tag machen solle, da ich doch jetzt immerhin wisse, was mir bevorstehe. Dann würde ich nicht zu Hause hocken bleiben und Puzzles mit tausend Teilen anfangen, die ich nie beenden kann, oder mir einen runterholen, weil ich Angst vor Sex mit einem echten Menschen habe. Aber diese Botin gibt mir das Gefühl, dass ich nur ihre Zeit verschwende, von der sie im Gegensatz zu mir noch so viel übrig hat.

»Okay. Mateo, das bin ich. Ich bin Mateo.«

»Mateo, es tut mir leid, Ihnen mitteilen zu müssen, dass Sie innerhalb der nächsten vierundzwanzig Stunden einen vorzeitigen Tod erleiden werden. Und obwohl es bedauerlicherweise nicht in unserer Macht steht, etwas daran zu ändern, haben Sie trotzdem noch die Gelegenheit zu leben.« Die Botin erklärt weiter, dass das Leben nicht immer gerecht sei, und zählt dann einige Veranstaltungen auf, die ich heute besuchen könnte. Ich sollte nicht wütend auf sie sein, aber es ist offensichtlich, dass sie sich bei ihrer Rede langweilt. Diese Sätze haben sich bestimmt längst in ihr Gedächtnis eingegraben, weil sie schon Hunderte oder auch Tausende darüber informiert hat, dass sie bald sterben werden. Sie hat kein Mitgefühl für mich. Wahrscheinlich feilt sie sich gerade die Nägel oder spielt *Tic-Tac-Toe* gegen sich selbst, während sie mit mir spricht.

Auf *Countdown* posten die Leute Beiträge darüber, wie sie ihren letzten Tag verbringen, und zwar über alles, angefangen bei ihrem Anruf. Es ist sozusagen Twitter für Todgeweihte. Ich habe unzählige Einträge gelesen, in denen Leute angeben, dass sie ihre Boten gefragt haben, auf welche Weise sie sterben werden. Dabei ist allgemein bekannt, dass niemand Zugang zu diesen Informationen bekommt, nicht einmal der ehemalige Präsident Reynolds, der vor vier Jahren versucht hat, sich in einem unterirdischen Bunker vor dem Tod zu verstecken, und dann von einem seiner eigenen Geheimdienstleute ermordet wurde. Der Todesbote kann einem nur das Datum mitteilen, an dem man stirbt, aber nicht die genaue Uhrzeit oder wie es passieren wird.

»... Haben Sie all das verstanden?«

»Ja.«

»Loggen Sie sich auf Todesbote.com ein und füllen Sie das Formular aus mit den Wünschen für Ihre Beerdigung und der Inschrift, die Sie gern auf Ihrem Grabstein hätten. Oder vielleicht möchten Sie auch lieber eingeäschert werden? In diesem Fall …«

Ich bin in meinem Leben erst einmal bei einer Beerdigung gewesen. Meine Großmutter starb, als ich sieben war, und auf ihrer Trauerfeier bekam ich einen Tobsuchtsanfall, weil sie einfach nicht mehr aufwachte. Fünf Jahre später wurde der Todesbote eingeführt, und plötzlich waren alle bei ihrer eigenen Trauerfeier wach. Die Gelegenheit zu haben, sich zu verabschieden, bevor man stirbt, ist unglaublich, aber sollte man seine letzten Stunden nicht besser damit verbringen zu leben? Vielleicht sähe ich das anders, wenn ich darauf zählen könnte, dass tatsächlich ein paar Leute zu meiner Trauerfeier kommen würden. Wenn ich mehr Freunde hätte als Finger an meiner Hand.

»Und im Namen aller Mitarbeiter des Todesboten möchte ich Ihnen sagen, wie leid es uns tut, Sie zu verlieren, Timothy. Genießen Sie diesen Tag in vollen Zügen, okay?«

»Ich heiße Mateo.«

»Entschuldigen Sie bitte, Mateo. Ich bin untröstlich. Aber es war ein langer Tag. Diese Anrufe können echt stressig sein und …«

Ich lege auf, was nicht besonders höflich ist. Ja, ich weiß. Aber ich höre doch niemandem zu, der mir erzählt, was für einen stressigen Tag er hat, wenn ich innerhalb der nächsten Stunde tot umfallen könnte. Oder sogar schon in den nächsten zehn Minuten: Ich könnte an einem Hustenbonbon ersticken, ich könnte die Wohnung verlassen, um noch etwas zu unternehmen, und dann die Treppe hinunterfallen und mir den Hals brechen, bevor ich überhaupt zur Tür raus bin, oder jemand könnte einbrechen und mich umbringen. Das Einzige, was ich mit Sicherheit ausschließen kann, ist, dass ich an Altersschwäche sterbe.

Ich sinke auf die Knie. Heute wird alles zu Ende gehen und ich kann rein gar nichts dagegen tun. Ich kann nicht durch von Drachen bevölkerte Länder ziehen, um ein Zepter zu finden, das dem Tod Einhalt gebietet. Ich kann nicht auf einen fliegenden Teppich hüpfen und nach einem Flaschengeist suchen, der mir den Wunsch nach einem langen und einfachen Leben erfüllt. Vielleicht könnte ich einen wahnsinnigen Wissenschaftler auftreiben, der mich einfriert, aber wahrscheinlich würde ich mitten in dem verrückten Experiment sterben. Der Tod ist für jeden unausweichlich und für mich heute endgültig.

Die Liste der Leute, die ich vermissen werde, falls Tote jemanden vermissen können, ist so kurz, dass man sie nicht einmal als Liste bezeichnen kann: Dad, der alles gegeben hat, und meine beste Freundin Lidia. Sie hat mich auf dem Schulflur nicht nur wahrgenommen, sondern sich beim Mittagessen sogar zu mir gesetzt, sie ist meine Partnerin in Erdkunde geworden und hat mir erzählt, dass sie als Umweltschützerin die Welt retten will und dass ich zum Dank dafür einfach darin leben soll. Und das wars dann auch schon.

Falls sich jemand für die Liste der Leute, die ich *nicht* vermissen werde, interessieren sollte, muss ich ihn oder sie enttäuschen. Niemand hat mir je unrecht getan. Und ich verstehe sogar, warum einige Leute sich nicht mit mir einlassen wollten. Wirklich. Ich bin einfach furchtbar paranoid und verkorkst. Die wenigen Male, die ich eingeladen wurde, etwas Cooles mit den Leuten aus meiner Klasse zu unternehmen, zum Beispiel im Park Rollerskates zu fahren oder spätabends noch eine kleine Spritztour mit dem Auto zu machen, habe ich mich gedrückt, weil wir dabei ja *vielleicht* hätten umkommen können. Ich glaube, was ich am meisten vermissen werde, sind die verpassten Gelegenheiten, mein Leben zu leben, und die ungenutzte Möglichkeit, mit meinen Klassenkameraden echte Freundschaften zu schließen. Ich werde es vermissen, keine engeren Kontakte bei Übernachtungspartys geknüpft zu haben, wo man die ganze Nacht wach bleibt, um Video- und Brettspiele zu spielen – und das nur, weil ich zu ängstlich war.

Der Mensch, den ich am meisten vermissen werde, ist der zukünftige Mateo, der vielleicht etwas lockerer geworden ist und richtig gelebt hat. Es fällt mir schwer, ihn mir genauer vorzustellen, aber ich glaube, dass dieser Mateo neue Dinge ausprobiert, zum Beispiel mit Freunden kifft, den Führerschein macht und in ein Flugzeug nach Puerto Rico steigt, um mehr über seine Herkunft zu erfahren. Vielleicht hat er ein Date mit jemandem und mag die Person. Wahrscheinlich spielt er Klavier für seine Freunde, singt ihnen etwas vor und hat ganz bestimmt eine gut besuchte Trauerfeier, die nach seinem Tod noch ein ganzes Wochenende dauert – mit lauter neuen Leuten, die keine Gelegenheit mehr hatten, ihn ein letztes Mal zu umarmen.

Der zukünftige Mateo hätte eine längere Liste mit Freunden, die er vermissen würde.

Aber ich werde mich nicht mehr in den zukünftigen Mateo verwandeln. Niemand wird sich mehr mit mir bekiffen, niemand wird mir beim Klavierspielen zuhören und niemand neben mir im Auto meines Vaters sitzen, wenn ich den Führerschein gemacht habe. Ich werde mich nie mit Freunden darüber streiten, wer die besseren Bowlingschuhe bekommt oder wer bei unseren Videospielen Wolverine sein darf.

Ich lasse mich nach hinten auf den Boden kippen und denke daran, dass es heute für mich heißt: Jetzt oder nie. Nein, nicht mal das.

Es heißt: Jetzt und dann nie wieder.

00:42 Uhr

Dad duscht immer heiß, um runterzukommen, wenn er wütend oder enttäuscht von sich ist. Ungefähr mit dreizehn habe ich angefangen, ihm das nachzumachen, weil damals viele verwirrende Mateo-Gedanken aufgetaucht sind und ich massenhaft Mateo-Zeit brauchte, um sie zu sortieren. Auch jetzt dusche ich, denn ich fühle mich schuldig, weil ich darauf hoffe, dass die Welt – oder zumindest ein Teil davon, abgesehen von Lidia und meinem Dad – traurig sein wird, wenn ich weg bin. Weil ich es versäumt habe, mich an all den Tagen, als der Todesbote noch nicht angerufen hatte, voll und ganz ins Leben zu stürzen. Weil ich meine gesamte Vergangenheit verschwendet habe und es jetzt keine Zukunft mehr für mich gibt.

Ich werde es niemandem sagen. Außer Dad, aber der ist nicht bei Bewusstsein, deshalb zählt das nicht. Ich will mich an meinem letzten Tag nicht dauernd fragen müssen, ob die Leute es ernst meinen, wenn sie mir traurige Worte schenken. Niemand sollte seine letzten Stunden damit zubringen müssen, die wahren Beweggründe der Menschen herauszufinden.

Aber ich muss hinaus in die Welt und mir einreden, dass

heute ein ganz normaler Tag ist. Ich muss Dad im Krankenhaus besuchen und zum ersten Mal seit meiner Kindheit seine Hand halten, was gleichzeitig auch das letzte Mal sein wird ... puh, das allerletzte Mal.

Ich werde weg sein, bevor ich mich an den Gedanken meiner Sterblichkeit gewöhnen konnte.

Auch Lidia und ihre einjährige Tochter Penny muss ich besuchen. Lidia hat mich bei der Geburt gefragt, ob ich Pennys Pate sein will, und es ist echt ätzend, dass ausgerechnet ich derjenige bin, der sich eigentlich um Penny kümmern soll, falls Lidia etwas zustößt, da Lidias Freund Christian vor gut einem Jahr gestorben ist. Nur wie soll sich ein Achtzehnjähriger ohne eigenes Einkommen um ein Baby kümmern? Kurze Antwort: Gar nicht. Aber ich hätte älter werden, Penny Geschichten über ihre weltrettende Mutter und ihren coolen Vater erzählen können und sie zu mir nach Hause einladen, sobald ich finanziell abgesichert und emotional in der Lage dazu gewesen wäre. Jetzt werde ich aus ihrem Leben gerissen, bevor ich mehr bin als irgendein Typ in einem Fotoalbum, über den Lidia Geschichten erzählt, bei denen Penny mit dem Kopf nickt und sich vielleicht über meine Brille lustig macht, aber dann schnell die Seite umblättert, um zu Familienmitgliedern zu kommen, die sie wirklich kennt und die ihr wichtig sind. Ich werde für sie nicht einmal ein Geist sein. Aber das ist kein Grund, sie nicht noch ein letztes Mal zu kitzeln, ihr Kürbis oder Erbsen aus dem Gesicht zu wischen oder Lidia eine kurze Pause zu verschaffen, damit sie für ihren Schulabschluss lernen, sich die Zähne putzen, die Haare kämmen oder ein wenig schlafen kann.

Anschließend werde ich mich irgendwie von meiner besten Freundin und ihrer Tochter losreißen und gezwungenermaßen endlich leben.

Ich stelle das Wasser ab und es prasselt nicht mehr länger auf mich herunter. Heute ist kein Tag für stundenlanges Duschen. Ich nehme meine Brille vom Waschbecken und setze sie auf. Dann steige ich aus der Wanne und rutsche in einer Pfütze aus. Während ich nach hinten falle, warte ich schon darauf, zu erfahren, ob es tatsächlich stimmt, dass das ganze Leben noch einmal an einem vorbeizieht. Doch dann bekomme ich die Handtuchstange zu fassen und kann mich festhalten. Ich atme ein paarmal tief durch, denn ausgerechnet so zu sterben wäre ein extrem unglücklicher Abgang. Irgendjemand würde mich auf die Liste »K.o. in der Dusche« setzen – auf dem Blog *Törichte Todesfälle*, eine viel besuchte Seite, die ich aus den unterschiedlichsten Gründen widerlich finde.

Ich muss hier raus und leben – aber zuerst muss ich es heil aus der Wohnung schaffen.

00:56 Uhr

Ich schreibe Dankesnachrichten an meine Nachbarn aus den Wohnungen 4F und 4A und teile ihnen mit, dass heute mein Abschiedstag ist. Seit Dad im Krankenhaus ist, hat Elliot aus 4F immer wieder nach mir gesehen und mir Abendessen herübergebracht, vor allem nachdem letzte Woche unser Gasherd kaputtgegangen ist, als ich versucht habe, Dads Empanada-Rezept nachzukochen. Sean aus 4A wollte am Samstag vorbeikommen, um den Brenner zu reparieren, aber das ist jetzt nicht mehr nötig. Dad weiß, wie man das macht, und kann die Ablenkung vielleicht ganz gut gebrauchen, wenn ich nicht mehr da bin.

Ich gehe zum Schrank, hole das blaugraue Flanellhemd heraus, das Lidia mir zu meinem achtzehnten Geburtstag geschenkt hat, und ziehe es über mein weißes T-Shirt. Ich habe es bisher noch nicht draußen angehabt. In diesem Hemd werde ich Lidia heute den ganzen Tag über nahe sein.

Ich schaue auf die Uhr – Dads alte, die er mir geschenkt hat, nachdem er sich wegen seiner schlechten Augen eine Digitaluhr mit Leuchtziffern gekauft hat. Es ist fast ein Uhr nachts. An einem gewöhnlichen Tag hätte ich noch bis früh am Morgen Videospiele gespielt, auch wenn ich in der Schule dann immer todmüde war. Wenigstens konnte ich in den Freistunden schlafen. Ich hätte diese Stunden nicht einfach absitzen, sondern mich stattdessen noch für ein anderes Fach einschreiben sollen, für Kunst zum Beispiel, auch wenn ich durch Zeichnen nicht mein Leben retten kann. (Und auch durch sonst nichts, logisch, und ich würde gern sagen, dass das völlig egal ist, aber im Grunde ist es das Einzige, was zählt.) Vielleicht hätte ich im Orchester Klavier spielen und dort erstes Lob ernten können, um später dann im Chor zu singen oder ein Duett mit irgendjemand Coolem, und am Ende hätte ich mich vielleicht an ein Solo gewagt. Mensch, sogar Theater hätte mir Spaß machen können, mit einer Rolle, die mich gezwungen hätte, aus mir herauszugehen. Aber nein, ich entschied mich für eine weitere Freistunde, in der ich abschalten und ein Nickerchen machen konnte.

Es ist 00:58 Uhr. Sobald es eins ist, werde ich mich dazu zwingen, die Wohnung zu verlassen. Sie war immer mein Zufluchtsort und gleichzeitig mein Gefängnis, aber jetzt muss ich endlich mal die Luft dort draußen einatmen, statt nur hindurchzujagen, um von A nach B zu kommen. Ich muss Bäume zählen und vielleicht ein Lieblingslied singen, während ich die Füße in den Hudson tauche – einfach alles dafür tun, dass ich als der junge Mann in Erinnerung bleibe, der viel zu früh gestorben ist.

Es ist 01:00 Uhr.

Unfassbar, dass ich nie wieder in mein Zimmer zurückkehren werde.

Ich drehe den Schlüssel im Schloss, packe den Knauf und ziehe die Wohnungstür auf.

Dann schüttele ich den Kopf und knalle die Tür wieder zu.

Ich werde nicht in eine Welt hinausgehen, die mich vorzeitig töten wird.

RUFUS EMETERIO
01:05 Uhr

Der Todesbote meldet sich, als ich gerade dabei bin, den neuen Freund meiner Ex halb totzuprügeln. Ich hocke auf dem Kerl und drücke ihm mit den Knien die Schultern auf den Boden. Der einzige Grund, warum ich ihm nicht noch eine aufs Auge verpasse, ist das Läuten aus meiner Tasche, dieser laute Klingelton des Todesboten, den alle nur zu gut kennen: aus eigener Erfahrung, aus den Nachrichten oder irgendeiner miesen Fernsehserie, die diesen Alarmton nutzt, um es – *ta-ta-ta-taa* – spannender zu machen. Meine Kumpels Tagoe und Malcolm haben aufgehört, mich anzufeuern. Sie sind totenstill geworden, und ich warte darauf, dass das Handy von Peck, diesem Dreckskerl, ebenfalls loslegt. Aber seins klingelt nicht, nur meins. Vielleicht hat der Anruf, der mir verkünden wird, dass ich heute mein Leben verliere, gerade seins gerettet.

»Los, geh schon ran, Roof!« Tagoe hat die Schlägerei gefilmt, weil Kämpfe im Netz anzugucken voll sein Ding ist. Aber jetzt starrt er sein Handy an, als ob er Angst hätte, seins könnte auch gleich klingeln.

»Scheiß drauf«, sage ich. Mein Herz hämmert rasend schnell, noch schneller als bei meinem ersten Angriff auf Peck, dem Schlag, der ihn umgehauen hat. Pecks linkes Auge ist schon total zugeschwollen und sein rechtes voller Angst. Die Anrufe des Todesboten kommen bis um drei. Er kann nicht sicher sein, ob ich ihn nicht noch mitnehmen werde.

Ich selbst auch nicht.

Mein Handy hört auf zu klingeln.

»Vielleicht wars ein Irrtum«, sagt Malcolm.

Mein Handy klingelt erneut.

Malcolm hält den Mund.

Ich habe mir keine Hoffnungen gemacht. Ich kenne zwar keine Zahlen und solches Zeug, aber ich hab noch nie davon gehört, dass der Todesbote das mit dem Anruf vermasselt hätte. Und wir Emeterios waren auch nie besonders erfolgreich darin, am Leben zu bleiben. Wenn es darum geht, unserem Schöpfer deutlich vor der Zeit entgegenzutreten, sind wir dabei.

Ich zittere und mein Kopf brummt vor Panik, als würde mich jemand andauernd boxen. Ich hab keine Ahnung, wie ich abtreten werde, nur dass es heute ansteht, ist klar. Und mein Leben zieht nicht an mir vorbei, womit ich auch später nicht rechnen werde, wenn ich dann tatsächlich am Abkratzen bin.

Peck windet sich unter mir und ich hebe die Faust, damit er verdammt noch mal stillhält.

»Vielleicht hat er 'ne Waffe dabei«, sagt Malcolm. Er ist der Riese in unserer Gruppe, der Typ, der uns damals gefehlt hat, als meine Schwester den Sicherheitsgurt nicht aufbekam, während unser Auto im Hudson versank.

Vor dem Anruf hätte ich sonst was drauf gewettet, dass Peck keine Waffe dabeihat, weil es schließlich wir waren, die ihn auf dem Weg von der Arbeit überfallen haben. Aber mein Leben verwette ich sicher nicht darauf, jetzt nicht mehr. Ich lasse mein Handy fallen. Dann taste ich Peck ab, drehe ihn auf den Bauch und suche seinen Hosenbund nach einem Taschenmesser ab. Ich stehe auf und er bleibt liegen.

Malcolm zerrt Pecks Rucksack unter dem blauen Auto

hervor, wo Tagoe ihn hingeschleudert hat. Er zieht den Reißverschluss auf und dreht den Rucksack um. Ein paar *Black Panther*- und *Hawkeye*-Comics fallen raus. »Nichts.«

Tagoe stürzt sich auf Peck, und ich könnte schwören, gleich tritt er gegen seinen Kopf, als wärs ein Fußball, aber er hebt nur mein Handy auf und geht ran. »Wen wollen Sie sprechen?« Niemand überrascht das Zucken in seinem Nacken. »Moment, Moment. Das bin ich nicht. *Moment*. Warten Sie kurz.« Er hält mir das Handy hin. »Soll ich auflegen, Roof?«

Ich weiß es nicht. Vor mir liegt Peck immer noch blutig und blau geprügelt auf dem Parkplatz der Grundschule, und eigentlich müsste ich den Anruf gar nicht annehmen. Natürlich ruft der Todesbote nicht an, um mir zu sagen, dass ich im Lotto gewonnen habe. Ich reiße Tagoe das Telefon aus der Hand, stinksauer und verwirrt. Vielleicht muss ich mich gleich übergeben, aber das haben meine Eltern und meine Schwester auch nicht getan, also vielleicht auch nicht.

»Passt auf ihn auf«, sage ich zu Tagoe und Malcolm. Sie nicken. Ich weiß gar nicht, wie ich zum Anführer geworden bin. Schließlich bin ich erst Jahre nach ihnen in der Pflegefamilie gelandet.

Ich gehe ein Stück zur Seite, als käme es hier auf die Privatsphäre an, und achte darauf, mich vom Licht des Ausgang-Schildes fernzuhalten. Ich hab keinen Bock, mitten in der Nacht mit Blut an den Fingerknöcheln geschnappt zu werden. »Ja?«

»Hallo. Hier ist Victor vom Todesboten, ich möchte gern mit Rufus Emmy-terio sprechen.«

Er verhunzt meinen Nachnamen, aber es hat keinen Zweck, ihn zu verbessern. Es gibt sonst niemand mehr, der diesen Namen trägt. »Ja, das bin ich.«

»Rufus, es tut mir leid, Ihnen mitteilen zu müssen, dass Sie innerhalb der nächsten vierundzwanzig Stunden ...«

»Dreiundzwanzig Stunden«, verbessere ich ihn, während ich neben dem Auto auf und ab gehe. »Es ist schon nach eins.« Verdammte Scheiße. Andere Todgeweihte haben ihren Anruf schon vor einer Stunde bekommen. Wenn der Todesbote sich vor einer Stunde gemeldet hätte, hätte ich vielleicht nicht vor dem Restaurant gewartet, wo Peck arbeitet, der sein Studium schon im ersten Semester geschmissen hat, und ihn bis zu diesem Parkplatz verfolgt.

»Ja, Sie haben recht. Tut mir leid«, sagt Victor.

Ich beiße mir auf die Zunge, weil ich meinen Ärger nicht an einem Typen auslassen will, der nur seinen Job macht, auch wenn ich nicht verstehe, wie zum Teufel sich überhaupt irgendjemand auf so eine Stelle bewerben kann. Nur mal kurz angenommen, ich hätte eine Zukunft, dann könnte ich mir im Leben nicht vorstellen, morgens aufzuwachen und zu sagen: »Ich glaube, ich übernehme heute Nacht eine Dreistundenschicht, in der ich nichts weiter tue, als Leuten klarzumachen, dass ihr Leben vorbei ist.« Aber Victor und andere haben das getan. Ich will auch nichts von diesen blöden Sprüchen hören, dass man den Überbringer einer schlechten Nachricht nicht dafür verantwortlich machen kann, vor allem dann nicht, wenn er anruft, um mir zu sagen, dass ich heute den Löffel abgeben werde.

»Rufus, es tut mir leid, Ihnen mitteilen zu müssen, dass Sie innerhalb der nächsten dreiundzwanzig Stunden einen vorzeitigen Tod erleiden werden. Und obwohl es bedauerlicherweise nicht in meiner Macht steht, etwas daran zu ändern, rufe ich an, um Sie über Ihre Möglichkeiten an diesem heutigen Tag zu informieren. Zunächst einmal – wie geht es

Ihnen? Es hat eine Weile gedauert, bis Sie den Anruf entgegengenommen haben. Ist alles in Ordnung?«

Er will wissen, wie es mir geht, ja klar. An seinem aufgesetzten Ton kann ich erkennen, dass er sich genauso wenig für mich interessiert wie für die anderen Todgeweihten, die er heute noch anrufen wird. Wahrscheinlich werden die Anrufe aufgezeichnet und er versucht sich Zeit zu lassen, um seinen Job nicht zu verlieren.

»Ich weiß nicht, wie's mir geht.« Ich umklammere mein Handy, um es nicht gegen die Mauer zu knallen, auf die kleine weiße und braune Kinder gemalt sind, die sich unter einem Regenbogen an den Händen halten. Dann werfe ich einen Blick über die Schulter und sehe, dass Peck noch immer auf dem Bauch am Boden liegt, während mich Malcolm und Tagoe anstarren. Hoffentlich sorgen sie dafür, dass der Kerl nicht abhaut, bevor wir entschieden haben, was wir jetzt mit ihm machen. »Was hab ich denn für Möglichkeiten?« Ich schätze, das ist okay.

Victor gibt mir zunächst den Wetterbericht für heute durch (vormittags soll es regnen und später auch – falls ich so lange durchhalte), dann nennt er mir besondere Veranstaltungen, auf die ich null Bock habe (vor allem nicht auf einen Yogakurs im High Line Park, Regen hin oder her), Formalitäten für die Beerdigung und Restaurants mit den besten Rabatten für Todgeweihte, wenn ich den heutigen Code verwende. Mehr kriege ich nicht mit, weil ich Panik schiebe, wie der Rest meines Abschiedstages ablaufen wird.

»Woher wisst ihr das eigentlich?«, unterbreche ich ihn. Vielleicht kriegt der Typ ja Mitleid mit mir, und dann kann ich Tagoe und Malcolm in das große Geheimnis einweihen. »Das mit dem Todestag. Woher wisst ihr das? Habt ihr da ne Liste? Eine beschissene Kristallkugel? Oder 'nen Kalender für die Zukunft?« Alle Welt spekuliert darüber, woher der Todesbote diese einschneidenden Informationen hat. Tagoe hat mir von den ganzen durchgeknallten Theorien erzählt, die er im Internet gefunden hat, zum Beispiel dass der Todesbote eine Reihe waschechter Hellseher befragt, und eine echt lächerliche von 'nem Alien, der an eine Badewanne gefesselt ist und von der Regierung dazu gezwungen wird, Todestage auszuspucken. Diese Theorie hat eine ganze Menge Schwachstellen, aber ich hab gerade keine Zeit, sie aufzuzählen.

»Ich fürchte, über diese Information verfügen auch wir Boten nicht«, erklärt Victor. »Es würde uns ebenfalls interessieren, aber das müssen wir zur Ausübung unserer Tätigkeit nicht unbedingt wissen.« Schon wieder so 'ne lahme Antwort. Ich wette, er weiß Bescheid, darf aber nichts sagen, wenn er seinen Job behalten will.

Scheiß auf den Typen. »Ey, Victor, sei mal eine Minute lang ein Mensch. Keine Ahnung, ob du das weißt, aber ich bin erst siebzehn. In drei Wochen werde ich achtzehn. Kotzt es dich nicht an, dass ich nie aufs College gehen werde? Heiraten? Kinder kriegen? Reisen? Anscheinend nicht. Du hockst einfach ganz gechillt auf deinem kleinen Thron in deinem kleinen Büro, weil du weißt, dass du noch ein paar Jahrzehnte vor dir hast, stimmts?«

Victor räuspert sich. »Sie wollen, dass ich ein Mensch bin, Rufus? Sie wollen, dass ich von meinem Thron steige und ehrlich zu Ihnen bin? Einverstanden. Vor einer Stunde hatte ich eine Frau am Telefon, die geweint hat, weil sie keine Mutter mehr sein wird, sobald ihre vierjährige Tochter heute gestorben ist. Sie flehte mich an, ihr zu verraten, wie sie das Leben ihrer Tochter retten kann. Aber kein Mensch hat diese Macht. Und dann musste ich einen Antrag beim Jugendamt stellen, damit sie die Polizei hinschicken, falls die Mutter selbst für den Tod ihrer Tochter verantwortlich ist, und ob Sie es glauben oder nicht – das war noch nicht das Abscheulichste, was ich in diesem Beruf getan habe. Rufus, Ihr Schicksal tut mir leid, wirklich. Aber ich bin nicht schuld an Ihrem Tod, und bedauerlicherweise muss ich heute Nacht noch viele solcher Anrufe erledigen. Könnten Sie mir also den Gefallen tun und kooperieren?«

Fuck.

Also kooperiere ich, auch wenn der Typ mir eigentlich nichts von den Angelegenheiten fremder Leute erzählen dürfte. Aber ich kann an nichts anderes mehr denken als an die Mutter, deren Tochter nie auf diese Schule gehen wird, vor der ich hier stehe. Zum Abschluss des Gesprächs zitiert Victor den Firmenspruch, den ich schon so oft in den neuen Fernsehserien und Filmen gesehen habe, die den Todesboten in den Alltag ihrer Figuren einbauen: »Im Namen aller Mitarbeiter des Todesboten möchte ich Ihnen sagen, wie leid es uns tut, Sie zu verlieren. Genießen Sie diesen Tag in vollen Zügen.«

Ich weiß nicht, wer zuerst auflegt, aber das spielt keine Rolle. Es ist vorbei – es wird vorbei sein. Heute ist mein Todestag, das echte Rufus-Armageddon. Ich weiß nicht, wie die Sache ausgehen wird. Hoffentlich ertrinke ich nicht wie meine Eltern und meine Schwester. Der Einzige, dem ich je übel mitgespielt habe, ist Peck, ehrlich, also rechne ich nicht damit, erschossen zu werden, aber wer weiß, manchmal verirrt sich so eine Kugel ja auch. Das Wie ist auch nicht so wichtig wie das, was ich noch machen werde, bevor es so weit ist. Aber es nicht zu wissen, jagt mir trotzdem eine Scheißangst ein, man stirbt schließlich nur ein Mal.

Vielleicht wird Peck ja doch dafür verantwortlich sein.

Ich gehe schnell zu den anderen zurück, zerre Peck hinten am Kragen hoch und schleudere ihn an die Ziegelmauer. Er blutet aus einer offenen Wunde an der Stirn, und ich kann nicht glauben, dass ich wegen diesem Typen so ausgerastet bin. Er hätte einfach die Fresse halten sollen, statt darüber zu labern, warum Aimee mich nicht mehr wollte. Wenn ich das nicht erfahren hätte, lägen meine Hände jetzt nicht um seinen Hals, wovon er noch mehr Schiss hat als ich.

»Du warst nicht cooler als ich, klar? Aimee hat nicht deinetwegen mit mir Schluss gemacht, schlag dir das aus dem Kopf. Sie hat mich geliebt, und dann wurde es kompliziert, aber am Ende wär sie wieder zu mir zurückgekommen.« Das stimmt, Malcolm und Tagoe denken das auch. Ich beuge mich vor und starre Peck direkt in sein heiles Auge. »Ich will dich in meinem ganzen Leben nicht mehr sehen.« Ja, schon klar. Mein Leben ist sowieso bald vorbei. Aber der Kerl hier ist ein verdammter Clown und vielleicht noch auf Spaß aus. »Kapiert?«

Peck nickt.

Ich lasse seinen Hals los. Dann ziehe ich ihm das Handy aus der Tasche und werfe es gegen die Wand, sodass das Display zerspringt. Malcolm tritt darauf.

»Los, verpiss dich.«

Malcolm packt mich an der Schulter. »Lass ihn nicht gehen. Er hat doch die ganzen Connections.«

Peck schiebt sich nervös an der Mauer entlang, als würde er im obersten Stock eines Wolkenkratzers von einem Fenster zum nächsten klettern.

Ich schüttele Malcolm ab. »Ich hab gesagt, *du sollst dich verpissen*.«

Peck rennt los und flüchtet in einem schwindelerregenden Zickzackkurs. Er dreht sich nicht einmal um, um zu sehen, ob wir ihm folgen. Auch seine Comics und den Rucksack lässt er zurück.

»Du hast doch gesagt, er wär mit ein paar Typen aus so 'ner Gang befreundet«, sagt Malcolm. »Was, wenn er die auf dich hetzt?«

»Es ist keine echte Gang und er gehört auch nicht richtig dazu. Vor einer Gang, die Peck aufnimmt, braucht man sowieso keine Angst zu haben. Außerdem kann er sie oder Aimee ja nicht mehr anrufen, dafür haben wir gesorgt.« Er darf Aimee nicht vor mir erreichen. Ich muss es ihr erklären, aber wenn sie rauskriegt, was ich getan habe, will sie mich vielleicht nicht mehr sehen, Abschiedstag hin oder her.

»Der Todesbote kann ihn jetzt auch nicht mehr anrufen«, sagt Tagoe und sein Nacken zuckt zweimal.

»Ich hatte nicht vor, ihn umzubringen.«

Malcolm und Tagoe schweigen. Sie haben gesehen, wie ich auf Peck losgegangen bin, als wäre ich nicht mehr zu bremsen.

Die ganze Zeit über zittere ich.

Ich hätte ihn umbringen können, obwohl das nicht der Plan war. Ich weiß nicht, ob ich damit hätte leben können, wenn ich ihn kaltgemacht hätte. Nee, das stimmt nicht und das ist mir auch klar, ich versuch bloß, den harten Typen zu spielen. Aber ich bin nicht hart. Ich konnte ja kaum weiterleben, als meine Familie umgekommen ist – und daran war ich noch nicht mal schuld. Ich wäre auf keinen Fall cool geblieben, wenn ich jemand totgeschlagen hätte.

Ich laufe zu unseren Fahrrädern. Mein Lenker hat sich in Tagoes Speichen verfangen, als wir nach der Verfolgungsjagd auf Peck unsere Räder hingeschmissen haben. »Ihr dürft nicht bei mir bleiben«, sage ich, während ich mein Rad aufhebe. »Das ist euch klar, oder?«

»Nee, wir bleiben bei dir, auch …«

»Auf keinen Fall, Alter! Ich bin eine tickende Zeitbombe, und selbst wenn ihr nicht mit hochgeht, sobald es bei mir so weit ist, verbrennt ihr euch vielleicht – im wahrsten Sinne des Wortes.«

»Du wirst uns nicht los«, sagt Malcolm. »Wir gehen, wohin du gehst.«

Tagoe nickt, wobei sein Kopf nach rechts zuckt, als würde sein Körper seinen Instinkt, mir zu folgen, Lügen strafen. Er nickt noch mal, diesmal ohne Zucken.

»Ihr zwei seid voll die Schatten«, sage ich.

»Weil wir schwarz sind?«, fragt Malcolm.

»Weil ihr mir dauernd auf den Fersen bleibt. Treu bis in den Tod.«

Den Tod.

Das bringt uns zum Schweigen. Wir steigen auf die Räder und fahren mit rumpelnden Reifen den Bordstein runter. Ausgerechnet heute hab ich meinen Helm nicht dabei.

Ich weiß, dass Tagoe und Malcolm nicht den ganzen Tag bei mir bleiben können. Aber wir sind Plutos, Brüder aus derselben Pflegefamilie, und lassen uns nicht im Stich.

»Also dann, ab nach Hause«, sage ich.

Und los gehts.

MATEO
01:06 Uhr

Ich bin wieder in meinem Zimmer – so viel dazu, dass ich nie hierher zurückkehren würde – und augenblicklich geht es mir besser. Als hätte ich gerade ein weiteres Leben in einem Videospiel gewonnen, nachdem der Endgegner mich fertiggemacht hat. Ich bin nicht naiv, was das Sterben angeht. Ich weiß, dass es passieren wird. Aber ich muss mich ja nicht kopfüber hineinstürzen. Ich schinde gerade noch etwas mehr Zeit. Alles, was ich wollte, war ein längeres Leben, und ich habe die Macht, diesen Traum nicht zu zerstören, indem ich die Wohnung verlasse – vor allem nicht so spät nachts.

Mit der Art Erleichterung, die man nur verspürt, wenn man morgens aufwacht und feststellt, dass Samstag und damit schulfrei ist, springe ich aufs Bett. Ich hänge mir die Decke über die Schultern, nehme wieder meinen Laptop, ignoriere die minutengenaue E-Mail-Bestätigung meines Telefonats mit Andrea vom Todesboten und lese den gestrigen Post auf *Countdown* weiter, den ich vor dem Anruf angefangen hatte.

Der Todgeweihte hieß Keith und war zweiundzwanzig. Seine Statuszeilen enthalten nicht viel Information über sein Leben, nur dass er ein Einzelgänger war, der lieber mit seinem Golden Retriever namens Turbo spazieren ging, als mit seinen Klassenkameraden unterwegs zu sein. Er war auf der Suche nach einem neuen Zuhause für Turbo, weil er ziemlich sicher war, dass sein Vater ihn dem Nächstbesten überlassen würde, was jeder hätte sein können, weil Turbo so ein schöner Hund ist. Mann, sogar ich hätte ihn adoptiert, obwohl ich eine heftige Hundehaarallergie habe. Aber bevor Keith seinen Hund abgab, liefen Turbo und er noch ein letztes Mal ihre Lieblingsplätze ab, und sein Eintrag endete irgendwo im Central Park.

Ich weiß nicht, wie Keith gestorben ist. Ich weiß nicht, ob Turbo überlebt hat oder mit Keith gestorben ist. Ich weiß nicht, was für Keith oder Turbo besser gewesen wäre. Ich weiß es nicht. Natürlich könnte ich nach irgendwelchen Überfällen oder Morden im Central Park gestern gegen 17:40 Uhr suchen, als der Post abbrach, aber meiner geistigen Gesundheit zuliebe bleibt das besser im Dunkeln. Stattdessen öffne ich meinen Musikordner und starte *Space Sounds*.

Vor ein paar Jahren hat ein Team der NASA ein spezielles Gerät entwickelt, um die Geräusche verschiedener Planeten aufzunehmen. Ich fand auch erst, dass sich das seltsam anhört, vor allem nach den ganzen Filmen, die ich gesehen hatte, wo es hieß, im Weltraum gebe es keinen Klang. Aber den gibt es sehr wohl, er äußert sich nur in magnetischen Schwingungen. Die NASA hat die Geräusche umgewandelt, sodass das menschliche Ohr sie hören kann, und obwohl ich mich in meinem Zimmer versteckt habe, bin ich auf etwas Magisches aus dem Universum gestoßen – etwas, das diejenigen verpassen, die nicht verfolgen, was gerade im Internet angesagt ist. Einige der Planeten klingen unheilvoll wie in einem Science-Fiction-Film, der in irgendeiner Welt voller Aliens spielt. Neptun klingt wie eine schnelle Strömung, Saturn hat so ein gruseliges Heulen an sich, dass ich ihn lieber gar nicht mehr höre, dasselbe gilt für Uranus, nur dass dort starke Winde pfeifen, was klingt wie Raumschiffe, die sich mit Laserkanonen beschießen. Die Planetenklänge sind ein geniales Thema, um ein Gespräch anzufangen, wenn man Leute hat, mit denen man sich unterhalten kann. Wenn nicht, sind sie wie ein geniales weißes Rauschen zum Einschlafen.

Ich lenke mich von meinem Abschiedstag ab, indem ich weitere Einträge auf *Countdown* lese und das Geräusch von der Erde höre. Es erinnert mich immer an entspannendes Vogelgezwitscher und diese leisen Töne, die Wale von sich geben, aber gleichzeitig klingt es auch ein bisschen schräg und hat etwas Beunruhigendes an sich, das ich nicht genau benennen kann. So ähnlich wie Pluto, der sich anhört wie eine Muschel, aber auch wie das Zischen einer Schlange.

Ich wechsele zu Neptun.

RUFUS
01:18 Uhr

Mitten in der Nacht fahren wir zu Pluto.

»Pluto« ist der Name, den wir der Pflegefamilie gegeben haben, bei der wir alle leben, seit unsere richtigen Familien gestorben sind oder uns im Stich gelassen haben. Pluto wurde zwar von einem Planeten zum Zwergplaneten heruntergestuft, aber wir würden uns trotzdem nie als weniger wichtig betrachten.

Meine Leute sind jetzt seit vier Monaten tot, aber Tagoe und Malcolm sind schon viel länger befreundet. Malcolms Eltern sind beim Brand ihres Hauses, den irgendein Brandstifter gelegt hat, ums Leben gekommen. Malcolm hofft, dass, wer immer es auch war, in der Hölle schmort, weil er ihm seine Eltern genommen hat, als er ein dreizehnjähriger Problemfall war, den keiner haben wollte außer dem Staat – und auch der nur gezwungenermaßen. Tagoes Mom hat sich vom Acker gemacht, als er noch klein war, und sein Alter ist vor drei Jahren abgehauen, weil er die Rechnungen nicht mehr zahlen konnte. Einen Monat später bekam Tagoe die Nachricht, dass er sich umgebracht hat, aber der coole Hund hat bisher keine einzige Träne um den Kerl geweint und nicht mal gefragt, wie oder wann er abgekratzt ist.

Schon bevor ich erfuhr, dass ich sterben werde, war klar, dass Pluto nicht mehr viel länger mein Zuhause bleiben würde. Ich werde bald achtzehn – genau wie Tagoe und Malcolm, die beide im November Geburtstag haben. Ich hatte vor, aufs College zu gehen wie Tagoe, und wir waren davon ausgegangen, dass Malcolm nachkommen würde, sobald er sich zusammengerissen hätte. Wer weiß, wie's jetzt weitergeht, aber es ist echt scheiße, dass ich nichts mehr mit diesen Fragen zu tun haben werde. Jetzt zählt nur noch, dass wir heute zusammen sind. Ich hab Malcolm und Tagoe bei mir, genau wie von dem Tag an, als ich bei ihnen eingezogen bin. Egal, ob es um Familienkram oder einen Anschiss ging, sie standen mir immer zur Seite.

Eigentlich hatte ich nicht vor anzuhalten, aber als ich die Kirche sehe, bei der ich einen Monat nach dem Unfall an meinem ersten Wochenende mit Aimee war, bleibe ich stehen. Es ist ein massiver Bau mit cremeweißen Ziegeln und einem rotbraunen Kirchturm. Ich würde gern ein Foto von den Buntglasfenstern machen, aber wahrscheinlich kommen die mit Blitz nicht gut rüber. Spielt allerdings keine Rolle. Wenn ich ein Bild sehe, das für Instagram gut wäre, lege ich sowieso den Moon-Filter für den klassischen Schwarz-Weiß-Effekt drüber. Das Hauptproblem ist, dass ein Kirchenfoto von einem ungläubigen Arsch wie mir wahrscheinlich nicht das beste Abschiedsbild für meine siebzig Follower wäre. (Hashtag: Das wird nicht passieren.)

»Was ist los, Roof?«

»Das ist die Kirche, wo Aimee für mich Klavier gespielt hat«, sage ich. Aimee ist ziemlich katholisch, aber sie hat nicht versucht, mich zu bekehren oder so. Wir haben über Musik geredet und ich hab erwähnt, dass ich ein paar von den klassischen Sachen ausgraben wollte, die Olivia immer beim Lernen gehört hat, und dann meinte Aimee, dass ich das auch mal live hören sollte – und sie wollte es für mich spielen. »Ich muss ihr sagen, dass ich den Anruf bekommen habe.«

Tagoe zuckt. Ich wette, ihm brennts unter den Nägeln, mich daran zu erinnern, dass Aimee gesagt hat, sie bräuchte Abstand von mir, aber an 'nem Abschiedstag gelten andere Regeln.

Ich steige vom Rad und stelle es ab. Dann gehe ich ein paar Schritte, nicht weit, nur etwas näher zum Eingang, aus dem gerade ein Priester kommt, der eine weinende Frau aus der Kirche begleitet. Sie ringt die Hände, wobei ihre Ringe zusammenknallen, Topas, glaube ich, wie der, den meine Mutter mal verpfändet hat, als sie Olivia zu ihrem dreizehnten Geburtstag Konzertkarten schenken wollte. Die Frau muss eine Todgeweihte sein – oder jemanden kennen, der es ist. Die Nachtschicht hier ist bestimmt kein Spaß. Malcolm und Tagoe machen sich immer über die Kirchen lustig, die mit dem Todesboten und seinen »unheiligen, vom Satan eingeflüsterten Visionen« nichts zu tun haben wollen. Aber es ist der Hammer, wie manche Nonnen und Priester bis weit nach Mitternacht für Todgeweihte zur Verfügung stehen, die beichten wollen oder sich taufen lassen und all so was.

Wenn meine Mutter recht hatte und es dort draußen einen Typen wie Gott gibt, hoffe ich, dass er mir jetzt beisteht.

Ich rufe Aimee an. Es klingelt sechsmal, bevor die Mailbox anspringt. Ich rufe wieder an und es passiert dasselbe. Dann versuche ich es noch einmal, und diesmal springt die Mailbox schon nach dem dritten Klingeln an. Aimee ignoriert mich.

Ich tippe eine Nachricht: *Der Todesbote hat mich angerufen. Vielleicht könntest du das auch mal tun.*

Nee, das zu schicken, wäre extrem fies.

Ich korrigiere die Nachricht: *Der Todesbote hat mich angerufen. Könntest du dich bitte melden?*

Nach weniger als einer Minute klingelt mein Handy, der übliche Klingelton, nicht dieser Todesbotenalarm, bei dem einem das Herz stehen bleibt. Es ist Aimee.

»Hey.«

»Ist das dein Ernst?«, fragt sie.

Wenn nicht, würde sie mich wegen dem falschen Alarm garantiert umbringen. Tagoe hat das mal gebracht, um gehört zu werden, aber Aimee hat ihn voll auflaufen lassen.

»Ja. Ich muss dich sehen.«

»Wo bist du?« Ihre Stimme klingt sanft und sie legt nicht auf wie bei meinen letzten Anrufen.

»Ich bin zufällig gerade bei der Kirche, in der wir zusammen waren«, sage ich. Hier ist es megafriedlich, als könnte ich es vielleicht doch bis morgen schaffen, wenn ich den ganzen Tag hierbleibe. »Malcolm und Tagoe sind auch da.«

»Warum seid ihr nicht bei Pluto? Was habt ihr denn Montagnacht draußen zu suchen?«

Ich brauche mehr Zeit, um darauf zu antworten. Vielleicht achtzig Jahre, aber so viel Zeit bleibt mir nicht. Trotzdem will ich es nicht gleich zugeben. »Wir fahren jetzt zurück zu Pluto. Treffen wir uns dort?«

»Was? Nein. Bleib bei der Kirche. Ich komm dahin.«

»Ich werd nicht sterben, bevor wir uns noch mal gesehen haben, vertrau ...«

»Du bist nicht unbesiegbar, du Vollidiot!« Jetzt weint Aimee und ihre Stimme zittert wie damals, als wir ohne Jacken in den Regen geraten sind. »O Mann, tut mir leid, aber weißt du, wie viele Todgeweihte so was versprechen und dann von einem Klavier erschlagen werden?«

»Vermutlich nicht sehr viele«, entgegne ich. »Tod durch Klavier kommt, glaub ich, eher selten vor.«

»Das ist nicht witzig, Rufus. Ich zieh mich an, rühr dich nicht vom Fleck. In spätestens einer halben Stunde bin ich da.«

Hoffentlich verzeiht sie mir alles, die Aktion heute Nacht eingeschlossen. Ich werde mit ihr reden, bevor Peck sie erwischt, und ihr meine Sicht der Dinge erklären. Peck fährt sicher erst mal nach Hause, macht sich sauber und ruft Aimee dann vom Handy seines Bruders aus an, um ihr zu sagen, was für ein Monster ich bin. Ich hoffe, dass er nicht die Bullen ruft, sonst verbringe ich meinen Abschiedstag hinter Gittern oder finde mich am falschen Ende eines Schlagstocks wieder. Aber ich will nicht an so was denken. Ich will einfach nur Aimee sehen und mich als der Freund, als den sie mich kennen, von den Plutos verabschieden – nicht als das Monster, das ich heute Nacht war.

»Wir treffen uns zu Hause. Komm ... einfach zu mir. Ciao, Aimee.«

Ich lege auf, bevor sie protestieren kann. Dann steige ich aufs Rad, während sie andauernd anruft.

»Und was jetzt?«, fragt Malcolm.

»Wir fahren zurück zu Pluto«, erkläre ich. »Ihr schmeißt 'ne Trauerfeier für mich.«

Ich schaue, wie spät es ist: 01:30 Uhr.

Es könnte immer noch sein, dass auch die anderen Plutos angerufen werden. Ich wünsche es ihnen nicht, aber vielleicht muss ich nicht allein sterben.

Oder vielleicht gerade doch.

MATEO
01:32 Uhr

Durch die Einträge auf *Countdown* zu scrollen, zieht einen richtig runter. Aber ich kann mich nicht losreißen, weil jeder registrierte Todgeweihte seine Geschichte erzählen will. Wenn Menschen ihren Lebensweg vor dir ausbreiten, schaust du unwillkürlich hin – selbst wenn du weißt, dass sie am Ende sowieso sterben.

Wenn ich schon nicht rausgehe, kann ich zumindest für andere online sein.

Es gibt fünf Kategorien auf der Seite – *Beliebt, Neu, In deiner Nähe, Hervorgehoben, Zufällige Auswahl* – und wie immer durchsuche ich als Erstes den Bereich »In deiner Nähe«, um sicherzugehen, dass ich niemanden kenne ... Alle unbekannt, gut.

Obwohl es vielleicht ganz nett gewesen wäre, heute Gesellschaft zu haben.

Ich suche einen zufälligen Todgeweihten aus. Benutzername: Geoff_Nevada88. Geoff ist vier Minuten nach Mitternacht angerufen worden und schon draußen auf dem Weg zu seiner Lieblingsbar. Er hofft, dass er nicht nach seinem Ausweis gefragt wird, weil er noch nicht einundzwanzig ist und seinen gefälschten Perso vor Kurzem verloren hat. Bestimmt lassen sie ihn trotzdem problemlos hinein. Ich folge ihm und werde benachrichtigt, sobald er etwas Neues schreibt.

Dann wechsele ich zu einem anderen Todgeweihten. Benutzername: WebMavenMarc. Marc war Social-Media-

Manager bei einem Getränkeunternehmen, was er gleich zweimal erwähnt, und er weiß nicht genau, ob seine Tochter es noch rechtzeitig zu ihm schafft. Es ist, als stünde dieser Todgeweihte direkt vor mir und schnippte mir mit den Fingern ins Gesicht.

Ich muss Dad besuchen gehen, auch wenn er nicht bei Bewusstsein ist. Er muss wissen, dass ich bei ihm war, bevor ich gestorben bin.

Also lege ich den Laptop weg, ignoriere die Benachrichtigungstöne der paar Leute, denen ich folge, und gehe direkt in Dads Schlafzimmer. Sein Bett war an dem Morgen, als er damals zur Arbeit gegangen ist, ungemacht, aber ich habe es inzwischen in Ordnung gebracht und die Decke ganz unter die Kissen geschoben, wie er es mag. Ich sitze auf seiner Seite des Bettes – der rechten, weil meine Mutter offenbar immer lieber links geschlafen hat und er ihr auch nach ihrem Tod einen Platz in seinem Leben bewahrt hat – und nehme das gerahmte Foto in die Hand, auf dem Dad mir an meinem sechsten Geburtstag hilft, die Kerzen auf dem *Toy Story*-Kuchen auszupusten. Na ja, eigentlich hat Dad sie ganz allein ausgepustet. Auf dem Bild lache ich ihn an. Er sagt, mein fröhlicher Gesichtsausdruck sei der Grund dafür, dass er das Foto immer in seiner Nähe haben möchte.

Es klingt vielleicht komisch, aber Dad ist genauso mein bester Freund wie Lidia. Das könnte ich nie laut aussprechen, ohne dass sich jemand über mich lustig machen würde, aber wir beide hatten immer eine gute Beziehung. Nicht perfekt, doch ich bin sicher, die meisten befreundeten Menschen da draußen – in meiner Schule, in dieser Stadt und am anderen Ende der Welt – ärgern sich mit dummen und wichtigen Dingen herum, und die engsten Freunde finden einfach einen Weg, damit umzugehen. Dad und ich hätten nie einen so heftigen Streit gehabt, dass wir nicht mehr miteinander reden. Nicht wie einige dieser Todgeweihten auf *Countdown*, die ihre Väter so sehr hassen, dass sie sie nicht mal auf dem Totenbett besuchen oder sich weigern, sich vor ihrem eigenen Tod mit ihnen zu versöhnen. Ich nehme das Foto aus dem Rahmen, falte es in der Mitte und stecke es in die Hosentasche – ich glaube nicht, dass der Knick Dad stören wird. Dann stehe ich auf, um mich auf den Weg zum Krankenhaus zu machen, wo ich mich verabschieden werde und dafür sorgen will, dass er das Foto neben sich hat, wenn er endlich wieder aufwacht. Ich will dafür sorgen, dass er schnell beruhigt ist, als wäre es ein ganz normaler Morgen, bevor ihm irgendjemand sagt, dass ich nicht mehr da bin.

Ich gehe aus dem Zimmer, fest entschlossen, die Wohnung zu verlassen, um meinen Plan in die Tat umzusetzen, als ich das schmutzige Geschirr in der Spüle entdecke. Das sollte ich noch spülen, damit Dad, wenn er nach Hause kommt, nicht lauter dreckige Teller und Becher mit eingetrockneten Flecken von der ganzen heißen Schokolade vorfindet, die ich getrunken habe.

Das ist auch ganz bestimmt keine Ausrede, damit ich nicht rausgehen muss.

Ehrlich.

RUFUS
01:41 Uhr

Sonst sind wir immer auf unseren Rädern durch die Straßen gebrettert, als würden wir ein Rennen ohne Bremsen fahren, aber heute nicht. Wir schauen dauernd nach links und rechts und bleiben wie jetzt an roten Ampeln stehen, obwohl weit und breit kein Auto kommt. Wir fahren durch die Straße, wo *Clint's Graveyard,* dieser Club für Todgeweihte, liegt. Eine Menge Leute um die zwanzig haben sich davor versammelt und in der Schlange herrscht Chaos. So ist den Türstehern, die mit den ganzen Todgeweihten und ihren Freunden zu tun haben, weil sie ein letztes Mal auf der Tanzfläche ausflippen wollen, immerhin ihre Kohle sicher.

Ein megahübsches braunhaariges Mädchen weint, als ein Typ sie mit einem lahmen Anmachspruch anquatscht (»Vielleicht lebst du noch länger, wenn du ein paar Vitamine von mir in dir hast«), und ihre Freundin holt mit ihrer Handtasche nach ihm aus, bis er sich verzieht. Das arme Mädchen hat nicht mal Ruhe vor solchen Arschlöchern, wenn sie um sich selbst trauert.

Es wird grün und wir fahren weiter. Kurz darauf kommen wir endlich bei Pluto an. Die heruntergekommene Doppelhaushälfte unserer Pflegefamilie hat eine ziemlich ramponierte Fassade – fehlende Ziegel, unleserliche, aber bunte Graffiti. Die Fenster im Erdgeschoss sind vergittert, nicht weil wir Gangster wären oder so, sondern damit niemand einbricht und Kids ausraubt, die schon mehr als genug verloren haben. Nachdem wir unsere Räder unten an der Treppe abgestellt haben, laufen wir zur Tür und betreten das Haus. Wir gehen den Flur entlang und machen uns nicht die Mühe, den Weg zum Wohnzimmer über den schäbigen Fliesenboden mit Schachbrettmuster auf Zehenspitzen zurückzulegen. Obwohl dort eine Pinnwand mit Infos zum Thema Sex, HIV-Tests, Abtreibung und Adoptionskliniken neben ähnlichen Flyern hängt, fühlt sich das Zimmer wie ein Zuhause an und nicht wie irgendein Heim.

Es gibt einen Kamin, der zwar nicht funktioniert, aber trotzdem geil aussieht. Die in warmem Orange gestrichenen Wände, die mich schon im Sommer auf den Herbst vorbereitet haben. Den Eichentisch, um den wir uns nach dem Abendessen versammeln, um *Cards Against Humanity* und *Tabu* zu spielen. Und da ist auch der Fernseher, in dem ich mit Tagoe immer die Serie *Hipster House* gesehen habe, obwohl Aimee die Hipster so ätzend fand, dass es ihr lieber gewesen wäre, ich hätte stattdessen Cartoonpornos geguckt. Außerdem das Sofa, auf dem wir abwechselnd pennen, weil es bequemer ist als unsere Betten.

Wir gehen rauf in den ersten Stock in unser Zimmer, das so klein ist, dass nicht mal eine Person bequem darin wohnen könnte, geschweige denn drei, aber wir kriegen es trotzdem hin. An den Tagen, an denen Tagoe Bohnen gegessen hat, lassen wir nachts immer das Fenster offen, obwohl es draußen megalaut ist.

»Ich muss das jetzt loswerden«, sagt Tagoe, während er die Tür hinter uns zumacht. »Du bist echt weit gekommen. Überleg mal, was du alles gemacht hast, seit du hier gelandet bist.«

»Es gibt noch so viel, was ich tun könnte.« Ich setze mich auf mein Bett und lasse den Kopf auf die Kissen sinken. »Es ist voll der Stress, mein ganzes Leben an einem einzigen Tag durchzuziehen, Alter.« Vielleicht nicht mal ein ganzer Tag. Ich kann von Glück reden, wenn ich noch zwölf Stunden habe.

»Niemand erwartet von dir, ein Heilmittel gegen Krebs zu finden oder die Pandas vor dem Aussterben zu retten«, sagt Malcolm.

»Ja, die vom Todesboten haben echt Glück, dass sie nicht vorhersagen können, wann ein Tier stirbt«, sagt Tagoe. Ich sauge lautstark die Luft ein und schüttele den Kopf, weil er sich für Pandas interessiert, während sein bester Freund stirbt. »Was denn? Stimmt doch! Der ganze Planet würde dich hassen, wenn du den allerletzten Panda anrufen würdest. Stell dir bloß mal die Medien vor, es gäbe Selfies und …«

»Wir habens kapiert«, unterbreche ich ihn. Ich bin kein Panda, also interessieren sich die Medien einen Scheiß für mich. »Ihr müsst mir einen Riesengefallen tun. Weckt Jenn Lori und Francis. Sagt ihnen, ich will 'ne Trauerfeier, bevor ich wieder verschwinde.« Francis hat mich nie wirklich gemocht, aber diese Einrichtung hat mir ein Zuhause gegeben, und das ist mehr, als andere jemals bekommen.

»Bleib besser hier«, sagt Malcolm. Er macht den einzigen Schrank auf. »Vielleicht können wir es ja verhindern. Du könntest die Ausnahme sein! Wir können dich hier einsperren.«

»Dann ersticke ich oder das Brett mit deinen scheißschweren Klamotten zertrümmert mir den Schädel.« Er sollte nicht so dumm sein, an Ausnahmen und so einen Mist zu glauben. Ich setze mich auf. »Mir bleibt nicht mehr viel Zeit, Leute.« Ich zittere leicht, aber ich reiße mich zusammen. Ich darf jetzt nicht ausrasten.

Tagoe zuckt. »Können wir dich allein lassen?«

Es dauert einen Moment, bevor ich kapiere, was er meint. »Ich bring mich nicht um«, sage ich.

Ich will nicht sterben.

Also lassen sie mich allein zurück mit Wäsche, die ich nie mehr waschen muss, und Aufgaben für den Sommerkurs, die ich nie mehr fertig machen muss – oder auch nur damit anfangen. In der Ecke meines Bettes liegt zusammengeknüllt Aimees gelbe Decke mit dem bunten Kranichmuster, die ich mir um die Schultern lege. Die Decke hatte Aimee schon als Kind, sie war ein Überbleibsel aus der Kindheit ihrer Mutter. Wir sind zusammengekommen, als Aimee noch hier gewohnt hat, und lagen oft nebeneinander unter der Decke oder verwendeten sie für Wohnzimmerpicknicks. Das waren echt geniale Zeiten. Nachdem wir Schluss gemacht hatten, wollte Aimee ihre Decke nicht zurückhaben, wahrscheinlich um mich in ihrer Nähe zu behalten, obwohl sie mehr Abstand brauchte. Als hätte ich doch noch Chancen bei ihr.

Das Zimmer hier ist ganz anders als das Zimmer, in dem ich aufgewachsen bin – beige Wände statt grüne; zwei Betten mehr und Mitbewohner; halb so groß; keine Hanteln und Poster zu Videospielen –, aber trotzdem ist es mein Zuhause geworden und es hat mir gezeigt, dass Menschen wichtiger sind als Gegenstände. Malcolm hat diese Lektion schon gelernt, nachdem die Feuerwehr die Flammen gelöscht hatte, in denen sein Haus, seine Eltern und seine Lieblingssachen verbrannt sind.

Wir haben hier nur das Nötigste.

An die Wand über meinem Bett habe ich Fotos gepinnt, die Aimee von meinem Instagram-Profil ausgedruckt hat: der Althea Park, wo ich immer hingehe, um nachzudenken; mein verschwitztes weißes T-Shirt am Lenker meines Fahrrads, nachdem ich im Sommer meinen ersten Marathon gefahren bin; ein einsamer Gettoblaster in der Christopher Street, der einen Song spielte, den ich noch nie gehört hatte und seitdem auch nie wieder; Tagoe mit blutiger Nase, als wir versucht haben, uns eine spezielle Plutobegrüßung auszudenken, was total schiefging, weil wir mit den Köpfen zusammengedonnert sind; zwei Sneaker – einer in Größe 41 und der andere in Größe 43 –, weil ich neue Schuhe gekauft und nicht darauf geachtet habe, ob sie auch zusammenpassen; Aimee und ich, wobei meine Augen auf dem Foto völlig ungleich aussehen, als ob ich high wäre, was ich aber (noch) nicht war, und trotzdem ist das Bild genial, weil die Straßenlaterne einen echt schönen Schein auf Aimee wirft; Fußabdrücke im Matsch, als ich Aimee nach einer Woche Regen durch den Park gejagt habe; zwei nebeneinandersitzende Schatten, von denen Malcolm kein Foto wollte, das ich aber trotzdem gemacht habe; und noch massenhaft mehr, die ich für meine Kumpels zurücklassen muss, wenn ich von hier verschwinde.

Von hier verschwinde ...

Ich will hier nicht weg.

MATEO
01:52 Uhr

Ich bin fast so weit, dass ich loskann.

Ich habe das Geschirr gespült, Staub und Bonbonpapier unter dem Sofa weggefegt, den Wohnzimmerboden gewischt, die Zahnpastaflecken aus dem Waschbecken geputzt und sogar mein Bett gemacht. Jetzt sitze ich wieder vor dem Laptop und habe eine größere Herausforderung vor mir: die Inschrift für meinen Grabstein in höchstens acht Worten. Wie bitte soll ich mein Leben in acht Worten zusammenfassen?

Er starb, wo er lebte: in seinem Zimmer.

Welch verschwendetes Leben.

Sogar Kinder gehen größere Risiken ein als er.

Ich muss etwas Besseres abliefern. Alle haben immer viel mehr von mir erwartet, und ich selbst auch. Dem muss ich gerecht werden. Heute habe ich zum letzten Mal die Chance dazu.

Hier ruht Mateo: Er lebte für alle.

Ich drücke auf *Senden*.

Jetzt gibt es kein Zurück mehr. Klar, ich kann es noch mal überarbeiten, aber so funktionieren Versprechen nicht, und für alle zu leben ist ein Versprechen an die Welt.

Ich weiß, es ist noch früh am Morgen, aber ich fühle mich ganz beklommen, weil es gleichzeitig schon spät ist, zumindest für einen Todgeweihten. Ich schaffe das nicht allein, das mit dem Aufbrechen. Und Lidia werde ich bestimmt nicht in meinen Abschiedstag hineinziehen. Sobald ich hier rausgehe – und nicht *falls* –, werde ich Lidia und Penny besuchen, aber ich werde Lidia nichts verraten. Ich will nicht, dass sie mich schon für tot hält, bevor ich es wirklich bin, oder dass sie traurig wird. Vielleicht schicke ich ihr eine Postkarte, auf der ich ihr alles erkläre, während ich dort draußen bin und mein Leben lebe.

Was ich brauche, ist ein Coach, der auch mein Freund sein könnte, oder ein Freund, der mich coacht. Und genau das bietet diese beliebte App, für die auf *Countdown* so oft Werbung gemacht wird.

Letzte Freunde wurde für Todgeweihte entwickelt und für all die guten Seelen, die einem Todgeweihten in seinen letzten Stunden Gesellschaft leisten. Nicht zu verwechseln mit *Necro*, die ist nur für Leute, die auf einen One-Night-Stand mit einem Todgeweihten aus sind – die ultimative App, wenn man keine Verpflichtung eingehen will. Ich fand *Necro* immer ziemlich gruselig, nicht nur weil der Gedanke an Sex mich nervös macht. Aber *Letzte Freunde* will den Menschen die Möglichkeit bieten, sich geschätzt und geliebt zu fühlen, bevor sie sterben. Es gibt keine Nutzungsgebühr im Unterschied zu *Necro*, das 7,99 $ pro Tag kostet. Ein Mensch ist doch deutlich mehr wert als acht Dollar!

Trotzdem kann man wie bei jeder neuen Freundschaft natürlich auch bei den Kontakten, die sich über *Letzte Freunde* ergeben, Glück oder Pech haben. Auf *Countdown* bin ich mal einer Todgeweihten gefolgt, die eine solche letzte Freundin gefunden hatte. Sie schrieb nur ganz selten neue Beiträge, manchmal stundenlang nicht, sodass ihre Follower irgendwann annahmen, sie sei bereits gestorben. Aber sie war noch quicklebendig und genoss ihren letzten Tag in vollen Zügen. Nach ihrem Tod schrieb die letzte Freundin eine kurze Grabrede, aus der ich mehr über das

Mädchen erfuhr als durch seine eigenen Blogeinträge. Aber es läuft nicht immer so gut. Vor ein paar Monaten freundete sich ein Todgeweihter, der ein trostloses Leben geführt hatte, völlig ahnungslos mit dem berüchtigten *Letzte Freunde*-Serienmörder an. Das zu lesen war entsetzlich und ist einer der vielen Gründe, warum es mir schwerfällt, der Menschheit zu vertrauen.

Ich glaube, es täte mir gut, einen solchen letzten Freund zu finden. Andererseits weiß ich nicht, ob es trauriger ist, allein zu sterben oder in der Gesellschaft von jemandem, der dir nicht das Geringste bedeutet und dem du wahrscheinlich genauso egal bist.

Die Zeit läuft ab.

Ich muss es jetzt einfach wagen und denselben Mut aufbringen, den Hunderttausende Todgeweihte vor mir auch aufgebracht haben. Per Onlinebanking überprüfe ich meinen Kontostand. Der Rest meines Geldes fürs College ist automatisch auf mein Girokonto überwiesen worden. Es sind nur etwa zweitausend Dollar, aber das ist mehr als genug für heute. Ich könnte zur *World Travel Arena* im Stadtzentrum fahren, wo Todgeweihte und ihre Gäste die Kultur und das Ambiente verschiedener Städte und Länder erleben können.

Ich lade die App *Letzte Freunde* auf mein Handy. Der Download geht rasend schnell, als wäre die App ein empfindsames Wesen, das verstanden hat, was der Grund für seine Existenz ist: nämlich die Tatsache, dass jemandem nicht mehr viel Zeit bleibt. Der Bildschirm wird blau und eine graue Uhr erscheint, vor der zwei Gestalten aufeinander zugehen und sich High five geben. Dann taucht der Schriftzug LETZTE FREUNDE auf und ein Menü wird eingeblendet.

- □ Ich sterbe heute.
- □ Ich sterbe heute nicht.

Ich klicke auf *Ich sterbe heute*, und eine Nachricht erscheint:

Wir von Letzte Freunde GmbH bedauern von ganzem Herzen, dich zu verlieren. Unser tief empfundenes Mitgefühl gilt all jenen, die dich lieben, sowie jenen, die nie die Gelegenheit haben werden, dich kennenzulernen. Wir hoffen, dass du einen würdigen neuen Freund findest, der heute deine letzten Stunden mit dir verbringt. Bitte erstelle dein Profil, um ein bestmögliches Ergebnis zu erzielen.

Zutiefst betroffen von deinem Verlust
Letzte Freunde GmbH

Anschließend taucht ein leeres Formular auf und ich fülle es aus.

Name: Mateo Torrez
Alter: 18
Geschlecht: männlich
Größe: 1,78 m
Gewicht: 75 kg
Ethnische Herkunft: puerto-ricanisch
Sexuelle Orientierung: <keine Angabe>
Beruf: <keine Angabe>
Hobbys: Musik, spazieren gehen
Lieblingsfilme/-fernsehserien/-bücher: *Timberwolves* von Gabriel Reeds; *Plaid is the New Black;* die Scorpius-Hawthorne-Reihe

Wer du im Leben warst: Ich bin Einzelkind und hatte eigentlich immer nur meinen Vater. Aber mein Vater liegt seit zwei Wochen im Koma und wird wahrscheinlich erst aufwachen, wenn ich nicht mehr da bin. Ich möchte ihn stolz machen und aus meinem Leben ausbrechen. Schließlich kann ich nicht weiter den Kopf in den Sand stecken, denn das hat nur dazu geführt, dass ich es verpasst habe, mit euch dort draußen zu sein – sonst hätte ich einige von euch vielleicht schon früher kennengelernt.
Dinge, die du vor deinem Tod noch erledigen willst: Ich möchte mich im Krankenhaus von meinem Vater verabschieden. Und dann noch von meiner besten Freundin, der ich aber nicht sagen will, dass ich sterbe. Danach weiß ich noch nicht. Ich möchte für andere etwas bedeuten und bei der Gelegenheit einen anderen Mateo in mir entdecken.
Letzte Gedanken: Jetzt gehe ich aufs Ganze.

Ich schicke meine Antworten ab. Die App fordert mich auf, ein Foto hochzuladen. Ich scrolle durch das Album auf meinem Handy und finde eine Menge Fotos von Penny und Screenshots von Songs, die ich Lidia empfohlen habe. Außerdem sind da noch einige Bilder von mir und Dad im Wohnzimmer. Und mein Foto vom Schülerausweis aus der Elften, das übel ist. Dann finde ich zufällig eins, auf dem ich die Luigi-Mütze aufhabe, die ich im Juni bei einem Mario-Kart-Online-Gewinnspiel gewonnen habe. Eigentlich hätte ich das Foto einschicken sollen, weil sie es auf die Website stellen wollten, aber ich fand, dass der mit der Luigi-Mütze herumalbernde Junge nicht viel mit mir zu tun hat, weshalb ich es nie abgeschickt habe.

Aber wisst ihr, was – ich habe mich getäuscht. Das ist genau der Mensch, der ich immer sein wollte: locker, witzig, unbeschwert. Niemand wird bei diesem Foto denken, es passt nicht zu mir, weil keiner von diesen Leuten mich kennt und sie nur von mir erwarten, dass ich wie die Person aus meinem Profil bin.

Ich lade das Foto hoch und eine letzte Nachricht erscheint:

`Alles Gute, Mateo.`

RUFUS
01:59 Uhr

Meine Pflegeeltern warten unten. Eigentlich wollten sie sofort hier reinstürmen, als sie es erfahren haben, aber Malcolm hat meinen Leibwächter gespielt, weil er wusste, dass ich noch einen Moment brauche. Ich ziehe mir meine Radklamotten an – die enge Sporthose mit den blauen Basketballshorts drüber, damit meine Weichteile nicht so rausragen wie bei Spider-Man, dazu meine geliebte graue Fleecejacke –, weil ich mir nicht vorstellen kann, wie ich mich an meinem Abschiedstag durch die Stadt bewegen soll, wenn nicht auf meinem Rad. Ich schnappe mir den Helm, denn Sicherheit geht vor. Dann sehe ich mich ein letztes Mal im Zimmer um.

Ich breche nicht zusammen oder so, echt jetzt, selbst als ich dran denken muss, wie ich mit meinen Kumpels Fangen gespielt habe. Als ich rausgehe, lasse ich das Licht brennen und die Tür offen stehen, damit Malcolm und Tagoe nachher kein komisches Gefühl haben, wenn sie wieder hier reinkommen.

Malcolm lächelt mich an. Sein Versuch, den Coolen zu spielen, ist eher lahm, und ich weiß, dass er fast am Durchdrehen ist wie sie alle. Wenn es umgekehrt wäre, würde es mir nicht anders gehen.

»Und du hast Francis echt wach gekriegt, Alter?«, frage ich.

»Jep.«

Vielleicht werde ich durch die Hand meines Pflegevaters

sterben. Wenn man nicht gerade sein Wecker ist, lässt man ihn besser schlafen.

Ich gehe hinter Malcolm die Treppe runter. Dort sitzen Tagoe, Jenn Lori und Francis, ohne ein Wort zu sagen. Als Erstes will ich fragen, ob jemand was von Aimee gehört hat, als könnte ihre Tante sie aufgehalten haben, aber das hat sie nicht.

Ich hoffe bloß, dass sie sich das mit dem Besuch nicht anders überlegt hat.

Es wird schon klappen, ich konzentrier mich einfach auf alle, die da sind.

Francis ist hellwach und trägt seinen geliebten geschlitzten Bademantel, als wäre er irgendein Mafiaboss, der mit seinen Geschäften einen Haufen Geld verdient, und nicht nur ein einfacher Facharbeiter, dessen schmales Gehalt für uns draufgeht. Er ist ein gutmütiger Kerl, sieht aber ziemlich wüst aus, weil seine Frisur total schief ist, seit er sich die Haare selber schneidet, um ein paar Dollar zu sparen. Dabei ist das total bescheuert, denn Tagoe ist ein wahrer Haarschneidekünstler. Kein Scheiß, Tagoe macht die besten Undercuts der Stadt, und der Hurensohn sollte auf jeden Fall seinen eigenen Friseurladen aufmachen und seine Träume vom Drehbuchschreiben endlich begraben. Francis ist allerdings eindeutig zu weiß für einen anständigen Undercut.

Jenn Lori trocknet sich die Augen mit dem Kragen ihres alten College-T-Shirts, bevor sie ihre Brille wieder aufsetzt. Sie sitzt ganz vorn auf der Stuhlkante, wie wenn wir Tagoes liebste Splatterfilme gucken, und jetzt springt sie plötzlich auf, aber nicht wegen irgendeiner krassen Selbstentzündung. Sie nimmt mich in den Arm und weint an meiner Schulter. Es ist das erste Mal seit dem Anruf, dass mich jemand umarmt, und ich will nicht, dass sie mich loslässt, aber ich muss weitermachen. Jenn bleibt neben mir stehen und ich starre zu Boden.

»Ein hungriges Maul weniger zu stopfen, was?« Niemand lacht. Ich zucke die Achseln. Keine Ahnung, wie man so was macht. Niemand bringt einem bei, wie man Leute auf den eigenen Tod vorbereitet, vor allem nicht wenn man erst siebzehn ist und kerngesund. Wir haben alle schon genug Scheiß hinter uns und ich will, dass sie lachen. »Hat jemand Bock auf Schere, Stein, Papier?«

Ich schwinge die Faust hin und her und bilde eine Schere, ohne dass jemand reagiert. Dann noch mal, diesmal Stein, aber es reagiert immer noch keiner. »Los, kommt schon, Leute.« Ich schüttle wieder die Hand und Malcolm pariert meine Schere mit Papier. Es dauert noch einen Moment, dann spielen wir mehrere Runden. Francis und Jenn Lori sind leicht zu besiegen. Am Ende bleiben noch Tagoe und ich übrig, und Stein schlägt Schere.

»Noch mal«, sagt Malcolm. »Tagoe hat im letzten Moment von Papier zu Stein gewechselt.«

»Ey, Mann, wieso sollte ich Roof ausgerechnet heute bescheißen?« Tagoe schüttelt den Kopf.

Ich gebe ihm einen freundschaftlichen Schubs. »Weil du ein Arsch bist, Alter.«

Es klingelt.

Mit rasendem Herzen stürme ich zur Tür und mache auf. Aimees Gesicht ist knallrot angelaufen, sodass man das riesige Feuermal auf ihrer Wange kaum sehen kann.

»Willst du mich eigentlich verarschen?«, fragt sie.

Ich schüttele den Kopf. »Ich kann dir die Eingangsbestätigung auf meinem Handy zeigen.«

»Ich meine nicht deinen Abschiedstag«, sagt Aimee. »Sondern das hier.« Sie tritt einen Schritt zur Seite und zeigt zum Fuß der Treppe – auf Peck und sein zerschmettertes Gesicht. Den ich in meinem ganzen Leben nicht mehr sehen wollte.

MATEO
02:02 Uhr

Ich weiß nicht, wie viele letzte Freunde weltweit online sind, aber allein in New York sind es im Moment zweiundvierzig. Mir all diese Leute anzusehen, fühlt sich so ähnlich an, wie am ersten Schultag in der Aula der Highschool zu sitzen. Ich stehe ziemlich unter Druck und weiß gar nicht, wo ich anfangen soll – da bekomme ich plötzlich eine Nachricht.

Ein leuchtend blauer Umschlag blinkt in meinem Posteingang auf und wartet darauf, geöffnet zu werden. In der Betreffzeile stehen nur ein paar grundlegende Informationen: *Wendy Mae Greene. 19 Jahre. Weiblich. Manhattan, New York (3 Kilometer entfernt).* Ich klicke ihr Profil an. Sie ist keine Todgeweihte, sondern nur ein Mädchen, das spätnachts noch wach ist, um einen zu trösten. Sie bezeichnet sich selbst als »Bücherwurm und großen Fan von allem, was mit Scorpius Hawthorne zu tun hat«. Wahrscheinlich ist dieses gemeinsame Interesse der Grund, warum sie mich angeschrieben hat. Sie geht auch gern spazieren, »vor allem Ende Mai bei herrlichem Wetter«. Ende Mai werde ich nicht mehr da sein, Wendy Mae. Ich frage mich, wie lange sie dieses Profil schon hat und ob irgendjemand ihr mal gesagt hat, dass es für die Todgeweihten vielleicht nicht so toll ist, wenn sie so über die Zukunft spricht und ihnen unter die Nase reibt, wie viel Zeit sie noch vor sich hat. Ich scrolle weiter und klicke ihr Foto an. Sie scheint nett zu sein – hellhäutig, braune Augen, braune Haare, ein Nasenpiercing und ein strahlendes Lächeln. Ich öffne die Nachricht.

Wendy Mae G. (02:02 Uhr): hi mateo. cooler buchgeschmack. wette du hättest jetzt gern 'nen tarnzauber gegen den tod, stimmts??

Sie meint es sicher gut, aber mit ihrem Profil und dieser Nachricht versetzt sie mir eher Nadelstiche, als mir aufmunternd auf den Rücken zu klopfen, wie ich gehofft hatte. Aber ich will nicht unfreundlich sein.

Mateo T. (02:03 Uhr): Hey, Wendy Mae. Danke, du hast auch einen coolen Buchgeschmack.
Wendy Mae G. (02:03 Uhr): scorpius hawthorne 4ever … wie gehts dir?
Mateo T. (02:03 Uhr): Nicht so toll. Ich will mein Zimmer nicht verlassen, weiß aber, dass ich hier rausmuss.
Wendy Mae G. (02:03 Uhr): wie war der anruf? hattest du angst?
Mateo T. (02:04 Uhr): Ich hab leichte Panik gekriegt – eigentlich sogar deutlich mehr als nur leichte, um ehrlich zu sein.
Wendy Mae G. (02:04 Uhr): lol. du bist echt witzig. und total süß. deine eltern sind bestimmt auch voll fertig, oder?
Mateo T. (02:05 Uhr): Nimms mir nicht übel, aber ich muss jetzt los. Gute Nacht noch, Wendy Mae.
Wendy Mae G. (02:05 Uhr): was hab ich denn gesagt? warum redet ihr toten typen nie mit mir?
Mateo T. (02:05 Uhr): Nicht so wichtig. Aber meine Eltern können gar nicht fertig sein, weil meine Mutter schon lange tot ist und mein Vater im Koma liegt.

Wendy Mae G. (02:05 Uhr): und woher soll ich das wissen?

Mateo T. (02:05 Uhr): Steht in meinem Profil.

Wendy Mae G. (02:05 Uhr): okay, wie auch immer. hast du dann sturmfrei? eigentlich sollte ich meine jungfräulichkeit an meinen freund verlieren, aber ich wollte vorher noch üben und dachte, du könntest mir vielleicht dabei helfen.

Ich schließe den Chat, während sie eine weitere Nachricht tippt, und blockiere sie sicherheitshalber. Ich kann ihre Unsicherheit zwar nachvollziehen, und sie und ihr Freund tun mir leid, falls es ihr gelingen sollte, ihn zu betrügen, aber ich kann keine Wunder vollbringen. Es sind noch andere Nachrichten eingegangen, diesmal mit Betreff:

Betreff: Tüte gefällig?
Kevin und Kelly. 21 Jahre. Männlich.
Bronx, New York (6 Kilometer entfernt).
Todgeweiht? Nein.

Betreff: Mein Beileid, Mateo (schöner Name)
Philly Buiser. 24 Jahre. Männlich.
Manhattan, New York (5 Kilometer entfernt).
Todgeweiht? Nein.

Betreff: Sofa zu verkaufen? Guter Preis?
J. Marc. 26 Jahre. Männlich.
Manhattan, New York (1 Kilometer entfernt).
Todgeweiht? Nein.

Betreff: Sterben ist scheiße, was?
Elle R. 20 Jahre. Weiblich.
Manhattan, New York (5 Kilometer entfernt).
Todgeweiht? Ja.

Ich ignoriere Kevins und Kellys Nachricht; kein Interesse an Dope. Ich lösche J. Marcs Nachricht, weil ich das Sofa nicht verkaufen werde, das Dad irgendwann wieder für seinen Mittagsschlaf am Wochenende brauchen wird. Ich antworte Philly – weil seine Nachricht als Erste reinkam.

Philly B. (02:06 Uhr): Hey, Mateo. Wie gehts?
Mateo T. (02:08 Uhr): Hey, Philly. Ist es erbärmlich, wenn ich sage, ich komm schon klar?
Philly B. (02:08 Uhr): Nee, ich kann mir vorstellen, dass es hart ist. Bin nicht gerade scharf auf den Tag, an dem der Todesbote bei mir anruft. Bist du denn krank oder so? Ganz schön jung fürs Sterben.
Mateo T. (02:09 Uhr): Stimmt, ich bin gesund. Und ich hab Panik davor, wie es sein wird, aber gleichzeitig hab ich auch Angst, mich irgendwie selbst zu enttäuschen, wenn ich nicht rausgehe. Ich will auf keinen Fall die Wohnung verpesten, wenn ich hier drin sterbe.
Philly B. (02:09 Uhr): Dabei kann ich dir helfen, Mateo.
Mateo T. (02:09 Uhr): Wobei?
Philly B. (02:09 Uhr): Ich kann dafür sorgen, dass du nicht stirbst.
Mateo T. (02:09 Uhr): Das kann keiner.
Philly B. (02:10 Uhr): Ich schon. Du scheinst ein cooler Typ zu sein, der es nicht verdient zu sterben,

```
deshalb solltest du zu mir kommen. Es muss ein
Geheimnis bleiben, aber ich habe das Mittel gegen den
Tod in meiner Hose.
```

Ich blockiere Philly und öffne Elles Nachicht. Aller guten Dinge sind drei.

RUFUS
02:21 Uhr

Aimee geht auf mich los und drängt mich gegen den Kühlschrank. Eigentlich versteht sie keinen Spaß, wenns um Gewalt geht, weil ihre Eltern übel verknackt worden sind, nachdem sie einen kleinen Lebensmittelladen ausgeraubt und den Besitzer und seinen zwanzigjährigen Sohn verletzt haben. Allerdings wird Aimee auch nicht gleich im Knast landen, wenn sie mich hier rumschubst.

»Guck ihn dir an, Rufus. Was hast du dir dabei gedacht, verdammt noch mal?«

Ich weigere mich, Peck anzuschauen, der an der Arbeitsplatte lehnt. Schon als er reingekommen ist, konnte ich sehen, welchen Schaden ich angerichtet habe: Ein Auge ist zugeschwollen, ein Schnitt an der Lippe, getrocknetes Blut auf den Beulen am Kopf. Jenn Lori steht neben ihm und drückt ihm Eis an die Stirn. Sie kann ich auch nicht anschauen, weil sie so enttäuscht von mir ist, Abschiedstag hin oder her. Tagoe und Malcolm stehen schweigend neben mir, nachdem Jenn Lori und Francis den beiden schon einen Anschiss verpasst haben, weil sie mitten in der Nacht noch mit mir losgezogen sind, um Peck zusammenzuschlagen.

»Na, jetzt bist du plötzlich nicht mehr so mutig, was?«, fragt Peck.

»Halt's Maul.« Aimee fährt herum und knallt ihr Handy auf die Arbeitsplatte, sodass alle zusammenzucken. »Und bleib gefälligst hier.« Sie stößt die Küchentür auf, und Francis steht nicht ganz zufällig neben der Treppe, er versucht etwas mitzukriegen, sich aber gleichzeitig zurückzuhalten, um keinen Todgeweihten beschämen oder bestrafen zu müssen.

Aimee zieht mich am Handgelenk ins Wohnzimmer. »Und? Der Todesbote ruft an und du denkst, das gibt dir das verdammte Recht, einfach plattzumachen, wen du willst?«

Vermutlich hat Peck ihr nicht gesagt, dass ich ihm schon die Seele aus dem Leib geprügelt hab, bevor der Anruf kam. »Ich ...«

»Was?«

»Es bringt nichts zu lügen. Ich hatte es auf ihn abgesehen.«

Aimee tritt einen Schritt zurück, als wäre ich ein Monster, das jeden Moment auf sie losgehen könnte, was mich echt fertigmacht.

»Hör zu, Ames, ich bin einfach ausgerastet. Schon bevor der Todesbote mir diese Handgranate in den Schoß geworfen hat, hatte ich das Gefühl, keine Zukunft zu haben. Meine Noten waren immer scheiße, ich bin schon fast achtzehn, ich hab dich verloren und war kurz vorm Durchdrehen, weil ich nicht wusste, was ich tun sollte. Ich hab mich wie der totale Versager gefühlt und Peck hat so ziemlich genau das gesagt.«

»Du bist kein Versager«, sagt Aimee und zittert leicht, während sie auf mich zukommt, jetzt ohne Angst. Sie nimmt meine Hand und wir setzen uns auf das Sofa, wo sie mir gesagt hat, sie würde von Pluto wegziehen, weil ihre Tante genug Kohle hätte, um sie aufzunehmen. Kurz danach hat sie noch mit mir Schluss gemacht, weil sie einen kompletten Neuanfang wollte – ein hirnrissiger Rat von ihrem Grundschulfreund ... Peck. »Das mit uns hat nicht mehr funktioniert. Und wie du gesagt hast – es bringt nichts zu lügen, nicht mal an deinem letzten Tag.« Sie hält weinend meine Hand. Ich war mir nicht sicher, ob es so weit kommen würde, weil sie so extrem sauer war, als sie hier aufgetaucht ist. »Ich hab unsere Liebe falsch eingeschätzt, aber das heißt nicht, dass ich dich nicht mehr liebe. Du warst für mich da, wenn ich aus mir rausgehen und wütend sein musste, und hast mich glücklich gemacht, wenn ich genug davon hatte, alles zu hassen. Ein Versager kann einem ein solches Gefühl nicht geben.« Sie nimmt mich in den Arm und legt ihr Kinn auf meine Schulter, genau wie sie sich früher immer an meine Brust geschmiegt hat, wenn sie eine ihrer Geschichts-Dokus gucken wollte.

Ich halte sie schweigend, weil ich nichts Neues zu sagen habe. Ich würde sie gern küssen, aber ich will nicht, dass sie mir etwas vorspielt. Sie ist mir extrem nah und ich löse mich etwas von ihr, damit ich ihr Gesicht sehen kann, denn vielleicht kann sie sich einen letzten Kuss ja doch vorstellen. Sie sieht mich an und ich beuge mich vor …

Da kommt Tagoe ins Wohnzimmer und hält sich die Augen zu. »Oh! ’tschuldigung.«

Ich weiche zurück. »Nee, schon okay.«

»Wir sollten mit der Trauerfeier anfangen«, sagt er. »Aber lass dir Zeit. Der Tag gehört dir. Tut mir leid, blöder Spruch, ist schließlich nicht dein Geburtstag, eher das Gegenteil.« Er zuckt. »Ich hol den Rest, okay?« Er verschwindet.

»Ich will dich den anderen ja nicht vorenthalten«, sagt Aimee. Sie hält mich fest, bis alle reinkommen.

Diese Umarmung hatte ich bitter nötig, und ich freue mich schon auf eine letzte Plutosonnensystem-Gruppenumarmung nach der Trauerfeier.

Ich bleibe in der Mitte des Sofas sitzen. Meine Lunge japst wie verrückt nach dem nächsten Atemzug. Malcolm sitzt links von mir, Aimee rechts und Tagoe zu meinen Füßen. Peck hält sich abseits und spielt an Aimees Handy herum. Es kotzt mich an, dass er ihr Handy hat, aber seins hab ich schließlich kaputt gemacht, also muss ich die Klappe halten.

Das ist meine erste Trauerfeier für einen Todgeweihten. Meine Familie hat sich nicht die Mühe gemacht, eine für sich zu organisieren, weil wir ja einander hatten und sonst niemand brauchten, keine Kollegen oder alten Freunde. Wenn ich schon bei anderen Feiern gewesen wäre, dann wäre ich vielleicht darauf vorbereitet, dass Jenn Lori jetzt nicht die übrigen Anwesenden, sondern nur mich direkt anspricht. Das gibt mir das Gefühl, ganz verletzlich zu sein und im Mittelpunkt zu stehen, wovon ich feuchte Augen bekomme, wie wenn jemand *Happy Birthday* für mich singt – echt, das ist jedes Jahr dasselbe.

War dasselbe.

»... Du hast nie geweint, obwohl du allen Grund dazu hattest, als wolltest du uns etwas beweisen. Die anderen ...« Jenn Lori wendet sich nicht an die Plutos, nicht mal ein bisschen. Sie hält den Blickkontakt mit mir, als wär das ein Wettbewerb im Starren. Respekt. »Sie haben alle geweint, aber du hattest so traurige Augen, Rufus. Ein paar Tage lang hast du keinen von uns angesehen. Wenn sich jemand anders für mich ausgegeben hätte, wäre es dir nicht aufgefallen, davon bin ich überzeugt. Deine innere Leere lastete schwer auf dir, bis du Freunde fandest – und noch mehr.«

Ich drehe mich zu Aimee um, die ihren Blick nicht von mir löst. Es ist derselbe traurige Blick, den sie auch aufgesetzt hat, als sie mit mir Schluss gemacht hat.

»Ich hatte immer ein gutes Gefühl, wenn ihr alle zusammen wart«, sagt Francis.

Damit meint er nicht heute Nacht, das weiß ich. Zu sterben ist bestimmt scheiße, aber im Knast zu landen, während das Leben da draußen ohne dich weitergeht, muss noch beschissener sein.

Francis sieht mich weiter an, sagt aber sonst nichts. »Wir haben nicht den ganzen Tag Zeit.« Er winkt Malcolm zu sich. »Du bist dran.«

Malcolm tritt in die Mitte des Zimmers, seinen gekrümmten Rücken zur Küche gewandt. Er räuspert sich. Es klingt rau, als hätte er was im Hals stecken, und etwas Spucke fliegt ihm aus dem Mund. Er war schon immer ein Chaot, die Art Kumpel, der dich unabsichtlich blamiert, weil er keine Tischmanieren hat und sich nicht bremsen kann. Aber genauso gut kann er dir Nachhilfe in Algebra geben und es für sich behalten, und das sind die Dinge, über die ich sprechen würde, wenn ich eine Grabrede für ihn halten müsste. »Du warst ... du bist unser Bruder, Roof. Das ist alles Scheiße. Voll verfickte Scheiße.« Er lässt den Kopf hängen und knabbert an der Nagelhaut seiner linken Hand. »Sie sollten lieber mich nehmen.«

»Sag nicht so was. Echt jetzt, halt's Maul, Alter.«

»Ich mein's ernst«, erwidert er. »Schon klar, dass kein Mensch ewig lebt, aber du solltest länger leben als andere. Du bist mehr wert als andere Leute. Aber so ist das Leben. Ich bin ein totaler Loser und kann noch nicht mal 'nen Job als Einpacker an der Supermarktkasse behalten, und du ...«

»... und ich sterbe!«, unterbreche ich ihn und stehe auf. Ich bin sauer und boxe ihn heftig auf den Arm. Entschuldige mich auch nicht. »Ich sterbe und wir können nicht tauschen. Du bist kein totaler Loser, aber du könntest dich trotzdem noch 'n bisschen ranhalten.«

Tagoe steht auf, massiert sich den Nacken und unterdrückt ein Zucken. »Ey, Roof, ich werds vermissen, wie du uns immer zusammengefaltet hast. Du hast mich so oft davon abgehalten, Malcolm umzubringen, wenn er, ohne rot zu werden, einfach unsere Teller leer gegessen hat. Und ich hab gedacht, ich würde deine beschissene Fresse sehen, bis wir alt sind.« Tagoe setzt die Brille ab, wischt sich mit dem Handrücken die Tränen weg und macht dann eine Faust. Er schaut hoch, als würde er damit rechnen, dass jeden Moment eine Todespiñata von der Decke fallen könnte. »Du sollst doch leben.«

Niemand sagt etwas, sie weinen alle nur noch heftiger. Von diesem Geheule, bevor ich überhaupt tot bin, krieg ich 'ne fette Gänsehaut. Ich will sie trösten, aber ich bin viel zu benommen. Nachdem ich meine Familie verloren hatte, hatte ich lange Zeit Schuldgefühle, weil ich selbst noch am Leben war, und jetzt fühle ich mich – typisch Todgeweihter – schuldig, weil ich sterbe und diese Leute hier zurücklasse.

Aimee tritt in die Mitte und wir wissen alle, dass es jetzt megatraurig wird. Brutal. »Ist es erbärmlich, zu sagen, ich hab das Gefühl, in einem Albtraum festzusitzen? Ich fand, es klang immer so übertrieben dramatisch, wenn jemand gesagt hat: ›Das ist wie ein Albtraum.‹ Das soll alles sein, wenn was Tragisches passiert?, hab ich dann immer gedacht. Ich weiß nicht, wie sich die Leute sonst fühlen sollten, aber jetzt kann ich sagen, sie haben den Nagel auf den Kopf getroffen. Noch 'ne Floskel, aber egal. Ich will aufwachen. Und wenn das nicht geht, will ich für immer irgendwo schlafen, wo ich lauter Schönes von dir träumen kann, zum Beispiel wie du mich um meiner selbst willen angesehen hast und nicht, um diesen Mist in meinem Gesicht anzustarren.«

Aimee legt die Hand aufs Herz und die nächsten Worte bleiben ihr fast im Hals stecken. »Der Gedanke tut so weh,

Rufus, dass du nicht mehr da sein wirst und ich dich nicht anrufen oder umarmen oder …« Sie wendet den Blick von mir ab, sieht auf etwas hinter mir und lässt die Hand sinken. »Hat jemand die Polizei gerufen?«

Ich springe auf und sehe die roten und blauen Lichter vor dem Haus aufblitzen. Ich schiebe die totale Panik, was sich gleichzeitig irre kurz und extrem lang anfühlt, wie acht Ewigkeiten. Nur einer ist nicht überrascht oder am Ausflippen. Ich drehe mich zu Aimee um, und ihr Blick folgt meinem zurück zu Peck.

»Das glaub ich jetzt nicht«, sagt Aimee und stürmt auf ihn zu. Sie reißt ihm das Telefon aus der Hand.

»Er hat mich zusammengeschlagen!«, brüllt Peck. »Mir doch egal, wenn er heute abtreten muss!«

»Was bist du nur für ein Arsch!«, brüllt Aimee zurück.

Heilige Scheiße. Ich weiß nicht, wie Peck es angestellt hat, denn er hat hier ja nicht telefoniert, aber er hat bei meiner eigenen Trauerfeier die Bullen auf mich gehetzt. Ich hoffe, der Todesbote ruft diesen Hurensohn in den nächsten paar Minuten an.

»Los, hau hintenrum ab«, sagt Tagoe und zuckt wie verrückt.

»Ihr müsst mitkommen, ihr wart doch auch dabei.«

»Wir halten sie auf«, sagt Malcolm. »Und reden ihnen das aus.«

Es klopft an der Tür.

Jenn Lori zeigt auf die Küche. »Los!«

Ich schnappe mir meinen Helm und gehe rückwärts Richtung Küche, den Blick auf alle Plutos gerichtet. Mein Dad hat mal gesagt, Abschied ist »eine unmögliche Möglichkeit«, weil man ihn eigentlich nie nehmen will, aber blöd wäre, es nicht zu tun, wenn man die Gelegenheit dazu hat. Um meinen Abschied werde ich jetzt betrogen, weil bei meiner Trauerfeier der Falsche aufgetaucht ist.

Ich schüttele den Kopf, halte den Atem an und renne hinten raus. Ich laufe durch den Hinterhof, den wir alle wegen den gnadenlosen Mücken und Fruchtfliegen immer gehasst haben, und springe über den Zaun. Dann schleiche ich ums Haus nach vorn, um zu sehen, ob ich vielleicht an mein Fahrrad rankomme, damit ich nicht zu Fuß abhauen muss. Der Streifenwagen steht vor der Tür, aber offenbar sind beide Polizisten im Haus oder vielleicht auch schon im Hinterhof, falls Peck mich verpfiffen hat. Ich schnappe mir mein Rad, renne damit den Bürgersteig entlang und springe auf den Sattel, sobald ich genug Schwung habe.

Ich weiß nicht, wo ich hinfahre, aber ich fahre immer weiter.

Ich habe meine Trauerfeier miterlebt, aber ich wünschte, ich wäre schon tot.

MATEO
02:52 Uhr

Es sind wohl eher aller schlechten Dinge drei. Ich weiß nicht mal, ob Elle wirklich todgeweiht ist, aber ich habe sie ohne weitere Nachforschungen blockiert, weil sie mich mit irgendwelchen Links zu »witzigen Snuff-Filmen, die danebengegangen sind«, zugemüllt hat. Danach habe ich die App geschlossen.

Ich muss zugeben, dass ich mich in gewisser Weise bestätigt darin fühle, wie ich mein Leben gelebt habe. Menschen können echt übel sein. Es ist gar nicht so einfach, ein Gespräch in gegenseitigem Respekt zu führen, geschweige denn einen letzten Freund zu finden.

Es kommen immer weiter Pop-ups rein, die mich über neue Nachrichten informieren, aber ich beachte sie nicht, weil ich gerade im zehnten Level von *A Dark Vanishing* bin, diesem genialen Videospiel, für das ich gerade nach Cheats suchen will. Mein Held Cove, ein Level-siebzehn-Hexer mit Flammenhaar, kann das bettelarme Königreich nicht ohne eine Gabe für die Prinzessin durchqueren. Also gehe ich (besser gesagt, geht Cove) vorbei an allen Straßenhändlern, die versuchen, ihre bronzenen Anstecknadeln und verrosteten Schlösser an den Mann zu bringen, direkt zu den Piraten.

Offenbar habe ich auf dem Weg zum Hafen kurz nicht aufgepasst, denn Cove tritt auf eine Landmine und ich habe keine Zeit mehr, mich für die Explosion in die Geisterebene zurückzuziehen. Coves Arm fliegt durchs Fenster einer

Hütte, sein Kopf steigt in den Himmel auf und seine Beine werden völlig zerfetzt.

Während die Seite neu lädt, hämmert mein Herz, bis Cove plötzlich wieder da ist, so gut wie neu. Cove hat echt Glück.

Ich werde nachher nicht wiederauferstehen können.

Ich verschwende hier drin meine Zeit und ...

In meinem Zimmer steht ein zweiteiliges Bücherregal. In dem blauen unteren Teil stehen meine Lieblingsbücher, von denen ich mich nicht trennen konnte, wenn ich einmal im Monat Bücher für das Jugendgesundheitszentrum bei uns in der Straße aussortiert habe. Im weißen Regalteil darüber stehen die Bücher, die ich noch lesen wollte.

Ich hole die Bücher herunter, als hätte ich Zeit, sie alle noch zu lesen. Ich möchte wissen, wie dieser Junge nach seiner rituellen Wiedererweckung mit einem Leben klarkommt, das inzwischen ohne ihn weitergegangen ist. Oder wie das kleine Mädchen sich gefühlt hat, das nicht bei der Talentshow in der Schule auftreten konnte, weil seine Eltern den Anruf des Todesboten bekamen, während es von Klavieren träumte. Oder wie dieser Held, der die Hoffnung seines Volkes genannt wird, eine Nachricht von todesbotenähnlichen Propheten bekommt, die ihm mitteilen, dass er sechs Tage vor der entscheidenden Schlacht sterben wird, bei der er den Sieg über den bösen König herbeiführen könnte. Ich schleudere die Bücher durchs Zimmer und trete sogar noch einige meiner Lieblingsbücher von ihrem Regalbrett, weil der Unterschied zwischen Lieblingsbüchern und Büchern, die nie dazu werden können, keine Rolle mehr spielt.

Dann stürme ich auf meine Lautsprecher zu und schleudere auch sie beinahe gegen die Wand, halte mich jedoch im letzten Moment zurück. Bücher stehen nicht unter Strom, aber Lautsprecher schon, und damit könnte alles vorbei sein. Die Lautsprecher und das Klavier verhöhnen mich, erinnern mich an all die Male, die ich schnell von der Schule nach Hause gelaufen bin, um möglichst viel Zeit allein mit meiner Musik zu haben, bevor Dad von seiner Arbeit als Geschäftsführer eines Bastelladens nach Hause kam. Dann habe ich gesungen, wenn auch nicht laut, damit unsere Nachbarn mich nicht hören konnten.

Ich reiße eine Landkarte von der Wand. Ich habe New York nie verlassen und werde auch kein Flugzeug mehr besteigen, um in Ägypten zu landen und Tempel oder Pyramiden zu besichtigen, oder zu Dads Geburtsort in Puerto Rico reisen und den Regenwald sehen, wo er sich als Kind oft aufgehalten hat. Ich zerreiße die Karte und lasse all die Länder, Städte und Ortschaften vor mir zu Boden flattern.

Hier drin herrscht jetzt Chaos. Es ist, wie wenn der Held eines Fantasyblockbusters mitten in seinem vom Krieg verwüsteten Dorf steht, das von den Schurken in Schutt und Asche gelegt wurde, weil sie ihn nicht finden konnten. Nur dass statt eingestürzter Häuser und zerschmetterter Ziegel aufgeschlagene Bücher mit zerbrochenen Buchrücken auf dem Boden liegen. Ich kann das jetzt nicht in Ordnung bringen, sonst sortiere ich noch alle Bücher alphabetisch und klebe die Landkarte wieder. (Und das ist nicht nur eine Ausrede, damit ich mein Zimmer nicht aufräumen muss.)

Ich schalte die Xbox Infinity aus, wo Cove inzwischen wiederauferstanden ist, alle Gliedmaßen an ihrem Platz, als wäre er nicht erst vor Minuten explodiert. Cove steht am Start und lässt träge seinen Stab baumeln.

Ich muss was unternehmen. Also hole ich mein Handy wieder hervor und öffne *Letzte Freunde*. Ich hoffe, ich kann den Leuten, die so gefährlich sind wie Landminen, aus dem Weg gehen.

RUFUS
02:59 Uhr

Hätte mich der Todesbote doch angerufen, bevor ich in dieser Nacht mein Leben versaut habe.

Wenn der Todesbote sich gestern Nacht gemeldet hätte, hätten sie mich aus einem Traum geholt, in dem ich einen Marathon gegen ein paar Kinder auf Dreirädern verlor. Wenn der Todesbote sich vor einer Woche gemeldet hätte, dann hätte ich nicht die ganze Nacht wach gelegen und all die Nachrichten gelesen, die Aimee mir geschrieben hat, als wir noch zusammen waren. Wenn der Todesbote vor zwei Wochen angerufen hätte, hätte er die Diskussion unterbrochen, die ich mit Malcolm und Tagoe darüber führte, ob Marvel-Helden besser sind als DC-Helden (und vielleicht hätte ich den Anrufer sogar gebeten, seine Meinung dazu zu äußern). Wenn der Todesbote vor vier Wochen angerufen hätte, hätte er das eisige Schweigen durchbrochen, das ich mir auferlegt hatte, als ich nach Aimees Abschied mit niemandem reden wollte. Aber nein, der Todesbote musste ausgerechnet heute anrufen, während ich gerade auf Peck einprügelte, was dazu führte, dass Aimee ihn zu uns nach Hause schleppte, um mich mit der Sache zu konfrontieren, was wiederum dazu führte, dass Peck die Bullen rief und meine Trauerfeier ruinierte und ich jetzt vollkommen allein bin.

Nichts davon wäre passiert, wenn der Todesbote einen Tag früher angerufen hätte.

Ich höre Polizeisirenen und trete weiter in die Pedale. Hoffentlich hat das nichts mit mir zu tun.

Erst nach ein paar Minuten mache ich Pause und halte zwischen einem McDonald's und einer Tankstelle an. Es ist wahnsinnig hell, und vielleicht ist es blöd, ausgerechnet hier zu verschnaufen, aber andererseits ist die Öffentlichkeit möglicherweise das beste Versteck. Keine Ahnung, schließlich bin ich nicht James Bond und hab auch kein Handbuch, in dem steht, wie man sich am besten vor den Bösen versteckt.

Fuck, *ich* bin ja der Böse.

Auf jeden Fall kann ich nicht weiter. Mein Herz rast, meine Beine brennen und ich muss erst mal zu Atem kommen.

Ich setze mich auf den Bordstein vor der Tankstelle. Es stinkt nach Pisse und billigem Bier. An die Wand mit den Luftdruckmessgeräten sind zwei Silhouetten gesprüht, die aussehen wie der Typ auf der Männerklotür. In orangefarbener Schrift steht darüber: *Letzte Freunde – die App.*

Dauernd werde ich um einen anständigen Abschied gebracht. Keine letzte Umarmung mit meiner Familie, keine letzte Umarmung mit den Plutos. Dabei geht es nicht mal um den Abschied, Mann, sondern darum, den Leuten für alles, was sie für mich getan haben, Danke zu sagen. Für die Treue, die Malcolm mir immer wieder bewiesen hat. Den Spaß, den Tagoe uns mit seinen Drehbüchern für irgendwelche B-Movies gemacht hat, mit *Kanarienclown und der Karneval des Grauens* oder *Schlangentaxi* – obwohl *Die Vertretungsärztin* selbst für einen schlechten Film absolut unterirdisch war. Wenn Francis die Figuren nachgemacht hat, hab ich mich weggeschmissen vor Lachen und ihn schließlich angefleht aufzuhören, weil mir die Brust wehtat. Ich will mich auch für den Nachmittag bedanken, als Jenn Lori mir Patiencespielen beigebracht hat, damit ich etwas zu tun hatte, aber trotzdem allein sein konnte. Für das tolle

Gespräch mit Francis, als alle anderen schon im Bett waren und er mir erklärt hat, dass man bei einem Kompliment lieber nicht das Aussehen eines hübschen Menschen betont, sondern sich was Persönlicheres ausdenken soll, denn »schöne Augen kann jeder haben, aber nur ganz besondere Menschen können das Alphabet summen, sodass es zu deinem neuen Lieblingssound wird«. Danke auch dafür, dass Aimee immer ehrlich war, sogar eben noch, als sie mich losließ und mir sagte, dass sie mich nicht mehr liebt.

Ich hätte wirklich noch eine letzte Plutosonnensystem-Gruppenumarmung gebrauchen können. Aber jetzt kann ich nicht zurück. Vielleicht hätte ich nicht abhauen sollen. Wahrscheinlich gibt es jetzt nur noch mehr Anklagepunkte gegen mich, aber ich hatte keine Zeit mehr zum Überlegen.

Ich muss das den Plutos gegenüber wiedergutmachen. In ihren Grabreden haben sie nichts als die Wahrheit gesagt. Ich hab in letzter Zeit zwar Scheiße gebaut, aber ich bin kein schlechter Mensch. Sonst wären Malcolm und Tagoe nicht meine Kumpels gewesen und Aimee nicht mein Mädchen.

Sie können nicht bei mir sein, aber das heißt nicht, dass ich allein sein muss.

Ich will echt nicht allein sein.

Also rappele ich mich auf und gehe zu der Wand mit dem Graffito und einem ölverschmierten Werbeplakat für etwas namens *Make-A-Moment* rüber. Ich starre die *Letzte Freunde*-Silhouetten auf der Mauer an. Seit meine Familie umgekommen ist, hätte ich geschworen, dass ich allein sterben würde. Vielleicht wird es auch so sein, aber nur weil ich als Letzter übrig geblieben bin, heißt das nicht, dass ich keinen letzten Freund haben kann. Ich weiß, dass ein guter Rufus in mir steckt, der Rufus, der ich früher war, und vielleicht kann ihn ein letzter Freund wieder zum Vorschein bringen.

Apps sind eigentlich nicht mein Ding, aber Leuten die Fresse zu polieren auch nicht, von daher bin ich heute eh nicht ganz ich selbst. Also öffne ich den App-Store und lade die *Letzte Freunde*-App herunter. Der Download geht extrem schnell; frisst wahrscheinlich höllisch viel Datenmenge, aber was solls.

Ich melde mich als Todgeweihter an, erstelle mein Profil, lade ein altes Foto aus meinem Instagram-Account hoch, und los gehts.

Nachdem ich in den ersten fünf Minuten schon sieben Nachrichten bekommen habe, fühle ich mich gleich etwas weniger einsam – auch wenn ein Typ mir irgendeinen Bullshit erzählt, er hätte das Mittel gegen den Tod in seiner Hose. Nee, da sterb ich lieber.

MATEO
03:14 Uhr

Ich passe die Einstellungen meines Profils an, sodass es nur für Leute zwischen sechzehn und achtzehn sichtbar ist. Ältere Männer und Frauen können mich ab sofort nicht mehr kontaktieren. Ich gehe noch einen Schritt weiter, und jetzt können sich nur registrierte Todgeweihte mit mir in Verbindung setzen, damit ich mich mit niemandem rumschlagen muss, der ein Sofa oder Dope kaufen will. Das reduziert die Anzahl der potenziellen Onlinefreunde deutlich. Sicher gibt es Hunderte, vielleicht auch Tausende Teenager, die heute ihre Todesnachricht erhalten haben, aber momentan sind nur neunundachtzig registrierte Todgeweihte im Alter zwischen sechzehn und achtzehn online. Ich bekomme eine Nachricht von einer Achtzehnjährigen namens Zoe, beachte sie aber nicht weiter, als ich plötzlich das Profil eines Siebzehnjährigen namens Rufus entdecke. Den Namen habe ich schon immer gemocht. Ich klicke das Profil an.

Name: Rufus Emeterio
Alter: 17
Geschlecht: männlich
Größe: 1,78 m
Gewicht: 75,5 kg
Ethnische Herkunft: Kubanoamerikaner
Sexuelle Orientierung: bisexuell
Beruf: professioneller Zeitverschwender
Hobbys: Radfahren, Fotografie

Lieblingsfilme/-fernsehserien/-bücher: <keine Angabe>
Wer du im Leben warst: Ich hab was überlebt, das ich nicht hätte überleben sollen.
Dinge, die du vor deinem Tod noch erledigen willst: Es wiedergutmachen.
Letzte Gedanken: Es ist Zeit. Ich habe Fehler gemacht, werde aber anständig abtreten.

Ich will mehr Zeit, mehr Leben, und dieser Rufus Emeterio hat sein Schicksal schon akzeptiert. Vielleicht hat er vor, sich umzubringen. Wenn er auf dem Selbstzerstörungstrip ist, sollte ich mich besser von ihm fernhalten – vielleicht ist er der Grund, weshalb meine Zeit abläuft. Aber sein Foto passt nicht zu dieser Theorie. Er lächelt und hat einen einladenden Blick. Ich werde mit ihm chatten, und wenn ich ein gutes Gefühl habe, könnte seine Aufrichtigkeit mir vielleicht dabei helfen, mich mir selbst zu stellen.

Ich werde mich mit ihm in Verbindung setzen. Mit einem Hallo riskiere ich ja nichts.

Mateo T. (03:17 Uhr): Tut mir leid, dass du dich verabschieden musst, Rufus.

Ich bin es nicht gewohnt, Kontakt zu Fremden aufzunehmen. Früher habe ich schon ein paarmal darüber nachgedacht, ein Profil auf *Letzte Freunde* einzurichten, um Todgeweihten Gesellschaft zu leisten, aber ich hatte nicht das Gefühl, ihnen viel bieten zu können. Jetzt, wo ich selbst einer bin, verstehe ich den verzweifelten Wunsch nach einer Bindung besser.

Rufus E. (03:19 Uhr): Hey, Mateo. Coole Mütze.

Er hat geantwortet! Und die Luigi-Mütze auf meinem Profilbild gefällt ihm. Er hat bereits einen Draht zu dem Menschen, der ich werden möchte.

Mateo T. (03:19 Uhr): Danke. Allerdings werde ich sie wohl besser zu Hause lassen. Sie ist doch etwas zu auffällig.

Rufus E. (03:19 Uhr): Gute Entscheidung. Schließlich ist eine Luigi-Mütze kein normales Basecap, was?

Mateo T. (03:19 Uhr): Genau.

Rufus E. (03:20 Uhr): Moment mal, du warst noch gar nicht draußen?

Mateo T. (03:20 Uhr): Nö.

Rufus E. (03:20 Uhr): Bist du eben erst angerufen worden?

Mateo T. (03:20 Uhr): Der Todesbote hat sich kurz nach Mitternacht bei mir gemeldet.

Rufus E. (03:20 Uhr): Und was hast du die ganze Zeit gemacht?

Mateo T. (03:20 Uhr): Aufgeräumt und Videospiele gespielt.

Rufus E. (03:20 Uhr): Welches Spiel?

Rufus E. (03:21 Uhr): Egal, das Spiel ist unwichtig. Willst du gar nichts mehr machen? Worauf wartest du?

Mateo T. (03:21 Uhr): Ich habe mit potenziellen letzten Freunden geredet und sie waren … nicht so der Bringer ist noch das Netteste, was man dazu sagen kann.

Rufus E. (03:21 Uhr): Wozu brauchst du einen letzten Freund, um in den Tag zu starten?

Mateo T. (03:22 Uhr): Wozu brauchst DU einen letzten Freund, obwohl du doch Freunde hast?

Rufus E. (03:22 Uhr): Ich hab zuerst gefragt.
Mateo T. (03:22 Uhr): Okay. Ich glaube, es ist verrückt, die Wohnung zu verlassen, wenn man weiß, dass irgendwas oder IRGENDWER einen umbringen wird. Und dass da draußen außerdem »letzte Freunde« sind, die behaupten, ein Mittel gegen den Tod in ihrer Hose zu haben.
Rufus E. (03:23 Uhr): Mit dem Dödel habe ich auch gesprochen! Na ja, nicht direkt mit seinem Dödel. Aber ich hab ihn anschließend gemeldet und blockiert. Ich verspreche dir, ich bin besser als dieser Typ. Auch wenn das wahrscheinlich nicht viel zu sagen hat. Wollen wir per Video-Chat reden? Ich schick dir eine Einladung.

Das Icon einer telefonierenden Figur blinkt auf. Ich bin kurz davor, den Anruf abzulehnen, viel zu verwirrt, weil das alles so plötzlich kommt, aber dann gehe ich doch ran, bevor der Anruf weg ist, bevor Rufus weg ist. Das Display wird kurz schwarz, dann taucht ein vollkommen Fremder mit dem Gesicht auf, das Rufus in seinem Profil hat. Er schwitzt und sieht erst zu Boden, aber dann begegnen sich unsere Blicke, und ich fühle mich ausgeliefert, vielleicht sogar bedroht, als wäre er irgendeine unheimliche Sagengestalt aus meiner Kindheit, die durch den Bildschirm greifen und mich in die finstere Unterwelt zerren könnte. Zur Verteidigung meiner übersteigerten Fantasie kann ich nur sagen, dass Rufus schließlich schon versucht hat, mich aus meiner geschützten Welt in die Außenwelt zu drängen, von daher …

»Hey«, sagt Rufus. »Kannst du mich sehen?«

»Ja, hallo. Ich bin Mateo.«

»Hi, Mateo. Tut mir leid, dass ich dich mit dem Video-Chat überfallen habe«, sagt Rufus. »Aber ich finds schwierig, jemandem zu trauen, den man nicht sehen kann.«

»Kein Problem«, sage ich. Irgendwas leuchtet grell dort, wo immer er ist, aber sein hellbraunes Gesicht kann ich trotzdem gut erkennen. Warum er wohl so verschwitzt ist?

»Du wolltest wissen, warum ich meinen Freunden aus dem echten Leben einen letzten Freund vorziehe, stimmts?«

»Ja«, sage ich. »Wenn das nicht zu persönlich ist.«

»Nee, schon okay. Ich finde ›zu persönlich‹ sollte es zwischen letzten Freunden nicht geben. Um es kurz zu machen: Ich war mit meinen Eltern und meiner Schwester unterwegs, als unser Auto in den Hudson gestürzt ist und ich zusehen musste, wie sie ertrunken sind. Mit so einem Schuldgefühl zu leben, möchte ich keinem meiner Freunde zumuten. Das musste ich jetzt loswerden und sichergehen, dass es für dich in Ordnung ist.«

»Dass du deine Freunde zurücklässt?«

»Nein. Dass du vielleicht mit ansehen musst, wie ich sterbe.«

Heute habe ich echt heftige Alternativen: Es kann sein, dass ich mit ansehen muss, wie er stirbt, falls es nicht umgekehrt passiert, und bei beiden Möglichkeiten wird mir übel. Nicht, dass ich bereits eine tiefe Verbundenheit zu ihm spüre oder so was, aber die Vorstellung, dabei zuzusehen, wie irgendjemand stirbt, macht mich krank, traurig und wütend – und deshalb fragt er ja. Nur gar nichts zu tun, ist auch nicht gerade tröstlich. »Okay, das ist für mich in Ordnung.«

»Wirklich? Aber du willst doch nicht aus dem Haus gehen. Letzter Freund hin oder her, ich hab nicht vor, mich für den Rest meines Lebens bei irgendjemand in der Wohnung zu verkriechen – und das sollst du auch nicht, aber wir müssen uns irgendwo auf halbem Weg treffen, Mateo«, sagt Rufus. Die Art, wie er meinen Namen ausspricht, klingt etwas beruhigender, als der gruselige Philly es in meiner Vorstellung getan hätte; eher wie ein Dirigent, der vor einem ausverkauften Konzert eine motivierende Rede hält. »Glaub mir, ich weiß, dass es hier draußen unangenehm werden kann. Es gab Zeiten, da war ich überzeugt davon, dass nichts von alledem die Mühe wert ist.«

»Und was hat sich verändert?« Es soll nicht herausfordernd klingen, aber das ist es natürlich irgendwie. So leicht gebe ich die Sicherheit meiner Wohnung nicht auf. »Du hast deine Familie verloren, und dann?«

»Ich wollte nichts mehr vom Leben wissen«, sagt Rufus und wendet den Blick ab. »Und wäre das Spiel vorbei gewesen, hätte es mir nichts ausgemacht. Doch meine Eltern und meine Schwestern wollten etwas anderes für mich. Es ist ziemlich schräg, aber mein Überleben hat mir deutlich gemacht, dass es besser ist, am Leben zu bleiben und sich zu wünschen, man wäre tot, als zu sterben und sich zu wünschen, man könnte ewig leben. Wenn ich alles verlieren und trotzdem meine Einstellung ändern kann, musst du das auch tun, bevor es zu spät ist, Alter. Du musst aufs Ganze gehen.«

Aufs Ganze gehen. Das habe ich in meinem Profil geschrieben. Er war aufmerksamer als die anderen und interessiert sich so für mich, wie es ein Freund tun sollte.

»Okay«, sage ich. »Wie wollen wir das machen? Gibts einen Handschlag oder so was?« Ich hoffe wirklich, dass mein Vertrauen nicht wieder enttäuscht wird wie früher.

»Wir können uns die Hand geben, wenn wir uns sehen, aber bis dahin verspreche ich, dass ich deinem Luigi der

Mario sein werde, aber ohne derart im Rampenlicht zu stehen. Wo wollen wir uns treffen? Ich bin hier bei der Tankstelle südlich von …«

»Unter einer Bedingung«, sage ich. Er kneift die Augen zusammen, wahrscheinlich beunruhigt ihn die überraschende Wendung. »Du hast gesagt, ich soll dich auf halbem Weg treffen, aber du musst mich zu Hause abholen. Es ist keine Falle, versprochen.«

»Klingt aber ziemlich nach Falle«, sagt Rufus. »Da suche ich mir besser einen anderen letzten Freund.«

»Wirklich nicht! Echt.« Ich lasse beinahe das Handy fallen. Ich habe alles versaut. »Ehrlich, ich …«

»Ist nur Spaß, Alter«, sagt er. »Ich schick dir meine Nummer, dann kannst du mir deine Adresse schreiben. Und anschließend überlegen wir, was wir machen.«

Ich bin genauso erleichtert, wie als der Todesbote mich Timothy genannt hat und ich dachte, ich hätte Glück gehabt und könnte noch länger leben. Nur dass ich mich diesmal wirklich ganz entspannen kann – glaube ich. »Alles klar«, sage ich.

Rufus verabschiedet sich nicht, sieht mich nur noch einen Moment an, als würde er mich abschätzen oder sich vielleicht fragen, ob ich ihn nicht doch in eine Falle locke.

»Wir sehn uns, Mateo. Versuch am Leben zu bleiben, bis ich bei dir bin.«

»Versuch am Leben zu bleiben, bis du hier bist«, sage ich. »Pass auf dich auf, Rufus.«

Rufus nickt und beendet den Video-Chat. Er schickt mir seine Handynummer und ich will ihn schon fast anrufen, um sicherzugehen, dass wirklich er rangeht und nicht irgendein unheimlicher Typ, der ihn dafür bezahlt, die Adressen wehrloser Jungs zu sammeln. Aber wenn ich Rufus weiter misstraue, wird die Sache mit dem letzten Freund nichts werden.

Ich bin etwas besorgt, meinen Abschiedstag mit jemandem zu verbringen, der den Tod akzeptiert hat, jemandem, der Fehler gemacht hat. Ich kenne Rufus natürlich nicht, und es könnte sich herausstellen, dass er wahnsinnig destruktiv ist – schließlich ist er an dem Tag, an dem er sterben wird, mitten in der Nacht draußen. Aber ganz egal, welche Entscheidungen wir treffen – allein oder gemeinsam –, unsere Ziellinie bleibt dieselbe. Es spielt keine Rolle, wie oft wir nach links oder rechts schauen. Es spielt keine Rolle, wenn wir nicht Fallschirmspringen gehen, um uns nicht in Gefahr zu bringen, auch wenn das bedeutet, dass wir niemals fliegen werden wie meine liebsten Superhelden. Es spielt keine Rolle, wenn wir den Kopf gesenkt halten, falls wir in einer üblen Gegend an einer Gang vorbeikommen.

Egal, wie wir zu leben beschließen, am Ende sterben wir sowieso.

Zweiter Teil

DER LETZTE FREUND

Ein Schiff im Hafen ist sicher,
aber dazu sind Schiffe nicht gemacht.
John A. Shedd

ANDREA DONAHUE
03:30 Uhr

Bei Andrea Donahue hat der Todesbote nicht angerufen, weil sie heute nicht sterben wird. Andrea ist eine der wichtigsten Angestellten des Todesboten seit seiner Gründung vor sieben Jahren und hat bereits mehr als genug Todesanrufe getätigt.

Zwischen Mitternacht und drei Uhr morgens hat sie heute siebenundsechzig Todgeweihte angerufen. Es ist nicht ihr bestes Ergebnis, aber ihren Rekord von zweiundneunzig Anrufen in einer Schicht zu brechen, ist schwierig geworden, seit sie unter Beobachtung steht, weil sie die Telefonate zu schnell abgewickelt hat.

Angeblich.

Als sie mit ihrem Gehstock aus dem Gebäude humpelt, hofft Andrea, dass die Personalabteilung heute nicht ihre Anrufe überprüfen wird, auch wenn sie weiß, dass Hoffnung in diesem Beruf gefährlich ist. Andrea hat mehrere Namen verwechselt, so erpicht war sie darauf, von einem Todgeweihten zum nächsten zu kommen. Es wäre ein denkbar schlechter Zeitpunkt für sie, ihre Stelle ausgerechnet jetzt zu verlieren, da sie zusätzlich zu den steigenden Studiengebühren für ihre Tochter auch noch die ganze Physiotherapie nach ihrem Unfall bezahlen muss. Ganz zu schweigen davon, dass es der einzige Beruf ist, in dem sie je gut war, da sie hinter sein Geheimnis gekommen ist, während andere das Handtuch geschmissen und sich weniger belastende Jobs gesucht haben.

Regel Nummer eins von einer: Todgeweihte sind keine Menschen mehr.

Das ist alles. Halte dich einfach an diese eine Regel und du brauchst keine wertvolle Zeit beim Betriebspsychologen zu verschwenden. Andrea weiß, dass sie für die Todgeweihten nichts tun kann. Sie kann nicht ihre Kissen aufschütteln, ihnen die Henkersmahlzeit servieren oder sie am Leben erhalten. Sie wird ihren Atem nicht darauf verschwenden, für sie zu beten. Sie wird sich nicht ihre Lebensgeschichten anhören und um sie weinen. Sie teilt ihnen einfach mit, dass sie sterben werden, und macht weiter. Je schneller sie ein Gespräch beendet, desto schneller erreicht sie den nächsten Todgeweihten.

Andrea sagt sich jede Nacht, was für ein Glück die Todgeweihten haben, dass es sie gibt. Sie erklärt den Leuten nicht einfach nur, dass sie sterben werden. Sie gibt ihnen die Chance, wirklich zu leben.

Aber sie kann ihnen das Leben nicht abnehmen. Das müssen sie schon selbst tun.

Ihren Part hat sie erfüllt, und zwar ziemlich gut.

RUFUS
03:31 Uhr

Ich radle zum Haus von diesem Mateo. Hoffentlich ist er kein Serienkiller, sonst hab ich verschissen ... Nee, der Typ ist cool. Offensichtlich verbringt er viel zu viel Zeit in seinem eigenen Kopf und ist viel weniger mit anderen Leuten zusammen, als gut für ihn wäre. Ich meine, das muss man sich mal vorstellen: Ich hol den Typen jetzt echt zu Hause ab, als wär er irgendein Prinz, der in 'nem Turm gefangen gehalten wird und befreit werden muss. Aber ich glaub, sobald die erste Verlegenheit mal überwunden ist, wird er einen coolen Partner abgeben. Und wenn nicht, können wir uns immer noch trennen. Das wär zwar scheiße, weil wir damit Zeit verschwenden, die wir nicht haben, aber so ist es dann eben. Immerhin sollten meine Freunde sich bei dem Gedanken, dass ich in der Stadt unterwegs bin, etwas besser fühlen, wenn sie wissen, dass ich einen letzten Freund bei mir habe. Ich zumindest fühle mich etwas besser.

MALCOLM ANTHONY
03:34 Uhr

Bei Malcolm Anthony hat der Todesbote heute früh nicht angerufen, weil er heute nicht sterben wird, aber seine Zukunft ist bedroht. Er und sein bester Freund Tagoe haben der Polizei keine Hinweise gegeben, wo Rufus ihrer Meinung nach sein könnte. Malcolm hat der Polizei gesagt, Rufus sei todgeweiht und es lohne sich überhaupt nicht, ihn zu suchen, aber die Beamten können Rufus nach einem Akt schwerer Körperverletzung nicht einfach laufen lassen. Also hatte Malcolm eine geniale wenn auch sein Leben ruinierende Idee und hat sich selbst verhaften lassen.

Malcolm hat mit dem Polizisten gestritten und sich gegen die Verhaftung gewehrt, aber die große Schwachstelle seines Plans war, dass er Tagoe nicht mehr einweihen konnte. Der hat sich ebenfalls in den Streit eingeklinkt, und zwar deutlich aggressiver als Malcolm selbst.

Deshalb sind sowohl Malcolm als auch Tagoe jetzt auf dem Weg zur Polizeiwache.

»Das ist doch zwecklos«, sagt Tagoe hinten im Streifenwagen. Er saugt jetzt nicht mehr an den Zähnen oder schreit herum, dass er gar nichts getan habe, wie vorhin, als sich die Handschellen um seine Gelenke schlossen. Da half es auch nichts, dass Malcolm und Aimee ihn drängten, den Mund zu halten. »Sie finden Rufus nie. Er hängt sie ab mit seinem ...«

»Halt's Maul.« Diesmal macht sich Malcolm keine Sorgen wegen zusätzlicher Anklagepunkte, die auf Tagoe zukommen könnten. Er weiß, dass Rufus mit dem Rad geflohen ist. Es stand nicht mehr da, als sie aus dem Haus geführt wurden. Und er weiß, dass Rufus die Polizei auf seinem Rad gut abhängen kann, aber er will nicht, dass sie Ausschau nach Jungen auf Rädern halten und ihn so vielleicht finden. Wenn sie ihn kriegen wollen, sollen sie auch was dafür tun.

Malcolm kann seinem Freund keinen zusätzlichen Tag, aber zumindest zusätzliche Lebenszeit verschaffen.

Vorausgesetzt, dass Rufus überhaupt noch am Leben ist.

Malcolm ist bereit, sich für Rufus einsperren zu lassen, und er weiß, dass er selbst nicht ganz unschuldig ist. Die Plutos haben sich am Abend rausgeschlichen, um Peck fertigzumachen, was Rufus dann ganz prima allein erledigt hat. Malcolm war bisher noch nie in eine Schlägerei verwickelt, obwohl ihn viele für einen gewalttätigen Typen halten, weil er eins achtzig groß ist, schwarz und knapp neunzig Kilo schwer. Aber nur weil er die Statur eines Wrestlers hat, heißt das nicht, dass er kriminell ist. Und jetzt sind Malcolm und Tagoe als jugendliche Straftäter abgestempelt.

Aber trotzdem haben sie ihr Leben noch vor sich.

Malcolm starrt aus dem Fenster und wünscht sich, er würde Rufus entdecken, der gerade um eine Ecke biegt. Und dann weint er schließlich, mit lauten, abgehackten Schluchzern. Nicht weil er jetzt vorbestraft sein wird, nicht weil er Angst hat, auf die Polizeiwache gebracht zu werden, und nicht einmal weil Rufus sterben wird, sondern weil das größte Verbrechen heute Nacht war, dass er seinen besten Freund nicht zum Abschied umarmen konnte.

MATEO
03:42 Uhr

Es klopft an der Wohnungstür und ich höre auf, im Zimmer herumzuwandern.

Die verschiedensten Gedanken gehen mir durch den Kopf und machen mich nervös: Was, wenn das gar nicht Rufus ist – obwohl um diese Zeit mitten in der Nacht wohl niemand anderes an meine Tür klopfen würde. Was, wenn es zwar Rufus ist, er aber eine Einbrecherbande oder so was mitbringt? Was, wenn es Dad ist, der mir nicht gesagt hat, dass er aus dem Koma aufgewacht ist, um mich zu überraschen – die Art Wunder am Abschiedstag, über die weltbewegende Filme gedreht werden?

Ich gehe langsam zur Tür, hebe die Abdeckung des Spions an und habe Rufus vor Augen, der mich direkt ansieht, obwohl er mich natürlich nicht erkennen kann.

»Ich bins – Rufus«, sagt er von der anderen Seite der Tür her.

Ich schiebe die Kette aus ihrer Schiene und hoffe, dass er allein ist. Dann mache ich die Tür auf und stehe einem völlig dreidimensionalen Rufus gegenüber, nicht nur jemandem, den ich im Video-Chat oder durch den Spion betrachte. Er hat eine graue Fleecejacke an und trägt blaue Basketballshorts über einer engen Sporthose. Ohne zu lächeln, nickt er mir zu, aber es wirkt trotzdem freundlich. Mit klopfendem Herzen beuge ich mich vor und werfe einen Blick in den Flur, um zu sehen, ob sich dort ein paar Freunde von ihm an die Wand pressen und nur darauf warten, mir das

Wenige abzunehmen, das ich besitze. Aber der Flur ist leer und jetzt lächelt Rufus doch.

»Ich bin hier in *deinem* Revier, Alter«, sagt Rufus. »Wenn jemand misstrauisch sein müsste, dann ich. Du spielst das behütete Kerlchen hoffentlich nicht nur.«

»Das ist nicht gespielt, ehrlich. Tut mir leid, ich bin bloß ... ziemlich mit den Nerven fertig.«

»Wir sitzen im selben Boot.« Er streckt mir die Hand entgegen und ich schüttele sie. Seine Handfläche ist verschwitzt. »Bist du zum Abflug bereit? Das ist natürlich eine Fangfrage.«

»So gut wie«, entgegne ich. Er ist heute zu mir gekommen, um mir Gesellschaft zu leisten und mich aus meinem Zufluchtsort zu holen, damit wir leben können, bis es mit unserem Leben vorbei ist. »Ich hol nur noch ein paar Sachen.«

Ich bitte ihn nicht in die Wohnung und er kommt auch nicht von selbst herein. Er hält die Tür von außen auf, während ich die Nachrichten für meine Nachbarn und meinen Hausschlüssel hole. Ich schalte das Licht aus, gehe an Rufus vorbei, und er macht die Tür hinter mir zu. Ich schließe ab. Rufus geht zum Aufzug, aber ich nehme die andere Richtung.

»Wo gehst du hin?«

»Ich will nicht, dass sich meine Nachbarn wundern oder Sorgen machen, wenn ich nicht an die Tür gehe.« Eine der Nachrichten lasse ich vor Wohnung 4F fallen. »Elliot hat extra für mich gekocht, weil ich nur noch Waffeln gegessen habe.« Ich gehe wieder in Rufus' Richtung und lege die zweite Nachricht vor Wohnung 4A. »Und Sean wollte sich unseren kaputten Gasherd ansehen, aber darum muss er sich jetzt nicht mehr kümmern.«

»Das ist cool von dir«, sagt Rufus. »An so was hab ich gar nicht gedacht.«

Auf dem Weg zum Aufzug werfe ich Rufus einen Blick über die Schulter zu. Ich habe kein schlechtes Gefühl, bin aber wachsam. Er redet, als wären wir schon eine ganze Weile befreundet, aber ich bleibe trotzdem misstrauisch. Was ja auch angebracht ist, schließlich weiß ich nichts weiter über ihn, als dass er Rufus heißt, Rad fährt, ein Unglück überlebt hat und der Mario für meinen Luigi sein will. Und dass er heute sterben wird, genau wie ich.

»Ey, wir fahren doch nicht mit dem Aufzug«, sagt Rufus. »Zwei Todgeweihte, die an ihrem Abschiedstag Aufzug fahren, ist entweder ein echter Todestrieb oder der Anfang von 'nem schlechten Witz.«

»Du hast recht«, sage ich. Der Aufzug ist riskant. Im besten Fall bleiben wir stecken. Im schlimmsten Fall – ich glaube, das ist offensichtlich. Zum Glück ist Rufus hier und denkt für mich mit. Wahrscheinlich ist ein letzter Freund auch eine Art Coach. »Komm, wir nehmen die Treppe«, sage ich, als gäbe es noch eine andere Möglichkeit, hier rauszukommen, zum Beispiel ein Seil aus dem Flurfenster oder eine dieser Flugzeugnotrutschen. Ich steige die vier Treppen hinunter wie ein Kleinkind, das zum ersten Mal Treppen steigen darf, die Eltern ein paar Schritte vor ihm – nur dass keiner hier ist, der mich auffängt, falls ich hinfalle oder Rufus stolpert und mich mitreißt.

Wir kommen heil im Eingangsbereich an. Meine Hand schwebt über der Haustürklinke – ich schaffe das nicht. Ich bin kurz davor, die Treppe wieder hochzugehen, als Rufus sich an mir vorbeischiebt und die Tür öffnet. Die feuchte Spätsommerluft ist eine Wohltat. Ich verspüre sogar die Hoffnung, dass ich, und nur ich – tut mir leid, Rufus! – den

Tod besiegen kann. Ein wunderbarer, völlig unrealistischer Moment.

»Los gehts!«, sagt Rufus. Er drängt mich, aber genau darum geht es ja. Ich will keinen von uns enttäuschen, am allerwenigsten mich selbst.

Also verlasse ich das Haus, bleibe aber direkt vor der Tür stehen. Zum letzten Mal war ich gestern Nachmittag draußen, als ich von meinem Besuch bei Dad zurückkam, ein unspektakulärer Labor Day. Aber jetzt hier draußen zu sein ist etwas ganz anderes. Ich betrachte die Häuser, zwischen denen ich aufgewachsen bin, die ich mir aber nie genauer angesehen habe. In den Wohnungen unserer Nachbarn brennt Licht. Ich kann sogar ein Paar stöhnen hören; das brüllende Zuschauergelächter eines Comedy-Specials; noch jemanden, der aus einem anderen Fenster lacht, vielleicht über die laute Comedysendung, über einen Witz, der ihm um diese Zeit übers Handy geschickt wurde, oder weil er oder sie von seinem Lover gekitzelt wird.

Rufus klatscht und reißt mich aus meiner Trance. »Zehn Punkte für dich.« Er tritt an ein Geländer und schließt sein stahlgraues Fahrrad auf.

»Wo gehen wir hin?«, frage ich und rücke langsam von der Tür weg. »Wir sollten einen Schlachtplan entwerfen.«

»Schlachtpläne haben meistens mit Kugeln und Bomben zu tun«, sagt Rufus. »Machen wir lieber einen Spielplan.« Er schiebt sein Fahrrad zur Straßenecke. »Listen mit all den Dingen, die man noch erledigen will, bringens nicht. Man schafft das eh nicht alles. Wir sollten uns einfach treiben lassen.«

»Du klingst wie ein Profi in Sachen Sterben.«

Das war dämlich. Es wird mir klar, noch bevor Rufus den Kopf schüttelt.

»Ja, na ja«, sagt Rufus.

»Tut mir leid. Ich habe bloß ...« Ich gerate in Panik, meine Brust wird ganz eng, mein Gesicht glüht, es juckt mich am ganzen Körper. »Ich krieg es einfach nicht in meinen Kopf, dass heute der Tag ist, an dem ich eine Liste der Dinge brauchen könnte, die ich vor meinem Tod noch erledigen will.« Ich kratze mich am Kopf und hole tief Luft. »Das hier wird nicht funktionieren. Es geht nach hinten los. Zusammen rumzuziehen ist keine gute Idee, weil es nur unsere Chancen erhöht, früher zu sterben. So eine Art Gefahrenzone für Todgeweihte. Stell dir vor, wir laufen die Straße entlang, ich stolpere, stoße mit dem Kopf gegen einen Hydranten und ...« Ich halte inne und zucke bei dem Phantomschmerz zusammen, den man verspürt, wenn man darüber nachdenkt, kopfüber in einen Stacheldrahtzaun zu fallen oder die Zähne ausgeschlagen zu bekommen.

»Du kannst gern dein eigenes Ding machen, aber mit uns ist es heute aus und vorbei, egal, ob wir zusammen unterwegs sind oder nicht«, sagt Rufus. »Also brauchen wir auch keine Angst davor zu haben.«

»So einfach ist das nicht. Wir sterben schließlich keinen natürlichen Tod. Wie können wir versuchen zu leben, wenn wir wissen, dass uns jeden Moment ein LKW überfahren könnte, sobald wir die Straße überqueren?«

»Wir gucken vorher nach links und rechts, wie man es uns von klein auf beigebracht hat.«

»Und wenn jemand eine Pistole zieht?«

»Wir halten uns von finsteren Gegenden fern.«

»Und wenn uns ein Zug überrollt?«

»Wenn wir uns an unserem letzten Tag auf Gleise stellen, haben wir es nicht besser verdient.«

»Und wenn ...«

»Quäl dich doch nicht!« Rufus schließt die Augen und reibt sie sich mit den Fäusten. Ich mache ihn wahnsinnig. »Wir können den ganzen Tag einfach so weitermachen, oder wir bleiben jetzt draußen und, na ja, leben einfach. Versau dir nicht deinen letzten Tag.«

Rufus hat recht. Ich weiß, dass er recht hat. Keine weiteren Diskussionen. »Es wird ein bisschen dauern, bis ich so weit bin wie du. Ich werde meine Angst sicher nicht dadurch los, dass mir meine Optionen bewusst werden: entweder etwas tun und dann sterben – oder nichts tun und trotzdem sterben.« Er weist mich nicht darauf hin, dass wir nicht übermäßig viel Zeit haben. »Ich muss mich von meinem Vater und meiner besten Freundin verabschieden.« Damit gehe ich auf die U-Bahn-Station in der 110th Street zu.

»Das können wir machen«, sagt Rufus. »Ich hab nichts Dringendes vor. Meine Trauerfeier hatte ich schon, obwohl die nicht gerade so lief wie geplant. Allerdings rechne ich auch nicht mit 'nem zweiten Durchgang.«

Es überrascht mich nicht, dass jemand, der seinen Abschiedstag so mutig angeht, eine Trauerfeier hatte. Sicher gab es mehr als zwei Leute, von denen er sich verabschiedet hat.

»Was ist passiert?«, frage ich.

»Ach, dämlicher Bullshit.« Rufus geht nicht weiter darauf ein.

Ich sehe nach rechts und links, um die Straße zu überqueren, als ich auf der Fahrbahn einen toten Vogel entdecke, der im Schein des beleuchteten Vordachs einer Bar einen kleinen Schatten wirft. Der Vogel ist ganz platt, sein abgetrennter Kopf liegt ein Stück weiter entfernt. Wahrscheinlich wurde er von einem Auto überfahren und dann von einem Fahrrad zweigeteilt – hoffentlich nicht von Rufus. Dieser Vogel hat sicher keinen Anruf erhalten, der ihm mitgeteilt hat, er werde heute Nacht oder gestern oder auch vorgestern sterben, obwohl ich gern glauben möchte, dass der Fahrer, von dem der Vogel getötet wurde, ihn wenigstens gesehen und gehupt hat. Aber vielleicht hätte diese Warnung sowieso nichts genützt.

Rufus sieht den Vogel ebenfalls. »Oh, shit.«

»Wir müssen ihn von der Straße holen.« Ich sehe mich nach etwas um, womit man ihn aufheben könnte. Ich weiß, dass ich ihn nicht mit bloßen Händen anfassen darf.

»Dein Ernst?«

»Diese Tot-ist-tot-also-geh-ich-einfach-weiter-Haltung habe ich nicht«, sage ich.

»Ich habe diese Tot-ist-tot-also-geh-ich-einfach-weiter-Haltung auch nicht«, entgegnet Rufus gereizt.

Ich muss mich zusammenreißen. »Tut mir leid. Schon wieder.« Ich höre auf zu suchen. »Es ist nämlich so: Als ich in der dritten Klasse war, habe ich mal draußen im Regen gespielt, als ein Vogeljunges aus dem Nest fiel. Ich habe es haargenau mitbekommen – wie der Vogel vom Nestrand sprang, die Flügel ausgebreitet hat und abgestürzt ist. Wie seine Augen sich nach Hilfe umsahen. Beim Aufprall brach er sich das Bein und konnte sich deshalb nicht in Deckung bringen, und der Regen trommelte auf ihn ein.«

»Bei dem Vogel stimmte wohl was nicht mit den Instinkten, wenn er einfach so vom Baum gehopst ist«, sagt Rufus.

Immerhin hat sich der Vogel getraut, sein Zuhause zu verlassen. »Ich hatte Angst, er würde erfrieren oder in einer Pfütze ertrinken, also rannte ich hinaus, setzte mich neben ihn auf den Boden und schützte ihn mit meinen Beinen wie ein hoher Turm.« Der kalte Wind erwischte uns mit voller

Wucht und ich konnte am folgenden Montag und Dienstag nicht zur Schule gehen, weil ich richtig krank wurde.

»Und was ist dann passiert?«

»Ich habe keine Ahnung«, erwidere ich. »Ich weiß noch, dass ich eine Erkältung bekam und nicht zur Schule gehen konnte, aber was mit dem Vogel passiert ist, habe ich offenbar verdrängt. Ich muss immer wieder daran denken, weil ich keine Leiter geholt habe, um ihn zurück ins Nest zu setzen. Die Vorstellung, dass ich ihn dort im Regen habe sterben lassen, ist kein schöner Gedanke.« Ich habe oft gedacht, dass diese Hilfsaktion für den Vogel meine erste gute Tat war, die ich vollbracht habe, weil ich jemandem helfen wollte und nicht weil mein Vater oder irgendein Lehrer es von mir erwartet haben. »Bei diesem Vogel hier kann ich es jetzt besser machen.«

Rufus sieht mich an und atmet tief durch. Dann kehrt er mir den Rücken zu und schiebt sein Fahrrad weg. Meine Brust wird wieder eng. Gut möglich, dass ich gesundheitliche Probleme habe, von denen ich heute erfahre und an denen ich sterben werde, aber ich bin erleichtert, als Rufus sein Rad auf den Bürgersteig rollt und den Ständer ausklappt. »Ich suche dir was, womit du den Vogel aufheben kannst«, sagt er. »Fass ihn nicht an.«

Ich vergewissere mich, dass keine Autos kommen.

Rufus kehrt mit einer alten Zeitung zurück und reicht sie mir. »Was Besseres konnte ich nicht finden.«

»Danke.« Mit der Zeitung hebe ich den Körper des Vogels und seinen abgetrennten Kopf auf. Dann gehe ich zum Gemeinschaftsgarten zwischen dem Basketballplatz und dem Spielplatz, direkt gegenüber der U-Bahn-Station.

Rufus taucht langsam tretend auf seinem Fahrrad neben mir auf. »Was machst du jetzt mit ihm?«

»Ihn begraben.« Ich betrete den Garten und suche mir eine Ecke hinter einem Baum, etwas entfernt von der Stelle, wo die Gemeinschaftsgärtner Obstbäume und Blumen gepflanzt und die Welt dadurch etwas bunter gemacht haben. Ich knie mich hin und lege vorsichtig die Zeitung ab, damit der Vogelkopf nicht davonrollt. Rufus sagt nichts, aber ich habe das Gefühl, hinzufügen zu müssen: »Ich kann den Vogel nicht einfach da liegen lassen, bis er in einen Mülleimer geworfen oder immer und immer wieder von Autos platt gefahren wird.«

Die Vorstellung, dass ein Vogel, der auf so tragische Weise vorzeitig gestorben ist, hier in diesem Garten voller Leben seine letzte Ruhe findet, gefällt mir. Ich stelle mir sogar vor, dass dieser Baum selbst mal ein Mensch gewesen ist, ein Todgeweihter, der eingeäschert wurde und darum gebeten hat, dass man seine Asche in eine biologisch abbaubare Urne füllt, mit dem Samen eines Baumes darin, dem er dadurch das Leben geschenkt hat.

»Es ist kurz nach vier«, lässt Rufus mich wissen.

»Ich beeile mich.«

Vermutlich ist er nicht der Typ, der einen Vogel beerdigen würde. Ich weiß, dass viele Leute dieses Bedürfnis nicht teilen oder verstehen würden. Schließlich ist ein Vogel in den Augen der meisten Leute ein Nichts, verglichen mit echten Menschen, weil echte Menschen sich Krawatten umbinden und zur Arbeit gehen, sich verlieben und heiraten, Kinder kriegen und sie aufziehen. Aber Vögel tun das alles auch. Sie arbeiten – okay, ohne Krawatten, das stimmt –, paaren sich und füttern Vogeljunge, bis diese fliegen können. Einige von ihnen werden Haustiere, die Kindern Freude bereiten – Kindern, die dadurch lernen, Tiere zu lieben und zu schätzen. Andere Vögel leben, bis ihre Zeit um ist.

Aber dieses Gefühl ist ein typisches Mateo-Ding, und andere haben mich deswegen immer für seltsam gehalten. Solche Gedanken teile ich sonst auch nicht mit jedem, oft nicht einmal mit Dad oder Lidia.

Ich habe ein zwanzig Zentimeter großes Loch im Beet ausgehoben und lasse den Körper und den Kopf des Vogels von der Zeitung hineingleiten, als hinter mir etwas aufblitzt. Nein, das Erste, was ich denke, ist nicht, dass ein Alien irgendwelche Krieger auf die Erde gebeamt hat, um mich zu entführen – okay, vielleicht doch. Ich drehe mich um und stelle fest, dass Rufus seine Handykamera auf mich gerichtet hat.

»Tut mir leid«, sagt er, »aber man sieht schließlich nicht jeden Tag, wie jemand einen Vogel beerdigt.«

Ich schaufele die Erde auf das Tier und drücke sie fest, dann stehe ich auf. »Hoffentlich macht irgendjemand dasselbe für uns, wenn es so weit ist.«

RUFUS
04:09 Uhr

Mateo ist echt zu gut für diese Welt. Ich bin jetzt nicht mehr misstrauisch, der ist bestimmt nicht dazu fähig, mich anzugreifen. Aber ich bin voll geflasht, jemand kennenzulernen, der so … unschuldig ist? Ich würde ja nicht sagen, dass ich es immer nur mit Arschlöchern zu tun hatte, aber Malcolm und Tagoe werden in ihrem ganzen Leben keinen verdammten Vogel beerdigen, das ist mal klar. Dass wir diesen Hurensohn Peck heute Nacht fertiggemacht haben, zeigt schon, dass wir alles andere als Unschuldslämmer sind. Ich wette, Mateo weiß nicht mal, wie man eine Faust ballt, und er wäre auch nie auf die Idee gekommen, gewalttätig zu werden, nicht mal als Kind, als einem jeder Blödsinn vergeben und vergessen wurde, weil man noch klein war.

Das mit Peck werd ich ihm auf keinen Fall erzählen. Das nehme ich heute mit ins Grab.

»Wen besuchen wir zuerst?«

»Meinen Vater. Wir können mit dieser U-Bahn hier fahren.« Mateo zeigt auf den U-Bahnhof. »Es sind nur zwei Stationen Richtung Innenstadt, aber das ist sicherer als Laufen.«

Zwei Stationen Richtung Innenstadt wären fünf Minuten auf dem Rad für mich, und ich überlege, ihn einfach dort zu treffen. Aber mein Bauchgefühl sagt mir, dass Mateo es dann verkackt und mich vor dem U-Bahnhof stehen lässt. Also trage ich mein Rad an Lenker und Sattel die Treppe runter. Ich schiebe es um die Ecke, während Mateo vorsichtig ein Stück zurückbleibt, und ich sehe, wie er um die Ecke linst, bevor er mir folgt – genau wie ich, als ich vor ein paar Jahren mit Olivia in diesem Spukhaus in Brooklyn war, nur dass ich damals noch ganz klein war. Ich weiß nicht, wovor er Schiss hat, und frage auch nicht nach.

»Alles okay«, sage ich. »Die Luft ist rein.«

Mateo schleicht immer noch misstrauisch hinter mir her in dem leeren Gang, der zu den Drehkreuzen führt. »Wie viele Todgeweihte jetzt wohl noch mit irgendwelchen Fremden unterwegs sind? Viele sind inzwischen wahrscheinlich schon tot. Autounfall oder Feuer oder erschossen oder in einen Schacht gefallen oder ...« Er hält inne. Der Typ weiß echt, wie man den Teufel an die Wand malt. »Vielleicht waren sie gerade auf dem Weg, sich von einem Angehörigen oder engen Freund zu verabschieden, und dann ...« Mateo klatscht in die Hände. »Vorbei. Es ist so unfair ... Ich hoffe, sie waren nicht allein.«

Wir kommen zum Fahrkartenautomaten. »Jep. Unfair. Ich glaube, es ist egal, mit wem man zusammen ist, wenn man stirbt. Wenn jemand anders dabei ist, hält dich das auch nicht am Leben, sobald der Todesbote sich bei dir gemeldet hat.« So was zu sagen, ist wahrscheinlich tabu für einen letzten Freund, aber schließlich hab ich recht. Trotzdem hab ich ein schlechtes Gewissen, als Mateo jetzt schweigt.

Todgeweihte bekommen einige Vergünstigungen, zum Beispiel unbegrenzt freie Fahrt mit der U-Bahn, man muss nur irgendein Formular an der Kasse ausfüllen. Aber das mit dem »unbegrenzt« ist Schwachsinn, weil die Fahrkarte mit Ablauf deines Abschiedstags ungültig wird. Vor ein paar Wochen haben wir Plutos behauptet, dass wir sterben würden, damit wir umsonst nach Coney Island fahren konnten, weil wir dachten, der Typ würde uns einfach durchlassen. Aber nichts da, wir mussten die Bestätigung des Todesboten-Servers abwarten, was länger dauern kann, als auf einen Expresszug zu warten, also sind wir einfach abgehauen. Ich kaufe mir eine unbegrenzte U-Bahn-Karte, die für normale Leute, die auch morgen noch gültig ist, und Mateo macht es genauso.

Wir gehen durch die Sperre auf den Bahnsteig. Das könnte unsere letzte U-Bahn-Fahrt sein.

Mateo zeigt auf den Fahrkartenschalter. »Ist es nicht verrückt, dass die Verkehrsbetriebe schon in ein paar Jahren gar kein Bahnhofspersonal mehr brauchen, weil die Jobs von Maschinen – vielleicht sogar Robotern – übernommen werden? Eigentlich passiert das ja jetzt schon, wenn man bedenkt ...«

Das Dröhnen der sich nähernden Bahn übertönt Mateos letzte Worte, aber ich hab schon verstanden, was er sagen will. Der eigentliche Erfolg hier ist, dass wir sofort eine Bahn gekriegt haben. Jetzt können wir zumindest schon mal ausschließen, dass wir auf die Gleise fallen, und von der Bahn zerfetzt und platt gefahren werden, während Ratten an uns vorbeihuschen – verdammt, Mateos düstere Stimmung färbt schon auf mich ab.

Noch bevor die Türen aufgehen, sehe ich, dass in dem Wagen eine dieser Partys abgeht, mit denen die Studenten in den Zügen feiern, dass sie dem Anruf entgangen sind, den Mateo und ich heute bekommen haben. Wahrscheinlich sind Wohnheimpartys out, deshalb treiben sie sich stattdessen in der U-Bahn herum – und wir werden mitfeiern, verdammt noch mal. »Auf gehts!«, sage ich zu Mateo, als die Türen aufgehen. »Los, schnell.« Ich beeile mich, mein Rad reinzuschieben, und bitte jemanden, uns Platz zu machen. Als ich mich umdrehe, um zu sehen, ob mein Hinterrad Mateo vielleicht am Einsteigen hindert, sehe ich, dass er gar nicht hinter mir ist.

Mateo steht vor dem Waggon und schüttelt den Kopf. Im letzten Moment bevor sich die Türen wieder schließen, stürzt er sich in den leeren Wagen weiter vorn, in dem einige Fahrgäste schlafen und kein Remix von »Celebration« läuft. (Obwohl das eine klassische Hymne ist, könnte man es langsam mal aus dem Verkehr ziehen.)

Hey, ich weiß nicht, warum Mateo den Schwanz eingezogen hat, aber das wird mir die Stimmung nicht vermiesen. Es ist schließlich bloß ein Partywagen – ich wollte ihn ja nicht zum Bungee-Jumping oder zum Fallschirmspringen überreden. Das ist echt nichts besonders Gefährliches.

Jetzt läuft »We Built This City« und ein Mädchen mit zwei tragbaren CD-Playern springt auf eine Sitzbank, um zu tanzen. Ein Kerl versucht sie anzumachen, aber sie hat die Augen geschlossen und ist ganz in sich versunken. Ein anderer Typ mit einer Kapuze über dem Kopf liegt regungslos in der Ecke. Entweder hat er schon echt gut gefeiert oder es gibt einen Ex-Todgeweihten in dieser Bahn.

Nicht lustig.

Ich lehne mein Fahrrad an eine leere Sitzbank – ja, genau, ich bin der Typ, dessen Rad immer im Weg steht, aber schließlich sterbe ich heute, also seid nicht so streng – und steige über die Beine des schlafenden Typen, um einen Blick in den nächsten Wagen zu werfen. Mateo starrt zu mir wie ein Kind, das Hausarrest hat und von seinem Zimmerfenster aus den anderen Kindern beim Spielen zugucken muss. Ich winke ihn herüber, aber er schüttelt den Kopf, senkt den Blick und schaut mich nicht mehr an.

Jemand klopft mir auf die Schulter. Ich drehe mich um

und stehe einem umwerfenden schwarzen Mädchen mit haselnussbraunen Augen gegenüber. Sie hält zwei Dosen Bier in der Hand. »Willst du eins?«

»Nee, schon okay.« Ich sollte mich nicht zudröhnen.

»Auch gut, dann bleibt mehr für mich. Ich bin Callie.«

Ich hab sie nicht ganz verstanden. »Kelly?«

Sie beugt sich vor, ihren Busen an meiner Brust, ihre Lippen an meinem Ohr. »Callie!«

»Hey, Callie, ich bin Rufus«, sage ich in ihr Ohr, wo sie schon mal da ist. »Was hast du ...?«

»Ich muss an der Nächsten raus«, unterbricht Callie mich. »Willst du mit aussteigen? Du siehst gut aus und scheinst nett zu sein.«

Sie ist auf jeden Fall mein Typ und damit auch Tagoes. (Malcolms Typ ist jedes Mädchen, das ihn mag.) Aber weil ich ihr nicht viel zu bieten habe, abgesehen von dem, was sie offensichtlich gerade vorschlägt, muss ich passen. Sex mit einer Studentin steht sicher auf der Noch-zu-erledigen-Liste von extrem vielen Leuten – jungen Leuten, verheirateten Leuten, Jungen, Mädchen, das kann man sich ja vorstellen.

»Ich kann nicht«, sage ich. Ich muss Mateo zurückholen, außerdem muss ich an Aimee denken. Die will ich nicht mit so was Unechtem aufs Spiel setzen.

»Klar kannst du!«

»Ich kann wirklich nicht und das ist echt scheiße«, sage ich. »Ich fahr mit meinem Freund ins Krankenhaus, um seinen Vater zu besuchen.«

»Na, dann vergiss es.« Callie wendet mir den Rücken zu und spricht kurz darauf schon mit jemand anders – offenbar mit mehr Erfolg, denn der steigt an der nächsten Station wirklich mit ihr aus. Vielleicht werden Callie und dieser Typ zusammen alt werden und ihren Kindern erzählen, wie sie sich auf einer U-Bahn-Party kennengelernt haben. Aber ich schätze mal, sie haben bloß heute Nacht Sex, und morgen nennt er sie Kelly.

Ich mache Fotos von der Stimmung im Wagen: von dem Typen, dem es gelungen ist, das hübsche Mädchen auf sich aufmerksam zu machen. Zwillingen, die miteinander tanzen. Den zerdrückten Bierdosen und Wasserflaschen. Und der fetten Dosis Leben, die in allem steckt. Dann lasse ich das Handy zurück in die Tasche gleiten, nehme mein Rad und schiebe es durch die Tür zwischen den Wagen – die, wie auf dem Schild darüber steht, nur im Notfall zu benutzen ist. Abschiedstag hin oder her, diese Ansage geht mir am Arsch vorbei. Die Luft im Tunnel ist kalt und das Quietschen und Kreischen der U-Bahn-Räder auf den Schienen ist ein Geräusch, das ich wirklich nicht vermissen werde. Ich betrete den nächsten Wagen, aber Mateo schaut immer noch zu Boden.

Ich setze mich neben ihn und bin kurz davor, ihm einen Vortrag zu halten, dass ich die Einladung eines älteren Mädchens, am letzten Tag meines Lebens mit ihr zu schlafen, ausgeschlagen habe, weil ich ein guter letzter Freund bin, aber es ist verdammt klar, dass er nicht noch mehr Schuldgefühle braucht. »Okay, erzähl mir weiter von diesen Robotern. Die allen die Jobs wegnehmen werden.«

Mateo hebt einen Moment den Blick, um zu sehen, ob ich ihn verarsche, was ganz sicher nicht der Fall ist, ich meins echt ernst. Dann grinst er und quatscht los: »Es wird noch eine Weile dauern, weil die Evolution nie schnell verläuft, aber die Roboter sind schon da. Das weißt du doch, oder? Es gibt welche, die einem Essen kochen und die Spülmaschine ausräumen können. Man kann ihnen komplizierte Spezial-Begrüßungen beibringen, was echt der Wahnsinn ist, und sie kriegen den Zauberwürfel hin. Vor ein paar Monaten habe ich sogar mal das Video eines Roboters gesehen, der Breakdance konnte. Aber meinst du nicht, dass diese ganzen Roboter bloß davon ablenken sollen, dass andere Roboter in unterirdischen Roboterhauptquartieren heimlich eine Berufsausbildung erhalten? Ich meine, warum sollte man jemandem zwanzig Dollar die Stunde bezahlen, damit er dir sagt, wo du hinmusst, wenn unsere Handys das schon längst können, oder noch besser, wenn ein Roboter das erledigen kann? Wir sind am Arsch.« Mateo schweigt. Jetzt grinst er nicht mehr.

»Ganz schön deprimierend, was?«

»Ja«, sagt Mateo.

»Wenigstens musst du dir keine Sorgen machen, dass dein Chef dich irgendwann durch einen Roboter ersetzt«, sage ich.

»Das ist aber ein ziemlich düsterer Lichtblick«, sagt Mateo.

»Alter, der ganze Tag heute ist ein gewaltiger düsterer Lichtblick. Warum hast du dich um den Partywagen gedrückt?«

»Wir haben da nichts zu suchen«, sagt Mateo. »Was sollen wir denn feiern? Dass wir sterben? Ich werde nicht mit irgendwelchen Fremden tanzen, während ich auf dem Weg zu meinem Vater und meiner besten Freundin bin, um mich zu verabschieden, und verdammt gut weiß, dass ich vielleicht gar nicht mehr dort ankommen werde. Das ist einfach nicht mein Ding und das sind nicht meine Leute.«

»Es ist bloß eine Party.« Die Bahn hält. Er antwortet nicht. Kann sein, dass wir länger am Leben bleiben, weil Mateo kein Draufgänger ist, aber dass es ein denkwürdiger Abschiedstag wird, halte ich für unwahrscheinlich.

AIMEE DUBOIS
04:17 Uhr

Bei Aimee DuBois hat der Todesbote nicht angerufen, weil sie heute nicht sterben wird. Aber sie wird Rufus verlieren – sie hat ihn wegen ihres Freundes bereits verloren.

Aimee geht zügig nach Hause, gefolgt von Peck. »Du Monster! Wer versucht denn jemanden auf seiner eigenen Trauerfeier verhaften zu lassen?«

»Ich bin von drei Typen überfallen worden!«

»Malcolm und Tagoe haben dich nicht angerührt! Und jetzt wandern sie in den Knast.«

Peck spuckt aus. »Sie hätten eben die Fresse halten sollen, damit hab ich nichts zu tun.«

»Lass mich in Ruhe. Ich weiß, dass du Rufus noch nie gemocht hast, und er hat dir auch keinen Grund dazu gegeben, aber mir ist er sehr wichtig. Er sollte immer Teil meines Lebens bleiben und jetzt wird er das nicht. Und du bist schuld, dass ich sogar noch weniger Zeit mit ihm hatte. Wenn ich nicht mit ihm zusammen sein kann, will ich auch nicht mit dir zusammen sein.«

»Du machst Schluss?«

Aimee bleibt stehen. Sie will sich nicht zu Peck umdrehen, weil sie über diese Frage noch nicht nachgedacht hat. Menschen machen Fehler. Rufus hat einen Fehler gemacht, als er Peck angegriffen hat. Peck hätte seine Freunde nicht dazu bringen sollen, Rufus die Polizei auf den Hals zu hetzen, aber es war auch nicht falsch, es zu tun. Zumindest juristisch gesehen nicht. Moralisch schon, verdammt noch mal.

»Du ziehst ihn mir dauernd vor«, sagt Peck. »Aber du bist mit all deinen Problemen zu mir gekommen. Und nicht zu diesem Typen, der mich halb totgeschlagen hat. Denk mal darüber nach.«

Aimee sieht Peck an. Er ist weiß, mit einer Cäsar-Frisur, trägt eine tief hängende Jeans und ein weites Sweatshirt, und er hat getrocknetes Blut im Gesicht, weil er mit ihr zusammen ist.

Peck geht und Aimee hält ihn nicht zurück.

Sie weiß nicht, wie es mit der Sache zwischen ihr und Peck aussieht, in dieser grauen Welt.

Sie weiß nicht einmal genau, wie es mit ihr selbst aussieht.

MATEO
04:26 Uhr

Es gelingt mir nicht, aus meinem Leben auszubrechen.

Ich hätte mich kaum mit noch mehr Fremden umgeben können. Zum größten Teil waren sie harmlos, aber ein echtes rotes Tuch sind Leute für mich, die sich bis zur Besinnungslosigkeit volllaufen lassen, sodass sie von den Nächten, die sie glücklicherweise noch erleben dürfen, gar nichts mitbekommen. Aber ich war nicht ehrlich zu Rufus, denn ganz tief in mir drin glaube ich sehr wohl, dass eine U-Bahn-Party mein Ding wäre. Nur die Angst davor, andere zu enttäuschen oder mich zum Affen zu machen, erweist sich immer als stärker.

Es überrascht mich, dass Rufus sein Fahrrad an einem Gitter anschließt und mir ins Krankenhaus folgt. Wir gehen zum Empfang und ein rotäugiger Angestellter lächelt mich an, fragt aber nicht, wie er mir helfen kann.

»Hi. Ich würde gern meinen Vater besuchen. Mateo Torrez auf der Intensivstation.« Ich hole meinen Ausweis heraus und schiebe ihn Jared – der Name steht auf dem Schild an seinem himmelblauen Krankenhauskittel – über die Glasplatte hinweg zu.

»Tut mir leid, aber die Besuchszeit war nur bis neun.«

»Es dauert nicht lange, versprochen.« Ich kann nicht wieder gehen, ohne mich von Dad verabschiedet zu haben.

»Heute Nacht nicht mehr, Junge«, sagt Jared, immer noch lächelnd, wenn auch jetzt etwas genervt. »Die Besuchszeit endet um neun. Von neun bis neun. Gut zu merken, nicht wahr?«

»Okay«, sage ich.

»Er stirbt«, wirft Rufus ein.

»Dein Vater stirbt?«, fragt Jared mich. Jetzt ist das bizarre Lächeln von einem, der um vier Uhr morgens arbeiten muss, endlich erloschen.

»Nein.« Rufus drückt meine Schulter. »*Er* stirbt. Tun Sie ihm den Gefallen und lassen Sie ihn hoch, damit er sich von seinem Vater verabschieden kann.«

Jared sieht nicht so aus, als wäre er gerade begeistert, auf diese Art angesprochen zu werden, und ich selbst finde es auch nicht besonders gut, aber wer weiß, wo ich wäre, wenn Rufus sich nicht für mich einsetzen würde. Das heißt, ich weiß es genau: vor diesem Krankenhaus, wahrscheinlich in Tränen aufgelöst und irgendwo verkrochen, in der Hoffnung, bis neun Uhr durchzuhalten. Verdammt, wahrscheinlich wäre ich immer noch zu Hause und würde Computerspiele spielen oder versuchen mich endlich zu überwinden, die Wohnung zu verlassen.

»Dein Vater liegt im Koma«, sagt Jared, nachdem er im Computer nachgesehen hat.

Rufus bekommt große Augen, als hätte es ihn umgehauen. »Boah. Hast du das gewusst?«

»Ja, das weiß ich.« Im Ernst, wenn es nicht seine erste Woche auf dieser Stelle ist, schiebt Jared hier bestimmt schon eine Vierzigstundenschicht. »Ich möchte mich trotzdem von ihm verabschieden.«

Jared reißt sich zusammen und bohrt nicht weiter nach. Ich verstehe seinen anfänglichen Widerstand – Regeln sind eben Regeln –, aber ich bin froh, dass er die Sache jetzt nicht unnötig in die Länge zieht und mich nach einem Beweis fragt. Er macht Fotos von uns, druckt unsere Besucherausweise aus und gibt sie mir. »Das alles tut mir leid. Und, du weißt schon ...« Seine verhaltenen Beileidsbekundungen sind mir deutlich lieber als die von Andrea vom Todesboten.

Wir gehen zum Aufzug.

»Hättest du ihm dieses Lächeln auch am liebsten aus dem Gesicht geschlagen?«, fragt Rufus.

»Nein.« Es ist unser erster Wortwechsel, seit wir die U-Bahn-Station verlassen haben. Ich klebe mir den Besucherausweis ans Hemd und klopfe ein paarmal darauf, damit er haften bleibt. »Aber danke, dass du uns hier reingebracht hast. Ich hätte das mit meinem Sterben sicher nicht ins Spiel gebracht.«

»Kein Problem. Wir haben echt null Zeit für könnte-hätte-sollte«, sagt Rufus.

Ich drücke auf den Aufzugknopf. »Tut mir leid, dass ich nicht mit in den Partywagen gestiegen bin.«

»Du musst dich nicht bei mir entschuldigen. Wenn die Entscheidung die richtige für dich war, ist doch alles gut.« Er geht vom Aufzug weg in Richtung Treppe. »Ich bin allerdings nicht scharf darauf, mit dem Aufzug zu fahren, also lass uns laufen.«

Stimmt. Vergessen. Wahrscheinlich ist es um diese Zeit sowieso besser, den Aufzug den Pflegern, Ärzten und Patienten zu überlassen.

Ich steige hinter Rufus die Treppe hoch, und schon im zweiten Stock bin ich außer Atem. Vielleicht habe ich doch irgendein gesundheitliches Problem und sterbe jetzt hier auf dieser Treppe, noch bevor ich Dad, Lidia oder den zukünftigen Mateo erreiche. Rufus wird ungeduldig und geht schneller, nimmt manchmal sogar zwei Stufen auf einmal.

Vom fünften Stock aus ruft er mir zu: »Ich hoffe, du meinst das ernst, dass du dich neuen Erfahrungen öffnen willst. Muss ja nicht so was sein wie der Partywagen.«

»Sobald ich mich von allen verabschiedet habe, werde ich mutiger sein«, erkläre ich.

»Cool«, sagt Rufus.

Ich stolpere und lande im sechsten Stock auf der Nase. Als Rufus zurückkommt, um mir aufzuhelfen, hole ich tief Luft. »Was für ein alberner Sturz«, sage ich.

Rufus zuckt die Achseln. »Besser vorwärts als rückwärts.«

Wir gehen weiter bis in den achten Stock. Der Wartebereich mit Getränkeautomaten, einem pfirsichfarbenen Sofa und Klappstühlen liegt direkt vor uns. »Würde es dir was ausmachen, hier zu warten? Ich würde ihn gern allein sehen.«

»Cool«, wiederholt Rufus.

Ich schiebe die blaue Doppeltür auf und trete ein. Die Intensivstation liegt ganz ruhig da, abgesehen von leisem Stimmengewirr und piepsenden Geräten. Vor ein paar Jahren habe ich mal eine halbstündige Doku darüber gesehen, wie sehr Krankenhäuser sich verändert haben, seit es den Todesboten gibt. Die Ärzte arbeiten natürlich eng mit dieser Organisation zusammen und bekommen umgehend die neuesten Informationen über ihre Sterbepatienten, die sich damit einverstanden erklärt haben. Wenn der Alarm reinkommt, fahren die Schwestern die lebenserhaltenden Maßnahmen herunter und bereiten den Patienten stattdessen auf einen »angenehmen Tod« vor. Mit letzten Mahlzeiten, Anrufen bei Familienangehörigen, Beerdigungsvorkehrungen, Aufsetzen von Testamenten, Priestern für Gebete und die Beichte und was sie sonst noch beisteuern können.

Dad ist jetzt seit fast zwei Wochen hier. Er wurde direkt nach seinem ersten Schlaganfall bei der Arbeit hergebracht. Ich bin total ausgerastet, und ehe ich mein Einverständnis erteilt habe, dass Dads Kontaktdaten in die Datenbank des Krankenhauses aufgenommen werden dürfen, habe ich die ganze Nacht nach seiner Einlieferung gebetet, dass sein Handy nicht klingelt. Jetzt bin ich die Angst vor Dr. Quintanas Anruf, in dem er mir mitteilt, dass Dad sterben wird, endlich los. Es ist gut zu wissen, dass er mindestens noch einen Tag zu leben hat – und hoffentlich noch viele mehr.

Ich zeige einer Schwester meinen Besucherausweis und stürme direkt in Dads Zimmer. Er liegt ganz still da, das Atmen haben die Maschinen für ihn übernommen. Ich bin kurz davor, zusammenzubrechen, weil mein Vater möglicherweise in einer Welt ohne mich aufwachen wird und ich nicht da sein werde, um ihn zu trösten. Aber ich breche nicht zusammen. Ich setze mich neben ihn, schiebe meine Hand unter seine und lege den Kopf auf unsere Hände. Das letzte Mal, dass ich geweint habe, war in der ersten Nacht im Krankenhaus – als es kurz vor Mitternacht ziemlich übel für ihn aussah. Dad war dem Tod wirklich sehr nahe.

Ich gebe es nur ungern zu, aber ich bin etwas enttäuscht, dass Dad jetzt nicht bei Bewusstsein ist. Er war da, als meine Mutter mir das Leben geschenkt und als sie uns verlassen hat, und er sollte auch jetzt für mich da sein. Ohne mich wird sich für ihn alles verändern: keine Abendessen mehr, bei denen er mir nicht etwa von seinem Tag erzählt, sondern sich immer wieder an die Prüfungen erinnert, die meine Mutter ihm auferlegte, bevor sie ihn endlich geheiratet hat, und dass ihre gemeinsame Liebe, so kurz sie auch dauerte, das alles wert gewesen war. Er wird den unsichtbaren Block beiseitelegen müssen, den er jedes Mal gezückt hat, wenn ich etwas Dummes sagte, und mit dem er mich vor meinen zukünftigen Kindern blamieren wollte, auch wenn ich Kinder eigentlich nie als Teil meiner Zukunft sah. Und er wird kein Vater mehr sein oder zumindest niemanden mehr haben, für den er ein Elternteil ist.

Ich lasse Dads Hand los, nehme mir einen Stift, der auf seinem Nachttisch liegt, hole unser Foto heraus und schreibe mit zittriger Hand auf die Rückseite:

Danke für alles, Dad.
Ich werde mutig sein und mir wird es gut gehen.
Ich liebe Dich von ganzem Herzen.
Mateo

Dann lege ich das Foto auf den Nachttisch.

Es klopft an der Tür. Ich drehe mich um und rechne mit Rufus, aber es ist Dads Krankenschwester Elizabeth. Elizabeth kümmert sich nachts um ihn und ist immer sehr geduldig mit mir, wenn ich im Krankenhaus anrufe, um mich nach Dad zu erkundigen. »Mateo?« Sie sieht mich traurig an. Offenbar weiß sie Bescheid.

»Hallo, Elizabeth.«

»Tut mir leid, dass ich dich unterbreche. Wie geht es dir? Soll ich mal in der Cafeteria anrufen und fragen, ob sie schon Götterspeise haben?«

Ja, sie weiß definitiv Bescheid.

»Nein, danke.« Ich richte meinen Blick wieder auf Dad und sehe, wie verletzlich und still er ist. »Wie geht es ihm?«

»Er ist stabil. Nichts, weswegen du dir Sorgen machen müsstest. Er ist bei uns in guten Händen, Mateo.«

»Ich weiß.«

Ich klopfe mit dem Finger auf Dads Schränkchen, in dem sein Hausschlüssel, seine Brieftasche und seine Kleidung liegen. Ich weiß, dass ich mich verabschieden muss. Nicht nur weil Rufus dort draußen auf mich wartet – Dad würde auch nie wollen, dass ich meinen Abschiedstag in diesem Zimmer verbringe, selbst wenn er wach wäre. »Sie wissen, was mit mir los ist, oder?«

»Ja.« Elizabeth bedeckt Dads dünnen Körper mit einem frischen Laken.

»Es ist nicht fair. Ich will nicht gehen, ohne noch mal seine Stimme gehört zu haben.«

Elizabeth steht auf der anderen Seite des Bettes, den Rücken zum Fenster, während meiner zur Tür zeigt. »Kannst du mir noch ein bisschen über ihn erzählen? Ich kümmere mich jetzt seit zwei Wochen um ihn und weiß nichts über sein Privatleben, außer dass er unterschiedliche Socken trägt und einen großartigen Sohn hat.«

Ich hoffe, Elizabeth fragt das nicht, weil sie damit rechnet, dass Dad nicht mehr aufwacht und es ihr nicht selbst erzählen kann. Ich will nicht, dass Dad kurz nach mir stirbt. Er hat mir mal gesagt, dass Geschichten einen Menschen unsterblich machen können, solange jemand bereit ist, sie sich anzuhören. Ich möchte, dass er mich genauso am Leben erhält wie meine Mutter.

»Dad schreibt wahnsinnig gerne Listen. Ich sollte einen Blog für seine Listen einrichten, weil er immer dachte, damit würden wir reich und berühmt werden und dass Nutzer spezielle Listen anfordern würden. Er glaubte sogar, dass er es mit seinen Listen irgendwann ins Fernsehen schaffen würde. Im Fernsehen aufzutreten war ein Kindheitstraum von ihm. Ich habe es nie fertiggebracht, ihm zu sagen, dass seine Listen nicht besonders witzig sind, aber ich fand es schön, dadurch zu sehen, wie sein Verstand funktioniert, deshalb hab ich mich immer gefreut, wenn er mir eine neue zum Lesen gab. Er war ein großartiger Geschichtenerzähler. Es fühlte sich manchmal an wie ein Déjà-vu, als würde ich am Strand von Coney Island neben ihm hergehen, während er meiner Mutter den ersten Heiratsantrag machte …«

»Den *ersten*?«

Rufus. Ich drehe mich um und sehe ihn in der Tür stehen.

»Tut mir leid, dass ich zugehört habe. Ich wollte nach dir schauen.«

»Keine Sorge. Komm rein«, sage ich. »Elizabeth, das ist Rufus, er ist mein … mein letzter Freund.« Ich hoffe, es stimmt, dass er nur nach mir sehen wollte. Nicht dass er sich verabschieden und vorschlagen wollte, dass wir beide getrennter Wege gehen.

Rufus lehnt sich mit verschränkten Armen an die Wand. »Also, wie war das mit diesem Heiratsantrag?«

»Meine Mutter hat ihn zweimal abgelehnt. Dad hat gesagt, es gefiel ihr, sich unnahbar zu geben. Dann stellte sie fest, dass sie schwanger mit mir war, und er ging im Bad vor ihr auf die Knie, und sie lächelte und sagte Ja.«

Dieser Augenblick gefällt mir sehr.

Ich war natürlich nicht dabei, aber die Erinnerung, die sich im Lauf der Jahre in meinem Kopf gebildet hat, ist glasklar. Ich weiß nicht genau, wie das Badezimmer aussah, denn es war in ihrer ersten, schuhschachtelgroßen Wohnung gewesen, aber Dad erzählte immer, dass die Wände von einem matten Gold waren, was wohl vergilbt gewesen sein muss, und der Fußboden ein Schachbrettmuster hatte. Und dann ist da meine Mutter, die er durch seine Geschichten zum Leben erweckt. In dieser einen lacht und weint sie gleichzeitig, weil sie wegen der Familientradition sichergehen will, dass ich nicht unehelich auf die Welt komme. Mir hätte das nichts ausgemacht. Diese ganze Sache mit den unehelichen Kindern ist doch Quatsch.

»Junge, ich wünschte, ich könnte ihn für dich wecken, wirklich.«

Schade, dass das Leben es uns nicht erlaubt, wie bei einer Uhr an den Zahnrädern zu drehen, wenn wir mehr Zeit brauchen. »Kann ich noch zehn Minuten allein mit ihm haben? Ich glaube, ich weiß, wie ich mich verabschieden kann.«

»Nimm dir die Zeit, die du brauchst, Kumpel«, sagt Rufus. Das ist überraschend und großzügig.

»Nein«, sage ich. »Gib mir nur zehn Minuten und dann komm mich holen.«

Rufus nickt. »Alles klar.«

Elizabeth legt mir eine Hand auf die Schulter. »Ich bin vorn im Stationszimmer, falls du was brauchst.«

Elizabeth und Rufus gehen hinaus. Die Tür fällt hinter ihnen ins Schloss.

Ich halte Dads Hand. »Jetzt will ich endlich mal *dir* eine Geschichte erzählen. Du hast mich immer gebeten – manchmal sogar angefleht –, dir mehr über mein Leben zu erzählen und darüber, wie mein Tag war, und ich hab immer dichtgemacht. Aber jetzt kann nur noch ich reden, und ich drücke die Daumen, Zehen und was sonst nicht alles in der Hoffnung, dass du mich hörst.« Ich umklammere seine Hand und wünschte, er würde den Druck erwidern.

»Dad, ich …«

Mein Vater hat mir beigebracht, ehrlich zu sein, aber die Wahrheit kann kompliziert sein. Ganz egal ob die Wahrheit für Chaos sorgen wird oder nicht, manchmal kommen die Worte erst, wenn man allein ist. Und auch das nicht immer.

Manchmal ist die Wahrheit ein Geheimnis, das man vor sich selbst hat, weil es leichter ist, eine Lüge zu leben.

Ich summe »Take This Waltz« des späten Leonard Cohen, einen der Songs, die nichts mit mir zu tun haben, mir aber trotzdem helfen, lockerzulassen. Ich singe den Text, an den ich mich erinnere, stolpere über einige Wörter und wiederhole andere an der falschen Stelle, aber es ist ein Song, den Dad sehr mochte, und ich hoffe, er hört mich singen, weil er selbst nicht singen kann.

RUFUS
04:46 Uhr

Ich sitze vor dem Zimmer von Mateos Vater auf dem Boden und soll Mateo sagen, wann es Zeit ist, zu gehen. Ihn aus der Wohnung zu bekommen, war eine Sache, aber wahrscheinlich werde ich den Typen bewusstlos schlagen und aus dem Krankenhaus zerren müssen. Das hätte jemand anders auch bei mir machen müssen, um mich von meinem Paps wegzukriegen, Koma hin oder her.

Elizabeth, die Schwester, sieht auf die Uhr und dann zu mir, bevor sie ein Tablett mit fad riechendem Essen in ein anderes Zimmer bringt.

Zeit, Mateo zu holen.

Ich stehe auf und ziehe die Zimmertür einen Spaltbreit auf. Mateo hält die Hand seines Vaters und singt ein Lied, das ich noch nie gehört habe. Ich klopfe an und Mateo zuckt erschrocken zusammen.

»Tut mir leid, Mann. Alles klar?«

Mateo steht auf und ist knallrot im Gesicht, als hätte ich ihn bei einem Battle-Rap vor irre vielen Leuten heftig gedisst. »Ja, mir gehts gut.« Das ist eine beschissene Lüge. »Ich räum hier noch kurz auf.« Es dauert einen Moment, bis er die Hand seines Vaters loslässt, fast so, als würde der Mann ihn zurückhalten, aber dann gelingt es Mateo, sich loszureißen. Er nimmt ein Klemmbrett und legt es auf ein Regal über dem Bett seines Vaters. »Dad räumt normalerweise samstags auf, weil er an Wochentagen nach der Arbeit nicht noch mehr arbeiten will. Am Wochenende haben wir immer sauber gemacht und uns unsere Fernsehmarathons verdient.« Mateo sieht sich um und das restliche Zimmer ist echt megaclean. Ich würde hier zwar vielleicht nicht vom Boden essen, aber wir sind schließlich in ’nem Krankenhaus.

»Konntest du dich verabschieden?«

Mateo nickt. »Einigermaßen.« Er geht zum Bad. »Ich will nur mal schauen, ob das auch geputzt ist.«

»Das ist es bestimmt.«

»Ich sollte dafür sorgen, dass er saubere Tassen hat, wenn er aufwacht.«

»Sie kümmern sich um ihn.«

»Vielleicht braucht er eine dickere Decke. Er kann uns nicht sagen, ob ihm kalt ist.«

Ich trete einen Schritt vor, packe Mateo an der Schulter und versuche ihn zu beruhigen, denn er zittert. »Er will nicht, dass du hier bist, hörst du?« Mateo runzelt die Stirn und bekommt rote Augen. Weil er traurig ist, nicht angepisst. »So hab ich das nicht gemeint. Ich rede Bullshit. Er will nicht, dass du hier deine Zeit verschwendest. Mann, du hattest die Möglichkeit, dich zu verabschieden – die hatte ich bei meiner Family nicht. Ich hab zu lange überlegt, was ich sagen soll. Ich freu mich für dich, aber ich bin auch extrem neidisch. Und wenn das nicht genügt, um dich hier rauszukriegen: Ich brauche dich, Alter. Ich brauche einen Freund an meiner Seite.«

Mateo sieht sich noch mal im Zimmer um, redet sich sicher ein, unbedingt noch die Toilette schrubben zu müssen oder sich zu vergewissern, dass jede einzelne Tasse in diesem Krankenhaus makellos sauber ist, damit sein Vater keine schmutzige erwischt, aber ich drücke seine Schulter und reiße ihn los. Er geht zum Bett rüber und küsst seinen Vater auf die Stirn. »Leb wohl, Dad.«

Mateo geht schlurfend rückwärts und winkt seinem schlafenden Vater zum Abschied. Mein Herz hämmert, obwohl ich selbst nur Zeuge dieses Augenblicks bin. Mateo muss kurz davorstehen zu explodieren. Ich lege ihm wieder die Hand auf die Schulter und er zuckt zusammen. »Tut mir leid«, sagt er an der Tür. »Ich hoffe wirklich, dass er heute aufwacht, gerade noch rechtzeitig, weißt du?«

Darauf würde ich nicht zählen, aber ich nicke trotzdem.

Wir verlassen das Zimmer und Mateo wirft noch einen letzten Blick zurück, bevor er die Tür hinter uns schließt.

MATEO
04:58 Uhr

An der Ecke des Krankenhauses bleibe ich stehen.

Es ist noch nicht zu spät, um zurück in Dads Zimmer zu rennen und meinen Tag einfach dort zu verbringen. Aber es wäre nicht fair, die anderen Leute im Krankenhaus durch mich, die tickende Zeitbombe, in Gefahr zu bringen. Ich kann nicht glauben, dass ich jetzt wieder draußen in einer Welt bin, die mich umbringen wird, in Begleitung eines letzten Freundes, dessen Schicksal genauso beschissen ist.

Mein Mut wird nicht lange anhalten.

»Alles klar?«, fragt Rufus.

Ich nicke. Jetzt würde ich echt gern Musik hören, vor allem nachdem ich in Dads Zimmer gesungen habe. Ich zucke zusammen, weil Rufus mich dabei erwischt hat, aber das ist schon okay, es ist okay. Er hat nichts gesagt, vielleicht hat er ja gar nicht so viel mitbekommen. Die peinliche Situation macht mich ganz kribbelig und ich will unbedingt Musik hören, mich mit etwas verkriechen, das immer etwas Einsames für mich war. Ein anderes von Dads Lieblingsliedern ist »Come What May«, das meine Mutter ihm und mir in ihrem Bauch vorgesungen hat, als sie, kurz bevor die Fruchtblase geplatzt ist, zusammen geduscht haben. Die Zeile über die Liebe bis zum Ende aller Tage ist unglaublich traurig. Dasselbe gilt für mein anderes Lieblingslied, »One Song Glory«, aus dem Musical *Rent*. Ich bin total überdreht, will es unbedingt hören, vor allem jetzt als Todgeweihter, weil es darin um verpasste Gelegenheiten, ein leeres Leben und dahinsterbende Zeit geht. Meine Lieblingszeile ist »One song before I go ...«.

»Tut mir leid, dass ich dich zum Gehen gedrängt hab«, fügt Rufus hinzu. »Du hast zwar gesagt, ich soll dich holen, aber ich weiß nicht, ob das wirklich ernst gemeint war.«

»Ich bin froh, dass du es getan hast«, erwidere ich. Dad hätte es auch gewollt.

Ich schaue nach links und rechts, bevor ich die Straße überquere. Es sind keine Autos zu sehen, aber an der nächsten Ecke durchwühlt ein Mann die Müllsäcke, hektisch, als wäre die Müllabfuhr im Anmarsch, um sie ihm alle wegzunehmen. Vielleicht sucht er nach etwas, das er versehentlich weggeworfen hat, aber nach dem zerrissenen Hosenbein seiner Jeans zu urteilen und dem Dreck auf seiner rostfarbenen Jacke, ist er wohl eher obdachlos. Der Mann fischt eine halb gegessene Orange heraus, klemmt sie sich unter die Achsel und durchsucht weiter die Müllsäcke. Als wir uns der Ecke nähern, dreht er sich zu uns um.

»Habt ihr 'n Dollar? Bisschen Kleingeld?«

Ich halte den Kopf gesenkt, genau wie Rufus, und gehe an dem Mann vorbei. Er ruft uns nicht hinterher und sagt nichts weiter.

»Ich möchte ihm Geld geben«, erkläre ich Rufus, obwohl mich der Gedanke, das allein zu tun, ziemlich nervös macht. Ich krame in meinen Taschen und finde achtzehn Dollar. »Hast du auch ein bisschen Kleingeld für ihn?«

»Ich will ja kein Arschloch sein, aber warum?«

»Weil er es braucht«, sage ich. »Er sucht im Müll nach Essen.«

»Vielleicht ist er ja gar nicht obdachlos. Ich bin schon mal verarscht worden«, sagt Rufus.

Ich bleibe stehen. »Ich auch.« Und ich habe auch mal

den Fehler gemacht, Leute, die mich um Hilfe gebeten haben, zu ignorieren, und das ist unfair. »Wir müssen ihm ja nicht unsere gesamten Ersparnisse geben, nur ein paar Dollar.«

»Wann bist du verarscht worden?«

»Das war in der Fünften, auf dem Weg zur Schule. Der Kerl hat mich nach einem Dollar gefragt, und als ich meine fünf Dollar Essensgeld rausholte, hat er mich ins Gesicht geschlagen und mir alles abgenommen.« Es ist mir peinlich, zuzugeben, dass ich mich in der Schule gar nicht mehr beruhigen konnte und so sehr geweint habe, dass Dad von der Arbeit kommen musste, um mich abzuholen. In den folgenden zwei Wochen hat er mich sogar jeden Morgen zur Schule begleitet und mich gebeten, Fremden gegenüber vorsichtig zu sein, vor allem wenn Geld im Spiel war. »Ich denke einfach, man sollte nicht darüber urteilen, wer wirklich Hilfe braucht und wer nicht, als müssten sie vortanzen oder einem ein Lied vorsingen, um zu beweisen, dass sie es wert sind. Es sollte doch genügen, wenn jemand um Hilfe bittet, wenn er Hilfe braucht. Und was ist schon ein Dollar? Einen Dollar haben wir schnell wieder verdient.«

Wir werden zwar keinen Dollar mehr verdienen, aber wenn Rufus genauso schlau (oder paranoid) war wie ich, müsste er ebenfalls mehr als genug Geld auf seinem Konto haben. Ich kann seinen Gesichtsausdruck nicht deuten, aber er klappt den Ständer seines Fahrrads aus und stellt es ab. »Also gut, dann los.« Er holt zwanzig Dollar aus der Tasche. Dann geht er voraus und ich schleiche ihm mit klopfendem Herzen hinterher, leicht besorgt, dass der Mann uns angreifen könnte. Rufus bleibt ein Stück von ihm entfernt stehen und zeigt auf mich, als der Mann sich umdreht und mich direkt ansieht.

Rufus will, dass ich das Reden übernehme.

»Das ist alles, was wir dabeihaben, guter Mann.« Ich nehme Rufus die zwanzig Dollar ab und reiche dem Mann die Scheine.

»Macht euch nicht über mich lustig.« Er sieht sich um, als wollten wir ihn übers Ohr hauen. Hilfe anzunehmen sollte niemanden misstrauisch machen.

»Nein, gar nicht.« Ich mache einen Schritt auf ihn zu. Rufus bleibt neben mir. »Ich weiß, es ist nicht viel, und es tut mir leid.«

»Das ist …« Der Mann kommt näher, und ich bin sicher, gleich einen Herzinfarkt zu kriegen. Es ist, als klebten meine Füße auf einer Rennstrecke fest, und ein Dutzend Autos würden wie farbige Flecken auf mich zurasen, aber der Mann schlägt mich nicht. Er umarmt mich, wobei die Orange unter seiner Achsel herausfällt. Es dauert einen Moment, bis ich meine Nerven und Muskeln wieder unter Kontrolle habe, aber dann erwidere ich seine Umarmung. Alles an ihm, von der Größe bis hin zu seinem dünnen Körper, erinnert mich an Dad. »Danke, vielen Dank«, sagt er. Er lässt mich los, und ich weiß nicht, ob seine Augen so rot sind, weil er kein Bett hat und todmüde ist, oder ob er gleich anfangen muss zu weinen, aber ich frage nicht nach, weil er mir nichts beweisen muss. Hätte ich doch schon immer diese Einstellung gehabt.

Der Mann nickt Rufus zu und stopft sich die Scheine in die Tasche. Er bittet um nichts weiter und schlägt mich nicht. Er geht davon, mit aufrechten Schultern. Ich wünschte, ich hätte ihn nach seinem Namen gefragt oder mich wenigstens vorgestellt.

»Gute Aktion«, sagt Rufus. »Hoffentlich nützt das später deinem Karma.«

»Hier gehts nicht um mein Karma. Ich versuche keine Punkte zu sammeln.« Man sollte nicht spenden, Senioren über die Straße helfen oder Welpen retten, weil man darauf hofft, dass es sich später auszahlt. Ich bin vielleicht nicht in der Lage, Krebs zu heilen oder den Hunger auf der Welt zu besiegen, aber auch kleine gute Taten können einiges bewirken. Das alles behalte ich jedoch für mich, denn meine ganze Klasse hat sich dauernd lustig darüber gemacht, wenn ich solche Sachen gesagt habe, und ich finde, niemand sollte sich schlecht fühlen, wenn er versucht, Gutes zu tun. »Ich glaube, wir haben seinen Tag gerettet, weil wir nicht so getan haben, als wäre er unsichtbar. Danke, dass du ihn mit mir zusammen wahrgenommen hast.«

»Ich hoffe nur, dass wir dem Richtigen geholfen haben«, sagt Rufus.

Genauso wenig wie Rufus erwarten kann, dass ich jetzt auf einen Schlag mutig werde, kann ich erwarten, dass er auf einen Schlag großzügig wird.

Ich bin froh, dass Rufus dem Mann nicht erzählt hat, dass wir sterben. Das hätte doch alles nur herabgesetzt, wenn der Mann gedacht hätte, wir würden ihm unser Geld bloß deshalb geben, weil wir es vielleicht schon in zehn Minuten nicht mehr brauchen.

Vielleicht wird er auch in Zukunft anderen Menschen trauen, weil er uns heute begegnet ist. Mir hat er, was das betrifft, auf jeden Fall geholfen.

DELILAH GREY
05:00 Uhr

Der Todesbote hat Delilah Grey um 02:52 Uhr angerufen, um ihr zu sagen, dass sie heute sterben wird, aber sie ist überzeugt davon, dass das nicht stimmt. Delilah befindet sich nicht in einer Trauerphase, in der sie die Realität nicht wahrhaben will, sondern sie ist sich sicher, dass das ein grausamer Scherz ihres Exfreundes ist. Er ist beim Todesboten angestellt und versucht wohl, ihr Angst zu machen, nachdem sie gestern Abend ihre jahrelange Beziehung beendet hat.

Jemandem einen solchen Streich zu spielen, ist absolut unzulässig. Für einen solchen Betrug kann er mindestens zwanzig Jahre ins Gefängnis kommen, und danach hat er keine Chance, noch irgendwo eine Stelle zu finden. Seinen Job beim Todesboten in den Wind zu schießen, ist also wie, na ja, wie ein Todesurteil.

Delilah kann nicht glauben, dass Victor seine Macht derart missbrauchen würde.

Sie löscht die E-Mail mit der Bestätigung des Anrufs von dem Boten Mickey, den sie vor dem Auflegen verflucht hat. Dann nimmt sie ihr Handy und überlegt, Victor anzurufen. Sie schüttelt den Kopf und legt das Handy wieder neben das Kissen auf der Seite, wo Victor immer geschlafen hat, wenn er die Nacht hier verbracht hat. Delilah will ihm nicht die Genugtuung verschaffen, sie für paranoid zu halten, was nicht der Fall ist. Wenn er darauf wartet, dass sie sich auf Todesbote.com einloggt, um nachzusehen, ob sie dort wirklich als Todgeweihte eingetragen ist, oder dass sie ihn anruft und ihm mit einer Klage droht, bis er zugibt, dass Mickey ein befreundeter Arbeitskollege ist, den er darauf angesetzt hat, ihr Angst einzujagen, dann kann er lange warten – weil sie alle Zeit der Welt hat.

Delilah macht einfach mit ihrem Tag weiter, denn genauso, wie sie nicht zweimal darüber nachgedacht hat, die Verlobung zu lösen, wird sie auch nicht zweimal über diesen blödsinnigen Anruf nachdenken.

Sie geht ins Bad und putzt sich die Zähne, während sie im Spiegel ihre Haare bewundert. Ihre Haarfarbe leuchtet kräftig – zu kräftig, wie ihre Chefin findet. In den letzten Wochen hat Delilah gespürt, dass sie eine Veränderung nötig hatte, und sie hat die Stimme in ihrem Kopf ignoriert, die sie dazu gedrängt hat, mit Victor Schluss zu machen. Es war leichter, sich die Haare zu färben. Weniger tränenreich. Als der Friseur sie fragte, was sie wolle, verlangte Delilah den Polarlicht-Style. Die Kombination aus Rosa, Lila, Grün und Blau müsste mal wieder aufgefrischt werden, aber das kann bis nächste Woche warten, wenn sie mit ihren Aufträgen etwas weitergekommen ist.

Delilah kehrt ins Bett zurück und klappt den Laptop auf. Die Trennung von Victor gestern Abend vor seiner Schicht hat sie von ihrer eigenen Aufgabe abgehalten. Sie soll eine Zusammenfassung der Pilotfolge einer neuen TV-Staffel für die *Infinite Weekly* schreiben, wo sie als Redaktionsassistentin arbeitet, seit sie in diesem Frühjahr mit dem College fertig geworden ist. Sie ist kein großer Fan von *Hipster House*, aber diese Hipster kriegen mehr Klicks als die Typen von *Jersey Shore*, und irgendjemand muss die Beiträge ja schreiben, während die Redakteure damit beschäftigt sind, die angesagten Bereiche abzudecken. Delilah ist sich durchaus bewusst, was für ein Glück sie hat, diese Hilfsjobs machen zu dürfen oder überhaupt noch einen Job zu haben, wenn man bedenkt, dass sie mehrere Abgabetermine versäumt hat, weil sie damit beschäftigt war, eine Hochzeit mit jemandem zu planen, den sie erst seit vierzehn Monaten kennt.

Delilah macht den Fernseher an, um sich die unerträglich absurde Pilotfolge noch einmal anzusehen – eine Challenge in einem vollen Café in Brooklyn, wo alle Hipster Kurzgeschichten auf einer Schreibmaschine tippen müssen –, aber bevor sie den Festplattenrekorder einschalten kann, berichtet der Moderator auf *Fox 5* von Neuigkeiten, die ihr wie gerufen kommen.

»... und wir haben seine Agenten um eine Stellungnahme gebeten. Der fünfundzwanzigjährige Schauspieler Howie Maldonado hat in den Blockbustern über Scorpius Hawthorne zwar nur den jungen Gegenspieler des dämonischen Zauberjungen gespielt, aber im Netz verehren ihn Fans aus aller Welt abgöttisch. Verfolgen Sie auf unseren Twitter- und Facebookseiten, wie sich diese Geschichte weiterentwickelt ...«

Delilah springt mit klopfendem Herzen aus dem Bett.

Sie wird nicht darauf warten, wie sich die Geschichte weiterentwickelt.

Delilah wird diejenige sein, die diese Geschichte schreibt.

MATEO
05:20 Uhr

Ich nähere mich dem Geldautomaten an der Ecke, während Rufus mir Rückendeckung gibt. Mein Vater war zum Glück so vernünftig, mich mit achtzehn zur Bank zu schicken, damit ich eine Geldkarte bekomme. Ich hebe vierhundert Dollar ab, den Höchstbetrag an diesem Automaten. Mit klopfendem Herzen stecke ich das Geld in einen Umschlag für Lidia und bete, dass nicht plötzlich jemand wie aus dem Nichts auftaucht, um uns mit vorgehaltener Pistole das Geld abzunehmen – wir wissen, wie das enden würde. Ich ziehe den Beleg aus dem Automaten und merke mir, dass ich noch 2 076,27 $ auf dem Konto habe, ehe ich den Zettel zerreiße. So viel brauche ich nicht. Ich kann noch an einem anderen Automaten Geld für Lidia und Penny abheben oder bei der Bank, sobald sie aufmacht.

»Vielleicht ist es noch ein bisschen zu früh, um zu Lidia zu gehen«, sage ich. Ich falte den Umschlag und stecke ihn in die Tasche. »Ihr wird sofort klar sein, dass irgendwas los ist. Wir könnten unten in ihrem Haus warten.«

»Nee, Alter. Wir werden nicht im Eingangsbereich deiner besten Freundin rumhocken, nur weil du sie nicht belasten willst. Es ist fünf, lass uns was essen gehen. Vielleicht unsere Henkersmahlzeit.« Rufus geht voraus. »Mein Lieblingsladen hat rund um die Uhr geöffnet.«

»Klingt gut.«

Den Morgen als Tageszeit mochte ich schon immer besonders gern. Ich habe mehrere Facebookseiten über den

Morgen in anderen Städten (»Guten Morgen, San Francisco!«) und anderen Ländern (»Guten Morgen, Indien!«) abonniert. Egal, wie spät es ist, finde ich in meinem Feed so immer Bilder von Häusern, die in der Morgensonne erstrahlen, und Menschen, die frühstücken und gerade ihren Tag beginnen. Die aufgehende Sonne bringt etwas Neues mit sich, und auch wenn es gut sein kann, dass ich den Tagesanbruch nicht noch einmal erleben und keine Sonnenstrahlen mehr durch die Bäume im Park scheinen sehen werde, sollte ich den heutigen Tag vielleicht als einen langen Morgen betrachten. Ich muss aufwachen, meinen Tag beginnen.

Um diese Zeit sind die Straßen ganz leer. Ich habe nichts gegen Menschen, ich habe nur nicht den Mut, vor anderen zu singen. Wenn ich jetzt allein wäre, würde ich wahrscheinlich irgendeinen deprimierenden Song hören und dazu singen. Dad hat mir beigebracht, dass es okay ist, Gefühle zuzulassen, aber man sollte auch versuchen, sich von den schlechten wieder zu befreien. In den Tagen nach seiner Einlieferung hörte ich dauernd positive und gefühlvolle Songs wie Billy Joels »Just the Way You Are«, um nicht zu verzweifeln.

Wir erreichen das *Cannon Café*. Über der Tür hängt ein dreieckiges Schild mit dem Logo einer Kanone, die einen Cheeseburger auf den Namen des Ladens schießt, während überall Fritten herumfliegen wie bei einem Feuerwerk. Rufus schließt sein Fahrrad an einer Parkuhr an, und ich folge ihm in das ziemlich leere Café, wo es nach Rührei und French Toast riecht.

Eine Frau mit müden Augen nimmt uns in Empfang und sagt, wir können uns einen Platz aussuchen. Rufus geht an mir vorbei bis ganz nach hinten, wo er sich neben der Tür zur Toilette in einer Nische für zwei Personen niederlässt. Die dunkelblauen Ledersitze haben Risse und erinnern mich an das Sofa, das wir hatten, als ich Kind war, und von dem ich immer geistesabwesend den Bezug abgepult habe, bis so viel Schaumstoff rauskam, dass Dad es weggeworfen und durch unser jetziges ersetzt hat.

»Das hier ist mein Stammplatz«, sagt Rufus. »Ich komm ein- bis zweimal pro Woche her und sag sogar schon Sachen wie: ›Das Übliche, bitte!‹«

»Warum hier? Wohnst du hier in der Gegend?« Mir wird bewusst, dass ich keine Ahnung habe, wo mein letzter Freund eigentlich wohnt oder wo er herkommt.

»Erst seit vier Monaten«, sagt Rufus. »Ich bin in einer Pflegefamilie gelandet.«

Ich weiß nicht nur fast nichts über Rufus, ich habe bisher auch nichts für ihn getan. Er hat sich die ganze Zeit bemüht, mir auf meiner Reise beizustehen – mich aus meiner Wohnung zu kriegen, mit mir ins Krankenhaus zu gehen und dort wieder weg –, und er wird mich bald zu Lidia begleiten. Bis jetzt war diese letzte Freundschaft ziemlich einseitig.

Rufus schiebt mir die Speisekarte zu. »Auf der Rückseite steht der Rabatt für Todgeweihte. Alles gratis, ist das nicht geil?«

Das ist mal etwas Neues. In all den Beiträgen auf *Countdown* gehen die Todgeweihten in Fünfsternerestaurants und erwarten, wie Könige mit kostenlosen Menüs verwöhnt zu werden, bekommen aber bloß Rabatt angeboten. Ich finde es cool, dass Rufus in seine Stammkneipe geht.

Eine Kellnerin kommt an unseren Tisch. Sie hat die blonden Haare zu einem festen Knoten gebunden, und auf dem Button an ihrer gelben Krawatte steht »Rae«. »Guten Morgen«, begrüßt sie uns mit Südstaatenakzent. Sie nimmt den

Kuli hinter dem Ohr hervor, und ich entdecke ein gewelltes Tattoo an ihrem Oberarm – meine Angst vor Nadeln werde ich wohl nicht mehr ablegen. Rae dreht den Kuli zwischen den Fingern. »Na, spät geworden, ihr beiden?«

»Kann man so sagen«, entgegnet Rufus.

»Fühlt sich eher wie ziemlich früh an«, erwidere ich.

Wenn Rae diesen Unterschied interessant findet, lässt sie es sich zumindest nicht anmerken. »Was kann ich euch bringen?«

Rufus schaut auf die Speisekarte.

»Nimmst du nicht dein ›Übliches‹?«, frage ich ihn.

»Heute nehm ich mal was anderes. Von wegen letzte Chance.« Er legt die Speisekarte weg und sieht zu Rae auf. »Was würdest du empfehlen?«

»Wie – habt ihr etwa den Anruf bekommen?« Ihr Lachen bricht schnell wieder ab. Sie dreht sich zu mir um, und ich lasse den Kopf sinken, bis sie neben uns in die Knie geht. »Das kann doch nicht sein.« Sie legt Kuli und Block auf den Tisch. »Gehts euch gut, Jungs? Seid ihr krank? Ihr verarscht mich doch nicht wegen einem Gratisessen, oder?«

Rufus schüttelt den Kopf. »Nee, kein Spaß. Ich komm oft hierher und wollte noch ein letztes Mal vorbeischauen.«

»Und ihr könnt jetzt echt ans Essen denken?«

Rufus beugt sich vor und liest ihren Anstecker. »Rae. Was kannst du empfehlen?«

Rae hält sich die Hand vors Gesicht, zuckt mit den Schultern und murmelt: »Ich weiß nicht. Wollt ihr vielleicht den Spezialteller? Da sind Pommes, Miniburger, Eier, Rumpsteak, Nudeln ... also, da ist eigentlich alles drauf, was wir in der Küche haben.«

»Den schaffe ich nicht. Was ist dein Lieblingsessen hier?«, fragt Rufus. »Und bitte sag jetzt nicht Fisch.«

»Ich mag den Salat mit Hähnchenbrust, aber nur weil ich wie ein Spatz esse.«

»Dann nehme ich den«, beschließt Rufus. Er sieht mich an. »Und was willst du, Mateo?«

Ich mache mir nicht die Mühe, auf die Speisekarte zu schauen. »Ich nehme das, was du sonst immer isst.« Und hoffe ebenfalls, dass es kein Fisch ist.

»Du weißt doch gar nicht, was das ist.«

»Solange es keine Chicken Nuggets sind … ist es jedenfalls etwas, das ich noch nicht kenne.«

Rufus nickt und zeigt auf ein paar Zeilen der Speisekarte. Rae erklärt, sie komme gleich wieder, und rauscht so schnell davon, dass sie ihren Kuli und den Block vergisst. Wir hören, wie sie dem Koch sagt, er solle unsere Bestellung bevorzugt behandeln, denn »das sind Todgeweihte da an dem Tisch«. Ich weiß nicht genau, wer unsere Konkurrenz ist – der Typ dahinten, der schon einen Kaffee trinkt und dazu Zeitung liest? Aber ich bin Rae für ihre Liebenswürdigkeit dankbar und frage mich, ob Andrea vom Todesboten früher auch mal so war, bevor der Job ihr jegliches Mitleid genommen hat.

»Kann ich dich was fragen?«, wende ich mich an Rufus.

»Solche Fragen kannst du dir sparen, Alter. Schieß einfach los und sag, was du willst«, entgegnet er.

Es kommt ein bisschen ruppig rüber, aber er hat ja recht.

»Warum hast du Rae gesagt, dass wir sterben? Verdirbt ihr das nicht den Tag?«

»Wahrscheinlich. Aber meinen Tag verdirbt es auch und ich kann nichts dagegen tun.«

»Ich werde Lidia nicht sagen, dass ich sterbe.«

»Das ist doch Bullshit. Sei kein Unmensch. Du hast die Chance, dich zu verabschieden, und die solltest du nutzen.«

»Ich will Lidia nicht den Tag versauen. Sie ist alleinerziehend und hatte es schon schwer genug, als ihr Freund gestorben ist.« Vielleicht bin ich nicht wirklich so selbstlos, vielleicht ist es sogar egoistisch, es ihr nicht zu sagen, aber ich bringe es einfach nicht fertig. Wie sagt man seiner besten Freundin, dass man am nächsten Tag nicht mehr da sein wird? Wie überzeugt man sie davon, einen gehen zu lassen, damit man die Möglichkeit hat, noch zu leben, bevor man stirbt?

Ich lehne mich zurück, ziemlich unzufrieden mit mir.

»Wenn es deine Entscheidung ist, dann unterstütze ich dich dabei. Ich weiß nicht, ob sie dir das übel nimmt oder nicht, du kennst sie besser als ich. Aber ich glaube, wir müssen aufhören, darüber nachzudenken, wie andere auf unseren Tod reagieren werden, und aufhören, uns dauernd Gedanken zu machen.«

»Und was, wenn wir uns keine Gedanken mehr machen und genau das zu unserem Tod führt?«, frage ich. »Denkst du nicht manchmal auch, dass das Leben besser war, bevor es den Todesboten gab?«

Die Frage ist erdrückend.

»War es wirklich besser?«, fragt Rufus. »Vielleicht. Ja. Nein. Die Antwort spielt keine Rolle und ändert nichts. Zerbrich dir nicht weiter den Kopf darüber, Mateo.«

Er hat recht. Das ist mein Problem. Ich halte mich immer zurück. Jahrelang habe ich großen Wert auf Sicherheit gelegt, um ein langes Leben zu führen, und was habe ich jetzt davon? Ich stehe am Ziel, ohne das Rennen mitgemacht zu haben.

Rae bringt uns die Getränke, sie reicht Rufus einen Salat mit Hähnchenbrust und stellt Süßkartoffelpommes und French Toast vor mir ab. »Wenn ich euch sonst noch was bringen kann, ruft mich einfach, Jungs. Auch wenn ich gerade hinten oder bei einem anderen Gast bin, stehe ich euch zur Verfügung.« Wir bedanken uns, aber ich merke, dass sie zögert zu gehen, fast als wollte sie sich neben einen von uns setzen und noch ein bisschen mit uns reden. Aber dann reißt sie sich zusammen und verschwindet.

Rufus klopft mit der Gabel an meinen Teller. »Und, wie findest du mein Übliches?«

»Ich habe schon seit Jahren keinen French Toast mehr gegessen. Mein Vater hat in letzter Zeit jeden Morgen getoastete Tortillas mit Speck, Salat und Tomaten gemacht.« Ich hatte schon fast vergessen, dass es French Toast überhaupt gibt, aber der Zimtgeruch weckt viele Erinnerungen an das gemeinsame Frühstück mit Dad an unserem wackeligen Tisch, während wir Nachrichten hörten oder uns Listen ausdachten, die er schreiben könnte. »Das ist ziemlich perfekt. Willst du probieren?«

Rufus nickt, streckt die Hand aber nicht nach meinem Teller aus. Er ist in Gedanken woanders, während er offensichtlich enttäuscht in seinem Salat herumstochert und nur die Hähnchenbrust isst. Dann legt er die Gabel weg und nimmt sich den Block, den Rae liegen gelassen hat. Schwungvoll zeichnet er einen Kreis. »Ich wollte um die ganze Welt reisen und Fotos machen.«

Rufus zeichnet die Welt und malt die Umrisse der Länder, die er nie mehr besuchen wird.

»Wie ein Fotoreporter?«, frage ich.

»Nee. Ich wollte mein eigenes Ding machen.«

»Wir könnten zur *World Travel Arena* gehen«, schlage ich vor. »Das ist die beste Möglichkeit, an einem Tag um die ganze Welt zu reisen. Die Leute auf *Countdown* schwärmen alle davon.«

»Das Zeug les ich nicht«, sagt Rufus.

»Ich lese es täglich«, gebe ich zu. »Es ist tröstlich zu sehen, wie andere Leute aus ihrem Leben ausbrechen.«

Rufus hebt den Blick von seiner Zeichnung und schüttelt den Kopf. »Dein letzter Freund wird dafür sorgen, dass du diese Erde mit einem Knall verlässt. Nicht mit einem üblen Knall wie von einer Nagelbombe – mit Nageln hat es übrigens nichts zu tun –, sondern mit einem guten Knall. Ich labere Bullshit.«

»Schon kapiert.« Ich denke nach.

»Was dachtest du, was du mal machen würdest? Beruflich, mein ich?«, fragt Rufus.

»Architekt. Ich wollte Häuser und Büros, Theater und Parks entwerfen«, sage ich. Ich sage allerdings nicht, dass ich nie in einem Architekturbüro arbeiten wollte und dass ich außerdem davon geträumt habe, mal in einem von mir gebauten Theater aufzutreten. »Als Kind habe ich viel mit Lego gespielt.«

»Ich auch. Meine Raumschiffe sind immer auseinandergefallen. Diese lächelnden quadratschädligen Piloten hatten nie eine Chance.« Rufus streckt die Hand aus, schneidet sich ein Stück French Toast ab und kaut. Er lässt sich den Bissen mit gesenktem Kopf und geschlossenen Augen schmecken. Es ist ganz schön heftig, jemandem dabei zuzusehen, wie er zum letzten Mal sein Lieblingsgericht isst.

Ich muss mich zusammenreißen.

Normalerweise wird es erst schlimmer, bevor es besser wird, aber heute wird es wohl andersrum laufen.

Sobald unsere Teller leer sind, steht Rufus auf und winkt Rae herbei. »Können wir zahlen?«

»Das geht aufs Haus«, sagt Rae.

»Bitte, lassen Sie uns bezahlen. Das wäre mir sehr wichtig«, sage ich und hoffe, sie bekommt keine Schuldgefühle.

»Mir auch«, sagt Rufus. Er kann vielleicht nie mehr hierher zurückkehren, aber wir wollen sichergehen, dass der Laden so lange wie möglich noch für andere zur Verfügung steht, und um nicht pleitezugehen, brauchen sie Geld.

Rae nickt energisch und reicht uns die Rechnung. Ich gebe ihr meine Bankkarte und, als sie zurückkommt, dreimal so viel Trinkgeld, wie das billige Essen gekostet hat.

Nach dieser Abbuchung habe ich keine zweitausend Dollar mehr. Mit dem Geld kann ich niemandem ein neues Leben ermöglichen, aber jedes bisschen hilft.

Rufus steckt seine Zeichnung der Erde in die Tasche. »Fertig?«

Ich bleibe sitzen.

»Aufstehen bedeutet rausgehen«, sage ich.

»Jep.«

»Rausgehen bedeutet sterben.«

»Nope. Rausgehen bedeutet leben, bevor du stirbst. Auf gehts!«

Ich stehe auf und bedanke mich bei Rae, dem Typen, der abräumt, und der Frau am Empfang, bevor wir gehen.

Heute ist ein langer Morgen. Aber ich muss aufwachen und aufstehen. Ich betrachte die leeren Straßen und gehe auf Rufus und sein Rad zu. Und ich gehe mit jeder Minute, die wir verlieren, dem Tod entgegen, gehe einer Welt entgegen, die gegen uns ist.

RUFUS
05:53 Uhr

Mateo ist wirklich nett, neurotisch und ein guter Begleiter, aber ich muss zugeben, dass es echt der Hammer gewesen wäre, noch ein letztes Mal mit den Plutos im *Cannon Café* zu sitzen und über all die guten und schlechten Dinge zu reden, die wir hinter uns haben. Aber das ist zu gefährlich. Ich weiß, was mir bevorsteht, und will nicht riskieren, dass ihnen was passiert.

Eine Nachricht könnten sie mir allerdings ruhig mal schreiben.

Ich schließe mein Fahrrad auf und schiebe es auf die Straße. Dann werfe ich Mateo den Helm zu. Er fängt ihn nur mit Mühe. »Also, wo wohnt Lidia noch mal?«

»Warum gibst du mir den?«, fragt Mateo.

»Damit du dir nicht den Schädel spaltest, wenn du vom Rad fällst.« Ich steige auf. »Wär doch echt scheiße, wenn dein letzter Freund dich umbringt.«

»Das ist kein Tandem«, sagt er.

»Aber es hat Pegs«, entgegne ich. Tagoe ist immer auf den Stangen am Hinterrad mitgefahren und hat darauf vertraut, dass ich nicht mit einem Auto zusammenstoße und ihn durch die Luft fliegen lasse.

»Ich soll mich hinten auf dein Fahrrad stellen und mit dir durch die Dunkelheit fahren?«, fragt Mateo.

»Mit Helm.« Heilige Scheiße, und ich dachte, er wäre bereit, sich auf was Neues einzulassen.

»Nein. Dieses Fahrrad wird uns beide umbringen.«

Der Tag heute macht ihm echt zu schaffen. »Nein, wird es nicht. Vertrau mir. Ich fahre seit fast zwei Jahren täglich damit. Jetzt steig schon auf, Mateo.«

Er zögert extrem, aber dann setzt er den Helm auf. Der Druck, besonders vorsichtig zu fahren, ist groß, denn ich will mir im Leben nach dem Tod kein »Hab ich doch gleich gesagt!« anhören müssen. Mateo hält sich an meinen Schultern fest und stützt sich darauf ab, als er auf die Pegs tritt. Er wird besser, ich bin stolz auf ihn. Es ist, als würde man einen Vogel aus dem Nest schubsen – und zwar mit aller Kraft, weil er schon vor Jahren hätte flügge werden sollen.

Etwas weiter die Straße runter geht der Rollladen eines Lebensmittelladens hoch. Der Mond steht über dem Hügel vor uns. Ich will gerade in die Pedale treten, als Mateo wieder abspringt.

»Nee. Ich werde laufen. Und ich finde, das solltest du auch tun.« Er öffnet den Helm, nimmt ihn ab und gibt ihn mir zurück. »Tut mir leid, aber ich habe einfach kein gutes Gefühl. Ich möchte auf meinen Bauch hören.«

Ich sollte den Helm aufsetzen und davonfahren. Soll Mateo doch zu Lidia gehen und ich mach mein eigenes Ding, was immer es ist. Aber anstatt mich zu verabschieden, hänge ich den Helm an den Lenker und schwinge mein Bein über den Sattel. »Also dann, gehen wir. Ich weiß nicht, wie viel Zeit wir noch haben, aber ich will sie nicht vergeuden.«

MATEO
06:14 Uhr

Der schlechteste letzte Freund aller Zeiten bin ich ja schon. Jetzt wird es Zeit, der schlechteste beste Freund zu sein.

»Das wird gleich übel«, sage ich.

»Weil du nicht über deinen Tod sprechen willst?«

»Noch bin ich nicht tot.« Ich biege um die Ecke. Lidia wohnt nur ein paar Häuserblocks von hier entfernt. »Und nein.«

Der Himmel wird langsam heller, der erste orangefarbene Hauch meines letzten Sonnenaufgangs breitet sich allmählich aus. »Lidia war am Boden zerstört, als wir erfahren haben, dass ihr Freund und zukünftiger Ehemann sterben würde. Er hat Penny nie kennengelernt.«

»Ich nehme an, Penny ist ihre Tochter«, sagt Rufus.

»Genau. Sie ist eine Woche nach Christians Tod geboren.«

»Wie war das? Mit dem Anruf?«, fragt Rufus. »Wenn es zu persönlich ist, musst du's mir nicht sagen. Als meine Familie den Anruf bekommen hat, war das ein Albtraum. Ich rede nicht besonders gern darüber.«

Ich will ihm die Geschichte gern anvertrauen, wenn er verspricht, es niemandem zu sagen, vor allem Lidia nicht, doch dann wird mir bewusst, dass Rufus diese Geschichte mit ins Grab nehmen wird. Wenn er es nicht in irgendeinem Leben nach dem Tod herumtratscht, kann ich ihm alles erzählen. »Christian ist ans andere Ende von Pennsylvania gefahren, um diese seltsamen Dolche und Schwerter, die er von seinem Großvater geerbt hat, an einen Sammler zu verkaufen.«

»Für seltsame Dolche und Schwerter kriegt man 'nen Haufen Kohle«, sagt Rufus.

»Lidia wollte nicht, dass er dort hinfuhr, weil sie dauernd diese hysterischen Anfälle bekam, aber Christian versicherte ihr, das Geld wäre es langfristig wert. Sie könnten ein besseres Babybett, Windeln und Milchpulver für die nächsten paar Monate kaufen, und außerdem Babykleidung. Er fuhr los, übernachtete in Pennsylvania und wurde um kurz nach eins von dem Anruf geweckt.« Bei der Erinnerung daran, an all die Tränen und den Schmerz, zieht sich meine Brust zusammen. Ich bleibe stehen und lehne mich an eine Wand. »Christian versuchte Lidia zu erreichen, aber sie schlief tief und fest. Er schickte ihr etliche Nachrichten, solange er noch konnte. Er war mit einem todgeweihten LKW-Fahrer getrampt und beide starben bei dem Versuch, zu ihren Familien in der Stadt zurückzukehren.«

»Heilige Scheiße«, sagt Rufus.

Lidia war untröstlich. Sie las wie besessen immer wieder Christians letzte verzweifelte Nachrichten und konnte sich nicht verzeihen, von seinen Anrufen nicht aufgewacht zu sein. Sie hätte die Gelegenheit gehabt, ihn ein letztes Mal über *Schleier* zu sehen – diese App mit der Video-Chat-Funktion, die den Akku zwar schnell leer macht, aber einen stärkeren persönlichen Hotspot schafft für jemanden, der schlechten Empfang hat, wie zum Beispiel ein Todgeweihter auf der Autobahn auf dem Weg nach Hause –, doch die Einladungen dazu hatte sie auch verpasst.

Ich weiß nicht, ob es wirklich so war, aber wenn Lidia anfangs von Penny sprach, klang es manchmal so, als werfe sie ihr vor, sie gegen Ende der Schwangerschaft derart ausgelaugt zu haben, dass sie die letzten Stunden ihres Freundes verschlafen hat. Aber ich weiß, dass sie damals schrecklich getrauert hat und das inzwischen anders sieht.

Lidia brach danach die Highschool ab, um sich zusammen mit ihrer Großmutter in einer kleinen Wohnung rund um die Uhr um Penny zu kümmern. Zu ihren Eltern hat sie keine besonders enge Beziehung und Christians Eltern leben in Florida. Lidias Leben ist anstrengend genug, auch ohne dass ich ihr jetzt mit einem Abschied komme. Ich will meine beste Freundin nur ein letztes Mal sehen.

»Das ist echt übel«, sagt Rufus.

»Ja, das war es.« Es bedeutet mir viel, dass er das sagt. »Ich ruf sie mal eben an.« Ich gehe ein paar Schritte zur Seite, um allein mit ihr sprechen zu können.

Dann drücke ich auf die Wähltaste.

Ich kann nicht glauben, dass ich nicht für Penny da sein werde, falls Lidia etwas Schlimmes zustößt, aber gleichzeitig bin ich auch ziemlich erleichtert, dass ich es nicht miterleben werde, wenn Lidia den Anruf bekommt.

»Mateo?«, meldet sich Lidia müde.

»Ja. Hab ich dich geweckt? Tut mir leid, ich dachte, Penny wäre um diese Zeit schon wach.«

»Das ist sie auch. Ich bin eine Rabenmutter und verkrieche mich unter dem Kissen, während sie in ihrem Bettchen mit sich selbst spricht. Warum bist du denn um diese Zeit schon wach?«

»Ich ... wollte meinen Vater besuchen.« Das ist nicht gelogen. »Kann ich kurz vorbeikommen? Ich bin in der Gegend.«

»Ja, gern!«

»Cool. Bis gleich.«

Ich winke Rufus herbei und wir gehen zu Lidias Wohnung. Sie liegt in einer dieser Wohnanlagen, wo der Hausmeister vor dem Haus sitzt und Zeitung liest, obwohl es eindeutig andere Sachen zu tun gäbe – zum Beispiel den Boden zu kehren und zu wischen, die flackernde Lampe im Flur in Ordnung zu bringen und Mausefallen aufzustellen. Aber das ist Lidia egal. Sie mag die Brise, die sie an regnerischen Nachmittagen abkriegt, und hat sich mit der Nachbarskatze Chloe angefreundet, die durch die Flure streift und Angst vor Mäusen hat. Es ist einfach ihr Zuhause.

»Ich gehe allein hoch«, sage ich zu Rufus. »Ist es okay, wenn du hier unten wartest?«

»Klar. Ich wollte eh noch bei meinen Kumpels anrufen. Sie haben auf keine meiner Nachrichten geantwortet, seit ich weg bin.«

»Es dauert nicht lange«, füge ich hinzu. Und er sagt nicht, dass ich mir Zeit lassen soll.

Ich renne die Treppe hinauf, falle auf einer Stufe beinahe kopfüber hin und kann mich gerade noch am Geländer festhalten, nur einen Fußbreit von meinem Tod entfernt. Ich darf an meinem letzten Tag nicht hetzen, wenn ich Lidia noch treffen will. Die Eile könnte mich umbringen – und hat es gerade fast getan. Ich erreiche den dritten Stock und klopfe. Penny schreit hinter der Tür.

»IST OFFEN!«

Ich trete ein, und es riecht nach Milch und frisch gewaschener Wäsche. Direkt neben der Tür steht ein Wäschekorb, übervoll mit Klamotten. Daneben leere Milchflaschen. Und im Laufstall steht Penny, die nicht die hellbraune Haut ihrer kolumbianischen Mutter geerbt hat, sondern so blass ist wie Christian, nur dass sie im Moment vor lauter Geschrei knallrot angelaufen ist. Lidia ist in der Küche und wärmt ein Fläschchen im Wasserbad.

»Dich schickt der Himmel«, sagt sie. »Ich würde dich ja umarmen, aber ich habe mir seit Sonntag die Zähne nicht geputzt.«

»Dann mach das doch mal.«

»Hey, schickes Hemd!« Lidia schraubt einen Sauger auf die Flasche und wirft sie mir zu, während Penny noch lauter brüllt. »Gib sie ihr einfach. Sie wird sauer, wenn sie ihre Flasche nicht selbst halten darf.« Lidia bindet sich die verstrubbelten Haare mit einem Gummi zusammen und saust ins Bad. »O Mann, ich muss voll dringend aufs Klo, ich halts nicht mehr aus.«

Ich knie mich vor Penny und halte ihr die Flasche hin. Ihr Blick zeigt, dass sie weiß, was sie will, aber als sie mir die Flasche abnimmt und sich auf ihren Teddybären setzt, lächelt sie und zeigt mir ihre vier Milchzähne, bevor sie sich an der Flasche zu schaffen macht. In allen Babyratgebern steht, dass Penny nicht mehr nur Milch trinken sollte, aber bisher wehrt sie sich gegen alles richtige Zeug. Das haben wir gemeinsam.

Lidia kommt mit der Zahnbürste im Mund aus dem Bad und steckt Batterien in einen Plastikschmetterling. Sie fragt mich etwas, aber dabei läuft ihr Zahnpastaspucke übers Kinn, und sie geht schnell zur Küchenspüle und spuckt sie aus. »'tschuldigung. Wie eklig. Willst du was frühstücken? Du bist so verdammt dünn. Uh, ich klinge schon wie deine Mutter.« Sie schüttelt den Kopf. »O Gott, du weißt, was ich meine. Ich klinge, als würde ich dich bemuttern.«

»Kein Problem, Lidia. Und ich habe schon gefrühstückt, aber danke.«

Ich stupse Pennys Füße an, während sie trinkt, und sie

senkt die Flasche und lacht. Sie brabbelt etwas, das in ihren Ohren bestimmt Sinn ergibt, dann wendet sie sich wieder der Flasche zu.

»Rate mal, wer seinen Anruf bekommen hat«, sagt Lidia und wedelt mit ihrem Handy.

Ich erstarre mit Pennys Fuß in der Hand. Es kann nicht sein, dass Lidia weiß, dass ich sterbe, und es kann auch nicht sein, dass sie so gelassen mit mir darüber reden würde. »Wer denn?«

»Howie Maldonado!« Lidia wirft einen Blick auf ihr Telefon. »Seine Fans sind am Boden zerstört.«

»Das kann ich mir vorstellen.« Ich habe denselben Abschiedstag wie mein Lieblingsbösewicht. Was das wohl zu bedeuten hat?

»Wie gehts deinem Vater?«, fragt Lidia.

»Er ist stabil. Ich hoffe immer noch auf eins dieser Fernsehwunder – dass er beim Klang meiner Stimme plötzlich aufwacht oder so, aber das klappt offenbar nicht. Wir können nichts weiter tun als abwarten.« Alles in mir zieht sich bei diesen Worten zusammen. Ich setze mich neben den Laufstall, nehme mir ein paar Stofftiere – ein lächelndes Schaf, eine gelbe Eule –, lasse sie auf Penny zuhüpfen und kitzele sie. Mit eigenen Kindern werde ich solche Momente nie erleben.

»Tut mir leid, das zu hören. Er schafft das. Dein Vater ist ein harter Typ. Ich sage mir immer, er ruht sich nur ein bisschen von dem ganzen Hartsein aus.«

»Wahrscheinlich. Penny hat ihre Flasche ausgetrunken. Ich kann sie Bäuerchen machen lassen.«

»Dich schickt wirklich der Himmel, Mateo. Der Himmel.«

Ich wische Penny das Gesicht ab, hebe sie hoch und klopfe ihr auf den Rücken, bis ich ihr einen Rülpser und ein Lachen entlockt habe. Dann mache ich meinen typischen Dinosauriergang und stapfe mit Penny auf dem Arm herum wie ein T.rex, wovon sie sich immer entspannt. Lidia schaltet den Fernseher an.

»Ja, es ist halb sieben. Zeit für die Zeichentrickfilme, das heißt die einzige Zeit, um das Chaos vom Vortag zu beseitigen, bevor alles wieder verwüstet wird.« Lidia lächelt Penny an, kommt auf uns zu und gibt ihr einen Kuss auf die Nasenspitze. »Mommy meint, dass ihre kleine Penny ein richtiger Schatz ist.« Ganz leise und mit einem Lächeln fügt sie hinzu: »Ein Schatz, der keinen Stein auf dem anderen lässt.«

Ich lache und setze Penny ab. Lidia gibt ihr den Plastikschmetterling und sammelt Klamotten vom Boden auf. »Wie kann ich dir helfen?«, frage ich.

»Du kannst zum Beispiel immer so bleiben, wie du bist. Dann kannst du alle Spielsachen zurück in die Schublade räumen, außer dem Schaf, sonst flippt sie aus. Und im Gegenzug werde ich dich ewig lieben. Ich lege die Wäsche zusammen und räume sie in die Kommode. Gib mir ein bis zehn Minuten.« Lidia verschwindet mit dem Wäschekorb.

»Lass dir Zeit.«

»Der Himmel!«

Ich liebe Lidia in all ihren Facetten. Bevor Penny zur Welt kam, wollte sie die Highschool mit Auszeichnung abschließen und anschließend Politik, Architektur und Musikgeschichte studieren. Sie wollte nach Buenos Aires und Spanien, nach Deutschland und Kolumbien reisen, aber dann lernte sie Christian kennen, wurde schwanger und fand das Glück in ihrem neuen Leben.

Lidia war die Art Mädchen, das sich jeden Donnerstag nach der Schule die Haare glätten ließ, auch ohne Makeup umwerfend aussah und liebend gern die Fotos fremder Leute mit dämlichen Grimassen sprengte. Jetzt sind ihre Haare, wie sie sagt, »teils süß, teils Löwenmähne«, und sie lässt mich kein Foto von ihr posten, weil sie meint, dass sie viel zu fertig aussieht. Ich dagegen finde, dass meine beste Freundin noch umwerfender aussieht als früher, weil sie eine Veränderung durchgemacht hat, eine Entwicklung, die viele nicht schaffen. Und sie hat das ganz allein hingekriegt.

Nachdem ich das ganze Spielzeug zurück in die Schublade geräumt habe, setze ich mich neben Penny auf den Boden und sehe ihr dabei zu, wie sie jedes Mal verächtlich prustet, wenn die Zeichentrickfiguren ihr eine Frage stellen. Das hier ist Pennys Anfang. Und eines Tages wird sie mit dem schrecklichen Ende eines Todesboten-Anrufs konfrontiert sein, und es ist echt ätzend, dass wir eigentlich nur aufwachsen, um zu sterben. Ja, wir leben, oder bekommen zumindest die Gelegenheit dazu, aber manchmal ist das Leben vor lauter Angst schwierig und kompliziert.

»Penny, ich hoffe, du findest heraus, wie man unsterblich wird, damit du hier, solange du willst, herrschen kannst.«

Das ist meine Utopie: eine Welt ohne Gewalt und Tragödien, in der alle ewig leben oder zumindest so lange, bis sie ein erfülltes und glückliches Leben hatten und selbst beschließen, dass sie jetzt mal sehen wollen, was als Nächstes kommt.

Penny antwortet mit Gebrabbel.

Lidia kommt zurück. »Warum wünschst du Penny Unsterblichkeit und die Weltherrschaft, wo sie gerade mal lernt, wie man ›eins‹ auf Spanisch sagt?«

»Natürlich weil ich will, dass sie ewig lebt.« Ich lächele. »Und sich alle anderen untertan macht.«

Lidia hebt die Augenbrauen. Sie beugt sich vor, nimmt Penny hoch und hält sie mir hin. »Ne Penny für deine Gedanken?« Wir zucken beide zusammen. »Das wird wohl nie witzig sein, oder? Ich versuche es einfach immer wieder und hoffe, dass es beim nächsten Mal funktioniert, aber nein.«

»Vielleicht ja nächstes Mal«, sage ich.

»Ehrlich gesagt musst du mir deine Gedanken gar nicht sagen. Wenn du Penny haben willst, kriegst du sie auch für umsonst.« Sie wirbelt Penny herum, küsst sie auf die Augen und kitzelt sie unter den Achseln. »Mommy meint, dass du unbezahlbar bist, kleine Penny.« Dann murmelt sie: »Die unerschwinglichste unbezahlbare Penny aller Zeiten.« Sie setzt Penny wieder vor den Fernseher und räumt weiter auf.

Die Beziehung zwischen Lidia und mir ist nicht die, die man im Kino sieht oder die ihr vielleicht zu euren eigenen Freunden habt. Wir lieben uns über alles, aber wir reden nicht groß darüber. Es ist einfach klar. Und Worte können manchmal komisch rüberkommen, vor allem wenn man jemanden schon seit acht Jahren kennt. Aber heute muss ich ein paar Worte mehr sagen.

Ich stelle einen umgefallenen Bilderrahmen mit einem Foto von Lidia und Christian wieder auf. »Christian wäre wahnsinnig stolz auf dich, weißt du das? Du bist Pennys Chance auf Glück in einer Welt der leeren Versprechungen, die keine Sicherheit bietet und nicht immer diejenigen belohnt, die Gutes tun. Diese Welt versaut einem guten Menschen genauso das Leben wie einem weniger guten, aber du opferst trotzdem selbstlos deine Zeit für jemand anderen. Nicht jeder ist so gestrickt.«

Lidia hört auf zu fegen. »Mateo, wo kommen denn jetzt plötzlich diese Schmeicheleien her? Was ist los?«

Ich bringe eine Flasche Saft zur Spüle. »Es ist alles in Ordnung.« Und es wird wirklich alles in Ordnung sein. Sie wird klarkommen. »Wahrscheinlich sollte ich bald wieder verschwinden. Ich bin müde.«

Das ist nicht gelogen.

Lidias Augen zucken. »Könntest du mir vorher noch bei ein paar Sachen helfen?«

Wir bewegen uns schweigend durchs Wohnzimmer. Sie kratzt Haferbrei von einem Kissen und ich staube die Klimaanlage ab. Sie sammelt Tassen ein und ich stelle Pennys Schuhe ordentlich neben die Tür. Sie legt Wäsche zusammen und wirft mir einen Blick zu, während ich ein paar Windelkartons zerreiße. »Könntest du den Müll runterbringen?«, fragt sie mit leicht brüchiger Stimme. »Und dann bräuchte ich Hilfe beim Zusammenbauen dieses kleinen Bücherregals, das du und dein Vater für Penny besorgt habt.«

»Okay.«

Ich glaube, sie weiß, was los ist.

Als sie das Zimmer verlässt, lege ich den Umschlag mit dem Geld auf die Arbeitsplatte.

Schon als ich die Mülltüte aus dem Eimer ziehe, weiß ich, dass ich es nicht schaffen werde, zurückzukommen. Ich verlasse die Wohnung und werfe die Tüte in den Müllschlucker. Wenn ich wieder reingehe, komme ich nie von hier los. Und wenn ich nicht loskomme, werde ich in Lidias Wohnung sterben, vermutlich direkt vor Pennys Augen, und so möchte ich nicht in Erinnerung bleiben – Rufus' Herangehensweise ist echt clever und schlau.

Ich hole das Handy heraus und blockiere Lidias Nummer, damit sie mich nicht anrufen oder mir eine Nachricht schicken kann, um mich zurückzuholen.

Mir ist übel und leicht schwindelig, während ich langsam die Treppe hinuntergehe. Ich hoffe, dass Lidia es verstehen wird, und hasse mich selbst so sehr, dass ich am Ende immer schneller die Stufen hinunterrenne …

RUFUS
06:48 Uhr

Wer hat zehn Dollar darauf gewettet, dass ich mich an meinem letzten Tag auf Instagram wiederfinden würde? Der ist jetzt um zehn Dollar reicher.

Die Plutos haben immer noch auf keine meiner Nachrichten oder Anrufe reagiert. Ich raste nicht völlig aus, sie sind schließlich nicht todgeweiht, aber fuck, könnte mir vielleicht wenigstens jemand sagen, ob die Bullen noch hinter mir her sind oder nicht? Ich könnte wetten, dass die alle tief und fest schlafen. Wenn man mir jetzt ein Bett hinstellen würde, dann würde ich auch schlafen. Oder einen Stuhl mit Armlehnen. Aber ganz sicher nicht diese Bank hier im Eingangsbereich, auf der höchstens zwei Leute Platz haben. In Embryostellung werde ich bestimmt nicht pennen, das ist echt nicht mein Ding.

Also scrolle ich durch Instagram, wo ich vielleicht 'nen neuen Post von Malcolm finde (@manthony012), aber da gibts nichts Neues, seit er vor neun Stunden das unbearbeitete Foto einer Coca-Cola-Flasche mit seinem Namen drauf hochgeladen hat. Im Weltkrieg Pepsi gegen Cola gehört er eigentlich zur Pepsi-Fraktion, aber als er seinen Namen im Kühlschrank dieser Bar entdeckt hat, war er so happy, dass er nicht widerstehen konnte. Das Koffein hat ihn vor dem Kampf nur noch stärker aufgeputscht.

Die Sache mit Peck kann man eigentlich gar nicht als Kampf bezeichnen. Er konnte keinen einzigen Schlag landen, so wie ich ihn in die Zange genommen habe.

Ich schicke Aimee gerade eine Entschuldigung, wenn auch nur eine halbherzige, weil ihr beschissener kleiner Freund auf meiner eigenen Trauerfeier die Bullen auf mich gehetzt hat, als Mateo plötzlich in einem Affenzahn die Treppe runterkommt. Er schießt auf die Haustür zu und ich hole ihn ein. Seine Augen sind rot und er schnappt nach Luft, als würde er sich das Weinen verkneifen.

»Alles klar?« Dumme Frage, ganz offensichtlich nicht.

»Nein.« Mateo stößt die Haustür auf. »Lass uns gehen, bevor Lidia mir nachkommt.«

Ich bin wirklich mehr als nur scharf drauf, mich wieder in Bewegung zu setzen, aber mit seiner schweigsamen Art kommt er bei mir nicht durch. »Los, raus mit der Sprache! Schlepp das nicht den ganzen Tag mit dir rum.«

»Ich *hab* ja gar nicht mehr den ganzen Tag!«, schreit Mateo wie jemand, der endlich sauer wird, weil er mit achtzehn stirbt. Er brennt also doch. An der Bordsteinkante bleibt er stehen und setzt sich hin, ganz verwegen, wahrscheinlich extra, damit ihn ein Auto überfährt und von seinem Elend befreit.

Ich klappe den Ständer meines Fahrrads runter und hebe Mateo mit einem festen Griff unter seine Arme hoch. Wir gehen von der Bordsteinkante weg und lehnen uns an eine Wand. Er zittert, als würde er sich hier draußen wirklich total unwohl fühlen, und als er sich zu Boden gleiten lässt, tue ich das auch. Mateo nimmt seine Brille ab und legt die Stirn auf die Knie.

»Hör zu, ich werde jetzt keine leidenschaftliche Rede halten. Das hab ich nicht drauf und darum gehts auch nicht.« Ich muss was Besseres hinkriegen. »Aber ich kann deinen Frust nachvollziehen, Alter. Zum Glück hast du mehrere Möglichkeiten. Wenn du zu deinem Vater oder zu deiner besten Freundin zurückwillst, werd ich dich nicht aufhalten. Wenn du nicht weiter mit mir rumziehen willst, werd ich dir nicht folgen. Es ist dein letzter Tag, leb ihn, wie immer du willst, verdammt. Aber wenn du dabei Hilfe brauchst, bin ich für dich da, Alter.«

Mateo hebt den Kopf und sieht mich blinzelnd an. »Das klang aber ziemlich leidenschaftlich.«

»Ja. Mein Fehler.« Mit Brille gefällt er mir besser, aber auch ohne Brille sieht er gut aus. »Was willst du jetzt machen?« Wenn er abhauen will, werde ich das respektieren und mir überlegen, was ich als Nächstes tue. Ich muss rausfinden, was mit den Plutos los ist, aber ich kann nicht nach Hause zurück, denn vielleicht wird die Wohnung observiert.

»Ich will weitermachen«, sagt Mateo.

»Gute Entscheidung.«

Er setzt die Brille wieder auf und, ich weiß nicht, falls ihr da jetzt ein Bild draus machen wollt, dass er die Welt mit anderen Augen sieht, warum nicht. Ich bin bloß erleichtert, dass ich diesen Tag nicht allein verbringen muss.

»Tut mir leid, dass ich geschrien habe«, sagt Mateo. »Ich glaube immer noch, dass es richtig ist, mich nicht zu verabschieden, aber ich werde es trotzdem den ganzen Tag bereuen.«

»Ich bin auch nicht dazu gekommen, meinen Freunden noch was zu sagen«, erkläre ich.

»Was ist denn bei deiner Trauerfeier passiert?«

Ständig rede ich über Aufrichtigkeit und dass man mit der Sprache rauskommen soll – und trotzdem sag ich ihm nicht die Wahrheit. »Sie wurde unterbrochen. Und seitdem kann ich meine Freunde nicht mehr erreichen. Ich hoffe, sie erwischen mich noch, bevor …« Ich lasse die Knöchel knacken, während Autos vorbeifahren. »Sie sollen wissen, dass es mir gut geht. Sich nicht fragen müssen, ob ich schon tot bin oder nicht. Aber ich kann ihnen schließlich auch nicht die ganze Zeit Nachrichten schreiben, bis das, was auch immer passieren wird, endlich losgeht.«

»Richte doch ein Profil auf *Countdown* ein«, schlägt Mateo vor. »Ich hab schon genügend Geschichten online verfolgt und kann dir helfen, das auszufüllen.«

Das glaub ich gern. Und ich bin ein Sexgott, weil ich schon so viele Pornos gesehen hab. »Nee, das ist nichts für mich. Ich war auch nie bei Tumblr oder Twitter. Nur Instagram. Diese Sache mit dem Fotografieren ist noch neu für mich, ich mach das erst seit ein paar Monaten. Instagram ist der Hammer.«

»Kann ich dein Profil mal sehen?«

»Klar.«

Ich gebe ihm mein Handy.

Mein Profil ist öffentlich, weil es mir nichts ausmacht, wenn ein Fremder es entdeckt. Aber es ist etwas völlig anderes, einem Fremden persönlich dabei zuzusehen, wie er durch meine Fotos scrollt. Ich fühle mich ganz nackt, als käme ich gerade aus der Dusche und jemand würde mich dabei beobachten, wie ich mein bestes Stück mit einem Handtuch bedecke. Meine frühen Fotos sind ziemlich dilettantisch wegen schlechtem Licht, aber man kann sie nicht bearbeiten und das ist wahrscheinlich gut so.

»Warum sind die alle schwarz-weiß?«, fragt Mateo.

»Ich hab das Profil ein paar Tage, nachdem ich zu meiner Pflegefamilie gezogen bin, eingerichtet. Mein Kumpel Malcolm hat das Foto hier von mir gemacht, guck ...« Ich rutsche näher zu ihm und scrolle zu meinen ersten Fotos, wobei mir mein dreckiger Fingernagel einen Moment lang peinlich ist, aber dann scheiß ich drauf. Ich klicke das Foto von mir an, auf dem ich in unserm Zimmer auf dem Bett sitze, das Gesicht in den Händen vergraben. Malcolm ist als Fotograf genannt. »Das war an meinem dritten oder vierten Abend dort. Wir haben Brettspiele gespielt und ich bin fast ausgeflippt – ich hatte Schuldgefühle, weil es mir nicht total schlecht ging. Nein, genau das Gegenteil, ich hatte extrem viel Spaß, was noch schlimmer war. Ich bin wortlos vom Tisch aufgestanden, und Malcolm kam mir hinterher, weil ich so lange weg war, und hat meinen Zusammenbruch aufgenommen.«

»Warum?«, fragt Mateo.

»Er hat gesagt, er zeichnet das Wachstum eines Menschen gerne nach, und zwar nicht nur das körperliche. Er ist streng mit sich, aber voll clever.« Ehrlich gesagt hab ich Malcolm gegen sein Riesenknie getreten, als er mir Wochen später das Foto gezeigt hat. So ein Arsch! »Meine Fotos sind schwarz-weiß, weil mein Leben nach dem Tod meiner Eltern und meiner Schwester an Farbe verloren hat.«

»Und du lebst dein Leben, ohne ihres zu vergessen?«, fragt Mateo.

»Ganz genau.«

»Ich dachte, die Leute gehen auf Instagram, nur um auf Instagram zu sein.«

Ich zucke die Achseln. »Ich bin halt oldschool.«

»Deine Fotos sehen wirklich oldschool aus.« Mateo dreht sich um und sieht mich mit weit aufgerissenen Augen an. Er lächelt zum ersten Mal und, hey, das ist nicht das typische Gesicht eines Todgeweihten. »Du brauchst die *Countdown*-App gar nicht, du kannst alles hier posten. Du kannst auch einen Hashtag nehmen oder so. Aber ich glaube, du solltest dein Leben in Farbe posten … Die Plutos sollen dich besser so in Erinnerung behalten.« Das Lächeln erlischt, denn so ist das eben heute. »Vergiss es. Das ist eine blöde Idee.«

»Die ist nicht blöd«, sage ich. »Ich find das geil. Die Plutos können sich die Zeit, die ich mit ihnen zusammen war, noch einmal in Schwarz-Weiß ansehen, aber mein Abschiedstag bekommt seine eigenen ungefilterten Farben. Kannst du hier ein Bild von mir machen? Falls es mein letzter Post sein sollte, möchte ich, dass mich alle lebendig sehen.«

Mateo lächelt wieder, als wäre er derjenige, der auf das Foto soll.

Er steht auf und richtet die Handykamera auf mich.

Ich mache keine besondere Pose. Ich sitze einfach an die Wand gelehnt da, genau an der Stelle, wo ich meinen letzten Freund davon überzeugt habe, weiter Neues zu erleben, und wo er mich auf die Idee gebracht hat, mein Profil mit Leben zu füllen. Ich lächele nicht einmal. Ich hab noch nie viel gelächelt und jetzt damit anzufangen kommt mir unpassend vor. Sie sollen keinen Fremden sehen.

»Das wars«, sagt Mateo und gibt mir das Handy zurück. »Wenns dir nicht gefällt, kann ich noch eins machen.«

Ich halte nicht viel davon, Fotos zu autorisieren, so sehr beschäftige ich mich nicht mit mir selbst. Allerdings ist das Foto überraschend gut gelungen. Mateo hat einen traurigen und gleichzeitig stolzen Ausdruck auf meinem Gesicht erwischt, genau wie meine Eltern bei Olivias Schulabschluss aussahen. Und das Vorderrad meines Fahrrads ist auch mit drauf. »Danke, Alter.«

Ich lade das Foto unbearbeitet hoch. Kurz überlege ich, es mit #Abschiedstag zu unterschreiben, aber auf falsche Beileidsbekundungen wie »O nein, Ruhe in Frieden!!!« oder auf Trolle, die mir »Ruhe nach Hieben!!!« schreiben, kann ich gut verzichten. Die Menschen, die mir am wichtigsten sind, wissen Bescheid.

Und ich hoffe, sie behalten mich als den in Erinnerung, der ich war, und nicht als den Typen, der heute ohne guten Grund jemand eine reingehauen hat.

PATRICK »PECK« GAVIN
07:08 Uhr

Bei Patrick »Peck« Gavin hat der Todesbote nicht angerufen, weil er heute nicht sterben wird, obwohl er schon damit gerechnet hatte, bevor sein Angreifer selbst angerufen wurde.

Jetzt ist er zu Hause und drückt einen gefrorenen Hamburger auf seine blauen Flecken. Das Teil stinkt, aber die rasenden Kopfschmerzen lassen langsam nach.

Peck hätte Aimee nicht einfach stehen lassen sollen, aber sie wollte ihn nicht sehen und er ist nicht gerade glücklich mit ihr. Er hat Aimee von seinem alten Handy aus angerufen, und sie haben so lange gestritten, bis sie vor lauter Erschöpfung beinahe eingeschlafen wäre. Er musste sich total zusammenreißen, um nicht aufzulegen, als sie sagte, dass sie Rufus noch mal treffen wolle, um an seinem Abschiedstag bei ihm zu sein.

Peck hält sich an einige Regeln, wenn er mit Leuten wie Rufus zu tun hat.

Regeln, die gelten, wenn jemand versucht, dich fertigzumachen.

Peck muss einiges überschlafen. Aber es sieht nicht gut aus für Rufus, falls er noch lebt, wenn Peck aufwacht.

RUFUS
07:12 Uhr

Mein Handy vibriert und ich rechne damit, dass es die Plutos sind, aber diese Hoffnung zerschlägt sich, als ein Klingelton folgt. Mateo sieht auf sein Telefon und bekommt dieselbe Mitteilung. Schon die zweite Nachricht, die wir heute beide kriegen: *Make-A-Moment ganz in der Nähe – 1,9 km.*

Ich sauge die Luft zwischen den Zähnen ein. »Was zum Teufel ist das denn?«

»Hast du noch nie davon gehört?«, fragt Mateo. »Es hat letzten Herbst eröffnet.«

»Nee.« Ich gehe weiter die Straße entlang, höre nur mit einem Ohr zu und frage mich, warum mir die Plutos wohl noch nicht geantwortet haben.

»Das ist so was wie diese Stiftung *Make-A-Wish*«, sagt Mateo. »Aber da können alle Todgeweihten hin, nicht nur Kinder. Die haben diese kleinen Virtual-Reality-Anlagen, wo du denselben Nervenkitzel erlebst wie beim Fallschirmspringen, Autorennen oder bei anderen extrem riskanten Aktionen, die Todgeweihte an ihrem Abschiedstag sonst nicht unternehmen könnten, ohne sich in Gefahr zu bringen.«

»Es ist also eine nachgemachte, abgespeckte Version von *Make-A-Wish*?«

»So übel ist es, glaube ich, nicht«, sagt Mateo.

Ich schaue wieder auf mein Handy, um nachzusehen, ob ich irgendwelche Nachrichten verpasst habe. Als ich von der Bordsteinkante trete, knallt Mateos Arm gegen meine Brust.

Ich schaue nach rechts. Er schaut nach rechts. Ich schaue nach links. Er schaut nach links.

Es kommt kein Auto. Die Straße ist totenstill.

»Ich weiß, wie man über die Straße geht«, sage ich. »Ich bin schon mein ganzes Leben zu Fuß unterwegs.«

»Du hast aufs Handy geguckt«, entgegnet Mateo.

»Ich wusste, dass kein Auto kommt.« Die Straße zu überqueren ist inzwischen eine ziemlich instinktive Handlung geworden. Wenn keine Autos kommen, geht man rüber. Wenn Autos auf einen zukommen, geht man nicht – oder man rennt.

»Tut mir leid«, sagt Mateo. »Aber ich will, dass dieser Tag noch ein bisschen dauert.«

Er ist fertig mit den Nerven, ich weiß. Nur irgendwann muss er auch mal runterkommen.

»Kapiert. Aber gehen wir jetzt? Ich habs verstanden.«

Ich schaue noch mal nach rechts und links, bevor ich die leere Straße überquere. Wenn jemand nervös sein sollte, dann der Typ, der mit ansehen musste, wie seine Familie in einem sinkenden Auto ertrank. Ich hab meine Trauer noch nicht so weit überwunden, dass ich mir vorstellen könnte, in den nächsten Jahren entspannt in ein Auto zu steigen, ganz im Gegensatz zu Malcolm, der auf Kamine steht, obwohl er seine Eltern bei 'nem Brand verloren hat. Das hab ich nicht drauf. Aber ich gucke auch nicht wie Mateo dauernd nach rechts und links und nach links und rechts, bis wir auf der anderen Straßenseite sind, als bestünde die neunundneunzigprozentige Wahrscheinlichkeit, dass ein Auto aus dem Nichts auftaucht und uns über den Haufen fährt.

Mateos Handy klingelt.

»Rufen die Leute von *Make-A-Moment* einen auch persönlich an?«, frage ich.

Mateo schüttelt den Kopf. »Lidia ruft mich vom Handy ihrer Oma an. Soll ich …?« Er steckt das Telefon zurück in die Tasche, ohne ranzugehen.

»Guter Schachzug ihrerseits«, sage ich. »Wenigstens versucht sie dich zu erreichen. Von meinen Freunden habe ich noch keinen Ton gehört.«

»Probiers doch noch mal.«

Warum nicht? Ich lehne mein Rad an eine Wand und versuche Malcolm und Tagoe über FaceTime zu erreichen. Beide sind offline. Dann rufe ich Aimee über FaceTime an, und gerade als ich wieder auflegen und allen Plutos ein Foto von mir schicken will, auf dem ich ihnen den Stinkefinger zeige, geht Aimee schwer atmend ran. Sie hat müde Augen und die Haare kleben ihr an der Stirn. Sie ist zu Hause.

»Ich hab gepennt!« Aimee schüttelt den Kopf. »Wie spät ist …? Du bist am Leben. Du …« Sie wendet einen Moment lang den Blick ab und schaut eine Hälfte von Mateos Gesicht an. Sie beugt sich vor, als wäre die Handykamera ein Fenster, durch das sie den Kopf stecken kann, um besser zu sehen. Genau wie ich mit dreizehn in Zeitschriften geblättert habe, auf der Suche nach Bildern von Mädchen in Röcken und Jungs in Shorts, und dann die Seite umgedreht habe, um zu gucken, was sie drunter hatten. »Wer ist das?«

»Das ist Mateo«, sage ich. »Mein letzter Freund.« Mateo winkt. »Und das ist meine Freundin Aimee.« Ich erwähne nicht, dass sie das Mädchen ist, das mir das Herz zerschmettert hat, weil ich nicht will, dass die beiden sich unbehaglich fühlen. »Ich hab dich dauernd angerufen.«

»Tut mir leid. Hier ist das Chaos ausgebrochen, nachdem du weg warst«, sagt Aimee und reibt sich mit der Faust über die Augen. »Ich bin vor ein paar Stunden nach Hause gekommen, und mein Akku war leer, deshalb habe ich das

Handy zum Laden angeschlossen, bin aber eingeschlafen, bevor es wieder Saft hatte.«

»Was ist denn passiert, Mann?«

»Malcolm und Tagoe sind verhaftet worden«, sagt Aimee. »Sie konnten ihre Klappe nicht halten, und Peck hat sie angeschwärzt, weil sie mit dir zusammen waren.«

Ich stürze von Mateo weg und sag ihm, er soll warten. Er wirkt ziemlich verängstigt. So viel dazu, dass ich jeden Verdacht, dass ich ein mieser Typ bin, begraben wollte. »Gehts ihnen gut? Auf welcher Wache sind sie?«

»Ich weiß es nicht, Roof, aber du solltest jetzt nicht nach ihnen suchen, außer du willst deinen letzten Tag in einer Zelle verbringen, wo dir sonst was passieren kann.«

»Das ist doch totaler Bullshit. Sie haben nichts gemacht!« Ich hebe die Faust, um gegen ein Autofenster zu schlagen, aber so bin ich nicht, ich schwöre, so bin ich nicht, ich gehe nicht rum und schlage auf Sachen und Menschen. Das mit Peck war ein Ausrutscher, mehr nicht. »Und was ist mit Peck?«

»Er ist mir nach Hause gefolgt, aber ich wollte nicht mit ihm reden.«

»Du hast mit ihm Schluss gemacht, oder?«

Sie antwortet nicht.

Wenn wir normal telefonieren würden statt über Video-Chat, müsste ich jetzt nicht enttäuscht sein von dem Gesicht, mit dem sie mich ansieht. Ich könnte mir vorstellen, dass sie nickt und sich innerlich darauf vorbereitet, mit ihm Schluss zu machen, wenn sie es noch nicht getan hat. Aber ich sehe etwas anderes.

»Es ist kompliziert«, sagt Aimee.

»Weißt du, Ames, als du mit mir Schluss gemacht hast, wirkte es irgendwie gar nicht kompliziert. Das ist echt scheiße, aber ich kann mir keinen größeren Arschtritt vorstellen, als dass du dich wegen diesem Loser, der die Plutos in den Knast gebracht hat, von ihnen abwendest. Wir müssen doch zusammenhalten und ich bin bald nicht mehr da und du sagst mir tatsächlich ins Gesicht, dass dieser Hurensohn Teil deines Lebens bleiben soll?« Scheiß auf das Zerschmettern *meines* Herzens, diese Bitch hat sich ihr eigenes schon vor Ewigkeiten rausgerissen. »Sie waren unschuldig.«

»Rufus, sie waren nicht vollkommen unschuldig und das weißt du auch, oder?«

»Ja, tschüss. Ich geh dann mal wieder zu meinem echten Freund.«

Aimee fleht mich an, nicht aufzulegen, aber ich tu's verflucht noch mal trotzdem. Ich kann nicht glauben, dass meine Kumpels wegen meiner eigenen Dummheit im Knast sitzen, und ich kann auch nicht glauben, dass Aimee mir das nicht früher erzählt hat.

Dann drehe ich mich um, um Mateo alles zu erzählen, aber er ist weg.

AIMEE DUBOIS
07:18 Uhr

Aimee gibt den Versuch auf, Rufus anzurufen. Es gibt drei mögliche Erklärungen dafür, warum Rufus nicht rangeht – der Reihe nach von Aimees größter Hoffnung bis zu ihrer größten Angst:

1. Er ignoriert sie, wird aber später zurückrufen.

2. Er hat ihre Nummer blockiert und kein Interesse, noch einmal mit ihr zu reden.

3. Er ist tot.

Aimee geht auf Rufus' Instagram-Profil und hinterlässt Kommentare unter seinen Bildern mit der Bitte, sie zurückzurufen. Sie legt ihr Handy bereit, dreht die Lautstärke hoch und zieht sich ihre Shorts und ein altes T-Shirt von Rufus an.

Seit sie zu den Plutos gehört, hat Aimee angefangen, ernsthaft zu trainieren. Als sie sich einmal ins Schlafzimmer ihrer Pflegeeltern schlich, um Francis zu beklauen, der sie nur halbherzig willkommen geheißen hatte, entdeckte sie Jenn Loris Hanteln neben dem Bett und beschloss, es mal mit Gewichtheben zu versuchen.

Ihren Eltern, die im Gefängnis saßen, weil sie einen kleinen Lebensmittelladen überfallen hatten, verdankte sie ihre kleptomanische Ader, aber Aimee stellte fest, dass sie sich durch ihr Training viel mächtiger fühlte, als wenn sie anderen etwas klaute.

Aimee vermisst es schon jetzt, neben Rufus' Rad herzujoggen.

Und sie wird sich immer an die Szene erinnern, als sie ihm einen vernünftigen Liegestütz beigebracht hat.

Sie hat keine Ahnung, wie es jetzt weitergehen soll.

MATEO
07:22 Uhr

Ich renne die Straße entlang, weit weg von Rufus.

Jetzt habe ich keinen letzten Freund mehr, aber vielleicht ist es für jemanden, der ein ziemlich einsames Leben geführt hat, ja auch ganz okay, an seinem Abschiedstag einsam zu sterben.

Ich weiß nicht, was Rufus ausgefressen hat oder weshalb seine Freunde verhaftet wurden. Vielleicht hat er gehofft, mich als eine Art Alibi verwenden zu können. Aber jetzt bin ich weg.

Ich bleibe stehen, um Atem zu holen, setze mich auf die Treppe vor einem Kindergarten und presse die Handfläche auf meine schmerzende Brust.

Wahrscheinlich sollte ich zurück nach Hause gehen und Videospiele spielen. Noch ein paar Briefe schreiben. Ich wünschte sogar, ich wäre noch bei Mr Kalampoukas im Highschool-Unterricht, weil er mir immer das Gefühl gab, dass ich wahrgenommen werde. Obwohl es ziemlich beängstigend war, eine Stunde im Chemielabor mit Leuten zu verbringen, die dauernd Nachrichten schrieben, während sie Chemikalien zusammenrührten, sogar im vergangenen Herbst, lange vor meinem Abschiedstag.

»MATEO!«

Rufus kommt auf seinem Rad die Straße entlang, sein Helm hängt am Lenker. Ich stehe auf und gehe weiter, aber es hat keinen Zweck. Rufus hält neben mir, schwingt sein rechtes Bein über den Sattel und springt vom Fahrrad. Das

Rad fällt zu Boden und Rufus packt mich am Arm. Er sieht mir in die Augen, und als mir bewusst wird, dass er nicht sauer ist, sondern Angst hat, bin ich mir plötzlich absolut sicher, dass nicht er der Grund für meinen Tod sein wird.

»Alter, bist du verrückt?«, fragt Rufus. »Wir sollten uns doch nicht trennen.«

»Und du solltest kein kompletter Fremder für mich sein«, sage ich. Dabei haben wir jetzt schon mehrere Stunden miteinander verbracht. Ich habe mit ihm in seiner Lieblingskneipe gesessen, wo er mir erzählt hat, was er gern geworden wäre, wenn er noch viele Jahre vor sich gehabt hätte. »Aber du bist offenbar auf der Flucht vor der Polizei und hast das nicht mal erwähnt.«

»Ich weiß gar nicht, ob die Polizei überhaupt nach mir sucht«, sagt Rufus. »Sie wissen bestimmt, dass ich todgeweiht bin. Und weil ich ja keine Bank ausgeraubt habe, werden sie auch nicht sämtliche Beamte auf mich ansetzen.«

»Was hast du denn gemacht?«

Rufus lässt meinen Arm los und sieht sich um. »Lass uns irgendwohin gehen und reden. Ich erzähl dir alles. Von dem Unfall, bei dem meine Familie ums Leben gekommen ist, und von der dummen Sache, die ich heute Nacht gemacht hab. Keine Geheimnisse mehr.«

»Komm mit.«

Ich suche den Ort aus. Ich vertraue Rufus größtenteils, aber bevor ich nicht alles weiß, will ich nicht mehr allein mit ihm sein.

Wir gehen schweigend zum Central Park. Auf dem Weg begegnen wir Frühaufstehern. Hier sind genug Radfahrer und Jogger unterwegs, dass ich mich sicher fühle, auch weil Rufus Abstand hält und auf dem Rasen läuft, wo ein junger Golden Retriever seinem Herrchen hinterherjagt. Der

Hund erinnert mich an die Geschichte auf *Countdown*, die ich gelesen habe, als der Anruf kam, obwohl ich mir sicher bin, dass dieser Hund hier nicht der aus der Geschichte ist.

Zunächst schweige ich weiter, weil ich erst einen guten Platz finden will, ehe Rufus anfängt zu erzählen, aber je weiter wir in den Park kommen, desto schweigsamer werde ich vor Staunen, vor allem als wir auf eine Bronzeskulptur mit Figuren aus *Alice im Wunderland* stoßen. Dunkelgrüne Blätter rascheln unter meinen Füßen, während ich mich Alice, dem weißen Kaninchen und dem verrückten Hutmacher nähere.

»Wie lange steht die schon hier?« Die Frage ist mir peinlich. Die Skulptur ist bestimmt nicht neu.

»Keine Ahnung. Wahrscheinlich schon immer«, sagt Rufus. »Hast du sie noch nie gesehen?«

»Nein.« Ich blicke zu Alice auf, die auf einem Riesenpilz sitzt.

»Wow. Du bist wie ein Touri in deiner eigenen Stadt«, sagt Rufus.

»Nur dass Touristen mehr über meine Stadt wissen als ich«, sage ich. Das hier ist ein vollkommen unerwarteter Fund. Dad und ich waren lieber im Althea Park, aber wir haben auch viel Zeit im Central Park verbracht. Er ist ein großer Fan von den Veranstaltungen bei *Shakespeare in the Park*. Ich kann eigentlich nicht viel mit Theaterstücken anfangen, aber ich bin einmal mitgegangen und es war nett, weil mich das Theater an die Amphitheater in meinen liebsten Fantasyromanen und an römische Gladiatorenkämpfe in Filmen erinnert hat. Ich wünschte, ich hätte dieses Stück Wunderland schon als Kind entdeckt, dann hätte ich zu Alice auf den Pilz klettern und mir eigene Abenteuer ausdenken können.

»Du hast es heute entdeckt«, sagt Rufus. »Das ist doch auch was.«

»Du hast recht.« Ich staune immer noch darüber, dass diese Skulptur die ganze Zeit schon hier stand, denn wenn man an Parks denkt, denkt man eigentlich an Bäume, Brunnen, Teiche und Spielplätze. Es ist irgendwie schön, dass mich ein Park überraschen kann, und es gibt mir Hoffnung, dass auch ich die Welt überraschen kann.

Aber nicht alle Überraschungen sind schön.

Ich setze mich neben das weiße Kaninchen auf den Pilz. Rufus setzt sich neben den verrückten Hutmacher. Sein Schweigen ist unangenehm, wie damals in Geschichte, als wir bahnbrechende Ereignisse aus der Zeit vor dem Todesboten durchgenommen haben. Unser Lehrer Mr Poland erklärte uns, wie gut wir es hätten, weil es den Todesboten gebe. Er gab uns Referate auf, in denen wir Epochen mit besonders vielen Todesfällen behandeln sollten – die Pest, die beiden Weltkriege, den elften September etc. –, und zwar im Hinblick auf die Frage, wie die Menschen sich verhalten hätten, wenn der Todesbote sie damals hätte warnen können. Bei dieser Aufgabe bekam ich ehrlich gesagt ein schlechtes Gewissen, weil ich in einer Zeit voller lebensverändernder Innovationen aufgewachsen bin, schließlich haben wir heute Medikamente, um verbreitete Krankheiten zu heilen, an denen früher viele Menschen gestorben sind.

»Du hast doch keinen umgebracht, oder?«, frage ich dann. Und darauf gibt es nur eine Antwort, die mich zum Bleiben bewegen kann. Bei der anderen werde ich die Polizei rufen, damit Rufus verhaftet wird.

»Natürlich nicht.«

Ich habe die Messlatte so hoch gelegt, dass er ganz leicht drunter bleiben kann. »Was dann?«

»Ich hab jemand zusammengeschlagen«, sagt Rufus. Er starrt geradeaus auf sein Fahrrad, das er neben dem Weg abgestellt hat. »Aimees neuen Freund. Er hat über mich rumgestänkert, und ich war sauer, weil ich das Gefühl hatte, mein Leben würde auf mehrere Arten zu Ende gehen. Ich hab mich ungeliebt, frustriert und verlassen gefühlt und musste das an jemand auslassen. Aber so bin ich eigentlich nicht. Es war ein Fehler.«

Ich glaube ihm. Er ist kein Ungeheuer. Ungeheuer kommen nicht zu dir nach Hause und helfen dir, dein Leben zu leben. Sie halten dich in deinem Bett fest und fressen dich bei lebendigem Leib auf. »Menschen können sich irren«, sage ich.

»Und meine Freunde werden jetzt dafür bestraft«, sagt Rufus. »Ihre letzte Erinnerung an mich wird sein, wie ich bei meiner eigenen Trauerfeier durch die Hintertür abgehauen bin, weil die Bullen hinter mir her waren. Ich hab sie zurückgelassen ... Vier Monate lang hab ich mich verlassen gefühlt, weil meine Familie gestorben ist, und in einer einzigen Sekunde habe ich meiner neuen Familie genau dasselbe angetan.«

»Du musst mir nicht von dem Unfall erzählen, wenn du nicht willst«, sage ich. Er hat sowieso schon genug Schuldgefühle, und genau wie ich einen Obdachlosen nie dazu zwingen würde, mir seine Geschichte zu erzählen, nur um zu entscheiden, ob er meine Spende verdient oder nicht, muss ich auch Rufus nicht durch weitere Reifen springen lassen, um ihm zu vertrauen.

»Ich will nicht darüber reden«, sagt Rufus, »aber ich muss.«

RUFUS
07:53 Uhr

Es ist echt ein Glück, einen letzten Freund zu haben, vor allem wo meine Kumpels im Knast sind und meine Exfreundin geblockt ist. So kann ich über meine Familie reden und sie mir lebendig erhalten.

Der Himmel zieht sich zu und Wind kommt auf, aber noch fallen keine Tropfen.

»Meine Eltern wurden am zehnten Mai vom Anruf des Todesboten geweckt.« Ich bin jetzt schon völlig fertig. »Olivia und ich spielten gerade Karten, als wir das Telefon im Schlafzimmer klingeln hörten, und gingen gleich zu unseren Eltern. Mom war am Apparat und riss sich zusammen, während Dad am anderen Ende des Zimmers stand und weinend auf Spanisch fluchte. Es war das erste Mal, dass ich ihn weinen sah.« Das war heftig. Er war zwar nicht der totale Macho, aber trotzdem dachte ich immer, weinen wäre was für Weicheier, was natürlich totaler Bullshit ist.

»Anschließend wollte der Anrufer vom Todesboten mit meinem Paps sprechen und Mom rastete aus. Das war echt der totale Albtraum. Es gibt nichts Gruseligeres, als zu sehen, wie deine Eltern ausflippen. Ich bekam Panik, aber ich wusste ja, dass ich noch Olivia hatte.« Ich würde nicht allein bleiben. »Dann wollte der Todesbote auch noch mit Olivia sprechen, und mein Vater legte auf und schleuderte das Telefon durchs Zimmer.« Mit Telefonen zu schmeißen liegt uns offenbar im Blut.

Mateo will etwas fragen, hält sich aber zurück.

»Sag schon.«

»Egal«, sagt Mateo. »Ist nicht wichtig. Aber ich hab mich gefragt, ob du Angst hattest, auch auf der Todesliste zu stehen, ohne es zu wissen. Hast du in der Online-Datenbank nachgeschaut?«

Ich nicke. Todesbote.com ist da echt hilfreich. Als ich an diesem Tag meine Sozialversicherungsnummer eingetippt und meinen Namen nicht in der Datenbank gefunden habe, war ich auf eine merkwürdige Art erleichtert. »Es kam mir unfair vor, dass meine Familie ohne mich sterben würde. Fuck, das klingt, als hätten meine Eltern mich nicht auf einen Familienurlaub mitgenommen, aber ich hab sie schon an ihrem Abschiedstag vermisst. Und Olivia konnte mich kaum mehr ansehen.«

Ich kanns ja verstehen. Es war nicht mein Fehler, dass ich weiterleben würde, und es war nicht ihr Fehler, dass sie gestorben ist.

»Wart ihr euch nah?«

»Total. Sie war ein Jahr älter als ich. Meine Eltern haben gespart, damit Olivia und ich in diesem Herbst auf die Antioch University in Kalifornien gehen könnten. Olivia hatte ein Teilstipendium, aber sie hat ein Wartesemester am College hier eingelegt, bis ich auch mit der Schule fertig bin, damit wir nicht getrennt würden.« Ich kriege kaum Luft, wie vorhin, als ich auf Peck losgegangen bin. Meine Eltern haben versucht, Olivia zu überzeugen, dass sie schon ohne mich nach L. A. geht und nicht in einer Stadt bleibt, die sie nicht leiden kann, aber sie wollte nicht. Jeden Morgen, jeden Nachmittag und Abend denke ich, sie wäre noch am Leben, wenn sie auf unsere Eltern gehört hätte. Aber sie wollte zusammen mit mir ein neues Leben anfangen. »Olivia war die Erste, vor der ich mich geoutet habe.«

»Oh.«

Ich weiß nicht, ob er so tut, als wüsste er das nicht aus meinem *Letzte Freunde*-Profil, ob ihn die Beziehung zwischen mir und meiner Schwester beeindruckt oder ob er das in meinem Profil übersehen hat und ein Arsch ist, dem es wichtig ist, wen andere Leute küssen. Ich hoffe nicht. Wir sind doch jetzt Freunde, eindeutig, und zwar nicht gezwungenermaßen. Ich habe diesen Typen vor ein paar Stunden kennengelernt, weil irgendein kreativer Designer eine App entwickelt hat, mit der man Beziehungen knüpfen kann. Ich fände es übel, die hier wieder beenden zu müssen.

»*Oh* was?«

»Nichts. Ehrlich.«

»Kann ich dich was fragen?« Bringen wir's hinter uns.

»Hast du dich auch deinen Eltern gegenüber geoutet?«, fragt Mateo.

Eine Frage mit einer Gegenfrage beantworten. Der Klassiker. »Ja, an unserem letzten gemeinsamen Tag. Ich konnte es nicht länger hinauszögern.« Meine Eltern hatten mich noch nie so umarmt wie an ihrem Abschiedstag. Ich bin wirklich stolz, es ihnen gesagt zu haben und dass sie dann so reagiert haben. »Meine Mutter war echt traurig, weil sie nie die Gelegenheit haben würde, ihre künftige Schwiegertochter oder ihren Schwiegersohn kennenzulernen. Ich fühlte mich trotzdem etwas unbehaglich, also lachte ich nur und fragte Olivia, ob wir noch irgendwas zusammen unternehmen sollten, in der Hoffnung, sie würde mich dann weniger hassen. Meine Eltern wollten mich am liebsten einfach zurücklassen.«

»Sie wollten dich nur schützen, oder?«

»Ja, aber ich wollte so viel Zeit wie möglich mit ihnen verbringen, auch wenn das bedeutete, ihren Tod mit ansehen zu müssen«, sage ich. »Ich wusste es nicht besser.« Diese Dummheit ist ebenfalls gestorben.

»Und was ist dann passiert?«, fragt Mateo.

»Ich erspar dir die Details«, sage ich. »Das ist besser für dich.«

»Wenn du sie mit dir rumtragen musst, will ich das auch.«

»Na gut, du wolltest es nicht anders.«

Also erzähle ich ihm alles: dass Olivia ein letztes Mal zu dieser Hütte in der Nähe von Albany fahren wollte, wo wir immer ihren Geburtstag gefeiert haben. Die Straßen auf dem Weg dorthin waren rutschig und unser Auto flog in den Hudson. Ich saß auf dem Beifahrersitz, weil ich dachte, wir würden einen Frontalzusammenstoß eher überleben, wenn meine Eltern nicht beide vorn saßen. Aber das spielte keine Rolle. »Es kam aufs Gleiche raus«, erkläre ich, bevor ich Mateo von den quietschenden Reifen erzähle, ihm beschreibe, wie wir durch die Leitplanke stießen und in den Fluss stürzten ...

»Manchmal vergesse ich den Klang ihrer Stimmen«, sage ich. Es ist erst vier Monate her, aber so ist es. »Sie vermischen sich mit den Stimmen von Leuten um mich herum, aber ihre Schreie würde ich überall heraushören.« Allein beim Gedanken daran bekomme ich eine Gänsehaut.

»Du musst nicht weitererzählen, Rufus. Tut mir leid, ich hätte dich nicht dazu drängen sollen.«

Mateo weiß, wie die Geschichte ausgeht, aber da ist noch mehr. Ich halte inne, weil er die wichtigsten Sachen jetzt weiß und weil ich weine und mich zusammenreißen muss, damit er nicht austickt. Er legt mir die Hand auf die Schulter und klopft mir auf den Rücken. Es erinnert mich an all die anderen Zwölftklässler, die versucht haben, mich mit Textnachrichten und über Facebook zu trösten, aber nicht wussten, was sie sagen oder tun sollten, weil sie selbst noch nie jemanden auf diese Weise verloren hatten.

»Schon gut«, fügt er hinzu. »Lass uns über was anderes reden, zum Beispiel ...« Mateo sieht sich um. »Über Vögel, heruntergekommene Häuser und ...«

Ich richte mich auf. »Das war es eigentlich auch schon. Schließlich bin ich bei Malcolm, Tagoe und Aimee gelandet. Wir wurden die Plutos und das waren genau die Leute, die ich brauchte – wir waren alle verloren und es war völlig in Ordnung für uns, eine Zeit lang nicht wiedergefunden zu werden.« Ich wische mir mit der Faust die Tränen ab und rutsche näher an Mateo ran. »Und jetzt hast du mich bis zum Ende an der Backe. Hau nicht noch mal ab, Alter, sonst wirst du vielleicht entführt und irgendjemand dreht einen beschissenen Thriller darüber.«

»Ich gehe nirgendwohin«, sagt Mateo. Er hat ein nettes Lächeln im Gesicht. »Und jetzt?«

»Ich bin zu allem bereit.«

»Wollen wir bei *Make-A-Moment* einen besonderen Moment erleben?«

»Ich dachte eigentlich, wir würden sowieso schon besondere Momente erleben, aber warum nicht.«

MATEO
08:32 Uhr

Auf dem Weg zu *Make-A-Moment* bleibt Rufus vor einem Sportgeschäft stehen. Im Schaufenster hängen Poster von einem Mann auf einem Fahrrad, einer Frau mit Skiausrüstung und einem Paar, das nebeneinander herjoggt, alle mit einem Promilächeln im Gesicht und ohne einen Tropfen Schweiß auf der Haut.

Rufus zeigt auf die Frau mit den Skisachen. »Ich hab Olivia immer Fotos von Skiläufern geschickt. Wir waren jedes Jahr oben in Windham Ski laufen. Vielleicht denkst du, es war dumm von uns, immer wieder hinzufahren. Beim ersten Mal hat sich mein Paps bei einem Zusammenstoß mit einem Felsen die Nase gebrochen. Wir dachten echt, er stirbt bei diesem Sturz, obwohl der Todesbote noch gar nicht angerufen hatte. Bei der nächsten Reise brach meine Mutter sich den Knöchel. Vor zwei Jahren hatte ich nach einer Abfahrt eine Gehirnerschütterung. Ich kann nicht richtig bremsen und hab fast ein Kind umgefahren, deshalb bin ich im letzten Moment nach links ausgewichen und wie in 'nem beschissenen Zeichentrickfilm gegen einen Baum geknallt, Alter.«

»Du hast recht«, sage ich. »Ich frage mich, warum ihr immer wieder dort hingefahren seid.«

»Olivia hat auch heftig protestiert, nachdem ich ins Krankenhaus musste. Aber wir sind trotzdem ständig nach Windham gefahren, weil wir die Berge, den Schnee und die Spiele am Kamin in unserer Hütte so mochten.« Rufus geht weiter. »Ich hoffe, dieser Laden ist genauso cool und witzig wie das früher.«

Ein paar Minuten später erreichen wir *Make-A-Moment*. Rufus bleibt stehen und macht ein Foto vom Eingang und vom blauen Banner über der Tür: *Nervenkitzel ohne Risiko!* Dann postet er es in Farbe auf Instagram. »Guck mal.« Er gibt mir sein Handy. Die Kommentare zu seinem letzten Foto sind zu sehen. »Die Leute fragen, warum ich so früh schon wach bin.«

Es gibt ein paar Kommentare von Aimee, die ihn anfleht, ans Handy zu gehen. »Was war mit Aimee?«

Er schüttelt den Kopf. »Ich bin fertig mit ihr, Alter. Malcolm und Tagoe sitzen wegen ihrem Freund für etwas im Knast, das ich getan hab, und sie geht trotzdem noch mit ihm. Sie ist nicht loyal.«

»Und es kann wirklich nicht sein, dass du noch was für sie empfindest?«

»Nein«, sagt Rufus. Er schließt sein Fahrrad an einer Parkuhr an.

Es spielt keine Rolle, ob er die Wahrheit sagt oder nicht.

Ich lasse das Thema fallen und wir gehen rein.

Ich hätte nicht gedacht, dass es hier aussieht wie in einem Reisebüro. Die Wand hinter der Theke ist zur Hälfte orange wie ein Sonnenuntergang und zur anderen Hälfte mitternachtsblau, und überall hängen Fotos von Leuten, die zum Beispiel klettern oder surfen. Wahrscheinlich weil es ein schöner Anblick ist. Hinter der Theke sitzt eine junge schwarze Frau Mitte zwanzig, die etwas in ein Notizbuch schreibt. Als sie uns bemerkt, legt sie das Buch weg. Sie trägt ein gelbes Poloshirt und auf ihrem Namensschild steht »Deirdre«. Der Name ist mir schon mal irgendwo begegnet, vielleicht in einem Fantasyroman.

»Willkommen bei *Make-A-Moment*«, sagt Deirdre weder zu fröhlich noch zu distanziert. Mit genau der richtigen Ernsthaftigkeit. Sie fragt gar nicht erst, ob wir Todgeweihte sind, sondern schiebt einfach einen Ordner in unsere Richtung. »Die Wartezeit für die Heißluftballonfahrt und das Schwimmen mit Haien beträgt im Augenblick eine halbe Stunde.«

»Wer, verdammt noch mal …?« Rufus dreht sich zu mir, dann wieder zu Deirdre. »Gibt es wirklich Leute, die vor ihrem Tod unbedingt mit Haien schwimmen wollen?«

»Es ist eine beliebte Attraktion«, sagt Deirdre. »Würdest du etwa nicht mit Haien schwimmen wollen, wenn du wüsstest, dass sie dich nicht beißen können?«

Rufus zieht die Luft zwischen den Zähnen ein. »Ich will mit so viel Wasser nichts zu tun haben.«

Deirdre nickt, als wüsste sie über Rufus' Vergangenheit Bescheid. »Kein Problem. Falls ihr irgendwelche Fragen habt, meldet euch.«

Rufus und ich setzen uns und blättern den Ordner durch. Zusätzlich zu den Ballonfahrten und dem Schwimmen mit Haien bietet *Make-A-Moment* noch Fallschirmspringen, Autorennen, eine Parkourstrecke, Seilrutschen, Reiten, Base-Jumping, Wildwasserrafting, Gleitschirmfliegen, Eis- und Felsklettern, Downhill, Windsurfen und vieles mehr. Ich frage mich, ob dieser Laden irgendwann vielleicht auch fiktionalen Nervenkitzel anbieten wird, zum Beispiel vor Drachen flüchten, gegen einen Zyklopen kämpfen oder eine Reise auf einem fliegenden Teppich.

Wir werden es nicht mehr erfahren.

Ich schüttele den Gedanken ab. »Willst du Downhill nehmen?«, frage ich. Schließlich fährt Rufus gerne Rad und bei Downhill ist kein Wasser im Spiel.

»Nee. Ich will was Neues ausprobieren. Wie wärs mit Fallschirmspringen?«

»Gefährlich«, sage ich. »Aber du wirst mich doch in Erinnerung behalten, falls das schiefgeht, oder?« Es würde mich nicht wundern, wenn ich in einem Laden ums Leben komme, der Nervenkitzel ohne Risiko verspricht.

»Aber hallo.«

Deirdre gibt uns eine sechsseitige Verzichtserklärung, was nicht unüblich ist für Firmen, die mit Todgeweihten zu tun haben, und es ist sicher auch üblich, dass wir das Formular ungelesen unterschreiben, denn schließlich werden wir keine Gelegenheit mehr haben, sie zu verklagen, sollte uns irgendetwas passieren. Es gibt so viele verrückte Unfälle, die jederzeit geschehen können. Jede Minute, die wir erleben, ist ein Wunder.

Rufus' Unterschrift ist krakelig. Ich kann nur die ersten beiden Buchstaben entziffern, bevor sich die restlichen Zeichen in Schnörkel verwandeln, die aussehen wie die Erfolgskurve eines Unternehmens, mit dem es ständig auf und ab geht. »Okay. Damit hab ich mein Recht verwirkt, jemand in die Pfanne zu hauen, falls ich sterbe.«

Deirdre lacht nicht. Wir bezahlen jeweils zweihundertvierzig Dollar – ein Preis, den man von Leuten verlangen kann, deren Sparguthaben sonst verfallen würde. »Kommt mit.«

Der lange Flur erinnert mich an das Lagerzentrum, in dem Dad mal gearbeitet hat, nur dass dort keine Freudenschreie und kein Gelächter aus den Lagerräumen drangen. Zumindest nicht, soweit ich weiß (Scherz). Die Räume hier sehen aus wie Karaokekabinen, sind aber teilweise doppelt oder sogar dreimal so groß. Auf unserem Weg den Gang entlang schaue ich durch jedes Fenster, während ich mich wie eine Flipperkugel im Zickzack vorwärtsbewege. Dabei sehe ich in allen Räumen Todgeweihte mit VR-Brillen. Manche sitzen in Rennautos, die wackeln, aber über keine Rennstrecke sausen. Ein Todgeweihter ist gerade beim »Klettern«, während ein Angestellter neben ihm Textnachrichten schreibt. Ein Paar küsst sich in einem Heißluftballon, der knapp zwei Meter über der Erde, aber nicht im Himmel schwebt. Ein weinender Mann ohne VR-Brille hält ein lachendes Mädchen auf einem Pferd fest, und ich weiß nicht, welcher von beiden todgeweiht ist oder ob es beide sind, aber das macht mich so traurig, dass ich in kein anderes Zimmer mehr hineinschaue.

Unser Raum ist nicht sehr groß, aber es gibt riesige Gebläse, dicke Matten an den Wänden und eine Trainerin im Pilotenoutfit, deren braune Locken zu einem Pferdeschwanz gebunden sind. Wir legen die gleiche Kleidung und Gurte an und sehen jetzt alle drei aus wie als X-Men verkleidete Cosplayer. Rufus bittet die junge Frau namens Madeline, ein Foto von uns zu machen. Ich weiß nicht, ob ich den Arm um ihn legen soll, also stemme ich die Hände in die Hüften wie er.

»Ist das gut so?«, fragt Madeline und hält uns das Handy hin.

Wir sehen aus, als ob wir es tatsächlich ernst meinten und nicht sterben wollten, ehe wir die Welt von allem Übel befreit hätten.

»Cool«, sagt Rufus.

»Ich kann während eures Sprungs noch mehr Fotos von euch machen.«

»Das wäre genial.«

Madeline erklärt uns, wie die Sache funktioniert. Wir setzen die Brille auf, das virtuelle Erlebnis beginnt und der

Raum selbst sorgt dafür, dass es sich so echt wie möglich anfühlt. Madeline befestigt unsere Gurte an herabhängenden Haken, und wir klettern eine Leiter hinauf zu einer Plattform, die aussieht wie ein Sprungbrett, aber nur zwei Meter über dem Boden schwebt.

»Wenn ihr so weit seid, drückt den Knopf an eurer Brille und springt«, sagt Madeline und legt die Matten unter uns. »Euch kann nichts passieren.« Sie schaltet die Hochleistungsgebläse ein und der Wind rauscht durch den Raum.

»Fertig?«, fragt Rufus und setzt die Brille auf.

Ich ziehe meine Brille ebenfalls über die Augen und nicke. Dann drücke ich auf den grünen Knopf und die virtuelle Realität setzt ein. Wir sitzen in einem Flugzeug neben der offenen Tür und ein dreidimensionaler Mann gibt mir mit nach oben gerecktem Daumen zu verstehen, dass ich jetzt in den blauen Himmel hinausspringen kann. Ich habe Angst zu springen, nicht aus dem Flugzeug, sondern in die reale Tiefe unter mir. Mein Gurt könnte reißen, obwohl ich mich hundertprozentig sicher fühle.

Rufus schreit kurz auf, springt ein Stück von mir entfernt los und verstummt.

Ich nehme die Brille ab und hoffe, Rufus nicht mit gebrochenem Genick auf dem Boden liegen zu sehen, aber er schwebt in der Luft und wird von dem Wind aus dem Gebläse hin und her geweht. Ich sollte Rufus nicht so sehen, aber ich musste einfach sicher sein, dass es ihm gut geht, auch wenn es das Erlebnis ein wenig schmälert. Aber jetzt will ich das gleiche Hochgefühl erleben wie er, deshalb setze ich die Brille wieder auf, zähle bis drei und springe. Ich bin schwerelos und habe die Arme um mich geschlungen, als würde ich eine Tunnelrutsche hinuntersausen und nicht im freien Fall zwischen den Wolken hindurchstürzen, was ich in Wirklichkeit ja auch nicht tue. Dann breite ich die Arme aus und versuche verschiedene Wolkenfetzen zu erhaschen, als könnte ich wirklich eine packen und wie einen Schneeball in meiner Hand rollen.

Kurz darauf lässt die Magie nach. Ich sehe die grüne Wiese, auf die wir zusteuern, und weiß, dass ich erleichtert sein sollte, schon fast wieder dort zu sein, in Sicherheit, aber eigentlich war es ja gar nicht gefährlich. Es ist nicht aufregend. Es ist einfach ohne Risiko.

Aber es ist genau das, was ich haben wollte.

Der virtuelle Mateo landet im selben Moment, als auch meine Füße sich in die Matte graben. Ich zwinge mich, Rufus anzulächeln, der mein Lächeln erwidert. Wir danken Madeline für ihre Hilfe, legen den Gurt ab und gehen hinaus.

»Das war cool, oder?«, frage ich.

»Wir hätten auf das Schwimmen mit Haien warten sollen, Alter«, sagt Rufus, als wir auf dem Weg nach draußen an Deirdre vorbeigehen.

»Danke, Deirdre«, sage ich.

»Herzlichen Glückwunsch zu eurem besonderen Moment.« Deirdre winkt. Es ist komisch, dass einen jemand dafür lobt zu leben, aber sie kann uns natürlich auch schlecht dazu auffordern, wiederzukommen.

Ich nicke ihr zu und folge Rufus nach draußen. »Ich dachte, es hätte dir gefallen! Du hast gejubelt.«

Er schließt sein Fahrrad auf, das leider niemand geklaut hat. »Beim Absprung, ja. Danach wars scheiße. Hats dir gefallen? Ich akzeptiere nur ein Ja.«

»Mir ging es genau wie dir.«

»Es war deine Idee.« Rufus schiebt sein Fahrrad die Straße entlang. »Und definitiv deine letzte für heute.«

»Tut mir leid.«

»Das war nicht ernst gemeint, Alter. Es war interessant, aber der Laden hat nur den einen Vorteil, dass dort wenig passieren kann, und so ein Spaß ohne Risiko ist einfach öde. Wir hätten erst mal Bewertungen lesen sollen, bevor wir da Geld reinstecken.«

»Da gibts nicht viele im Netz«, sage ich. Wenn man eine Dienstleistung ausschließlich für Todgeweihte anbietet, ist nicht mit vielen Bewertungen zu rechnen. Ich kann mir zumindest keinen Todgeweihten vorstellen, der seine wertvolle Zeit darauf verschwendet, den Laden zu loben oder schlechtzumachen. »Und es tut mir wirklich leid. Nicht weil wir Geld verschwendet haben, sondern wegen der Zeit.«

Rufus bleibt stehen und holt sein Handy heraus. »Es war keine Zeitverschwendung.« Er zeigt mir das Foto von uns in unserem Fallschirmanzug und postet es auf Instagram. Dann setzt er die Bildunterschrift #LetzterFreund darunter. »Da krieg ich bestimmt zehn Likes dafür.«

LIDIA VARGAS
09:14 Uhr

Bei Lidia Vargas hat der Todesbote nicht angerufen, weil sie heute nicht sterben wird. Der Anruf wäre ihr jedoch sehr willkommen gewesen, im Gegensatz zu ihrem besten Freund, der ihr nicht gesagt hat, dass er sterben wird.

Lidia hat es herausgefunden. Die Hinweise waren leicht zu deuten: dass Mateo extrem früh vorbeigekommen ist; seine netten Worte aus heiterem Himmel, dass sie eine wunderbare Mutter sei; der Umschlag mit den vierhundert Dollar auf der Arbeitsplatte; dass er ihre Nummer blockiert hat, was sie selbst ihm beigebracht hat.

In den ersten paar Minuten, nachdem Mateo ohne ein Wort verschwunden war, ist Lidia ausgerastet, hat ihre Großmutter angerufen und sie gebeten, von der Arbeit in der Apotheke nach Hause zu kommen. Statt Abuelitas Fragen zu beantworten, hat sie deren Handy genommen und Mateo angerufen, aber er ging immer noch nicht ran. Hoffentlich liegt es daran, dass er die Nummer der Großmutter gespeichert hat, und nicht daran, dass er schon tot ist.

Aber das glaubt Lidia nicht. Mateo wird zwar kein langes Leben mehr haben, was scheiße ist, weil er die großartigste Seele im ganzen Universum besitzt, aber er wird heute einen langen Tag haben. Er kann um 23:59 Uhr sterben, aber keine Minute früher.

Penny weint und Abuelita versteht nicht, was los ist. Lidia kennt alle von Pennys Arten zu weinen und weiß, wie sie sie beruhigen kann. Wenn Penny Fieber hat, nimmt Lidia sie auf den Schoß und singt ihr ins Ohr. Wenn Penny hinfällt, hebt Lidia sie auf und gibt ihr ein Spielzeug mit Blinklichtern oder Musik, wobei manche Spielsachen leider beides haben. Wenn Penny Hunger hat oder eine frische Windel braucht, sind die nächsten Schritte einfach. Penny vermisst ihren Onkel Mateo. Aber Lidia kann Mateo nicht über FaceTime erreichen, damit er Penny immer wieder Hallo sagt, weil er ja ihre Nummer blockiert hat.

Lidia loggt sich auf Facebook ein. Früher hat sie über diese Seite Kontakt zu ihren Freunden von der Highschool gehalten, aber jetzt lädt sie hier Fotos von Penny für Christians Familie hoch, damit sie seinen Eltern, Großeltern, Tanten und Onkeln nicht schreiben muss oder diesem Cousin, der sie immer um Datingtipps bittet.

Lidia geht auf Mateos eher trostlose Seite mit neunzehn gemeinsamen Freunden, zwei großartigen Fotos von Sonnenaufgängen in Brooklyn, die von einer »Guten Morgen, New York!«-Fanseite stammen, einem Artikel über irgendein Gerät, das die NASA entwickelt hat und mit dem man hören kann, wie der Weltraum klingt, und einer monatealten Nachricht, dass er von der Fernuni, die er sich ausgesucht hatte, angenommen wurde – wofür er viel zu wenige Likes bekommen hat. Mateo hat nie besonders viel von sich selbst mitgeteilt, aber du konntest immer sicher sein, dass er dein Foto kommentieren oder deinen Status liken würde. Was dir wichtig war, war ihm auch wichtig.

Lidia findet den Gedanken furchtbar, dass Mateo ganz allein da draußen ist. Schließlich leben wir nicht mehr Anfang des Jahrtausends, als die Menschen noch ohne Vorwarnung starben. Der Todesbote ist dazu da, die Todgeweihten und ihre Lieben auf den Tod vorzubereiten, und nicht dazu, dass die Todgeweihten sich von ihren Lieben abwenden.

Lidia wünscht sich, dass Mateo sie bis zur allerletzten Minute an ihrem Leben teilhaben lässt.

Sie scrollt durch Mateos Fotos, angefangen vom jüngsten: Mateo und Penny, die auf dem Sofa schlafen, auf dem Lidia jetzt sitzt; Mateo, der Penny durchs Terrarium im Zoo trägt, wo beide Angst davor hatten, dass die Schlangen entkommen könnten; Mateo und sein Vater bei Lidia in der Küche, wo er ihnen gezeigt hat, wie man Pegao zubereitet; Mateo, der Luftschlangen für Pennys ersten Geburtstag aufhängt; Mateo, Lidia und Penny lächelnd auf dem Rücksitz von Abuelitas Auto; Mateo mit Umhang und Mütze bei seiner Abschlussfeier, Arm in Arm mit Lidia, die ihm Blumen und Luftballons mitgebracht hat. Lidia verlässt das Album. Die Erinnerungen sind zu schmerzhaft, solange sie weiß, dass er da draußen noch am Leben ist. Sie betrachtet sein Profilbild, ein Foto, das sie in seinem Zimmer von ihm gemacht hat, während er aus dem Fenster sah und auf den Paketboten wartete, der ihm die Xbox Infinity bringen sollte.

Morgen um diese Zeit wird Lidia eine Statuszeile darüber schreiben, dass ihr bester Freund gestorben ist. Dann werden sich die Leute bei ihr melden und ihr Beileid aussprechen, so ähnlich wie nach Christians Tod. Und da sich alle an Mateo erinnern werden, an den Jungen aus ihrem Kurs oder vom Mittagessen, werden sie auch auf seine Seite gehen und dort Kommentare hinterlassen wie auf einer digitalen Gedenktafel. Dass er in Frieden ruhen möge. Dass er viel zu jung gestorben sei. Dass sie wünschten, sie hätten sich die Zeit genommen, mal mit ihm zu reden, als er noch am Leben war.

Lidia wird nie erfahren, wie Mateo seinen Abschiedstag verbringt, aber sie hofft, dass ihr bester Freund finden wird, wonach er sucht.

RUFUS
09:41 Uhr

In einem Graben unter dem Highway, der in Richtung Norden zur Queensboro Bridge führt, stoßen wir auf sieben alte Telefonzellen.

»Da müssen wir rein.«

Mateo will schon protestieren, aber ich hebe den Finger und bringe ihn schnell zum Schweigen.

Wir krabbeln durch eine Öffnung im Maschendrahtzaun. Überall liegen verrostete Rohre, volle Mülltüten, die nach altem Essen und Scheiße stinken, und Reste von schwarzem Gummi, die sich um die Telefonzellen schlängeln. Ein Graffiti zeigt eine Pepsi-Flasche, die eine Coca-Cola-Flasche verprügelt. Ich mache ein Foto, poste es auf Instagram und setze Malcolms Namen darunter, damit er weiß, dass er an meinem Abschiedstag bei mir war.

»Das ist wie auf einem Friedhof«, sagt Mateo. Er hebt ein Paar Sneaker auf.

»Wenn da noch die Zehen drinstecken, hauen wir aber ab, Alter«, sage ich.

Mateo wirft einen Blick in die Sneaker. »Keine Zehen oder sonstigen Körperteile.« Er lässt die Schuhe fallen. »Letztes Jahr bin ich so einem Typen mit blutiger Nase und ohne Schuhe begegnet.«

»Einem Obdachlosen?«

»Nee. Er war in unserem Alter. Irgendwer hat ihn zusammengeschlagen und ausgeraubt, also habe ich ihm meine Sneaker gegeben.«

»Natürlich«, sage ich. »Jemand wie dich kann man echt nicht für Geld kaufen.«

»Na ja, so wars nicht gemeint. Sorry. Was der jetzt wohl macht? Wahrscheinlich würde ich ihn gar nicht wiedererkennen, weil er damals so viel Blut im Gesicht hatte.« Mateo schüttelt den Kopf, als könnte er so die Erinnerung daran loswerden.

Ich beuge mich über eine der Telefonzellen. Mit blauem Edding steht dort, wo früher der Telefonhörer war, eine Nachricht: DU FEHLST MIR, LENA. RUF MICH ZURÜCK.

Dürfte ziemlich schwierig für Lena sein, dich ohne Telefon zurückzurufen, Alter.

»Was für ein krasser Fund«, sage ich total begeistert und gehe zur nächsten Telefonzelle weiter. »Ich komme mir vor wie Indiana Jones.« Mateo lächelt mich an. »Was denn?«

»Als Kind habe ich diese Filme tausendmal gesehen«, sagt er. »Das hatte ich ganz vergessen.« Er erzählt mir, dass sein Vater in ihrer Wohnung immer einen Schatz versteckt hat – ein Glas mit Münzen für die Waschmaschine. Mateo trug den Cowboyhut von seinem Woody-Kostüm und nahm einen Schnürsenkel als Lasso. Immer wenn er sich dem Glas näherte, setzte sein Vater diese mexikanische Maske auf, die ein Nachbar ihm besorgt hatte, und warf Mateo aufs Sofa, wo sie sich einen heldenhaften Kampf lieferten.

»Das ist genial. Dein Paps klingt echt cool.«

»Ich hatte Glück«, sagt Mateo. »Aber tut mir leid, ich wollte dir nicht den Augenblick verderben.«

»Ach was, kein Problem. Es ist ja kein riesiger, wichtiger oder weltbewegender Augenblick. Ich werd jetzt nicht davon anfangen, dass das Entfernen von Telefonzellen von Straßenecken der Beginn der globalen Sprachlosigkeit ist, oder so ein Mist. Ich find das hier einfach nur den Hammer.« Ich mache ein paar Fotos mit dem Handy. »Ist schon irgendwie verrückt, oder? Bald wird es gar keine Telefonzellen mehr geben. Ich kann jetzt schon keine Telefonnummer mehr auswendig.«

»Ich kann nur die von meinem Vater und Lidia«, sagt Mateo.

»Wenn ich im Knast säße, wäre ich echt voll am Arsch. Aber die Nummer von jemand zu kennen, bringt sowieso nichts. Kein Anruf mehr für zwanzig Cent.« Ich halte mein Handy hoch. »Ich benutze ja nicht mal 'ne richtige Kamera! Kameras mit Filmen werden auch aussterben, wetten?«

»Und danach sind die Postfilialen und handgeschriebene Briefe dran«, sagt Mateo.

»Videotheken und DVD-Player.«

»Festnetz und Anrufbeantworter.«

»Zeitungen«, sage ich. »Und sämtliche Uhren. Ich wette, irgendjemand arbeitet schon an 'nem Gerät, mit dem wir immer automatisch wissen, wie spät es ist.«

»Echte Bücher und Bibliotheken. Nicht gleich morgen, aber irgendwann, oder?« Mateo schweigt. Wahrscheinlich denkt er an diese Scorpius-Hawthorne-Bücher, die er in seinem Profil erwähnt hat. »Nicht zu vergessen all die vom Aussterben bedrohten Tiere.«

Die hätte ich tatsächlich fast vergessen! »Du hast recht. Du hast vollkommen recht. Alles wird verschwinden, alles und alle werden sterben. Die Menschen sind echt scheiße, Mann. Wir halten uns für absolut unverwüstlich und unendlich, weil wir denken und für uns sorgen können, im Gegensatz zu Telefonzellen oder Büchern, aber ich wette, auch die Dinosaurier haben gedacht, sie würden ewig an der Macht bleiben.«

»Wir handeln nie«, sagt Mateo. »Wir reagieren nur, wenn wir feststellen, dass unsere Zeit abläuft.« Er zeigt auf sich selbst. »Dafür bin ich doch das beste Beispiel.«

»Tja, Alter, vermutlich stehen wir als Nächstes auf der Liste«, sage ich. »Noch vor den Zeitungen, Uhren und Bibliotheken.« Ich krieche vor ihm wieder durch den Zaun und drehe mich dann um. »Aber du weißt schon, dass eh kein Schwein mehr übers Festnetz telefoniert, oder?«

TAGOE HAYES
09:48 Uhr

Bei Tagoe Hayes hat der Todesbote nicht angerufen, weil er heute nicht sterben wird, aber er wird nie vergessen, wie es war, als sein bester Freund den Anruf bekommen hat. Der Ausdruck auf Rufus' Gesicht wird Tagoe deutlich länger verfolgen als die Splatterszenen in seinem liebsten Horrorfilm.

Tagoe und Malcolm sind immer noch auf der Polizeiwache, wo sie sich eine Zelle teilen, die doppelt so groß ist wie ihr Zimmer zu Hause.

»Ich wusste, dass es hier nach Pisse stinken würde«, sagt Tagoe. Er sitzt auf dem Boden, weil die Bank so wackelig ist und bei jeder Bewegung quietscht.

»Kotz doch«, sagt Malcolm, der an seinen Nägeln kaut.

Tagoe wird diese Jeans wegschmeißen, wenn er nach Hause kommt. Er setzt die Brille ab und sieht Malcolm und den Beamten am Schreibtisch vor der Zelle nur noch verschwommen. Das macht er immer wieder und gibt damit allen zu verstehen, dass er eine Auszeit braucht von den Dingen, die gerade um ihn herum passieren. Malcolm wurde nur ein einziges Mal sauer deswegen, nämlich als Tagoe die Brille während einer Partie *Cards Against Humanity* absetzte. Tagoe hat nie zugegeben, dass er es wegen einer Karte tat, die sich über Selbstmord lustig machte, was ihn an den Mann erinnerte, der ihn damals verlassen hatte.

Tagoe bekommt Nackenschmerzen bei dem Gedanken

daran, ob Rufus wohl noch am Leben ist und ob es ihm gut geht.

Oft unterdrückt Tagoe seinen Tick, weil es ihm unangenehm ist, wenn sein Kopf dauernd zuckt, und weil es ihn unnahbar und irgendwie verrückt erscheinen lässt. Rufus hat ihn mal gefragt, wie sich so ein Tick anfühlt, und da hat Tagoe Rufus, Malcolm und Aimee aufgefordert, den Atem anzuhalten und so lange wie möglich nicht zu blinzeln. Tagoe musste die Übung nicht mitmachen, denn er wusste ja, wie groß ihre Erleichterung war, als sie wieder ausatmen und blinzeln durften. Sein Tick ist für ihn so normal wie Atmen und Blinzeln. Aber wenn sein Kopf zuckt, spürt Tagoe ein leichtes Knacken und stellt sich dann immer vor, seine Knochen würden bei jeder Bewegung zerbröseln.

Er setzt die Brille wieder auf. »Was würdest du tun, wenn du den Anruf bekämst?«

Malcolm grunzt. »Wahrscheinlich dasselbe wie Roof. Ich würde nur nicht meine Exfreundin einladen, deren Freund ich gerade zusammengeschlagen habe.«

»Das war auf jeden Fall ein Fehler«, sagt Tagoe.

»Und du?«, fragt Malcolm.

»Genau dasselbe.«

»Würdest du ...?« Malcolm hält inne. Das hier ist schließlich nicht wie damals, als Malcolm Tagoe geholfen hat, seine Schreibblockade zu überwinden. Tagoe arbeitete gerade an der *Vertretungsärztin* und war sich nicht sicher, ob die teuflische Ärztin darin wirklich ein Stethoskop tragen sollte, mit dem sie die Gedanken ihrer Patienten lesen kann – das war eine Spitzenidee. Aber das hier ist etwas, bei dem er garantiert sauer wird.

»Ich würde nicht nach meiner Mutter suchen oder herausfinden wollen, wie mein Vater gestorben ist«, sagt Tagoe.

»Warum nicht? Wenn ich mehr über das Arschloch wüsste, das unser Haus angezündet hat, würde ich meine erste Prügelei anfangen«, sagt Malcolm.

»Ich kümmere mich nur um die Leute, die Teil meines Lebens sein wollen. Wie Rufus. Weißt du noch, wie nervös er war, als er sich vor uns geoutet hat? Er hatte Angst, dass wir nicht mehr das Zimmer mit ihm teilen wollen, obwohl wir doch so viel Spaß zusammen hatten. Rufus ist jemand, der Teil meines Lebens sein will. Und ich will für ihn da sein. Egal, wie viel Zeit noch übrig ist.«

Tagoe nimmt die Brille ab und lässt seinen Kopf heftig zucken.

KENDRICK O'CONNELL
10:03 Uhr

Bei Kendrick O'Connell hat der Todesbote nicht angerufen, weil er heute nicht sterben wird. Und auch wenn er sein Leben nicht verliert, hat er doch gerade seinen Job im Sandwichladen verloren. Kendrick gibt einen Dreck darauf und behält die Schürze um. Er verlässt den Laden und zündet sich eine Zigarette an.

Kendrick war schon immer vom Pech verfolgt. Sogar als er letztes Jahr tatsächlich mal einen Treffer landete und seine Eltern sich endlich scheiden ließen, dauerte es nicht lange, bis ihn das Glück schon wieder verließ. Seine Mutter und sein Vater passten so gut zusammen wie ein Erwachsenenfuß in einen Kinderschuh; schon mit neun war Kendrick das bewusst. Er wusste damals nicht viel, aber er war sich ziemlich sicher, dass es keine Liebe war, wenn der Vater auf dem Sofa schlief und es der Mutter egal war, dass ihr Mann sie mit jüngeren Mädchen in Atlantic City betrog. (Kendrick hat ein Problem damit, sich ausschließlich um seine eigenen Angelegenheiten zu kümmern, und wäre wahrscheinlich glücklicher, wenn er etwas weniger mitbekäme.)

Der erste Unterhaltsscheck kam gerade rechtzeitig, als Kendrick neue Sneaker brauchte. Bei den alten hatte sich vorn die Sohle gelöst und seine Mitschüler machten sich über ihn lustig, weil seine Schuhe beim Gehen »redeten« – Klappe auf und zu, auf und zu. Kendrick flehte seine Mutter an, ihm die neuesten Jordans zu kaufen, und sie investierte die dreihundert Dollar, weil Kendrick »ein Erfolgserlebnis brauchte«. Das erklärte sie zumindest seinem Großvater väterlicherseits, einem schrecklichen Mann – aber das ist eine andere Geschichte.

Kendrick fühlte sich in seinen neuen Sneakern drei Meter groß … bis vier Kids, die eins achtzig waren, ihn überfielen und sie ihm wegnahmen. Er hatte Nasenbluten, und in Socken nach Hause laufen zu müssen, tat weh, doch dieser Typ mit der Brille erlöste ihn, holte ein Päckchen Taschentücher aus dem Rucksack und gab ihm seine eigenen Sneaker – ganz ohne Gegenleistung. Kendrick sah ihn nie wieder und erfuhr auch seinen Namen nicht, aber das war ihm egal. Das Einzige, was von nun an zählte, war, nie wieder eins draufzukriegen.

Und Damien Rivas, ein ehemaliger Mitschüler und inzwischen stolzer Schulabbrecher, sorgte dafür, dass Kendrick richtig stark wurde. Schon an einem einzigen Wochenende mit Damien lernte Kendrick, wie er einem Angreifer das Handgelenk brechen konnte. Damien schickte ihn auf die Straße und hetzte ihn wie einen scharfen Pitbull auf andere, ahnungslose Schüler. Kendrick ging auf sie zu, haute ihnen eine rein und streckte sie mit einem einzigen Schlag zu Boden.

Er wurde zum Knock-out-König – und das ist er bis heute geblieben.

Ein Knock-out-König ohne Job.

Ein Knock-out-König, der niemanden hat, den er verprügeln kann, weil seine Gang sich aufgelöst hat, nachdem Peck, der Dritte von ihnen, eine Freundin gefunden hat und jetzt versucht, anständig zu leben.

Ein Knock-out-König in einem Königreich voller Leute, die ihn mit ihren Lebenszielen ständig verhöhnen und geradezu darum betteln, den Kiefer ausgerenkt zu kriegen.

MATEO
10:12 Uhr

»Ich weiß schon, dass ich keine Wünsche mehr äußern darf ...«

»Na los, spucks aus, Alter«, sagt Rufus. Er fährt auf seinem Fahrrad neben mir her. Eigentlich sollte ich zu ihm auf diese Todesfalle steigen. Aber das habe ich vorhin nicht gemacht und werde es auch jetzt nicht tun. Trotzdem hat meine Paranoia ihn nicht davon abgehalten, selbst zu fahren. »Was denkst du gerade?«

»Ich möchte das Grab meiner Mutter besuchen. Ich kenne sie nur aus den Erzählungen meines Vaters und würde gern noch etwas Zeit mit ihr verbringen«, sage ich. »Wahrscheinlich hat mich dieser Telefonzellenfriedhof darauf gebracht.« Normalerweise ist mein Vater immer allein zum Friedhof gefahren, weil ich mich nicht getraut hab mitzukommen. »Außer du hast was anderes vor.«

»Du willst am Tag, an dem du stirbst, wirklich auf einen Friedhof?«

»Ja.«

»Okay, ich bin dabei. Welcher ist es?«

»Der Evergreens Cemetery in Brooklyn. Das ist in der Gegend, wo meine Mutter aufgewachsen ist.«

Dazu müssen wir mit der Linie A vom Columbus Circle zur Broadway Junction fahren.

Wir kommen an einem Drogeriemarkt vorbei und Rufus will kurz reingehen.

»Was brauchst du denn?«, frage ich. »Wasser?«

»Komm einfach mit.« Rufus schiebt sein Fahrrad durch die Gänge und bleibt bei den Sonderangeboten in der Spielwarenabteilung stehen. Dort gibt es Wasserpistolen, Knete, Actionfiguren, Handbälle, Radiergummis mit Geruch und Lego. Rufus nimmt sich eine Packung Lego. »Da ist es.«

»Ich bin verwirrt ... Oh.«

»Mach dich bereit, Architekt.« Rufus geht zur Kasse. »Jetzt kannst du zeigen, was du draufhast.« Ich lächele über diese tolle Überraschung, die mir selbst wohl kaum gelungen wäre. Als ich mein Portemonnaie heraushole, schiebt er es zur Seite. »Nee, das geht auf mich. Das ist mein Dankeschön für deine Instagram-Idee.«

Rufus kauft das Lego und wir verlassen den Laden. Dann steckt er die Plastiktüte in seinen Rucksack und geht neben mir her. Er erzählt mir, dass er sich immer ein Haustier gewünscht hat, aber nicht einfach einen Hund oder eine Katze, weil seine Mutter extrem allergisch war, sondern eher so was Ultracooles wie eine Schlange oder so was Witziges wie ein Kaninchen. Solange sich die Schlange und das Kaninchen nicht den Käfig teilen müssen, würde mir das auch gefallen.

Wir kommen an die U-Bahn-Station Columbus Circle. Rufus trägt sein Rad die Treppe hinunter, und dann gehen wir durch die Sperre und erwischen die Linie A kurz vor der Abfahrt.

»Gutes Timing«, sage ich.

»Wenn wir beide mit dem Rad gefahren wären, hätten wir schon früher hier sein können«, scherzt Rufus. Oder zumindest glaube ich, dass es ein Scherz sein soll.

»Wenn wir mit dem Leichenwagen gefahren wären, hätten wir früher auf dem Friedhof sein können.«

Genau wie die Bahn, mit der wir heute Nacht unterwegs waren, ist auch diese ziemlich leer, vielleicht nur ein Dutzend Fahrgäste. Wir setzen uns mit dem Rücken vor ein Werbeplakat der *World Travel Arena.* »Wo wärst du denn gerne mal hingereist?«, frage ich.

»An alle möglichen Orte. Ich wollte lauter coole Sachen machen, Surfen in Marokko, Drachenfliegen in Rio und vielleicht in Mexiko mit Delfinen schwimmen – mit Delfinen, nicht Haien«, sagt Rufus. Wenn wir noch länger leben würden als nur heute, würde er sich wahrscheinlich noch ziemlich oft über Todgeweihte lustig machen, die mit Haien schwimmen. »Aber ich wollte auch alle möglichen Orte auf der ganzen Welt fotografieren, für die sich kaum jemand interessiert, weil sie nicht so eine coole Geschichte haben wie der Schiefe Turm von Pisa oder das Kolosseum, aber trotzdem voll spannend sind.«

»Das gefällt mir. Was, glaubst du …?«

Plötzlich flackern die Lichter der Bahn, dann geht alles aus, sogar das Summen der Ventilatoren. Wir stecken in völliger Dunkelheit unter der Erde fest. Eine Stimme aus dem Lautsprecher informiert uns, dass es eine kurze Verzögerung gibt, das System aber bald wieder hochfahren wird. Ein kleiner Junge weint und ein Mann verflucht die ständige Verspätung. Aber die Sache fühlt sich wirklich übel an. Rufus und ich müssen uns größere Sorgen machen als darüber, irgendwohin zu spät zu kommen. Mir sind keine verdächtigen Personen in der Bahn aufgefallen, aber jetzt sitzen wir fest. Irgendjemand könnte uns erstechen und niemand würde es bemerken, bis die Lichter wieder angehen. Ich rutsche näher an Rufus heran, presse mein Bein gegen seins und schütze ihn mit meinem Körper. Vielleicht kann ich ihm so Zeit verschaffen – genug Zeit, dass er die Plutos noch mal treffen kann, falls sie heute noch freigelassen werden. Vielleicht kann ich ihn sogar vor dem Tod bewahren, vielleicht kann ich als Held sterben, und Rufus wird die Ausnahme von der Regel sein, dass der Todesbote immer recht hat.

Neben mir leuchtet etwas wie eine Taschenlampe auf.

Das Licht von Rufus' Handy.

Ich atme schwer, mein Herz hämmert und es wird auch nicht besser, als Rufus meine Schulter massiert. »Alles klar, Alter. Das passiert doch dauernd.«

»Nein, tut es nicht«, sage ich. Die Verspätungen schon, aber dass die Lichter ausgehen, ist nicht normal.

»Du hast recht, tut es nicht.« Rufus greift in seinen Rucksack, holt das Lego heraus und schüttet mir ein paar Steine in den Schoß. »Hier. Bau was, Mateo.«

Wahrscheinlich glaubt er auch, dass wir gleich sterben werden, und möchte, dass ich vorher noch etwas zustande bringe, also tue ich, was er sagt. Mein Herz klopft immer noch heftig, aber als ich nach dem ersten Stein greife, zittere ich nicht mehr. Ich habe keine Ahnung, was ich da baue, aber meine Hände stecken ziellos mit den größeren Steinen irgendeine Grundfläche zusammen, während ich in diesem sonst vollkommen dunklen U-Bahn-Wagen buchstäblich im Rampenlicht sitze.

»Wärst du gern irgendwohin gereist?«, fragt Rufus.

Die Dunkelheit und diese Frage rauben mir den Atem. Ich wünschte, ich wäre mutig genug zum Reisen gewesen. Jetzt, wo ich keine Zeit mehr habe, irgendwohin zu fahren, will ich überallhin. Ich will mich in den Wüsten von Saudi-Arabien verirren, in Austin, Texas, vor den Fledermäusen unter der Congress Avenue Bridge flüchten, auf Hashima übernachten, dieser verlassenen japanischen Bergbauinsel, die auch als Geisterinsel bezeichnet wird. Ich will mit der Todeseisenbahn in Thailand fahren, denn trotz ihres Namens besteht ja die Chance, die steilen Klippen und morschen Holzbrücken zu überleben – und auch sonst überallhin. Ich will auf jeden Berg steigen, jeden Fluss hinabrudern, jede Höhle erforschen, jede Brücke überqueren, jeden Strand entlanglaufen, jede Stadt, jeden Ort und jedes Land besuchen. Ich will überallhin. Ich hätte mehr tun sollen, als nur Dokumentarfilme und Videoblogs über all diese Orte zu schauen.

»Ich würde gern überallhin, wo ich einen Kick bekomme«, entgegne ich. »Drachenfliegen in Rio klingt super.«

Als ich mit meinem Werk halb fertig bin, wird mir bewusst, was ich da baue – einen Zufluchtsort. Es erinnert mich an mein Zuhause, wo ich mich vor sämtlichen Kicks versteckt habe, aber andererseits wird mir klar, dass mein Zuhause mich bis heute am Leben erhalten hat. Nicht nur am Leben, sondern auch glücklich. Meinem Zuhause kann ich nichts vorwerfen.

Als ich schließlich fertig bin, fallen mir die Augen zu und mein Kopf kippt nach vorn, während Rufus mir gerade erzählt, dass seine Eltern ihn beinahe Kane genannt hätten, nach dem Lieblingswrestler seiner Mutter. »Entschuldigung. Du langweilst mich nicht. Ich unterhalte mich gern mit dir. Ich ... ich bin einfach nur hundemüde. Völlig fertig, aber ich weiß, dass ich nicht schlafen sollte, weil ich keine Zeit dazu habe.« Dieser Tag laugt mich wirklich ganz schön aus.

»Mach doch kurz die Augen zu«, sagt Rufus. »Noch stehen wir ja, da kannst du dich ruhig ein bisschen ausruhen. Ich weck dich, wenn wir beim Friedhof sind. Versprochen.«

»Du solltest auch schlafen«, sage ich.

»Ich bin nicht müde.«

Das ist gelogen, aber ich weiß, dass er bei dieser Sache stur bleiben wird.

»Okay.«

Ich lehne den Kopf zurück und halte das Spielzeughaus auf meinem Schoß. Das Licht strahlt mich nicht mehr an. Rufus' Blick spüre ich immer noch, auch wenn ich mir das wahrscheinlich nur einbilde. Erst fühlt es sich komisch an, aber dann schön, denn es ist, als hätte ich einen persönlichen Schutzengel, der über mich wacht.

Mein letzter Freund ist immer für mich da.

RUFUS
10:39 Uhr

Ich muss ein Foto von Mateo machen, wie er schläft.

Klingt gruselig, ich gebs zu. Aber diesen träumerischen Ausdruck im Gesicht muss ich unbedingt festhalten. Klingt fast genauso gruselig. Fuck. Es ist auch der Augenblick, den ich festhalten will. Wie oft sitzt man schon bei einem Stromausfall mit einem achtzehnjährigen Typen und seinem Legohaus in der Bahn fest, auf dem Weg zum Friedhof, wo er das Grab seiner Mutter besuchen will? Genau. So was gehört doch auf Instagram.

Ich stehe auf, um einen größeren Ausschnitt draufzubekommen. Dann ziele ich in der Dunkelheit und mache das Foto. Der Blitz blendet mich. Einen Augenblick später, ohne Witz, gehen die Lichter und die Ventilatoren der Bahn wieder an und wir fahren weiter.

»Ich bin ein Zauberer«, murmele ich. Kein Scheiß, an meinem Abschiedstag entdecke ich noch Superkräfte in mir. Ich wünschte, das hätte jemand mit der Kamera festgehalten. Ich wär der Renner im Internet geworden!

Das Bild ist der Hammer. Sobald ich wieder Netz habe, werde ich es posten.

Gut, dass ich das Foto von dem schlafenden Mateo vorhin gemacht habe – ja, es war gruselig, das hatten wir schon –, denn jetzt verzieht sich sein Gesicht und sein linkes Auge zuckt. Er sieht aus, als würde es ihm nicht gut gehen, und er atmet immer schneller. Er zittert. Heilige Scheiße, vielleicht ist er Epileptiker. Davon hat er mir gar nichts erzählt. Ich hätte ihn fragen sollen. Gerade will ich jemand in der Bahn um Hilfe bitten, der vielleicht weiß, was bei einem Anfall zu tun ist, als Mateo immer wieder »Nein« murmelt.

Er hat einen Albtraum.

Ich setze mich neben ihn und packe seinen Arm, um ihn zu retten.

MATEO
10:42 Uhr

Rufus rüttelt mich wach.

Ich stehe nicht mehr auf dem Berg, ich sitze wieder in der Bahn. Die Lichter brennen und wir fahren.

Ich atme tief durch, während ich mich zum Fenster drehe. Fast erwarte ich, tatsächlich Felsbrocken und kopflose Vögel auf mich zufliegen zu sehen.

»Schlecht geträumt, Alter?«

»Ich habe vom Skifahren geträumt.«

»Tut mir leid. Was ist passiert?«

»Am Anfang bin ich einen von diesen Kinderabhängen runtergefahren.«

»Den Idiotenhügel?«

Ich nicke. »Dann wurde es plötzlich ganz steil und die Piste war total vereist und ich habe meine Skistöcke verloren. Ich habe mich nach ihnen umgedreht und einen Felsbrocken gesehen, der auf mich zugestürzt kam. Er wurde immer lauter und ich wollte mich seitlich in einen Schneehaufen werfen, aber ich geriet in Panik. Eigentlich hätte ich einen anderen Berg runterfahren sollen, wo mein Legohaus stand, das so groß war wie eine Hütte, aber da waren meine Skier auf einmal verschwunden und ich flog von dem Berg herunter, und lauter kopflose Vögel kreisten über mir und ich fiel und fiel.«

Rufus grinst.

»Das ist nicht witzig«, sage ich.

Er rückt näher und stößt mich mit dem Knie an. »Ganz

ruhig. Ich verspreche dir, du brauchst dir keine Sorgen zu machen, dass du heute von Felsbrocken erschlagen oder von einem schneebedeckten Berg stürzen wirst.«

»Und die anderen Sachen?«

Rufus zuckt mit den Schultern. »Vor kopflosen Vögeln bist du wohl auch ziemlich sicher.«

Echt blöd, dass das jetzt mein letzter Traum war.

Dabei war es nicht mal ein schöner.

DELILAH GREY
11:08 Uhr

Infinite Weekly hat sich Howie Maldonados letztes Interview gesichert.

Aber Delilah darf es nicht führen.

»Ich weiß alles über Howie Maldonado«, sagt Delilah, aber ihre Vorgesetzte, die Chefredakteurin Sandy Guerrero, lässt das nicht gelten.

»Du bist zu unerfahren für so ein wichtiges Porträt«, sagt sie auf dem Weg zu einem schwarzen Wagen, den Howies Leute ihr geschickt haben.

»Ich weiß, dass ich in der übelsten Abstellkammer mit einem vorsintflutlichen Computer arbeite, aber das heißt nicht, dass ich nicht qualifiziert dafür bin, dich bei diesem Interview wenigstens zu unterstützen«, sagt Delilah. Sie klingt undankbar und arrogant, aber sie wird es nicht zurücknehmen. Nur wenn sie ihren eigenen Wert kennt, wird sie es in dieser Branche zu etwas bringen – und wenn sie bei diesem Artikel als Mitautorin genannt wird. Möglicherweise hat Sandys Einfluss in der Branche Howies Agenten davon überzeugt, *Infinite Weekly* der Zeitschrift *People* vorzuziehen, aber Delilah ist nicht nur mit den Scorpius-Hawthorne-Büchern, sondern auch mit allen acht Filmen aufgewachsen, weshalb sie sich für diesen Job ja überhaupt erst interessiert hat. Vom Fangirl zum bezahlten Fangirl.

»Es wird dich freuen zu erfahren, dass Howie Maldonado nicht der Letzte sein wird, der stirbt«, sagt Sandy, während sie die Autotür öffnet und ihre Sonnenbrille absetzt. »Du hast noch dein ganzes Leben vor dir, um Nachrufe auf Promis zu schreiben.«

Delilah kann immer noch nicht glauben, wie tief Victor letzte Nacht mit diesem falschen Todesbotenanruf gesunken ist.

Sandy wirft einen kurzen Blick auf Delilahs bunte Haare, und Delilah wünschte, sie hätte die dezenten Hinweise ihrer Chefredakteurin ernst genommen und sich die Haare wieder braun gefärbt, und sei es auch nur, um jetzt ihre Gunst zu erlangen.

»Weißt du, wie viele MTV-Movie-Awards Howie gewonnen hat?«, fragt Delilah. »Oder welche Sportart er als Kind wettkampfmäßig betrieben hat? Wie viele Geschwister er hat? Wie viele Sprachen er spricht?«

Sandy beantwortet keine einzige der Fragen.

Delilah beantwortet sie alle: »Zwei Awards für den besten Bösewicht. Sportfechten. Einzelkind. Er spricht Englisch und Französisch ... Sandy, bitte. Ich verspreche auch, dass dir meine Begeisterung nicht im Weg stehen wird. Aber das ist meine einzige Gelegenheit, Howie kennenzulernen.«

Sein Tod kann ihr Leben und ihre Karriere verändern.

Sandy schüttelt den Kopf und atmet lautstark aus. »Also gut. Er hat sich mit einem Interview einverstanden erklärt, aber es gibt keine Garantien. Natürlich nicht. Wir haben in einem Restaurant im Zentrum ein Separee reserviert und warten noch auf die Bestätigung seines Agenten, dass Howie dieser Vereinbarung zustimmt. Der frühestmögliche Termin für das Treffen ist zwei Uhr.«

Delilah will schon mit Sandy ins Auto steigen, als diese den Finger schüttelt.

»Wir haben noch Zeit bis zu dem Treffen«, sagt sie. »Bitte besorg mir ein Exemplar von dem Buch, das Howie wirklich *geschrieben* hat.« Der Sarkasmus in ihrer Stimme ist so ausgeprägt, dass sie gar keine Anführungszeichen mit den Fingern in die Luft malen muss. »Wenn ich meinem Sohn ein signiertes Exemplar mitbringe, bin ich seine Heldin.« Sandy macht die Autotür zu und lässt das Fenster runter. »Ich an deiner Stelle würde mich jetzt beeilen.«

Der Wagen fährt los und Delilah holt ihr Handy heraus, um Telefonnummern nahe gelegener Buchhandlungen rauszusuchen, während sie auf die nächste Straßenecke zugeht. Sie stolpert über den Bordstein und landet platt auf dem Asphalt. Ein sich näherndes Auto hupt. Der Wagen kommt nur ein Stück von ihrem Kopf entfernt zum Stehen. Delilahs Herz hämmert wie wild und ihr treten Tränen in die Augen.

Aber sie hat überlebt, weil Delilah heute nicht sterben wird. Menschen fallen andauernd hin.

Delilah ist da keine Ausnahme, macht sie sich bewusst, auch wenn sie nicht todgeweiht ist.

MATEO
11:32 Uhr

Der Himmel zieht sich zu, als wir den Evergreens Cemetery betreten. Seit dem Muttertag in meinem dreizehnten Lebensjahr bin ich nicht mehr hier gewesen, und ich habe beim besten Willen keine Ahnung, durch welchen Eingang wir am schnellsten bei ihrem Grabstein sind. Also werden wir wohl eine Weile herumlaufen müssen. Ein Windstoß trägt den Geruch nach frisch gemähtem Gras zu uns herüber.

»Komische Frage: Glaubst du an ein Leben nach dem Tod?«, sage ich.

»Das ist nicht komisch, schließlich sterben wir heute«, erwidert Rufus.

»Stimmt.«

»Komische Antwort: Ich glaube an zwei Leben nach dem Tod.«

»Zwei?«

»Zwei.«

»Was denn für welche?«, frage ich.

Auf unserem Weg an großen Eichen vorbei und zwischen den Grabsteinen hindurch – von denen viele schon so verwittert sind, dass man die Namen gar nicht mehr lesen kann, auf anderen stehen riesige Kreuze, die aussehen wie Schwerter in einem Fels – erzählt mir Rufus von seiner Theorie der zwei Leben nach dem Tod.

»Ich glaube, eigentlich sind wir schon tot, Alter. Nicht alle, nur wir Todgeweihten. Diese ganze Sache mit dem Todesboten kommt mir viel zu fantastisch vor, als dass sie wahr sein könnte. Sie sagen uns, wann unser letzter Tag beginnt, damit wir ihn in vollen Zügen genießen können? Pure Fantasie. Das erste Leben nach dem Tod fängt an, wenn der Todesbote uns sagt, dass wir den Tag nutzen sollen, weil wir ja wissen, dass es unser letzter ist. Auf diese Weise kosten wir ihn voll aus und wir glauben, dass wir noch am Leben sind. Dann wechseln wir ohne Reue ins nächste und endgültige Leben nach dem Tod hinüber. Verstehst du?«

Ich nicke. »Interessant.« Seine Theorie vom Leben nach dem Tod ist auf jeden Fall beeindruckender und origineller als Dads – Dad glaubt an die übliche Insel im Himmel hinter einem goldenen Tor. Dieses weitverbreitete Leben nach dem Tod ist allerdings immer noch besser als das von Lidia, die an gar keins glaubt. »Aber wäre es in diesem Fall nicht besser, wir wüssten bereits, dass wir tot sind, weil wir dann nicht die ganze Zeit Angst davor hätten, wie das Sterben wohl sein wird?«

»Nee.« Rufus schiebt sein Fahrrad um einen steinernen Engel herum. »Das wäre ja nicht der Sinn der Sache. Es muss echt wirken und die Gefahren sollen Angst machen und die Abschiede wehtun. Sonst würde es sich schal anfühlen wie bei *Make-A-Moment*. Wenn du ihn richtig lebst, reicht ein einziger Tag völlig. Aber wenn wir länger hierbleiben, verwandeln wir uns in Geister, die spuken und morden, und das will wirklich keiner.«

Wir lachen, während wir an fremden Gräbern vorbeigehen, und obwohl wir über das Leben nach dem Tod sprechen, vergesse ich einen Augenblick, dass wir selbst bald dort landen werden. »Und was ist die nächste Ebene? Steigt man in einen Aufzug und fährt nach oben?«

»Nee. Deine Zeit ist um und du verblasst einfach oder so, und dann tauchst an dem Ort wieder auf, den die Leute

›Himmel‹ nennen. Ich bin nicht religiös. Ich glaube, dass es einen überirdischen Schöpfer gibt und irgendeinen Ort, wo sich die Toten aufhalten, aber ich würde das alles nicht Gott und den Himmel nennen.«

»Ich auch nicht! Das mit Gott sehe ich genauso.« Und vielleicht stimmt ja auch der Rest von Rufus' Theorie. Vielleicht bin ich längst tot und wurde für meinen letzten Tag mit einem Lebensveränderer zusammengebracht, als Belohnung dafür, dass ich mal etwas Neues ausprobiert habe wie die *Letzte Freunde*-App. Vielleicht. »Und wie sieht dieses Leben nach dem Leben nach dem Tod aus?«

»Ganz wie du willst. Es gibt keine Einschränkungen. Wenn du auf Engel, Heiligenscheine und Geisterhunde stehst, dann bitte schön. Wenn du fliegen willst, machst du das einfach. Und wenn du die Zeit zurückdrehen willst, nur zu.«

»Du hast ganz schön viel darüber nachgedacht«, sage ich.

»Nächtliche Gespräche mit den Plutos«, sagt Rufus.

»Ich hoffe, es gibt die Reinkarnation.« Ich finde jetzt schon, dass ein Tag längst nicht genug ist, um alles in Ordnung zu bringen. Dieses eine Leben war nicht genug. Ich klopfe auf Grabsteine und frage mich, ob irgendjemand hier schon wiedergeboren wurde. Vielleicht war ich einer von ihnen. Wenn ja, habe ich mein vergangenes Ich enttäuscht.

»Ich auch. Ich hätte gern noch einen Versuch, aber ich rechne nicht damit. Wie stellst du dir denn das Leben nach dem Tod vor?«

Vor uns taucht ein großes Grabmal auf, das aussieht wie eine blassblaue Teekanne, und ich weiß, dass das Grab meiner Mutter nur ein paar Reihen weiter liegt. Als ich jünger war, dachte ich immer, diese Teekanne wäre eine Wunderlampe. Aber der Wunsch, dass meine Mutter zurückkommen würde und meine Familie dann wieder vollständig wäre, ging nie in Erfüllung.

»Mein Leben nach dem Tod ist wie ein Heimkino, in dem man sein ganzes Leben von Anfang bis Ende noch mal anschauen kann. Und wenn zum Beispiel meine Mutter mich in ihr Kino einladen würde – dann könnte ich mir ihr Leben ansehen. Ich hoffe nur, irgendjemand kennt die Teile, die ausgeblendet werden sollten, sonst bin ich für den Rest meines Lebens nach dem Tod traumatisiert.« Lidia konnte ich von dieser Theorie nicht überzeugen, aber sie hat immerhin zugegeben, dass es irgendwie cool klingt. »Ach ja! Und dann gibt es noch Aufzeichnungen von allem, was du seit deiner Geburt gesagt hast, und ...«

Ich verstumme, weil wir die entsprechende Ecke erreicht haben und ein Mann neben dem Grab meiner Mutter eine weitere Grube schaufelt, während ein Friedhofswärter einen Grabstein mit meinem Namen und meinem Geburts- und Todestag aufstellt.

Ich bin doch noch gar nicht tot.

Mir zittern die Hände und ich lasse beinahe mein Legohaus fallen.

»Und ...?«, sagt Rufus, direkt gefolgt von »Oh!«.

Ich gehe auf mein Grab zu.

Ich weiß, dass Gräber schnell gegraben werden können, aber es ist doch erst elf Stunden her, dass ich den Anruf erhalten habe. Ich weiß, dass es noch Tage dauern wird, bis mein endgültiger Grabstein fertig ist, aber was mich völlig aus der Spur bringt, ist der vorläufige. Niemand sollte je dabei zuschauen müssen, wie sein eigenes Grab geschaufelt wird.

Gerade eben habe ich noch gedacht, Rufus sei mein Lebensveränderer, aber jetzt versinke ich in Hoffnungslosigkeit. Rufus lässt sein Fahrrad fallen. Er geht zu dem Totengräber hinüber und legt ihm eine Hand auf die Schulter. »Hallo. Geben Sie uns ein paar Minuten?«

Der bärtige Totengräber in seinem schmutzigen karierten Hemd dreht sich zu mir und anschließend zum Grab meiner Mutter um. »Ist das die Mutter von dem Jungen?« Er gräbt weiter.

»Jep. Und Sie sind gerade dabei, sein Grab zu schaufeln«, sagt Rufus, während die Bäume rauschen und der Spaten weiter die Erde aufwirft.

»Jesses. Mein Beileid allerseits, aber wenn ich jetzt aufhöre, nützt das keinem, ich werd nur später fertig. Ich will das schnell über die Bühne kriegen, dann kann ich die Stadt verlassen und ...«

»Das interessiert mich einen Scheiß!« Rufus tritt einen Schritt zurück und ballt die Fäuste, und ich habe Angst, dass er dem Kerl gleich eine reinhaut. »Also helfen Sie uns ... und geben Sie uns zehn Minuten! Schaufeln Sie solange das Grab von jemand, der nicht direkt danebensteht!«

Der andere Mann, der meinen Grabstein aufgestellt hat, zieht den Totengräber beiseite. Sie fluchen beide über »diese jungen Todgeweihten heutzutage«, halten aber Abstand.

Ich möchte mich bei dem Mann und Rufus bedanken, aber mir ist schwindelig, schummrig zumute. Ich kann mich gerade noch auf den Beinen halten und gehe zum Grabstein meiner Mutter.

ESTRELLA TORREZ-ROSA
7. JULI 1969
17. JULI 1999
GELIEBTE EHEFRAU UND MUTTER
FÜR IMMER IN UNSEREM HERZEN

»Kann ich eine Minute mit meiner Mutter allein sein?« Ich drehe mich nicht mal um, weil mich der Anblick ihres Todes- und meines Geburtstags gefangen hält.

»Ich bleib in der Nähe«, sagt Rufus und ich vertraue ihm. Er wird da sein, wenn ich mich umdrehe.

Der Kreis zwischen meiner Mutter und mir hat sich geschlossen. Sie ist an meinem Geburtstag gestorben und jetzt werde ich neben ihr begraben werden. Vereint. Als ich acht war, fand ich es komisch, dass sie »geliebte« Mutter genannt wurde, denn mütterlich war ja nur, dass sie mich neun Monate in sich getragen hat. Jetzt, zehn Jahre später, weiß ich es besser. Aber ich konnte mir nie vorstellen, dass sie sich überhaupt wie meine Mutter gefühlt hat, weil sie nie die Gelegenheit hatte, mit mir zu spielen, ihre Arme auszubreiten, als ich meine ersten Schritte tat, damit ich mich hineinwerfen konnte, und mir beizubringen, wie man eine Schleife bindet. Aber Dad hat mich ganz sanft daran erinnert, dass sie all diese Dinge nicht für mich tun konnte, weil die Geburt schwierig gewesen war, »sehr heftig«, sagte er, und dass sie dafür gesorgt hat, dass mit mir alles in Ordnung war, anstatt sich um sich selbst zu kümmern. Das verdient auf jeden Fall das Wort »geliebt«.

Ich knie mich vor den Grabstein meiner Mutter. »Hallo, Mom. Freust du dich schon darauf, mich zu treffen? Ich weiß, du hast mich gemacht, aber eigentlich sind wir uns ja trotzdem fremd. Sicher hast du darüber schon nachgedacht.

Du hattest ja viel Zeit in deinem Heimkino, als der Abspann losging, weil du gestorben bist, während ich auf dem Arm irgendeiner Säuglingsschwester weinte. Vielleicht hätte diese Schwester deine schwere Blutung stoppen können, wenn sie mich nicht auf dem Arm gehabt hätte. Ich weiß es nicht. Es tut mir wirklich leid, dass du sterben musstest, damit ich leben konnte, wirklich. Ich hoffe, du schickst nicht irgendwelche Grenztruppen, um mich draußen zu halten, wenn ich dann auch gestorben bin.

Aber aus Dads Erzählungen weiß ich, dass du nicht so bist. Eine meiner Lieblingsgeschichten ist, als du deine Mutter ein paar Tage vor ihrem Tod im Krankenhaus besucht hast und ihre Zimmernachbarin, die Alzheimer hatte, dich dauernd fragte, ob sie dir ein Geheimnis verraten soll. Du sagtest immer wieder Ja, obwohl du längst wusstest, dass sie Schokolade vor ihren Kindern versteckt hatte, als die noch kleiner waren, weil sie selbst eine Naschkatze war.« Ich lege die Hand auf die Vorderseite des Grabsteins, als würde ich ihre Hand halten. »Mom, werde ich da oben Liebe finden, nachdem ich hier unten nie die Gelegenheit dazu hatte?«

Sie antwortet nicht. Keine geheimnisvolle Wärme überkommt mich, kein Wispern ist im Wind zu vernehmen. Aber das ist in Ordnung. Ich werde es bald selbst herausfinden.

»Bitte, wache heute ein letztes Mal über mich, Mom, denn ich weiß, dass ich noch nicht tot bin, wie Rufus glaubt, und ich hätte so gern einen Tag, der mein Leben verändert. Bis später.«

Ich stehe auf und drehe mich zu meinem offenen Grab um, das noch keinen Meter tief ist und ganz uneben. Ich trete hinein, setze mich und lehne mich an die Seite, mit der der Totengräber noch nicht fertig ist. Mein Legohaus habe ich auf dem Schoß und ich sehe wahrscheinlich aus wie ein Kind, das im Park mit Bauklötzen spielt.

»Kann ich zu dir kommen?«, fragt Rufus.

»Hier ist nur Platz für einen. Besorg dir dein eigenes Grab.«

Rufus kommt trotzdem herunter, tritt mir auf die Füße und quetscht sich neben mich, ein Bein über meinem, damit er reinpasst. »Für mich gibts kein Grab. Ich werde eingeäschert wie meine Familie.«

»Hast du ihre Asche noch? Wir könnten sie irgendwo verstreuen. Das Forum ›Ein Platz für die Asche‹ auf *Countdown* ist echt beliebt und …«

»Die Plutos und ich haben uns vor vier Wochen darum gekümmert«, unterbricht mich Rufus. Ich sollte versuchen, mich mit meinen Geschichten über Onlinefremde etwas zurückzuhalten. »Wir haben sie vor unserem alten Haus verstreut. Danach hab ich mich total leer gefühlt, aber sie sind jetzt zu Hause. Ich will, dass die Plutos meine Asche woanders verstreuen.«

»Wo denn? Bei Pluto?«

»Im Althea Park«, sagt Rufus.

»Ich liebe diesen Park«, sage ich.

»Woher kennst du ihn?«

»Als ich kleiner war, war ich oft mit meinem Vater dort. Dad hat mir beigebracht, wie man die verschiedenen Wolkenarten unterscheidet, und ich hab immer laut gerufen, welche Wolken am Himmel zu sehen waren, während ich auf sie zugeschaukelt bin. Warum gefällt es dir dort?«

»Ich weiß nicht. Ich bin da einfach oft. Dort habe ich dieses Mädchen, Cathy, zum ersten Mal geküsst. Ich war dort, nachdem meine Familie gestorben ist und nach meinem ersten Radmarathon.«

Hier sitzen wir, zwei Jungen im einsetzenden Nieselregen auf einem Friedhof, und erzählen uns Geschichten in meinem halb geschaufelten Grab, als würden wir heute nicht sterben. Diese ruhigen Momente des Vergessens genügen, um mich durch den Rest des Tages zu bringen.

»Komische Frage: Glaubst du an das Schicksal?«, frage ich.

»Komische Antwort: Ich glaube an zwei Schicksale«, sagt Rufus.

»Echt?«

»Nein.« Rufus lächelt. »Ich glaube nicht mal an eins. Und du?«

»Wie erklärst du es dir sonst, dass wir uns getroffen haben?«, frage ich.

»Wir haben beide eine App runtergeladen und beschlossen, was zusammen zu machen.«

»Aber schau uns doch mal an. Meine Mutter und deine Eltern sind tot. Mein Vater ist außer Gefecht gesetzt. Wenn deine Eltern noch da wären, hätten wir uns nicht auf *Letzte Freunde* getroffen.« Die App ist hauptsächlich für Erwachsene gemacht, nicht für Teenager. »Wenn du an zwei Leben nach dem Tod glaubst, könntest du doch auch daran glauben, dass das Universum sämtliche Strippen zieht, oder?«

Rufus nickt. Jetzt regnet es stärker. Er steht als Erster auf und reicht mir die Hand. Mir ist bewusst, dass man ein Gedicht darüber schreiben könnte, wie Rufus mir jetzt aus meinem Grab hilft. Ich klettere hinaus und gehe zum Grabstein meiner Mutter, um ihren eingemeißelten Namen zu küssen. Dann lehne ich mein Legohaus an den Stein. Als ich mich umdrehe, ertappe ich Rufus dabei, wie er ein Foto von mir macht. Er ist wirklich gut darin, den richtigen Augenblick einzufangen.

Ein letztes Mal wende ich mich meinem Grabstein zu.

HIER RUHT
MATEO TORREZ JR.
17. JULI 1999

Schon bald werden sie meinen Todestag ergänzen: 5. September 2017.

Und meine Inschrift. Es ist in Ordnung, dass da jetzt noch eine freie Stelle ist. Ich weiß, was darauf stehen wird, und ich weiß, dass ich dafür sorgen werde, so gelebt zu haben, wie ich immer behaupte: *Er lebte für alle.* Die Worte werden mit der Zeit verblassen, aber sie werden wahr gewesen sein.

Rufus schiebt sein Rad über den nassen Weg und hinterlässt Reifenspuren im Matsch. Ich folge ihm, während mir bei jedem Schritt, den ich mich von meiner Mutter und meinem offenen Grab entferne, schwerer zumute wird, weil ich weiß, dass ich bald wieder hier sein werde.

»Du hast mich vom Schicksal überzeugt, Alter«, sagt Rufus. »Jetzt erzähl mir noch das mit deinem Leben nach dem Tod zu Ende.«

Und das tue ich.

Dritter Teil

DER ANFANG

Der Mensch sollte nicht den Tod fürchten,
sondern dass er nie anfängt zu leben.
Marc Aurel, römischer Kaiser

MATEO
12:22 Uhr

Vor zwölf Stunden habe ich den Anruf erhalten, der mich darüber informiert hat, dass ich heute sterben werde. Auf meine Mateo-Art habe ich schon vielfach Abschied genommen – von meinem Vater, meiner besten Freundin und meinem Patenkind, aber der wichtigste Abschied ist der vom vergangenen Mateo, den ich zu Hause zurückgelassen habe, als mich mein letzter Freund in eine Welt hinausbegleitet hat, die es auf uns abgesehen hat. Rufus hat so viel für mich getan, und jetzt bin ich hier, um ihm zu helfen, sich den Dämonen zu stellen, die ihn verfolgen – auch wenn wir keine Flammenschwerter oder Kreuze zücken können, die als Wurfsterne dienen, wie in einem Fantasyroman. Seine Anwesenheit hat mir geholfen und vielleicht hilft ihm meine auch, mit seinem Kummer fertigzuwerden.

Vor zwölf Stunden habe ich den Anruf erhalten, der mich darüber informiert hat, dass ich heute sterben werde, und ich fühle mich jetzt lebendiger als heute früh.

RUFUS
12:35 Uhr

Keine Ahnung, wo Mateo mich hinführt, aber das ist egal, denn es regnet nicht mehr und ich hab wieder aufgetankt und bin bereit, nachdem ich auf der Rückfahrt in der U-Bahn kurz geschlafen habe. Leider hab ich nicht geträumt, aber wenigstens hatte ich auch keinen Albtraum. So hat eben alles seine guten und schlechten Seiten.

Die *World Travel Arena* wird es wohl nicht sein, denn um diese Tageszeit ist es da brechend voll, wie Mateo gesagt hat – wenn wir in ein paar Stunden noch am Leben sind, haben wir bessere Chancen, dort nicht allzu viel Zeit mit Schlangestehen zu vergeuden. Im Prinzip müssen wir nur warten, bis die Masse etwas ausgedünnt ist. Übler Gedanke, aber so ist es nun mal. Ich hoffe, das, was wir vorhaben, ist nicht so 'ne Zeitverschwendung wie *Make-A-Moment*. Wahrscheinlich ist es irgendwas Ehrenamtliches, oder vielleicht hat Mateo heimlich mit Aimee gechattet und ein Treffen arrangiert, damit wir uns wieder vertragen können, bevor ich den Löffel abgebe.

Wir sind schon seit gut zehn Minuten in Chelsea, im Park am Pier. Ich bin der Typ, den ich sonst hasse, nämlich der auf dem Fahrradweg läuft, obwohl es eindeutig auch einen für Fußgänger und Jogger gibt. Dafür muss ich garantiert Punkte von meinem Karmakonto abgeben. Mateo führt mich zum Pier, wo ich stehen bleibe.

»Willst du mich da reinstoßen, Alter?«, frage ich.

»Du bist doch deutlich stärker als ich«, sagt Mateo.

»Keine Sorge. Du hast gesagt, das Verstreuen der Asche deiner Eltern und deiner Schwester hat dir nicht geholfen. Ich dachte, vielleicht könntest du hier mit der ganzen Sache abschließen.«

»Sie sind alle auf dem Weg zur Hütte gestorben«, sage ich. Hoffentlich sind die Leitplanken, die unser Auto bei diesem spektakulären Unfall ruiniert hat, inzwischen repariert.

»Es muss ja nicht unbedingt die Unfallstelle sein. Vielleicht genügt auch der Fluss.«

»Weiß nicht genau, was mir das bringen soll.«

»Ich weiß es auch nicht, und wenn du dich unwohl fühlst, können wir auch umkehren und was anderes machen. Aber als wir auf dem Friedhof waren, habe ich eine Ruhe gefunden, mit der ich nie gerechnet hätte, und ich möchte, dass du dieses Wunder auch erlebst.«

Ich zucke die Achseln. »Okay, hier sind wir. Her mit dem Wunder.«

Am Pier liegen keine Boote, was eine Riesenverschwendung ist wie ein leerer Parkplatz. Im Juli war ich etwas weiter nördlich mit Aimee und Tagoe hier, weil sie sich die Statuen am Flussufer ansehen wollten, und eine Woche später noch mal, weil Malcolm wegen seinem verdorbenen Magen beim ersten Mal nicht mitkonnte.

Wir gehen die Kaizunge entlang. Sie besteht nicht aus Holzplanken, sonst würde ich mich nicht trauen weiterzugehen. Mateos Paranoia hat mich schon angesteckt wie eine Erkältung. Der Pier ist aus Beton und stabil, keine morsche Konstruktion, die unter mir zusammenbrechen wird, aber ihr könnt gern einen Dollar darauf verwetten, dass mein Optimismus mir gerade einen Streich spielt. Wir erreichen das Ende des Piers und ich umklammere das stahlgraue Geländer, um mich vorzubeugen und der Strömung des Flusses hinterherzublicken.

»Wie fühlst du dich?«, fragt Mateo.

»Als wäre der ganze Tag ein Streich, den die Welt mir spielt. Du bist ein Schauspieler, und jeden Moment kommen meine Eltern, Olivia und die Plutos hinter irgendeinem Lieferwagen hervorgesprungen und überraschen mich. Ich wäre gar nicht mal sauer. Ich würde sie umarmen und erst dann umbringen.«

Mal abgesehen von dem Massaker ein witziger Gedanke.

»Das kommt mir aber ziemlich sauer vor«, sagt Mateo.

»Ich hab schon viel zu viel Zeit damit verbracht, sauer auf meine Familie zu sein, weil sie mich alleingelassen hat, Mateo. Alle reden dauernd über die Schuldgefühle der Überlebenden, und das kapier ich ja auch, aber ...« Mit den Plutos habe ich darüber nie gesprochen, nicht mal mit Aimee, als wir noch zusammen waren, weil es einfach zu schrecklich ist. »Aber eigentlich bin ich doch derjenige, der sie alleingelassen hat, Mann. Ich hab mich aus dem sinkenden Auto befreit und bin davongeschwommen. Und ich weiß immer noch nicht, ob das tatsächlich meine freie Entscheidung war oder nur ein starker Reflex. So, wie du deine Hand nicht auf eine heiße Herdplatte legen kannst, ohne dass dein Gehirn sie wegreißt. Es wäre doch total easy gewesen, mit ihnen unterzugehen, auch wenn mich der Todesbote noch nicht angerufen hatte. Wenn es so einfach für mich war, beinahe zu sterben, vielleicht hätten sie sich dann nur stärker anstrengen müssen, um ihrem Schicksal zu entgehen und weiterzuleben. Vielleicht hat der Todesbote sich einfach geirrt, Alter!«

Mateo kommt zu mir und legt mir die Hand auf die Schulter. »Bilde dir das bloß nicht ein. Auf *Countdown* gibt es ganze Foren für Todgeweihte, die überzeugt sind, etwas Besonderes zu sein. Wenn der Todesbote anruft, wars das. Game over. Es gibt nichts, was du hättest tun können, und es gibt nichts, was sie hätten anders machen können.«

»Ich hätte das Auto fahren können«, schnauze ich ihn an und schüttele seine Hand ab. »Das war Olivias Idee, wo ich schon unbedingt mitkommen wollte. Dann wär es nicht von einem Todgeweihten gefahren worden. Aber ich war zu nervös, zu sauer und zu einsam. Ich hätte ihnen noch ein paar Stunden verschaffen können. Vielleicht hätten sie dann nicht aufgegeben, als die Sache übel aussah. Nachdem ich es aus dem Auto geschafft hatte, blieben sie einfach sitzen, Mateo. Sie haben überhaupt nicht gekämpft.« Sie haben nur dafür gesorgt, dass ich rauskam. »Mein Paps griff sofort nach meiner Tür, und meine Mutter von hinten auch. Ich hätte die Tür selbst aufmachen können, schließlich war meine Hand nicht irgendwo eingeklemmt. Ich war benommen, weil unser Auto in den Scheißfluss gestürzt ist, aber das ging schnell vorbei. Sie dagegen gaben einfach auf, sobald meine Tür offen war – nicht mal Olivia hat versucht, aus dem Auto rauszukommen.«

Ich musste hinten in einem Krankenwagen warten, in ein Handtuch gehüllt, das nach Bleichmittel roch, während die Rettungskräfte das Auto aus dem Fluss bargen.

»Es war nicht deine Schuld.« Mateo hält den Kopf gesenkt. »Ich lass dich mal eine Minute allein, aber ich warte auf dich. Vielleicht brauchst du das ja.« Er geht mit meinem Fahrrad weg, bevor ich antworten kann.

Ich glaube nicht, dass eine Minute reicht – doch dann lasse ich mich völlig gehen und weine noch heftiger als in den letzten Wochen. Mit der Faust hämmere ich aufs Geländer. Immer wieder und wieder schlage ich auf das Geländer ein, weil meine Familie tot ist, weil meine besten Freunde im Knast sind, weil meine Exfreundin uns verraten hat, weil ich einen coolen neuen Freund gefunden habe und wir nicht mal einen ganzen Tag zusammen haben. Dann halte ich inne, atemlos, als hätte ich gerade einen Kampf gegen zehn Typen gewonnen. Ich will nicht mal ein Foto vom Hudson machen, deshalb drehe ich mich um und lasse ihn hinter mir. Ich gehe zurück zu Mateo, der mein Fahrrad ziellos im Kreis schiebt.

»Du hast gewonnen«, sage ich. »Das war eine gute Idee.« Er ist nicht schadenfroh, wie Malcolm es wäre, oder lacht mich aus wie Aimee, wenn sie bei *Battleship* gewinnt. »Tut mir leid, dass ich dich angeschnauzt habe.«

»Das hast du wohl gebraucht.«

Er geht weiter im Kreis. Bei dem Anblick wird mir leicht schwindelig.

»Stimmt.«

»Wenn du wieder jemanden anschnauzen musst – hier bin ich. Letzte Freunde fürs Leben.«

DELILAH GREY
12:52 Uhr

Delilah rennt zur einzigen Buchhandlung der Stadt, die wundersamerweise Howie Maldonados Science-Fiction-Roman *Der verlorene Zwilling von Bone Bay* vorrätig hat.

Delilah rast zu dem Laden, hält sich von der Bordsteinkante fern, ignoriert den Pfiff eines Mannes mit schütter werdendem Haar und einer großen Sporttasche, und überholt zwei Jungen mit einem Fahrrad.

Sie betet, dass Howie Maldonado das Interview nicht schon gibt, bevor sie vor Ort sein kann, als ihr einfällt, dass in Howies zu Ende gehendem Leben wichtigere Dinge auf dem Spiel stehen.

VIN PEARCE
12:55 Uhr

Bei Vin Pearce hat der Todesbote um 00:02 Uhr angerufen, um ihm zu sagen, dass er heute sterben wird, was nicht allzu überraschend ist.

Vin ist sauer, dass die schöne Frau mit den bunten Haaren ihn nicht beachtet hat, sauer, dass er nie geheiratet hat, sauer, dass er heute Morgen auf *Necro* von allen Frauen einen Korb bekommen hat, sauer auf seinen ehemaligen Trainer, der seinen Träumen im Weg stand, sauer auf diese beiden Jungen mit dem Fahrrad, weil sie der Zerstörung im Weg stehen, die er hinter sich zurücklassen wird. Der Junge in den Radklamotten braucht viel zu lange und nimmt mit dem Fahrrad, das er neben sich herschiebt, auch noch Platz auf dem Bürgersteig ein. Auf Fahrrädern soll man fahren und sie nicht herumschieben wie einen Kinderwagen. Vin stürmt vorwärts, ohne an die Folgen zu denken, und rempelt den Jungen mit der Schulter an.

Der Junge zieht lautstark die Luft ein, aber sein Freund packt ihn am Arm und hält ihn zurück.

Es gefällt Vin, wenn die Leute Angst vor ihm haben. Es gefällt ihm in der Welt draußen, aber noch besser hat es ihm im Wrestling-Ring gefallen. Vor vier Monaten bekam Vin Probleme wegen Muskelschmerzen, aber er weigerte sich, diese Schwäche zuzugeben. Das Gewichtheben war eine wenig erfolgreiche Qual. Aus zwanzig Klimmzügen am Stück wurden vier – an guten Tagen, und sein Trainer nahm ihn auf unbestimmte Zeit aus dem Ring, weil ein Kampf unmöglich war. Seine Familie wurde schon immer von Krankheiten heimgesucht. Sein Vater starb vor einigen Jahren, nachdem man Multiple Sklerose bei ihm diagnostiziert hatte, seine Tante kam bei einer Uterusruptur während ihrer Schwangerschaft ums Leben und so weiter. Aber Vin hatte geglaubt, er selbst sei besser und stärker. Er war überzeugt davon, dass ihm Großes bevorstand, wie Weltmeisterschaften und unglaublicher Reichtum. Doch die chronische Muskelschwäche stoppte ihn und Vin hat alles verloren.

Er betritt das Fitnessstudio, wo er die letzten sieben Jahre trainiert hat, um der nächste Weltmeister im Schwergewicht zu werden. Der Geruch nach Schweiß und stinkenden Turnschuhen ruft unzählige Erinnerungen wach. Aber jetzt bleibt nur noch eine einzige Erinnerung – nämlich wie sein Trainer ihn aufgefordert hat, seinen Spind leer zu räumen, und ihm vorgeschlagen hat, dass er besser Kommentator neben dem Ring oder selbst Trainer werden solle.

Was für eine Beleidigung.

Vin schleicht in den Maschinenraum im Keller und holt eine selbst gebastelte Bombe aus seiner Sporttasche.

Er wird an dem Ort sterben, der ihn hervorgebracht hat. Und er wird nicht allein sterben.

MATEO
12:58 Uhr

Wir kommen am Schaufenster einer Buchhandlung vorbei, in dem klassische Romane und aktuelle Titel auf Kinderstühlen stehen, als säßen sie in einem Wartezimmer, bereit, gekauft und gelesen zu werden. Nach dem bedrohlichen Rempler von diesem Typen mit der Sporttasche kann ich jetzt etwas Ablenkung gebrauchen.

Rufus fotografiert das Schaufenster. »Wir können reingehen.«

»Es dauert nicht länger als zwanzig Minuten«, verspreche ich.

Wir betreten den *Open Bookstore*. Der Name gefällt mir, weil er hoffnungsvoll klingt.

Das ist die beste schlechte Idee aller Zeiten. Ich habe keine Zeit mehr, irgendeins dieser Bücher zu lesen. Aber ich war noch nie in dieser Buchhandlung, weil ich meine Bücher meistens im Internet bestellt oder sie aus der Schulbücherei ausgeliehen habe. Vielleicht wird ein Bücherregal umkippen und ich werde mich so verabschieden – qualvoll, aber es gibt schlimmere Arten zu sterben.

Als ich eine antike Uhr oben auf einem Regal betrachte, stoße ich gegen einen hüfthohen Tisch, und die darauf ausgestellten Bücher zum Schulanfang fallen um. Ich entschuldige mich bei dem Buchhändler – seinem Namensschild zufolge heißt er Joel – und er sagt, es sei nicht schlimm, und hilft mir.

Rufus stellt sein Rad vor dem Laden ab und folgt mir

durch die Regalgänge. Ich lese die Buchhändlerempfehlungen, die unterschiedlichste Genres in unterschiedlichsten Handschriften anpreisen, von denen einige besser lesbar sind als andere. Ich versuche die Trauerabteilung zu vermeiden, aber zwei Bücher stechen mir ins Auge. Das eine ist *Meine gute Freundin Deborah,* die Biografie von Katherine Everett-Hasting, die einige Kontroversen ausgelöst hat. Das andere ist der Ratgeber, der gerade überall im Gespräch ist, *Über den Tod reden, wenn man unerwartet stirbt,* geschrieben von einem Mann, der noch am Leben ist. Das kapier ich nicht.

In der Krimi- und Jugendbuchabteilung stehen viele meiner Lieblingsbücher.

Vor dem Regal mit den Liebesromanen bleibe ich stehen. Dort liegen einige Bücher, die in braunes Packpapier gewickelt sind, mit der Aufschrift »Blind Date mit einem Buch«. Es gibt ein paar Hinweise, warum das Buch interessant für einen sein könnte, wie bei dem Profil von jemandem, den man im Internet kennenlernt. Wie bei meinem letzten Freund.

»Hattest du schon mal ein Date?«, fragt Rufus.

Die Antwort ist offensichtlich. Es ist nett, dass er mir zuliebe daran zweifelt. »Nö.« Ich war nur ein paarmal verknallt, aber es ist mir peinlich zuzugeben, dass das Figuren aus Büchern und Fernsehserien waren. »Das habe ich verpasst. Vielleicht in meinem nächsten Leben.«

»Vielleicht«, sagt Rufus.

Ich spüre, dass er eigentlich noch was sagen will. Vielleicht will er einen Witz darüber reißen, dass ich mich bei *Necro* anmelden sollte, damit ich nicht als Jungfrau sterbe, als wären Sex und Liebe dasselbe. Aber er sagt nichts weiter.

Ich könnte auch völlig falschliegen.

»War Aimee deine erste Freundin?«, frage ich. Ich nehme eins der in Papier gewickelten Bücher in die Hand. Das Bild darauf zeigt einen Verbrecher, der mit einer übergroßen Spielkarte der Farbe Herz davonrennt: *Dieb des Herzens.*

»Meine erste Beziehung«, sagt Rufus und fingert an dem Ständer mit den New-York-Postkarten herum. »Aber ich war auch in einige Klassenkameraden an meiner Schule verschossen. Da ist nie was draus geworden, aber zumindest hab ichs versucht. Bist du mal irgendjemand nähergekommen?« Er zieht eine Postkarte mit der Brooklyn Bridge aus dem Ständer. »Du könntest dem eine Postkarte schicken.«

Postkarten.

Lächelnd nehme ich mir eine, zwei, vier, sechs, zwölf.

»Na, du warst ja ganz schön oft verknallt, Alter«, sagt Rufus.

Ich gehe zur Kasse, wo Joel mich bedient. »Wir könnten doch allen Leuten Postkarten schicken, oder?« Ich gehe nicht ins Detail, weil ich dem Buchhändler die Erkenntnis ersparen will, dass die beiden Kunden, die er vor sich hat, mit siebzehn und achtzehn sterben werden. Ich will ihm den Tag nicht verderben. »Den Plutos, irgendwelchen Klassenkameraden ...«

»Ich hab ihre Adressen nicht«, sagt Rufus.

»Schick sie einfach an die Schule. Die haben bestimmt die Adressen von allen, die mit dir dort waren.«

Das werde ich machen. Ich kaufe das geheimnisvolle Buch und die Postkarten und bedanke mich bei Joel für seine Hilfe. Dann gehen wir. Rufus hat gesagt, der Schlüssel zu seinen Beziehungen war immer das Gespräch. Ich kann das mit den Postkarten machen, aber ich muss auch meine Stimme verwenden.

»Ich war neun, als ich meinen Vater über die Liebe ausgefragt habe«, sage ich, während ich mir die Bilder auf den Postkarten ansehe. Sie zeigen Orte in meiner Stadt, an denen ich nie gewesen bin. »Ich wollte wissen, ob sie unter dem Sofa ist oder hoch oben im Schrank, wo ich noch nicht hinkam. Er hat nicht gesagt, dass ›Liebe in allem steckt‹ oder dass ›Liebe überall ist‹.«

Rufus schiebt sein Rad neben mir her an einem Fitnessstudio vorbei. »Klingt spannend. Was hat er dann gesagt?«

»Dass Liebe eine Supermacht ist, die wir alle in uns tragen, aber dass es eine Supermacht ist, die ich bestimmt nicht immer beherrschen werde. Vor allem wenn ich älter bin. Manchmal wird sie außer Kontrolle geraten, aber ich soll keine Angst haben, wenn meine Macht auf jemanden fällt, mit dem ich nicht gerechnet habe.« Mein Gesicht glüht und ich wünschte, ich hätte die Supermacht des gesunden Menschenverstands, denn das hätte ich niemals laut aussprechen sollen. »Das ist dämlich. Tut mir leid.«

Rufus bleibt stehen und lächelt. »Nee, das gefällt mir. Danke dafür, Super-Mateo.«

»Eigentlich heißt es Mega-Master-Mateo-Man. Wennschon, dennschon, Kumpel.« Ich hebe den Blick von den Postkarten. Rufus' Augen sind wirklich schön. Braun und müde, obwohl er sich etwas ausgeruht hat. »Woher weiß man, dass Liebe Liebe ist?«

»Ich ...«

Glas splittert und plötzlich werden wir durch die Luft geschleudert. Flammen züngeln auf die kreischende Menge zu. *Das ist es jetzt.* Ich pralle gegen die Fahrerseite eines Autos, meine Schulter schrammt den Rückspiegel und vor meinen Augen verschwimmt alles – Dunkelheit, Feuer, Dunkelheit, Feuer. Mit steifem Hals drehe ich mich zur Seite und sehe Rufus neben mir, die schönen braunen Augen geschlossen. Um ihn herum liegen meine Postkarten mit der Brooklyn Bridge, der Freiheitsstatue, dem Union Square und dem Empire State Building. Ich krieche zu ihm hinüber und strecke verkrampft die Hand nach ihm aus. Sein Herz klopft unter meinem Handgelenk, es will genauso wenig wie meins aufhören zu schlagen, vor allem nicht in einem solchen Chaos. Unser Atem geht abgehackt, stoßweise und ängstlich. Ich habe keine Ahnung, was los ist, nur dass Rufus sich bemüht, die Augen zu öffnen, und andere schreien. Aber nicht alle. Um uns herum liegen Körper mit dem Gesicht nach unten auf dem Asphalt, und neben einer Frau mit ganz bunten Haaren, die sich mühsam aufrichtet, liegt eine andere, nur dass deren Augen starr nach oben gerichtet sind und ihr Blut eine Regenpfütze rot färbt.

RUFUS
13:14 Uhr

Vor gerade mal zwölf Stunden hat dieser Typ vom Todesboten mir gesagt, dass es heute mit mir aus sein wird. Jetzt sitze ich auf 'ner Bordsteinkante, die Knie umschlungen wie damals hinten im Krankenwagen, als meine Familie gestorben ist, völlig fertig wegen dieser Explosion, wie man sie sonst nur in Sommer-Blockbustern sieht. Die Sirenen von Polizei und Krankenwagen heulen und die Feuerwehr kümmert sich um das brennende Fitnessstudio, aber für viele Leute ist es zu spät. Todgeweihte sollten besondere Halsbänder oder Jacken tragen, irgendwas, das uns davon abhält, uns an einem Ort zusammenzurotten. Wie leicht hätte es Mateo und mich treffen können, wären wir nur ein oder zwei Minuten später dran gewesen. Vielleicht, vielleicht auch nicht. Aber eins weiß ich: Vor gerade mal zwölf Stunden hab ich 'nen Anruf bekommen und erfahren, dass ich heute sterben werde, und ich dachte, ich hätte meinen Frieden damit gemacht, aber noch nie in meinem ganzen verdammten Leben hatte ich so viel Schiss vor dem, was mich bald erwartet.

MATEO
13:28 Uhr

Das Feuer ist gelöscht.

Mein Magen gibt mir seit zwanzig Minuten lautstark zu verstehen, dass er gefüllt werden will, als könnte ich an meinem Abschiedstag eine Auszeit fordern, um noch was zu essen, ohne wertvolle Minuten zu verlieren, und als wären Rufus und ich nicht gerade bei einer Explosion fast gestorben, bei der andere Todgeweihte ums Leben kamen.

Zeugen sprechen mit der Polizei und ich weiß nicht, was sie denen sagen können. Die Explosion, die das Fitnessstudio zerstört hat, kam aus dem Nichts.

Ich sitze neben Rufus, seinem Fahrrad und meiner Buchhandlungstüte. Die Postkarten sind überall um uns verstreut und dort können sie auch liegen bleiben. Mir ist jetzt nicht danach, irgendwas zu schreiben, während um mich herum Todgeweihte in Leichensäcken ins Leichenschauhaus gebracht werden.

Ich habe kein Vertrauen in diesen Tag.

RUFUS
13:46 Uhr

Ich muss in Bewegung bleiben.

Mehr als alles andere wünsche ich mir, jetzt den Plutos gegenüberzusitzen und über nichts zu reden, aber das Zweitbeste, was mich aus dieser Stimmung holt, ist 'ne Tour mit dem Rad. Das hab ich auch gemacht, als meine Eltern und Olivia gestorben sind, als Aimee mit mir Schluss gemacht hat, und heute Morgen, nachdem ich Peck zusammengeschlagen und den Anruf bekommen hab. Sobald wir uns von dem Chaos entfernt haben, steige ich also aufs Rad und drücke auf die Bremsen. Mateo weicht meinem Blick aus. »Bitte, steig auf«, sage ich.

»Nein«, sagt Mateo. »Tut mir leid. Das ist zu gefährlich.«

»Mateo.«

»Rufus.«

»Mateo.«

»Rufus.«

»Bitte, Mateo. Nach dem, was passiert ist, muss ich einfach ein Stück fahren und ich will dich nicht zurücklassen. Wir werden noch weiterleben, Punkt. Wir wissen, wie dieser Tag für uns beide enden wird, aber ich will nicht zurückblicken und denken, wir hätten ihn megamäßig verschwendet. Das hier ist kein Traum *und wir werden nicht aufwachen.*«

Ich weiß nicht, was ich sonst tun kann. Ihn auf Knien anflehen? Das ist nicht meine Art, aber wenn es ihn dazu bringt, mitzukommen, würd ich's versuchen.

Mateo sieht aus, als wäre ihm schlecht. »Aber versprich mir, langsam zu fahren, okay? Fahr nicht bergab oder durch Pfützen.«

»Versprochen.«

Ich geb ihm den Helm, den er erst ablehnt, aber ich will auf keinen Fall weniger Risiko tragen als er. Schließlich setzt er den Helm doch auf, hängt die Tüte von der Buchhandlung an den Lenker, steigt auf die hinteren Pegs und packt meine Schultern.

»Ist das zu fest? Ich will nur nicht runterfallen, Helm hin oder her.«

»Nee, alles klar.«

»Super.«

»Fertig?«

»Fertig.«

Ich fange langsam an zu treten, spüre das Brennen in meinen Waden, weil ich zwei Leute transportiere, es ist wie Bergauffahren. Schließlich komme ich in einen guten Rhythmus und lasse die Polizei, die Leichen und das zerstörte Fitnessstudio hinter mir.

DEIRDRE CLAYTON
13:50 Uhr

Bei Deirdre Clayton hat der Todesbote nicht angerufen, weil sie heute nicht sterben wird, aber sie wird denen beweisen, dass sie sich irren.

Deirdre steht auf dem Dachvorsprung ihres achtstöckigen Wohnhauses. Zwei Lieferanten beobachten sie. Entweder wollen sie Deirdre mit dem Sofa, das sie gerade ins Haus tragen, auffangen, oder sie schließen Wetten darüber ab, ob sie todgeweiht ist oder nicht. Das Blut und die zerschmetterten Knochen auf dem Bürgersteig werden die Wette entscheiden.

Es ist nicht das erste Mal, dass Deirdre hoch oben über allem anderen steht. Vor sieben Jahren in der Highschool, kurz nachdem der Todesbote für alle eingeführt worden war, wurde Deirdre nach der Schule zu einem Kampf herausgefordert. Als Charlotte Simmons mitsamt den Anstiftern und anderen Schülern, bei denen Deirdre nur als die »Lesbe mit den toten Eltern« bekannt war, am vereinbarten Kampfplatz eintraf, stand Deirdre stattdessen auf dem Dach. Sie hatte nie verstanden, warum ihre Art zu lieben so viel Hass bei anderen verursachte, und wollte nicht in dieser Welt bleiben, um die Liebe zu finden, für die alle sie so hassten. Nur, dass damals ihre beste Freundin aus Kindertagen in der Nähe war und sie dazu brachte, wieder vom Dach herunterzukommen.

Heute ist Deirdre allein, ihr zittern die Knie und sie weint, denn sosehr sie auch an bessere Tage glauben möchte, ihr

Job hindert sie daran. Deirdre arbeitet bei *Make-A-Moment*, wo sie Todgeweihten Geld für Nervenkitzel und falsche Abenteuer, falsche *Erinnerungen*, abknöpft. Sie versteht nicht, warum die Todgeweihten nicht zu Hause bei ihren Lieben sind, besonders die beiden Jugendlichen heute, die hinterher darüber sprachen, wie enttäuschend der Virtual-Reality-Trip war. Was für eine Zeitverschwendung.

Die Jungs von vorhin haben sie an eine Kurzgeschichte erinnert, die sie heute Morgen geschrieben hat, nur etwas für sich selbst, das sie in den ruhigen Stunden bei der Arbeit abgelenkt hat. Ihre Geschichte spielt in einer anderen Welt, in der es noch einen Ableger des Todesboten gibt namens Lebensbote. Diese App informiert Todgeweihte darüber, wann ihre Wiedergeburt stattfinden wird, damit Familien und Freunde wissen, wie sie sie in ihrem neuen Leben finden können. In der Geschichte geht es um die fünzehnjährigen Zwillinge Angel und Skylar, die am Boden zerstört sind, als sie erfahren, dass Skylar sterben wird. Sie fragen sofort beim Lebensboten an, wann Skylar wieder zum Leben erweckt werden wird. Angel ist außer sich, weil ihre Schwester erst in sieben Jahren zurückkehren wird, und zwar als Sohn einer australischen Familie. Skylar stirbt, als sie das Leben ihrer Zwillingsschwester rettet, und die Geschichte endet mit einer verzweifelten Angel, die einen Hundertdollarschein in ein altes Sparschwein steckt, um auf ihre Reise nach Australien in sieben Jahren zu sparen. Dort wird sie ihre Schwester – dann als männlichen Säugling – zurück in der Welt willkommen heißen.

Deirdre dachte, dass sie diese Geschichte weiterschreiben würde, aber das hat sie jetzt aufgegeben. Es gibt keinen Lebensboten und sie hat auch nicht vor, darauf zu warten, dass der Todesbote ihr sagt, wann ihre Zeit vorbei ist. Die

Welt ist voller Gewalt, Angst und Kinder, die sterben müssen, bevor sie überhaupt gelebt haben, und sie will nicht Teil davon sein.

Es wird ganz einfach sein, zu springen ...

Sie steht auf einem Bein, ihr ganzer Körper bebt und ist sicher kurz davor, jeden Moment nach vorn zu kippen. Bei der Arbeit ist sie mal auf ein Dach geklettert, beim virtuellen Parkour, aber das war nur eine Illusion.

Der Tod wurde Deirdre schon mit ihrem Namen prophezeit, denn so hieß auch eine Heldin aus der irischen Mythologie, die sich das Leben genommen hat.

Sie sieht nach unten, bereit zu fliegen, als zwei Jungen auf einem Fahrrad um die Ecke biegen – sie sehen aus wie die Jungen von vorhin.

Deirdre hört tief in sich hinein, viel tiefer als bis zu der Stelle, wo Lügen und Hoffnungslosigkeit in ihr liegen, und sogar noch ein Stück tiefer, an der echten Wahrheit vorbei, dass der Gedanke, von diesem Dach zu fallen, bei ihr zu nachhaltiger Erleichterung führen würde. Sie sieht zwei lebendige Jungen und fühlt sich selbst dabei innerlich viel weniger tot.

Die Absicht allein genügt vielleicht nicht, um wirklich zu sterben, das weiß Deirdre von den zahllosen anderen Morgen, als sie in dieser hässlichen Welt aufgewacht ist. Aber dann, mit der Möglichkeit zu beweisen, dass sich der Todesbote auch irren kann, trifft Deirdre die richtige Entscheidung, nämlich die zu leben.

MATEO
13:52 Uhr

Dieses Fahrrad ist gar nicht so übel.

Ich drücke Rufus' Schulter, als er eine scharfe Linkskurve fährt, um zwei Lieferanten auszuweichen, die nach oben starren, statt ein Sofa in ein Haus zu tragen, dann segeln wir weiter die Straße entlang.

Als Rufus losgefahren ist, hatte ich ganz wackelige Knie, aber als er so sehr beschleunigt, dass uns der Fahrtwind ins Gesicht bläst, kann ich es genießen, dass ich ihm die Kontrolle überlassen habe.

Es ist befreiend.

Ich glaube nicht, dass wir noch schneller fahren werden als jetzt, aber trotzdem ist es aufregender als das Fallschirmspringen bei *Make-A-Moment*. Ja, genau. Fahrradfahren ist aufregender, als – in Anführungszeichen – aus einem Flugzeug zu springen.

Wenn ich nicht so ein Feigling oder todgeweiht wäre, würde ich mich jetzt an Rufus lehnen, mich an ihm abstützen, die Arme ausbreiten und die Augen schließen. Aber das ist zu riskant, also halte ich mich weiter fest, was auch okay ist. Aber sobald wir angekommen sind, werde ich etwas kleines Mutiges tun.

RUFUS
14:12 Uhr

Als wir zum Althea Park kommen, werde ich langsamer. Mateos Hände lösen sich von meinen Schultern und mein Fahrrad wird sofort leichter. Ich bremse und drehe mich um, weil ich sehen will, ob er sich das Gesicht zermatscht oder den Schädel trotz Helm gespalten hat, aber er kommt auf mich zugerannt, ein Lächeln im Gesicht – er ist okay. »Bist du abgesprungen?«

»Ja!« Mateo nimmt den Helm ab.

»Du willst nicht, dass ich mit dem Rad fahre, und jetzt schmeißt du dich einfach von hinten runter?«

»Mir war gerade danach.«

Ich will schon sagen, dass er das mir zu verdanken hat, aber es hat eigentlich schon die ganze Zeit in ihm gesteckt. Er wollte schon immer was Aufregendes machen, hatte nur zu viel Schiss, um es wirklich zu tun.

»Gehts dir besser?«, fragt Mateo.

»Ein bisschen«, erwidere ich. Ich steige vom Rad und humpele auf den verlassenen Spielplatz zu, während ein paar Typen im Studentenalter auf einem Sportplatz in der Nähe Handball spielen und durch die Pfützen platschen, wenn sie dem Ball hinterherhechten. Meine Basketballshorts sind feucht und dreckig vom Friedhof, genau wie Mateos Jeans, deshalb macht es uns nichts aus, uns auf die nasse Bank zu setzen. »Ziemlich übel, dass wir das mit ansehen mussten.«

»Allerdings. Man will keinem dabei zusehen, wie er stirbt, auch wenn man ihn nicht gekannt hat.«

»Es hat mich echt aus meiner Bullshit-Zone gerissen, Alter. Denn mein ganzes Ich-bin-bereit-egal-was-kommt ist nichts als Bullshit und ich hab eine Scheißangst. Wir könnten problemlos in den nächsten dreißig Sekunden 'ne verirrte Kugel abkriegen oder so, und das ist beschissen. Immer wenn mein Hirn anfängt auszuflippen, lande ich hier. Garantiert.«

»Aber du bist auch aus schönen Anlässen hier gewesen«, sagt Mateo. »Zum Beispiel, als du deinen ersten Marathon gefahren bist.« Er holt tief Luft. »Und als du zum ersten Mal ein Mädchen geküsst hast.«

»Ja.« Dieser Kuss macht ihm ganz schön zu schaffen. Anscheinend lag ich mit meinem Bauchgefühl richtig. Ich schweige eine ganze Weile und schau mir die Eichhörnchen an, die an den Bäume hochklettern, und die Vögel, die hintereinander herhüpfen. »Hast du schon mal Gladiator gespielt?«

»Ich kenne das Spiel«, sagt er.

»Gut. Hast du's schon mal gespielt?«

»Ich hab dabei zugeschaut.«

»Also nein.«

»Nein.«

Ich stehe auf, ziehe Mateo an den Handgelenken hoch und führe ihn zum Klettergerüst. »Ich fordere dich zu einem Gladiatorenkampf heraus.«

»Ich kann nicht ablehnen, oder?«

»Auf keinen Fall.«

»Wir haben gerade eine Explosion überlebt.«

»Dann kommts nicht mehr drauf an.«

Ein Klettergerüst-Gladiatorenkampf ist nicht so abgedreht wie ein Kampf im Kolosseum, aber ich habe schon gesehen, wie Leute aus meiner Schule dabei verletzt wurden.

Verdammt, es war sogar meine Schuld, dass sie verletzt wurden. Zwei Spieler – Gladiatoren – schwingen an den Kletterringen aufeinander zu und versuchen den anderen runterzureißen. Es ist ein total barbarisches Kinderspiel und macht irre Spaß. Wir sind beide ziemlich groß, sodass wir uns einfach auf die Zehenspitzen stellen könnten, um an die Ringe zu kommen, aber ich mache einen kleinen Sprung und ziehe mich hoch, als würde ich Klimmzüge machen. Mateo hüpft auch hoch und hält sich fest, aber er hat keine Kraft im Oberkörper, weshalb er zehn Sekunden später schon wieder auf die Füße fällt. Er springt noch mal hoch und jetzt kann er sich halten. Ich zähle bis drei, während wir aufeinander zu schwingen und den kurzen Abstand zwischen uns überbrücken. Ich trete nach ihm und er weicht nach rechts aus, wobei er beinahe runterfällt. Dann hebe ich die Beine höher und schlinge sie ihm um die Taille. Er versucht sich aus meiner Umklammerung zu befreien, während ich ihn schüttele, aber er hat keine Chance. Meine Hände tun weh, und als er lachend loslässt, falle ich mit ihm auf die gepolsterte Unterlage. Als ich auf den Boden knalle, rasen Schockwellen durch meinen Körper, aber der Schmerz bringt mich nicht um. Wir liegen nebeneinander und lachen, während wir unsere schmerzenden Ellbogen und Beine massieren. Unsere Rücken sind jetzt noch nasser und wir rutschen immer wieder aus, als wir versuchen aufzustehen. Bescheuert. Mateo kriegt es irgendwann hin und hilft mir auf.

»Ich hab gewonnen, stimmts?«, sage ich.

»Ich würde sagen, unentschieden«, entgegnet er.

»Noch mal?«

»Mir reichts. Ich bin ziemlich sicher, dass mein Leben vor meinem inneren Auge vorbeigezogen ist, als wir runtergefallen sind.«

Ich lächele. »Ich will ehrlich sein, Mateo.« Ich sage ziemlich oft seinen Namen, obwohl ja offensichtlich ist, dass ich ihn meine. Aber sein Name ist echt cool – *Mateo*. »Die letzten Monate waren extrem übel. Sogar ohne den Anruf hat sich mein Leben schon so angefühlt, als wäre es zu Ende. Es gab Tage, da dachte ich, ich könnte beweisen, dass der Todesbote sich irrt, und einfach mit dem Rad in den Fluss fahren. Aber jetzt habe ich nicht nur Schiss, sondern bin echt angepisst, weil ich so vieles nicht mehr haben kann. Zeit ... und andere Sachen wie ...«

»Aber du bringst dich doch heute nicht um, oder?«, fragt Mateo.

»Ich bin keine Gefahr für mich, ehrlich. Ich will nicht, dass alles vorbei ist. Bitte versprich mir, dass du nicht vor mir stirbst. Das kann ich nicht mit ansehen.«

»Nur, wenn du dasselbe versprichst.«

»Wir können das nicht beide versprechen.«

»Dann gebe ich dir mein Versprechen nicht«, sagt Mateo. »Ich will nicht, dass du mich sterben siehst, aber ich kann genauso wenig dabei zusehen, wie du stirbst.«

»Ganz schön verkorkst, Alter. Willst du wirklich als der Todgeweihte in die Geschichte eingehen, der sich geweigert hat, einem anderen Todgeweihten seinen letzten Wunsch zu erfüllen?«

»Du kannst mich nicht zwingen, dir beim Sterben zuzusehen. Dieses Versprechen kann ich dir nicht geben. Du bist mein letzter Freund und das würde mich fertigmachen.«

»Du hast den Tod nicht verdient, Mateo.«

»Ich glaube, niemand verdient den Tod.«

»Außer Serienmördern, stimmts?«

Er antwortet nicht, weil er wahrscheinlich denkt, dass

mir seine Antwort nicht gefallen wird. Aber das bestätigt nur meine Meinung: Mateo hat den Tod nicht verdient.

Ein Handball kommt zu uns rübergehüpft und Mateo läuft an mir vorbei, um ihn zu fangen. Der Spieler rennt hinter dem Ball her, aber Mateo erreicht ihn zuerst und wirft ihn zurück.

»Danke«, sagt der Typ.

Der Kerl ist leichenblass, als käme er nicht sehr oft an die frische Luft. Was für ein beschissener, verregneter Tag, um hier draußen zu spielen. Ich schätze ihn auf neunzehn oder zwanzig, aber es kann auch sein, dass er in unserem Alter ist.

»Kein Problem«, sagt Mateo.

Als sich der Typ abwendet, sieht er mein Fahrrad. »Cool! Ist das ein Trek?«

»Jep. Hab ich mir für Offroadtouren gekauft. Hast du auch so eins?«

»Meins ist kaputt – der Bremsschlauch ist gerissen und die Sattelklemme hat sich irgendwie verhakt. Ich kauf mir ein neues, sobald ich einen Job finde, bei dem ich mehr als acht Dollar die Stunde verdiene.«

»Du kannst meins haben«, sage ich. Das kann ich machen. Ich gehe zu meinem Fahrrad rüber, das mich durch ein heftiges Rennen und auch sonst überallhin gebracht hat, und schiebe es dem Typen hin. »Heute ist dein Glückstag, Alter. Mein Kumpel will nicht, dass ich damit fahre, deshalb kannst du's haben.«

»Dein Ernst?«

»Bist du sicher?«, fragt Mateo.

Ich nicke. »Es gehört dir«, erkläre ich. »Behalt es. Ich zieh eh bald um und kanns nicht mitnehmen.«

Der Typ wirft den Handball zu seinen Kumpels, die nach ihm gerufen haben. Er steigt aufs Rad und spielt an der

Gangschaltung. »Moment mal. Es ist doch nicht geklaut, oder?«

»Nee.«

»Ist es vielleicht kaputt? Gibst du es deshalb ab?«

»Es ist nicht kaputt. Was ist jetzt, willst du's haben oder nicht?«

»Schon okay. Kann ich dir was dafür geben?«

Ich schüttele den Kopf. »Schon okay«, gebe ich zurück.

Mateo gibt dem Typen den Helm, aber der setzt ihn nicht auf, bevor er zu seinen Freunden zurückfährt. Ich hole mein Handy raus und mache Fotos von ihm auf meinem Rad, wie er mit dem Rücken zu mir auf den Pedalen steht und seine Freunde im Hintergrund Handball spielen. Ein tolles Porträt von ein paar Kids – ein bisschen älter als ich, aber es sind definitiv Kids –, die noch zu jung sind, um sich Gedanken über einen Anruf des Todesboten zu machen. Sie wissen, dass ihr Tag genau wie immer zu Ende gehen wird.

»Gute Aktion«, sagt Mateo.

»Ich hatte meine letzte Fahrt damit. Das genügt.« Ich mache noch mehr Fotos: das Handballspiel, das jetzt weitergeht, das Klettergerüst, auf dem wir Gladiator gespielt haben, die lange gelbe Rutsche, die Schaukel. »Komm.«

Als ich zu meinem Fahrrad gehen will, fällt mir ein, dass ich es gerade verschenkt habe. Mir ist irgendwie leichter zumute, als hätte mein Schatten gerade seinen Job geschmissen, ein Peace-Zeichen gemacht und wäre davonmarschiert. Mateo folgt mir zur Schaukel. »Du hast gesagt, du bist mit deinem Dad hier gewesen, stimmt's? Und ihr habt den Wolken Namen gegeben? Komm, wir schaukeln.«

Mateo setzt sich auf die Schaukel, hält sich daran fest, als ginge es um sein Leben – ganz bestimmt –, geht ein paar Schritte nach hinten und schwingt dann nach vorn, wobei seine Beine aussehen, als würden sie gleich ein Haus umstoßen. Ich mache ein Foto, bevor ich mich auf die Schaukel daneben setze, die Arme um die Ketten schlinge und auch im Schaukeln ein paar Fotos hinbekomme. Das ist gefährlich für mich und mein Handy – schon wieder, ich weiß –, aber auf jedes vierte verschwommene Bild folgt ein gelungenes. Mateo zeigt auf die dunklen Regenwolken, und es haut mich um, dass ich diesen Moment mit jemand erleben kann, der den Tod nicht verdient hat.

Bald wird es wieder regnen, aber jetzt schwingen wir hin und her, und ich frage mich, ob Mateo wohl denkt, dass zwei Todgeweihte zusammen auf der Schaukel bedeuten, dass das ganze Ding kippen und uns umbringen wird, oder ob wir so hoch schaukeln werden, dass wir fliegen und einfach aus dem Leben fallen, aber ich fühle mich sicher.

Wir werden langsamer und ich rufe ihm zu: »Die Plutos sollen mich hier verstreuen.«

»An dem Ort deiner Veränderung!«, ruft Mateo, während die Schaukel ihn nach hinten trägt. »Noch weitere Veränderungen heute? Außer der offensichtlichen?«

»Ja!«

»Welche denn?«

Ich lächele ihn an, als unsere Schaukeln anhalten. »Ich hab mein Fahrrad verschenkt.« Mir ist schon klar, was er eigentlich meint, aber ich gehe nicht darauf ein. Er muss selbst den ersten Schritt tun, diesen Moment will ich ihm nicht nehmen, er ist zu wichtig. Ich bleibe sitzen, als er aufsteht. »Komisch, dass ich jetzt zum letzten Mal mit Fleisch an den Knochen und einem funktionierenden Herzen hier im Park sein werde.«

Mateo sieht sich um. Auch für ihn ist es das letzte Mal. »Hast du schon von den Todgeweihten gehört, die zu

Bäumen werden? Klingt wie ein Märchen, ich weiß. *Die Lebendige Urne* bietet Todgeweihten die Möglichkeit, ihre Asche in einer kompostierbaren Urne zusammen mit einem Baumsamen bestatten zu lassen, der dann Nährstoffe aus ihrer Asche zieht, was ich für Spinnerei gehalten habe – aber nein, das ist Wissenschaft.«

»Das heißt, statt dass meine Asche einfach auf der Erde verstreut wird, wo dann ein Hund draufkackt, könnte ich auch als Baum weiterleben?«

»Ja, und dann können andere Jugendliche Herzen in dich ritzen und du kannst Sauerstoff produzieren. Die Leute mögen Luft«, sagt Mateo.

Es nieselt, daher stehe ich von der Schaukel auf. Die Kette klappert hinter mir. »Komm, du Spinner, wir gehen irgendwohin, wo's trocken ist.«

Als Baum zurückzukehren, wäre ziemlich cool, als würde ich wieder im Althea Park aufwachsen. Nicht, dass ich so was laut sagen würde, denn man kann schließlich nicht herumlaufen und den Leuten erklären, dass man ein Baum sein will, und erwarten, dass sie einen ernst nehmen.

DAMIEN RIVAS
14:22 Uhr

Bei Damien Rivas hat der Todesbote nicht angerufen, weil er heute nicht sterben wird, was er schade findet, denn von dem Leben, das er in letzter Zeit führt, ist er nicht besonders angetan. Damien war schon immer ein Adrenalin-Junkie. Sobald er groß genug war, fuhr er jeden Sommer eine neue Achterbahn. Er klaute Süßigkeiten aus dem Drogeriemarkt und Kleingeld aus der Geldbörse seines Vaters. Kämpfte als David gegen sämtliche Goliaths. Gründete eine Gang.

Eine Runde Darts gegen sich selbst zu spielen ist dagegen natürlich weniger aufregend.

Und mit Peck zu telefonieren auch.

»Die Bullen zu rufen ist was für Verräterschweine«, sagt Damien laut in seine Freisprechanlage. »Und mich dazu zu bringen, die Bullen zu rufen, widerspricht komplett meinem Ehrgefühl.«

»Ich weiß. Du magst die Bullen nur, wenn jemand sie dir auf den Hals hetzt«, sagt Peck.

Damien nickt, als könnte Peck ihn sehen. »Wir sollten das selbst in die Hand nehmen.«

»Du hast recht«, sagt Peck. »Die Bullen haben Rufus ja nicht mal erwischt. Wahrscheinlich hören sie sowieso auf, ihn zu suchen, weil er todgeweiht ist.«

»Dann wollen wir mal für Gerechtigkeit sorgen«, sagt Damien. Aufregung und Entschlossenheit überkommen ihn. Den ganzen Sommer hat er sich rausgehalten, aber jetzt rückt er seinem Lieblingsplatz, dem Abgrund, unwillkürlich immer näher.

Er stellt sich Rufus' Gesicht auf der Dartscheibe vor. Dann wirft er den Pfeil und trifft ins Schwarze – genau zwischen Rufus' Augen.

MATEO
14:34 Uhr

Es regnet wieder, stärker als vorhin auf dem Friedhof. Ich komme mir vor wie der Vogel, um den ich mich als Kind gekümmert habe, der vom Regen gebeutelt wurde. Der zu früh sein Nest verlassen hat.

»Wir sollten reingehen«, sage ich.

»Hast du Angst, dich zu erkälten?«

»Eher, in die Statistik der vom Blitz Getroffenen einzugehen.« Wir stehen unter dem Dach einer Zoohandlung. Die Welpen im Schaufenster lenken uns davon ab, unseren nächsten Schritt zu planen. »Ich habe eine Idee, die deiner Forschernatur entgegenkommen müsste. Wir könnten einfach mit der Bahn herumfahren. Es gibt so viel in dieser Stadt, das ich noch nicht gesehen habe. Vielleicht begegnet uns irgendwas Tolles. Vergiss es, das ist eine blöde Idee.«

»Das ist überhaupt nicht blöd, Alter. Ich weiß genau, was du meinst!« Rufus geht voran zur nächsten U-Bahn-Station. »Unsere Stadt ist riesig. Man kann hier sein ganzes Leben verbringen, ohne jemals alle Straßen in jedem Viertel abgelaufen zu sein. Ich hab mal geträumt, ich wär auf so 'ner Hardcore-Radtour. Meine Reifen hatten eine Farbe, die im Dunkeln leuchtet, und ich hab versucht, die ganze Stadt bis Mitternacht zum Leuchten zu bringen.«

Ich lächele. »Hast du's geschafft?« Sein Traum ist wirklich so spannend wie ein Wettlauf gegen die Zeit.

»Nee, ich glaub, dann hab ich angefangen, von Sex zu träumen oder so, und davon bin ich aufgewacht«, sagt Rufus. Er ist wahrscheinlich nicht mehr Jungfrau, aber ich frage nicht nach, weil mich das nichts angeht.

Wir fahren zurück in Richtung Stadtzentrum. Wer weiß, wie weit wir noch fahren. Vielleicht bleiben wir bis zur Endstation in der Bahn und nehmen dann den Bus zu einer Haltestelle, die noch weiter entfernt liegt. Vielleicht landen wir ja sogar in einem anderen Bundesstaat, in New Jersey.

Auf dem Gleis steht eine U-Bahn mit offenen Türen. Wir stürmen hinein und finden eine leere Bank in der Ecke.

»Komm, wir spielen ein Spiel«, sagt Rufus.

»Aber nicht wieder Gladiator.«

Rufus schüttelt den Kopf. »Nee. Das Spiel heißt Reisende, das hab ich immer mit Olivia gespielt. Denk dir eine Geschichte über einen der anderen Fahrgäste aus. Wo sie hinfahren und wer sie sind.« Er verlagert sein Gewicht und lehnt sich an mich, während er verstohlen auf eine Frau zeigt, die blaue Krankenhausklamotten unter ihrer Jacke trägt und eine Einkaufstasche dabeihat. »Sie ist auf dem Weg nach Hause, wo sie erst eine Runde schläft und dann laute Popmusik hört, während sie sich für ihren ersten freien Abend seit neun Tagen fertig macht. Dabei weiß sie noch nicht, dass ihre Lieblingskneipe wegen Renovierung geschlossen hat.«

»So ein Mist«, sage ich. Rufus schaut mich an und fordert mich mit einer kreisenden Handbewegung auf fortzufahren. »Oh. Dann geht sie wieder nach Hause, findet ihren Lieblingsfilm auf irgendeinem Privatsender, und in den Werbepausen schreibt sie Mails an ihre Freunde.« Rufus grinst. »Was denn?«

»Ihr Abend hat doch eigentlich ziemlich abenteuerlich angefangen«, sagt er.

»Sie hat geschlafen.«

»Und hatte dadurch Energie für eine durchtanzte Nacht!«

»Ich dachte, sie wüsste vielleicht gern, was ihre Freunde so treiben. Wahrscheinlich kriegt sie bei der Arbeit keine Nachrichten und Anrufe, weil sie zu sehr damit beschäftigt ist, Leben zu retten und Babys auf die Welt zu bringen. Sie braucht das, glaub mir.« Ich nicke in die Richtung eines Mädchens mit wasserstoffblond gefärbten Haaren und riesigen Kopfhörern. Sie zeichnet mit einem blauen Stift etwas Farbiges auf ihrem Tablet. »Das Tablet hat sie letzte Woche zum Geburtstag bekommen, und eigentlich hat sie es sich gewünscht, um damit zu spielen oder Video-Chats mit ihren Freunden zu führen, aber dann hat sie diese Design-App entdeckt und damit herumexperimentiert, wenn ihr langweilig war. Das ist jetzt ihr neues Hobby.«

»Das ist gut«, sagt Rufus. Der Zug hält an und das Mädchen packt hastig seine bedruckte Stofftasche zusammen. Gerade als die Türen wieder zugehen, rennt sie aus dem Wagen – wie in einem Actionfilm. »Und jetzt geht sie nach Hause und kommt zu spät zu einem Video-Chat mit ihren Freunden, weil sie sich zu sehr mit dieser einen Sache beschäftigt hat.«

Wir spielen weiter Reisende. Rufus zeigt auf ein Mädchen mit Koffer. Er glaubt, dass sie abgehauen ist, aber ich bin anderer Meinung. In Wirklichkeit kehrt sie nach einem heftigen Streit mit ihrer Schwester gerade nach Hause zurück und sie werden ihre Beziehung wieder einrenken. Ich meine, das sieht doch jeder, der Augen im Kopf hat. Ein weiterer Fahrgast, der total durchnässt ist, hatte Probleme mit seinem Auto und musste den Transporter stehen lassen – nein, Moment, seinen Mercedes, verbessert mich Rufus, denn eine U-Bahn-Fahrt ist für diesen reichen Typen echt erniedrigend. Ein paar Studenten der New York University springen mit Regenschirmen in die Bahn. Wahrscheinlich kommen sie von einer Einführungsveranstaltung und haben noch ihr ganzes Leben vor sich. Wir spielen eine schnelle Runde, in der wir vorhersagen, was sie beruflich mal werden: ein Familienrichter in einer Künstlerfamilie; eine Komikerin in Los Angeles, wo man ihre Witze über den Verkehr zu schätzen weiß; ein Talentscout, der ein paar Jahre brauchen wird, bis er endlich groß rauskommt; ein Drehbuchautor für eine Kindersendung im Fernsehen, die von sportlichen Monstern handelt; ein Fallschirmsprunglehrer, was witzig ist, weil er einen Schnauzbart hat und bei jedem Sprung sicher so aussieht, als lächelte er im Wind.

Wenn jemand anders Reisende spielen würde, was würde er wohl über mich und Rufus sagen?

Rufus klopft mir auf die Schulter und zeigt auf den Ausgang, als die Türen aufgehen. »Hey, ist das nicht die Station, wo wir spontan Mitglied im Fitnessstudio werden wollten?«

»Hä?«

»Na klar! Du wolltest dir ein paar Muskeln zulegen, nachdem dich dieser Arsch beim Bleachers-Konzert angerempelt hat«, sagt Rufus, als die Türen wieder zugehen.

Ich war zwar nie bei einem Bleachers-Konzert, aber jetzt habe ich das Spiel verstanden. »Nein, das verwechselst du. Der Typ hat mich bei einem Fun-Konzert angerempelt. Hey, und an dieser Station haben wir uns die Tattoos stechen lassen.«

»Ja. Dieser Tätowierer Barclay ...«

»Baker«, verbessere ich ihn. »Weißt du noch? Baker, der Tätowierer, der sein Medizinstudium abgebrochen hat?«

»Stimmt. An dem Tag hatte Baker gute Laune und hat uns gleich zwei Tattoos zum Preis von einem angeboten. Ich hab mir den Fahrradreifen auf den Unterarm tätowieren lassen« – er klopft sich auf den Arm – »und du …?«

»Ein Seepferdmännchen.«

Rufus sieht total verwirrt aus, als würde er gleich nach einer Auszeit verlangen, um zu fragen, ob wir noch dasselbe Spiel spielen. »Äh … sag mir noch mal, warum du dich dafür entschieden hast.«

»Mein Vater steht total auf Seepferdmännchen. Er hat mich schließlich auch allein durchs Leben getragen, weißt du? Ich fasse es einfach nicht, dass du nicht mehr weißt, warum ich das Seepferdchentattoo auf der Schulter habe. Nein, am Handgelenk. Genau, ich habs am Handgelenk. Das ist cooler.«

»Und ich fasse es einfach nicht, dass du nicht mehr weißt, wo dein Tattoo ist.«

An der nächsten Station schickt Rufus uns in die Zukunft. »Hey, hier steige ich normalerweise aus, wenn ich zur Arbeit fahre. Zumindest wenn ich im Büro bin und nicht gerade in einem Ferienort irgendwo auf der Welt, über den ich eine Besprechung schreiben soll. Schon verrückt, dass ich in einem Gebäude arbeite, das du entworfen und gebaut hast.«

»Total verrückt, Rufus.«

Ich blicke auf mein imaginäres Seepferdchentattoo hinab.

In der Zukunft ist Rufus also Reiseblogger und ich bin Architekt. Wir haben uns gemeinsam Tattoos stechen lassen. Wir waren auf so vielen Konzerten, dass er sie nicht mehr auseinanderhalten kann. Ich wünschte fast, wir wären nicht ganz so kreativ, denn diese ausgedachten Erinnerungen an unsere Freundschaft sind unglaublich. Stell dir vor – sich an etwas zu erinnern, das man nie erlebt hat.

»Wir müssen irgendeine Markierung hinterlassen«, sage ich und stehe auf.

»Gehen wir jetzt raus und pissen Hydranten an?«

Ich lege das Blind-Date-Buch auf den Sitz. »Ich weiß nicht, wer es finden wird. Aber ist es nicht cool, zu wissen, dass irgendjemand es tut, wenn wir es hier liegen lassen?«

»Stimmt. Erstklassiger Sitzkomfort«, sagt Rufus und steht auf.

Die Bahn hält und die Türen gehen auf. Das Leben muss mehr zu bieten haben, als dass man sich eine Zukunft ausdenkt. Ich sollte mir meine Zukunft nicht nur wünschen. Ich muss das Risiko eingehen, sie auch zu gestalten.

»Es gibt etwas, das ich wirklich gern tun würde«, sage ich.

»Na, dann raus mit uns«, sagt Rufus lächelnd.

Wir steigen aus, bevor die Türen sich wieder schließen, stoßen dabei fast mit zwei Mädchen zusammen und verlassen die U-Bahn.

ZOE LANDON
14:57 Uhr

Bei Zoe Landon hat der Todesbote um 00:34 Uhr angerufen, um ihr zu sagen, dass sie heute sterben wird. Zoe war einsam, da sie erst vor einer Woche nach New York gezogen ist, um genau heute mit ihrem Studium an der New York University anzufangen. Sie hat noch nicht einmal all ihre Kisten ausgepackt, geschweige denn schon Freunde gefunden. Glücklicherweise war die App *Letzte Freunde* nur einen Klick entfernt. Ihre erste Nachricht ging an diesen Mateo, der jedoch nicht geantwortet hat. Vielleicht ist er schon gestorben. Vielleicht hat er ihre Nachricht ignoriert. Vielleicht hat er einen anderen letzten Freund gefunden.

Wie Zoe schließlich.

Zoe und Gabriella steigen, kurz bevor sich die Türen schließen, in die U-Bahn, wobei sie mit zwei Jungen zusammenstoßen. Sie stürmen auf die Bank in der Ecke zu, bleiben jedoch stehen, als sie einen in Papier gewickelten Gegenstand dort sehen. Rechteckig. Jedes Mal, wenn Zoe mit der U-Bahn fährt, sind da diese ganzen Schilder mit der Aufforderung, dass sie Bescheid sagen soll, wenn ihr etwas Ungewöhnliches auffällt – und jetzt fällt ihr etwas Ungewöhnliches auf.

»Das ist übel«, sagt Zoe. »Wir sollten an der nächsten Station aussteigen.«

Gabriella, die keine Angst hat, weil sie heute den Anruf nicht bekommen hat, hebt den Gegenstand hoch.

Zoe zuckt zusammen.

»Es ist ein Buch«, sagt Gabriella. »Oh! Ein Überraschungsbuch!« Sie setzt sich und betrachtet die Zeichnung des fliehenden Verbrechers. »Die Illu ist toll.«

Zoe setzt sich neben sie. Sie findet die Zeichnung ganz nett, widerspricht Gabriella aber nicht.

»Jetzt verrate ich dir ein Geheimnis«, sagt Gabriella. »Wenn du willst.«

Zoe hat Gabriella heute all ihre Geheimnisse anvertraut. Die ganzen Geheimnisse, bei denen ihre besten Freundinnen von früher schwören mussten, sie niemals weiterzuerzählen. All die herzzerreißenden, die sie immer für sich behalten hat, weil es ihr zu schwerfiel, darüber zu sprechen. Sie haben gemeinsam gelacht und geweint, als wären sie schon ihr ganzes Leben lang beste Freundinnen. »Ich nehme dein Geheimnis mit ins Grab«, sagt Zoe. Sie lacht nicht, genauso wenig wie Gabriella, aber sie drückt ihre Hand, um ihr zu verstehen zu geben, dass alles in Ordnung ist. Ein Versprechen aus dem Bauch heraus. Es braucht verdammt noch mal keinen Beweis für ein Leben nach dem Tod.

»Es ist kein großes Geheimnis, aber ich bin Batman ... aus der Graffitiszene von Manhattan«, sagt Gabriella.

»O Mann, jetzt war ich aber kurz nervös, Batman ... aus der Graffitiszene von Manhattan«, sagt Zoe.

»Ich hab mich auf Graffiti spezialisiert, um *Letzte Freunde* bekannter zu machen. Manchmal zeichne ich mit Filzstift, zum Beispiel auf Speisekarten und U-Bahn-Plakate, aber am liebsten mache ich Graffiti. Ich habe Tags für die letzten Freunde gesprüht, die ich kennengelernt habe. Überall, wo es gepasst hat. Letzte Woche habe ich die Wände von McDonald's mit den süßen Silhouetten von der App verziert, zwei Krankenhäuser und einen Suppenladen. Ich hoffe, dass alle sie benutzen.« Gabriella klopft mit den Fingern auf das Buch. Zuerst hatte Zoe angenommen, dass die Farbflecken rund um ihre Nägel auf eine ziemlich danebengegangene Lackieraktion zurückzuführen seien, aber jetzt kennt sie die Wahrheit. »Wie auch immer. Ich liebe Kunst und werde einen Briefkasten oder irgendwas mit deinem Namen taggen.«

»Vielleicht irgendwo auf dem Broadway? Mein Name wird nie in Leuchtbuchstaben zu lesen sein, aber dann ist er immerhin dort«, sagt Zoe. Sie hat es gleich vor Augen. Bei dem Gedanken ist ihr Herz voll und leer zugleich.

Andere Fahrgäste blicken von ihren Zeitungen und Handyspielen auf und starren Zoe an. In einigen Mienen spiegelt sich Gleichgültigkeit, in anderen Mitleid. Bei dieser schwarzen Frau mit der großartigen Afrofrisur ist es pure Trauer. »Tut mir leid, dass du uns verlässt«, sagt sie.

»Danke«, entgegnet Zoe.

Die Frau wendet sich wieder ihrem Handy zu.

Zoe rutscht näher an Gabriella heran. »Ich hab das Gefühl, ich habe hier für eine seltsame Stimmung gesorgt«, sagt sie, diesmal leiser.

»Sprich, solange du noch kannst«, sagt Gabriella.

»Zeig mal das Buch.« Zoe ist neugierig. »Machs auf.«

Gabriella reicht es ihr. »Mach du es auf. Es ist dein …«

»Mein Abschiedstag, nicht mein Geburtstag«, sagt Zoe. »Ich brauche kein Geschenk und glaube auch kaum, dass ich das Buch in den nächsten …« Zoe schaut auf die Uhr und schwindelt. Sie hat höchstens noch neun Stunden – und sie liest äußerst langsam. »Dieses Geschenk, das jemand zurückgelassen hat, soll ein Geschenk von mir an *dich* sein. Danke, dass du meine letzte Freundin gewesen bist.«

Die Frau von gegenüber sieht auf und bekommt große Augen. »Tut mir leid, dass ich unterbreche, aber ich freue mich wirklich, dass ihr letzte Freunde seid. Ich freue mich, dass du an deinem Abschiedstag jemanden gefunden hast.« Sie zeigt auf Gabriella. »Und dass du hilfst, diese Tage zu verschönern. Das ist wunderbar.«

Gabriella legt Zoe den Arm um die Schultern und zieht sie an sich. Beide danken der Frau.

Natürlich trifft Zoe an ihrem Abschiedstag die freundlichsten New Yorker.

»Komm, wir machen es gemeinsam auf.« Gabriella wendet sich wieder dem Buch zu.

»Abgemacht«, sagt Zoe.

Zoe hofft, dass Gabriella sich auch weiterhin so oft sie kann mit Todgeweihten anfreundet.

Man sollte sein Leben nicht allein verbringen. Genauso wenig wie Abschiedstage.

MATEO
15:18 Uhr

Lidia zu treffen, ist ein großes Risiko, aber ich bin bereit, es einzugehen.

Der Bus hält und wir lassen alle anderen vor uns einsteigen. Ich frage den Busfahrer, ob er heute den Anruf erhalten hat, und er schüttelt den Kopf. Diese Fahrt dürfte ungefährlich sein. Es ist trotzdem möglich, dass wir in diesem Bus sterben, klar, aber die Wahrscheinlichkeit, dass der Bus völlig zerstört wird und uns den Tod bringt, während alle anderen schwer verletzt werden, scheint ziemlich gering zu sein.

Ich leihe mir Rufus' Handy, um Lidia anzurufen. Mein Akku ist langsam leer, hat nur noch dreißig Prozent, und ich will sichergehen, dass das Krankenhaus mich erreichen kann, falls Dad aufwacht. Ich setze mich auf einen anderen Platz hinten im Bus und tippe Lidias Nummer ein.

Lidia geht fast augenblicklich ran, aber trotzdem ist da eine kleine Pause, bevor sie etwas sagt, ähnlich wie in den Wochen nach Christians Tod. »Ja, hallo?«

»Hi«, sage ich.

»Mateo!«

»Tut mir leid, dass ich ...«

»Du hast meine Nummer blockiert! Und ich hab dir noch gezeigt, wie das geht!«

»Ich musste ...«

»Wieso hast du mir nichts gesagt?«

»Ich ...«

»Scheiße, Mateo, ich bin deine allerbeste Freundin, verdammt noch mal – Penny, hör nicht zu, wenn Mommy flucht –, und du erzählst mir nicht, dass du stirbst, Mann?«

»Ich wollte nicht …«

»Sei still. Ist alles in Ordnung? Wie gehts dir?«

Ich habe schon immer gedacht, dass Lidia wie eine Münze ist, die man durch die Luft schnippt. Bei Zahl ist sie so sauer, dass man glaubt, sie würde einen nie wieder ansehen, und bei Kopf sieht sie einen ganz deutlich. Ich glaube, diesmal ist sie auf Kopf gelandet, aber wer weiß.

»Mir geht es gut, Lidia. Ich bin mit einem Freund zusammen. Einem neuen Freund«, sage ich.

»Wer ist das? Wie hast du ihn kennengelernt?«

»Über die App *Letzte Freunde*«, sage ich. »Er heißt Rufus und ist auch todgeweiht.«

»Ich will dich treffen.«

»Ich dich auch. Deshalb rufe ich an. Meinst du, du könntest Penny bei irgendjemandem lassen und zur *World Travel Arena* kommen?«

»Abuelita ist hier. Ich habe sie – weil ich kurz vorm Ausrasten war – schon vor Stunden angerufen und sie ist von der Arbeit nach Hause gekommen. Ich fahre sofort zur Arena, aber bitte komm sicher dort an. Nicht rennen. Mach langsam, außer wenn du eine Straße überquerst. Geh nicht bei Rot und nur, wenn kein Auto zu sehen ist. Selbst wenn es an der Ampel angehalten hat oder am Bürgersteig parkt. Oder am besten, du bewegst dich gar nicht erst. Wo bist du jetzt? Ich komme dich holen. Rühr dich nicht vom Fleck, außer irgendjemand in deiner Nähe wirkt verdächtig.«

»Ich sitze schon mit Rufus im Bus«, sage ich.

»Zwei Todgeweihte in ein und demselben Bus? *Wollt* ihr etwa sterben? Mateo, das ist doch wahnsinnig riskant. Das Teil könnte umkippen.«

Mein Gesicht glüht. »Ich will nicht sterben«, entgegne ich leise.

»Tut mir leid. Ich bin schon still. Bitte, pass auf dich auf. Ich muss dich noch ein le… Ich muss dich sehen, okay?«

»Du wirst mich sehen und ich dich. Versprochen.«

»Ich will nicht auflegen«, sagt sie.

»Ich auch nicht.«

Wir legen nicht auf. Wahrscheinlich könnten – und sollten – wir die Zeit nutzen, um über gemeinsame Erinnerungen zu sprechen oder Dinge zu finden, für die wir uns noch entschuldigen wollen, falls ich mein Versprechen nicht halten kann, aber nein, wir reden darüber, wie sich Penny gerade mit einem großen Spielzeug auf den Kopf gehauen hat und gar nicht weint, tapfer, wie sie ist. Eine neue Erinnerung, über die man lachen kann, ist vermutlich genauso gut wie das Auffrischen einer alten. Vielleicht sogar besser. Ich will Rufus' Akku nicht leer machen, falls die Plutos versuchen ihn zu erreichen, also vereinbaren Lidia und ich, gleichzeitig aufzulegen. Als ich auf *Beenden* drücke, verdirbt es mir die Laune und die Welt ist auf einmal wieder viel schwerer geworden.

PATRICK »PECK« GAVIN
15:21 Uhr

Peck trommelt die Gang wieder zusammen.

Seinen Spitznamen hat Peck sich eingehandelt, weil keine Kraft hinter seinen Schlägen steckt. Sie sind eher lästig als schmerzhaft, eben genau so, wie wenn ein Vogel nach einem pickt. Wenn man jemanden fertigmachen will, muss man den Knock-out-König auf ihn ansetzen. Peck ist gut darin, jemanden zusammenzutreten, wenn es nötig ist, aber Damien und Kendrick dulden ihn vor allem nicht in ihrer Nähe, weil er an eine tödliche Waffe herankommen kann.

Er geht zum Schrank, spürt, wie Damiens und Kendricks Blicke ihm folgen. Hier hat Peck alles so eingerichtet wie eine russische Matrjoschka. Er öffnet den Schrank und fragt sich, ob er das wirklich fertigbringt. Er öffnet den Korb und fragt sich, ob er damit leben kann, Aimee nie wiederzusehen, denn er weiß, dass sie ihm nie verzeihen wird, falls sie jemals herausfindet, dass er dahintersteckt. Er öffnet die letzte Schachtel, einen Schuhkarton, und weiß, dass er sich endlich Respekt verschaffen muss.

Peck wird sich Respekt verschaffen, indem er diese Knarre auf den abfeuert, der ihn respektlos behandelt hat.

»Was machen wir jetzt?«, fragt Damien.

Peck öffnet Instagram, geht auf Rufus' Profil und ärgert sich, dort weitere Kommentare von Aimee zu finden, die schreibt, wie sehr Rufus ihr fehlt. Immer wieder klickt er auf »Aktualisieren«.

»Wir warten.«

MATEO
15:26 Uhr

Als der Bus vor der *World Travel Arena* an der Ecke 12th Avenue und 13th Street hält, nieselt es nur noch. Ich steige als Erster aus. Hinter mir höre ich einen Aufschrei und ein »FUCK!«. Ich drehe mich gerade noch rechtzeitig um und halte mich am Griff fest, sodass Rufus nicht kopfüber aus dem Bus fällt und mich mitreißt. Er ist recht muskulös, weshalb mir von seinem Gewicht die Schulter wehtut, aber dann fangen wir uns beide wieder.

»Der Boden war nass«, sagt Rufus. »Tut mir leid.«

Wir sind hier.

Wir sind in Sicherheit.

Wir haben beide den Rücken des anderen. Und daher werden wir diesen Tag so weit wie möglich ausdehnen, als wären wir die Sommersonnenwende.

Die *World Travel Arena* hat mich immer an das Museum of Natural History erinnert, nur dass sie halb so groß ist und rund um ihre Kuppel internationale Flaggen hängen. Der Hudson liegt gleich um die Ecke, was ich Rufus nicht sage. In die Arena passen bis zu dreitausend Besucher, und das reicht gut für die Todgeweihten, ihre Gäste, unheilbar Kranke und alle anderen, die diese Erfahrung gern machen möchten.

Wir beschließen, uns schon mal anzustellen, während wir auf Lidia warten.

Ein Angestellter hilft uns. Die drei Schlangen sind nach Dringlichkeit geordnet, also zum einen die kranken Todgeweihten, dann solche wie wir, die heute aus einer ungewissen Ursache sterben werden, und die schlicht Gelangweilten. Nach einem kurzen Blick auf die anderen beiden Schlangen können wir unsere leicht erkennen. Die Schlange rechts von uns vibriert vor Gelächter, Selfies und Textnachrichten. In der Schlange links von uns findet sich nichts davon. Dort steht eine junge Frau an ihr Sauerstoffgerät gelehnt, einen Schal um den Kopf geschlungen; andere keuchen entsetzlich; manche sind entstellt oder haben schlimme Verbrennungen. Die Trauer schnürt mir die Kehle zu, nicht nur Trauer um sie oder um mich selbst, sondern auch um die anderen vor uns in der Schlange, die aus ihrem sicheren Leben gerissen wurden. Und dann gibt es natürlich noch die, die es an diesem Tag nicht mal so weit geschafft haben.

»Warum kriegen wir keine Chance?«, frage ich Rufus.

»Eine Chance worauf?« Er sieht sich um und macht Fotos von der Arena und den Schlangen.

»Eine Chance auf eine neue Chance«, sage ich. »Warum können wir nicht beim Tod anklopfen und um die Chance weiterzuleben betteln, feilschen, Arm drücken oder einen Wettbewerb veranstalten, wer als Erstes wegschaut? Ich würde sogar dafür kämpfen, entscheiden zu dürfen, wie ich sterbe. Am liebsten im Schlaf.« Und ich würde erst schlafen gehen, nachdem ich mutig gelebt hätte, als ein Mensch, den jemand gern umarmen würde, der sich vielleicht sogar an meinen Hals oder meine Schulter schmiegen würde und die ganze Zeit darüber reden, was für ein Glück wir doch gehabt hätten, gemeinsam gelebt zu haben.

Rufus lässt sein Handy sinken und blickt mir in die Augen. »Glaubst du wirklich, du könntest den Tod im Armdrücken besiegen, Alter?«

Ich lache und schaue weg, weil unser Blickkontakt mir die Röte ins Gesicht treibt. Ein Taxi hält am Straßenrand und Lidia steigt hastig von der Rückbank. Sie sieht sich suchend nach mir um, und obwohl heute nicht ihr Abschiedstag ist, erschrecke ich, als ein Radfahrer sie beinahe streift. Ich habe Angst, sie könnte umkippen, das Bewusstsein verlieren und bei Dad im Krankenhaus landen.

»Lidia!«

Als ihr Blick mich trifft, laufe ich aus der Schlange auf sie zu. Vor Aufregung stolpere ich beinahe, als hätte ich sie seit Jahren nicht mehr gesehen. Sie schlingt die Arme um mich und drückt mich fest an sich, als hätte sie mich persönlich aus einem sinkenden Auto gerettet oder mich aufgefangen, nachdem ich aus einem abstürzenden Flugzeug gefallen bin. Mit dieser Umarmung drückt sie alles aus – jedes Danke, jedes Ich-liebe-dich, jede Entschuldigung. Ich erwidere die Umarmung, um ihr zu danken, meine Liebe zu zeigen, mich bei ihr zu entschuldigen und ihr alles mitzuteilen, was so ähnlich ist, und noch viel mehr. Es ist der zärtlichste Moment unserer Freundschaft, seit sie mir die neugeborene Penny in den Arm gelegt hat. Aber dann tritt Lidia einen Schritt zurück und versetzt mir eine Ohrfeige.

»Du hättest es mir sagen müssen.« Lidia zieht mich wieder an sich.

Meine Wange brennt, trotzdem presse ich mein Kinn an ihre Schulter. Sie riecht nach irgendeinem Zimtzeugs, mit dem sie Penny heute offenbar gefüttert hat, denn sie trägt immer noch das weite T-Shirt, das sie heute Morgen schon anhatte. Wir wiegen uns in unserer Umarmung hin und her. Ich halte in der Schlange Ausschau nach Rufus, der ganz offensichtlich schockiert von der Ohrfeige ist. Es ist seltsam, dass Rufus nicht weiß, dass genau das typisch für Lidia ist, wie gesagt, eine Münze, die ständig durch die Luft fliegt. Seltsam, dass ich Rufus erst seit heute kenne.

»Du hast recht«, sage ich zu Lidia. »Aber du weißt, dass es mir leidtut und dass ich dich nur schützen wollte.«

»Du solltest doch immer bei mir bleiben«, sagt Lidia weinend. »Du solltest den bösen Bullen spielen, wenn Penny zum ersten Mal ihren Freund mit nach Hause bringt. Du solltest mir mit Kartenspielen und miesen Fernsehmarathons Gesellschaft leisten, wenn sie aufs College geht. Du solltest Penny zur Präsidentin wählen, weil du weißt, dass sie schon jetzt ein solcher Kontrollfreak ist, dass sie keine Ruhe geben wird, bis sie das gesamte Land regiert. Gott weiß, dass sie ihre Seele verkaufen wird, um die ganze Welt zu beherrschen, und du solltest mir helfen, sie davon abzuhalten, einen Pakt mit dem Teufel zu schließen.«

Ich weiß nicht, was ich sagen soll. Immer abwechselnd nicke ich und schüttele den Kopf, weil ich auch nicht weiß, was ich tun soll. »Es tut mir leid.«

»Du kannst ja nichts dafür.« Lidia drückt meine Schulter.

»Vielleicht doch. Vielleicht käme ich etwas besser mit der Welt zurecht, wenn ich mich nicht dauernd versteckt hätte. Es ist noch zu früh, mir Vorwürfe zu machen, aber vielleicht werde ich doch etwas dafür können, Lidia.« Der heutige Tag fühlt sich irgendwie an, als wäre ich mit all den Vorräten, die man zum Überleben braucht, in die Wildnis geschickt worden, ohne die geringste Ahnung zu haben, wie man Feuer macht.

»Halt die Klappe«, sagt Lidia energisch. »Du kannst nichts dafür. Wir haben dich hängen lassen.«

»Jetzt halt du aber mal die Klappe.«

»Das ist das Übelste, was du je zu mir gesagt hast«, entgegnet Lidia mit einem Lächeln, als wäre ich schon immer gern gemein gewesen. »Die Welt ist nicht gerade der ungefährlichste Ort, das wissen wir wegen Christian und den ganzen Menschen, die jeden Tag sterben. Aber ich hätte dir zeigen sollen, dass es auch Risiken gibt, die sich lohnen.«

Manchmal hat man ein Kind, das man plötzlich mehr als alles andere liebt. Das hat sie mir auf diese Weise gezeigt. »Heute will ich etwas riskieren«, sage ich. »Und ich möchte dich dabeihaben, weil es in deinem Leben mit Penny sehr schwierig ist, auszubrechen und abenteuerlustig zu sein. Du wolltest schon immer die Welt sehen, und da wir in diesem Leben keine Gelegenheit mehr haben werden, loszuziehen, freue ich mich, dass wir jetzt doch noch zusammen reisen können.« Ich nehme ihre Hand und nicke zu Rufus hinüber.

Lidia dreht sich zu Rufus um und ihr Gesicht wirkt genauso nervös wie damals, als wir mit ihrem Schwangerschaftstest gemeinsam im Bad saßen. Und genau wie damals, noch bevor sie den Stick umdrehte, um nach dem Ergebnis zu gucken, sagt sie: »Also los.« Sie drückt meine Hand, auf die Rufus' Blick gerichtet ist.

»Hey, alles klar?«, fragt er.

»Könnte besser sein«, sagt Lidia. »Das ist echt scheiße. Es tut mir so leid.«

»Du kannst nichts dafür«, sagt Rufus.

Lidia sieht mich an, als wäre sie immer noch überrascht, mich vor sich zu haben.

Wir erreichen den Anfang der Schlange. Der Mann an der Kasse trägt eine fröhliche gelbe Weste. Er lächelt feierlich. »Willkommen in der *World Travel Arena*. Es tut mir leid, euch drei zu verlieren.«

»Ich sterbe nicht«, verbessert Lidia ihn.

»Oh. Der Preis für Gäste liegt bei hundert Dollar«, sagt der Kassierer. Dann sieht er Rufus und mich an. »Die empfohlene Spende für Todgeweihte ist ein Dollar.«

Ich zahle alle drei Tickets und spende hundert Dollar in der Hoffnung, dass die Arena noch viele, viele Jahre geöffnet bleibt. Es ist unglaublich, was sie Todgeweihten bietet, viel besser als *Make-A-Moment*. Der Kassierer bedankt sich für unsere Spende, die ihn nicht zu überraschen scheint. Todgeweihte werfen immer mit Geld um sich. Rufus und ich bekommen gelbe Armbänder (für gesunde Todgeweihte) und Lidia ein orangefarbenes (als Gast), und dann gehen wir hinein.

Wir bleiben dicht zusammen und trennen uns kaum voneinander. In der Eingangshalle ist es ziemlich voll, weil die Todgeweihten und andere Besucher zu den riesigen Bildschirmen hinaufschauen. Dort sind all die Regionen aufgelistet, die man besuchen kann, und die verschiedenen Touren, die möglich sind: *In achtzig Minuten um die Welt*, *Wildnis meilenweit*, *Die Reise zum Mittelpunkt der Vereinigten Staaten* und vieles mehr.

»Wollen wir eine Tour nehmen?«, fragt Rufus. »Ich bin zu allem bereit, außer *Du, ich und der weite Ozean*.«

»*In achtzig Minuten um die Welt* fängt in zehn Minuten an«, sage ich.

»Das fände ich toll«, sagt Lidia, die mich fest untergehakt hat. Dann wendet sie sich verlegen an Rufus. »Tut mir leid, o Mann, tut mir leid. Natürlich machen wir das, was ihr beide wollt. Meine Stimme zählt nicht. Tut mir leid.«

»Schon gut«, sage ich. »Rufus, ist das okay für dich?«

»Also dann, ab um die Welt!«

Wir gehen zu Raum 16 und setzen uns zusammen mit zwanzig anderen Leuten in einen zweistöckigen Straßenbahnwagen. Rufus und ich sind die einzigen Todgeweihten mit gelbem Armband. Es gibt außer uns noch sechs weitere mit blauen Armbändern. Im Internet bin ich vielen Todgeweihten mit unheilbaren Krankheiten gefolgt, die echte Städte und Länder bereisten, solange sie noch Zeit dazu hatten. Aber die, die sich das nicht leisten können, machen diese Sache hier, die fast genauso gut ist.

Die Fahrerin steht im Mittelgang und spricht ins Mikro.

»Guten Tag. Danke, dass Sie mich heute auf dieser wunderbaren Tour begleiten, auf der wir in achtzig Minuten um die Welt reisen werden – mehr oder weniger. Mein Name ist Leslie und ich bin Ihre Reiseführerin. Im Namen aller hier in der *World Travel Arena* möchte ich Ihnen und Ihren Familien mein Beileid aussprechen. Ich hoffe, dass es unserer Reise heute gelingt, Ihnen ein Lächeln ins Gesicht zu zaubern und den Gästen, die Sie begleiten, ein unvergessliches Erlebnis zu bescheren.

Wenn Sie sich in irgendeiner Region länger aufhalten wollen, können Sie das gern tun, aber ich möchte Sie darauf hinweisen, dass die Tour weitergehen muss, wenn wir in weniger als achtzig Minuten um die Welt reisen wollen. Jetzt schließen Sie bitte den Sicherheitsgurt, und dann starten wir!«

Alle schnallen sich an und wir fahren los. Auch wenn ich kein Kartograf bin, ist mir bewusst, dass der Plan hinter jedem Sitz – der ähnlich aussieht wie die Streckenpläne in der U-Bahn – geografisch nicht korrekt ist. Trotzdem verbringen wir eine unglaubliche Zeit mit absolut überzeugenden Nachbildungen in jedem Raum, und das Ganze wird dadurch noch besser, dass Lidia uns witzige Fakten über jeden Ort erzählt, die sie in Erdkunde gelernt hat. Wir fahren auf Schienen und sehen noch andere Todgeweihte und Gäste, die sich amüsieren. Einige winken uns sogar zu, als wären wir nicht alle hier Touristen.

In London kommen wir am Westminster Palace vorbei, wo es angeblich gesetzlich verboten ist zu sterben, aber am besten gefällt mir das Läuten von Big Ben, auch wenn mich der Anblick der Uhrzeiger in die Realität zurückholt. In Jamaica treffen wir Dutzende gigantischer Schmetterlinge der Art *Papilio homerus,* und auf dem Boden sitzen Leute und essen besondere Nahrungsmittel wie Akipflaumen und Stockfisch. In Afrika sehen wir ein riesiges Aquarium mit Fischen des Malawisees, und ich bin derart verzaubert von dem herumschwimmenden Gelb und Blau, dass ich beinahe die Liveübertragung einer Löwin verpasse, die ihr Junges im Genick gepackt hat und umherträgt. In Kuba sehen wir Gäste, die mit Kubanern Domino spielen. Leute stehen für Zuckerwürfel an und Rufus jubelt seinem Herkunftsland zu. In Australien gibt es exotische Blumen, Wettkämpfe im Kitesurfen und Plüschkoalas für die Kinder. Im Irak erklingt der Gesang des Chukarhuhns, des dortigen Nationalvogels, aus Lautsprechern, die unauffällig hinter den Verkaufswagen versteckt sind, wo wunderschöne Seidenschals und Hemden angeboten werden. In Kolumbien erzählt uns Lidia vom immerwährenden Sommer dort und wir geraten in Versuchung, uns bei den Saftverkäufern etwas zu trinken zu holen. In Ägypten gibt es nur zwei Pyramiden-Nachbildungen, und da trockene Hitze in dem Raum herrscht, bieten die Angestellten Wasserflaschen der Marke »Nil« an. In China macht Lidia Witze darüber, dass die Reinkarnation angeblich nur mit Erlaubnis der Regierung gestattet sei. Darüber will ich nicht nachdenken, deshalb konzentriere ich mich auf die beleuchteten Nachbildungen der Wolkenkratzer und auf die Tischtennisspieler. In Südkorea sehen wir zwei orangegelbe Roboter, die im Schulunterricht eingesetzt werden – »Robolehrer« genannt –, und Todgeweihte, die sich das Gesicht schminken lassen. In Puerto Rico hält die Bahn zum zweiundvierzigsten Mal an. Rufus zupft mich am Ärmel und führt mich beiseite, Lidia folgt uns.

»Was ist los?«, frage ich über das Gequake winziger Laubfrösche hinweg – es ist nicht ganz klar, ob hier wirklich Frösche sind oder ob das Konzert vom Band kommt. Die Geräusche der Tierwelt klingen mir so grell in den Ohren, da ich nur an Sirenen und hupende Autos gewöhnt bin, dass es mich beruhigt, die Gespräche der Leute neben dem Rumwagen zu hören.

»Wir haben doch darüber gesprochen, dass du irgendwas Aufregendes machen wolltest, wenn du die Gelegenheit zu reisen hättest, stimmts?«, sagt Rufus. »Ich habe auf dieser Tour die Augen offen gehalten – und schau mal ...« Er zeigt auf das Schild neben einem Tunnel: Regenwaldsprung! »Ich weiß zwar nicht, was das bedeutet, aber es wird bestimmt besser als dieser unechte Fallschirmsprung vorhin.«

»Ihr wart Fallschirmspringen?«, fragt Lidia. Ihr Tonfall liegt irgendwo zwischen Seid-ihr-wahnsinnig und Ich-bin-total-neidisch. Sie ist auf eine äußerst fürsorgliche, schwesterliche Art vereinnahmend.

Wir gehen alle drei über die beigefarbenen Fliesen, auf denen etwas echter Sand verstreut liegt, zu dem Tunnel. Ein Angestellter der Arena reicht uns eine Broschüre über den El-Yunque-Regenwald-Raum und bietet uns einen Audioguide an, obwohl er gleichzeitig darauf hinweist, dass wir dann einige der Originalgeräusche der Region verpassen werden. Wir setzen die Kopfhörer auf und gehen durch den Tunnel mit der feuchtwarmen Luft.

Die Bäume, die im Nieselregen stehen, werden immer

dichter, und künstliches Sonnenlicht dringt durch die dicken Blätter. Wir gehen zwischen den knorrigen Stämmen umher, verlassen den ausgetretenen Pfad und nähern uns dem heiseren Gequake weiterer Laubfrösche. Dad hat mir erzählt, wie er in meinem Alter mit seinen Freunden auf Bäume geklettert ist und Frösche gefangen hat. Dann hat er sie an andere Kinder verkauft, die gern ein Haustier haben wollten. Manchmal saß er auch einfach nur in Gedanken versunken dort oben. Je tiefer wir in den Wald vordringen, desto mehr wird der Froschchor von Stimmengemurmel und dem Klang eines Wasserfalls übertönt. Letzteres halte ich für eine Tonaufnahme, bis wir auf eine Lichtung treten und ich Wasser von einer gut fünf Meter hohen Klippe herabstürzen sehe. Im Becken darunter schwimmen Todgeweihte mit nacktem Oberkörper und einige Rettungsschwimmer. Das muss der angepriesene Regenwaldsprung sein. Keine Ahnung, warum ich es für etwas Langweiligeres gehalten habe und dachte, man würde vielleicht hier unten von Stein zu Stein springen.

Ich habe schon so viel gesehen, dass der Gedanke, die Arena verlassen zu müssen, fast schmerzhafter ist als der an das Ende dieses Tages. Als würde ich aus einem Traum gerissen, auf den ich mein ganzes Leben lang gewartet habe. Aber ich träume nicht. Ich bin wach und werde aufs Ganze gehen.

»Meine Tochter hasst den Regen«, erklärt Lidia Rufus. »Sie hasst alles, was sie nicht kontrollieren kann.«

»Das wird sich schon noch ändern«, sage ich.

Wir gehen auf den Rand der Klippe zu, von der die Todgeweihten springen. Ein zierliches Mädchen mit blauem Armband, einem Kopftuch und Schwimmflügeln macht im allerletzten Moment etwas Gefährliches – sie dreht sich um und fällt rückwärts wie jemand, der vom Dach eines Hauses geschubst wird. Ein Rettungsschwimmer pfeift von unten und die anderen schwimmen in die Mitte des Beckens, wo sie ins Wasser geplatscht ist. Lachend kommt sie an die Oberfläche und es scheint, als würden die Rettungsschwimmer mit ihr schimpfen, aber das kümmert sie nicht. Warum auch, an einem Tag wie heute?

RUFUS
16:24 Uhr

Obwohl ich die ganze Zeit damit geprahlt habe, wie mutig ich bin, ist mir bei diesem Sprung nicht ganz wohl. Seit dem Tod meiner Familie bin ich an keinem Strand und in keinem Schwimmbad mehr gewesen. Am nächsten bin ich bisher so großen Wassermassen gekommen, als Aimee am East River angeln war. Danach hatte ich einen krassen Albtraum, in dem ich nach unserm Auto im Hudson geangelt und die Skelette meiner Familie herausgefischt habe, mitsamt den Klamotten, die sie am Tag ihres Todes anhatten. Das hat mich daran erinnert, dass ich sie im Stich gelassen habe.

»Mach das ruhig, Mateo. Ich passe.«

»Du solltest es besser auch nicht machen«, erklärt Lidia ihm. »Ich weiß, ich hab hier eigentlich nichts zu melden, aber Einspruch, Euer Ehren!«

Respekt, dass Mateo sich trotzdem in die Schlange stellt; er soll das auf jeden Fall machen. Hier sind keine quakenden Frösche mehr, also hat er mich bestimmt gehört. Der Typ hat sich echt verändert. Ich weiß, ihr passt auf, aber seht ihn euch doch an – er steht in einer Schlange, um von einer Klippe zu springen, und ich wette, er kann nicht mal schwimmen. Er dreht sich um und winkt uns zu sich, als wollte er mit uns Achterbahn fahren.

»Komm schon«, sagt Mateo und sieht mich an. »Wir können natürlich auch zurück zu *Make-A-Moment* und dort in irgendeinem der Becken rumschwimmen, wenn du willst. Ich glaube wirklich, dass es dir besser gehen würde, wenn du mal wieder im Wasser wärst ... Komisch, dass ausgerechnet ich versuche, dir bei irgendwas zu helfen, oder?«

»Verdammt schräg, stimmt«, sage ich.

»Ich machs kurz. Wir brauchen diese *Make-A-Moment*-Stationen und ihre Virtual Reality nicht. Wir können gleich hier unseren eigenen Moment erleben.«

»In diesem künstlichen Regenwald?«, entgegne ich lächelnd.

»Ich habe nicht behauptet, dass das hier echt ist.«

Die Arena-Angestellte sagt Mateo, dass er als Nächster dran ist.

»Ist es okay, wenn meine Freunde und ich gemeinsam springen?«, fragt Mateo.

»Natürlich«, antwortet sie.

»Ich komm nicht mit!«, sagt Lidia.

»O doch«, erwidert Mateo. »Sonst wirst du es bereuen.«

»Ich sollte dich echt von der Klippe schubsen«, sage ich zu Mateo. »Aber das mache ich nicht, weil du recht hast.« Ich kann mich meiner Angst stellen, erst recht in einem kontrollierten Umfeld wie diesem, mit Rettungsschwimmern und Schwimmflügeln.

Keiner von uns war auf ein Bad vorbereitet, also ziehen wir uns bis auf die Unterwäsche aus. Mann, ich hatte keine Ahnung, wie verdammt dürr Mateo ist. Er weicht meinem Blick aus – was ich lustig finde – im Unterschied zu Lidia, die nur noch BH und Jeans anhat und mich von Kopf bis Fuß mustert.

Die Angestellten geben uns unsere Rettungswesten – ich sage Rettungswesten, weil es nicht so albern klingt wie Schwimmflügel – und wir ziehen sie über. Sie sagen, wir sollen springen, sobald wir bereit sind, was nicht allzu lange dauern sollte, da sich hinter uns schon eine Schlange bildet.

»Bei drei?«, fragt Mateo.

»Okay.«

»Eins. Zwei ...«

Ich fasse Mateos Hand und verschränke meine Finger mit seinen. Er sieht mich mit roten Wangen an und nimmt Lidias Hand.

»Drei.«

Wir schauen alle nach unten, und dann springen wir. Ich habe das Gefühl, als stürzte ich am schnellsten durch die Luft und würde Mateo hinter mir herziehen. Mateo schreit, und in den paar Sekunden, bevor ich im Wasser lande, schreie ich auch und Lidia jubelt. Ich tauche ein, Mateo immer noch neben mir, und wir sind nur einen kurzen Moment unter Wasser, aber ich öffne die Augen und sehe ihn. Er hat keine Panik und das erinnert mich daran, wie ruhig meine Eltern wirkten, nachdem sie mich befreit hatten. Lidia hat losgelassen, sie ist schon nicht mehr zu sehen. Mateo und ich treiben, von Rettungsschwimmern begleitet und immer noch Hand in Hand, an die Oberfläche. Lachend schwimme ich auf Mateo zu und umarme ihn zum Dank für diese Freiheit, die er mir aufgedrängt hat. Es ist, als wäre ich getauft worden oder so was und als wären die ganze Wut, die Trauer, die Schuldgefühle und der Frust unter der Wasseroberfläche verschwunden, wo sie gern für immer versinken können, verdammt noch mal.

Der Wasserfall wirbelt das Wasser um uns herum auf. Ein Rettungsschwimmer scheucht uns zum Berg hinüber.

Ein Angestellter am Fuß des Berges reicht uns Handtücher, und Mateo legt sich seines zitternd um die Schultern. »Wie fühlst du dich?«, fragt er.

»Nicht schlecht«, sage ich.

Über das Händchenhalten und die ganze Sache sprechen

wir nicht, aber hoffentlich kapiert er jetzt, wie ich drauf bin, falls er Zweifel daran hatte. Wir steigen auf den Berg, trocknen uns ab, holen unsere Klamotten und ziehen uns an. Dann gehen wir durch den Souvenirshop raus, während ich Mateo dabei ertappe, wie er das Lied mitsingt, das im Radio läuft.

Als er eine der »Leb wohl!«-Karten nimmt, die dort angeboten werden, treibe ich ihn in die Enge. »Du hast mich dazu gebracht, zu springen, jetzt bist du dran, Alter.«

»Ich bin mit dir gesprungen.«

»Das meine ich nicht. Komm mit mir zu diesem Underground-Club, wo Todgeweihte tanzen, singen und chillen. Bist du dabei?«

ARIEL ANDRADE
16:32 Uhr

Bei Ariel Andrade hat der Todesbote nicht angerufen, weil er heute nicht sterben wird, aber als Polizeibeamter hat er jede Nacht Punkt zwölf die größte Angst, diesen Anruf zu erhalten. Vor allem seit er vor zwei Monaten seinen Partner verloren hat. Graham und er hätten einem Buddy-Cop-Film entsprungen sein können, so wie sie zusammengearbeitet und sich beim Bier immer Väterwitze erzählt haben.

Andrade muss ständig an Graham denken, und heute, wo diese Pflegekinder in der Arrestzelle fast am Durchdrehen sind, weil ihr Bruder todgeweiht ist, bildet da keine Ausnahme. Es braucht keine übereinstimmende DNA, damit jemand dein Bruder ist, das weiß Andrade. Und es braucht auch ganz sicher nicht dasselbe Blut, um einen Teil von sich zu verlieren, wenn jemand stirbt.

Andrade glaubt nicht, dass dieser Todgeweihte Rufus Emeterio, dessen Verfolgung er bereits in den frühen Morgenstunden eingestellt hat, Schwierigkeiten machen wird – falls er überhaupt noch am Leben ist. Er hatte schon immer einen sechsten Sinn für Todgeweihte, die ihre letzten Stunden dazu nutzen, Chaos zu stiften. Wie der, der für Grahams Tod verantwortlich war.

An dem Tag, als Graham den Anruf bekam, bestand er darauf, zur Arbeit zu kommen. Wenn er dabei sterben würde, wie er Leben rettete, wäre das eine bessere Art abzutreten, als den letzten Tag auszukosten. Die Beamten verfolgten einen Todgeweihten, der bei *Peng!* mitmachte, der

Online-Challenge mit einer unfassbar großen Anzahl täglicher Klicks und Downloads in den letzten vier Monaten. Die Leute schalten das stündlich ein, um Todgeweihten dabei zuzusehen, wie sie sich auf möglichst ausgefallene Art umbringen – also mit einem Knall abtreten. Für den beliebtesten Tod bekommt die Familie des Todgeweihten eine ordentliche Summe aus einer unbekannten Quelle. Aber der größte Teil sind einfach Todgeweihte, die sich in den Augen der Zuschauer nicht kreativ genug das Leben nehmen, und, tja, man bekommt eben keine zweite Chance. Grahams Versuch, einen Todgeweihten davon abzuhalten, mit dem Motorrad von der Williamsburg Bridge zu rasen, führte nur zu seinem eigenen Tod.

Andrade wird verdammt noch mal alles geben, um diesen brutalen Fernsehkanal bis zum Ende des Jahres abzuschalten. Er kann im Himmel kein Bier mit Graham trinken, wenn er das nicht erledigt hat. Andrade will sich auf seine Arbeit konzentrieren und nicht babysitten. Deshalb lässt er die Pflegeeltern gerade die Entlassungsurkunden unterschreiben. Die Jungs sollen mit einer ernsten Verwarnung nach Hause gehen und dann schlafen.

Und trauern.

Vielleicht sogar ihren Freund finden, falls er noch lebt.

Wenn man einem geliebten Menschen bei seinem Tod sehr nahesteht, ist man hinterher lange sprachlos. Aber kaum jemand bereut es, einen Todgeweihten bis zum letzten Moment begleitet zu haben.

PATRICK »PECK« GAVIN
16:59 Uhr

»Vielleicht ist er längst tot.«

Peck wird automatisch informiert, sobald Rufus etwas Neues postet, bleibt aber trotzdem in seinem Profil. »Komm schon, komm schon …«

Natürlich will Peck Rufus' Tod. Aber er will ihm selbst den Todesstoß versetzen.

RUFUS
17:01 Uhr

Die Schlange vor *Clint's Graveyard* ist nicht so lang wie letzte Nacht auf dem Rückweg zu Pluto. Ich werde nicht darüber spekulieren, ob das heißt, dass alle drinnen sind oder schon tot. Das ist genau der richtige Club für Mateo. Und wehe, sie lassen mich nicht rein, weil ich erst in ein paar Wochen achtzehn geworden wäre.

»Komisch, um fünf Uhr nachmittags in einen Club zu gehen«, sagt Lidia.

Mein Handy klingelt und ich rechne eigentlich mit Aimee, als ich Malcolms hässliches Profilbild sehe. »Die Plutos! O Mann.«

»Plutos?«, sagt Lidia.

»Seine besten Freunde!«, erklärt Mateo, was nicht mal ansatzweise beschreibt, was sie für mich sind, aber ich gehe darüber hinweg, weil das so krass ist, dass sogar Mateo anfängt zu heulen. Bestimmt würds mir genauso gehen, wenn sein Alter jetzt anriefe.

Ich trete aus der Schlange und nehme den Videoanruf entgegen. Malcolm und Tagoe sind beide da und echt überrascht, dass ich rangegangen bin. Sie grinsen mich an, als wollten sie sich gleich auf mich stürzen.

»ROOF!«

»Heilige Scheiße«, sage ich.

»Du lebst!«, sagt Malcolm.

»Ihr seid nicht im Knast!«

»Sie können uns nicht festhalten«, sagt Tagoe und

macht sich breit, damit er auch aufs Bild kommt. »Siehst du uns?«

»Vergiss es einfach. Roof, wo bist du?« Malcolm sieht blinzelnd hinter mich. Ich hab auch keine Ahnung, wo sie gerade sind.

»Ich bin bei *Clint's*.« Ich kann mich noch besser von ihnen verabschieden. Ich kann sie umarmen. »Könnt ihr herkommen? Gleich?« Es bis nach fünf geschafft zu haben, ist ein verdammtes Wunder, aber meine Zeit läuft definitiv ab. Mateo hält Lidias Hand und auch ich will meine besten Freunde hier haben. Alle. »Könnt ihr Aimee mitbringen? Aber nicht Peck, diesen Hurensohn. Sonst mach ich ihn noch mal fertig.« Wenn ich hier eine Lektion lernen sollte, hab ich das nicht getan. Der Kerl hat meine Trauerfeier ruiniert und meine Freunde in den Knast gebracht. Ich würde ihm wieder eine reinhauen – und versucht bloß nicht, mich vom Gegenteil zu überzeugen.

»Er hat Glück, dass du noch lebst«, sagt Malcolm. »Wenn nicht, hätten wir die ganze Nacht Jagd auf ihn gemacht.«

»Bleib im *Clint's*«, sagt Tagoe. »Wir sind in zwanzig Minuten da. Und stinken nach Knast.« Witzig, wie Tagoe jetzt den harten Gangster spielt.

»Ich hab nicht vor, wegzugehen. Bin mit 'nem Freund hier. Kommt einfach her, okay?«

»Wehe, du bist nicht da, Roof«, sagt Malcolm.

Ich weiß, was er eigentlich sagen will. Wehe, ich bin nicht mehr am Leben.

Ich mache ein Foto von dem *Clint's Graveyard*-Schild und poste es auf Instagram – und zwar in Farbe.

PATRICK »PECK« GAVIN
17:05 Uhr

»Hab ihn«, sagt Peck und springt vom Bett. *Clint's Graveyard*. Er steckt die geladene Waffe in den Rucksack. »Wir müssen uns beeilen. Los.«

Vierter Teil

DAS ENDE

Niemand will sterben. Selbst Menschen, die in den Himmel kommen wollen, wollen dafür nicht sterben. Und doch ist der Tod das Schicksal, das wir alle teilen. Niemand ist ihm je entkommen. Und so soll es auch sein, denn vermutlich ist der Tod die allerbeste Erfindung des Lebens. Er ist der Motor der Veränderung. Er räumt mit dem Alten auf, um Platz für das Neue zu schaffen.

Steve Jobs

MATEO
17:14 Uhr

Dieser Tag hat einige Wunder zu bieten.

Ich habe in Rufus einen letzten Freund gefunden. Wir treffen an unserem Abschiedstag unsere besten Freunde. Wir haben Ängste überwunden. Und jetzt stehen wir vor *Clint's Graveyard*, dem Club, der im Internet hoch gelobt wird, und das könnte der perfekte Ort für mich sein, falls ich es schaffe, in den nächsten paar Minuten meine Unsicherheit hinter mir zu lassen.

In allen Filmen, die ich bisher gesehen habe, sind Türsteher sture Typen und absolut einschüchternd, aber hier vor *Clint's Graveyard* steht eine junge Frau, die ein entsprechendes Basecap verkehrt herum auf dem Kopf hat, und heißt alle willkommen.

Die junge Frau fragt nach meinem Ausweis. »Tut mir leid, dich zu verlieren, Mateo. Viel Spaß da drin, okay?« Ich nicke. Dann werfe ich ein paar Münzen in eine Plastik-Spendenbox und warte darauf, dass auch Rufus seinen Eintritt bezahlt. Das Mädchen mustert ihn von oben bis unten und mein Gesicht wird ganz heiß. Aber dann kommt Rufus hinter mir her und klopft mir auf die Schulter, und das Glühen in meinem Gesicht fühlt sich plötzlich ganz anders an – wie vorhin, als er in der *World Travel Arena* meine Hand genommen hat.

Wir warten noch auf Lidia, durch die Tür dröhnt Musik.

»Alles klar, Alter?«, fragt Rufus.

»Ich bin nervös und aufgeregt. Vor allem nervös.«

»Bereust du es schon, mich dazu gebracht zu haben, von einer Klippe zu springen?«

»Bereust du es, gesprungen zu sein?«

»Nein.«

»Dann nicht.«

»Wirst du da drin Spaß haben?«

»Setz mich nicht unter Druck«, sage ich. Es ist ein Unterschied, ob man von einer Klippe springt oder Spaß hat. Wenn man von einer Klippe gesprungen ist, kann man es nicht mehr rückgängig machen, man kann nicht mitten in der Luft anhalten. Aber für die Art Spaß, die vor fremden Leuten gewagt und peinlich wirkt, braucht es besonderen Mut.

»Ich setz dich nicht unter Druck«, sagt Rufus. »Aber es bleiben uns nur noch ein paar Stunden auf diesem Planeten, um ohne Reue zu sterben. Wie gesagt, kein Druck.«

Keine Reue. Er hat recht.

Meine Freunde sind hinter mir, als ich die Tür aufziehe und eine Welt betrete, in der ich augenblicklich bedaure, dass ich nicht jede freie Minute hier verbracht habe. Es gibt Stroboskop-Lichter, blitzendes Blau, Gelb und Grau. Die Graffiti an den Wänden stammen von Todgeweihten und ihren Freunden. Manchmal ist es das Letzte, was sie hinterlassen haben, etwas, das sie unsterblich macht. Egal, wann es passiert, wir alle sterben irgendwann. Niemand kann bleiben, aber was wir zurücklassen, hält uns für andere am Leben. Ich betrachte diesen Raum voll dicht gedrängter Menschen – Todgeweihte und ihre Freunde – und sie alle leben.

Eine Hand schließt sich um meine. Es ist nicht dieselbe wie vor nicht mal einer Stunde; diese Hand hier hat eine lange Geschichte für mich. Es ist die Hand, die ich gehalten habe, als mein Patenkind geboren wurde, und an so vielen Morgen und Abenden, nachdem Christian gestorben war. Die Reise um die Welt mit Lidia war unglaublich, und dass sie in diesem Augenblick – einem, den man nicht mit Geld bezahlen kann – hier bei mir ist, macht mich glücklich, obwohl ich allen Grund dazu hätte, traurig zu sein. Rufus taucht neben mir auf und legt mir einen Arm um die Schulter.

»Die Tanzfläche gehört dir«, sagt er. »Die Bühne auch, sobald du bereit bist.«

»Bin schon unterwegs«, sage ich. Ich muss da hoch.

Auf der Bühne steht ein Junge auf Krücken, singt »Can't Fight This Feeling« und massakriert den Song, wie Rufus sagen würde. Hinter ihm tanzen ein paar Leute – Freunde, Fremde, wer weiß und wen kümmerts – und diese Energie gibt mir Auftrieb. Wahrscheinlich könnte ich sie Freiheit nennen. Niemand wird morgen über mich urteilen. Niemand wird über diesen unmusikalischen Typen Nachrichten an seine Freunde schicken. Und in diesem Augenblick trifft es mich wie ein Schlag ins Gesicht, wie dumm es war, sich darüber Gedanken zu machen.

Ich habe Zeit verschwendet und Spaß versäumt, weil ich mir über die falschen Dinge Gedanken gemacht habe.

»Hast du einen Song im Kopf?«

»Nö«, sage ich. Es gibt eine Menge Songs, die ich mag: »Vienna« von Billy Joel oder »Tomorrow Tomorrow« von Elliott Smith. »Born to Run« von Bruce Springsteen ist eins von Dads Lieblingsliedern. In all diesen Songs kommen Töne vor, die ich niemals treffen werde, aber das ist es nicht, was mich abhält. Ich will einfach den richtigen Song finden.

Auf der Karte über der Bar ist ein Totenkopf über gekreuzten Knochen abgebildet und es ist irre, dass der Totenkopf lächelt. *Dein letzter Tag zum Lächeln* steht darunter. Die Getränke sind alle alkoholfrei, was auch sinnvoll ist, schließlich ist der Tod keine Entschuldigung, um Alkohol an Minderjährige auszuschenken. Vor ein paar Jahren gab es eine Riesendebatte, ob man es Todgeweihten, die zwar über achtzehn, aber noch nicht einundzwanzig sind, erlauben sollte, alkoholische Getränke zu kaufen. Als Anwälte Statistiken über Jugendliche, die an Alkoholvergiftung und Trunkenheit am Steuer starben, präsentierten, wurde beschlossen, dass alles so bleiben sollte, wie es war – legal. Soweit ich weiß, ist es aber trotzdem ziemlich leicht, an Schnaps und Bier zu kommen. Das war es immer und wird es auch immer bleiben.

»Komm, wir holen uns was zu trinken«, sage ich.

Wir drängen uns durch die Menge und werden von tanzenden Fremden angerempelt, während wir uns einen Weg bahnen. Der DJ ruft einen bärtigen Typen namens David auf. David wälzt sich auf die Bühne und kündigt an, dass er »A Fond Farewell« von Elliott Smith singen wird. Ich weiß nicht, ob er selbst todgeweiht ist oder für einen Freund singt, aber es klingt schön.

Wir erreichen die Bar.

Ich bin nicht in der Stimmung für einen *GrapeYard Cocktail*. Und erst recht nicht für *Death's Spring*.

Lidia bestellt einen *Terminator,* einen rubinroten Cocktail, und bekommt ihn schnell. Sie trinkt einen Schluck und verzieht das Gesicht, als hätte sie eine Handvoll saure Drops gelutscht. »Willst du mal?«

»Nein, danke«, sage ich.

»Ich wünschte, da wär ein bisschen was Hochprozentiges drin«, sagt Lidia. »Ich kann nicht nüchtern bleiben, wenn ich dich verliere.«

Rufus bestellt eine Cola und ich auch.

Sobald wir unsere Getränke haben, hebe ich mein Glas. »Auf unser Lächeln, solange wir es noch haben.« Wir stoßen an und Lidia beißt sich auf die zitternde Unterlippe, während Rufus genau wie ich lächelt.

Rufus steht jetzt so dicht neben mir, dass seine Schulter an meine gedrückt ist. Er spricht mir direkt ins Ohr, weil die Musik und der Jubel so laut sind. »Das ist dein Abend, Mateo. Im Ernst. Heute Morgen hast du deinem Vater vorgesungen, und als ich reingekommen bin, hast du aufgehört. Niemand urteilt über dich. Du hältst dich zurück, dabei musst du dich überwinden.« Dieser David beendet seinen Song und alle klatschen. Es ist kein schwacher Applaus, man könnte eher meinen, da oben wäre ein Rockstar aufgetreten.

»Siehst du? Sie wollen einfach nur, dass du Spaß hast und dich auslebst.«

Ich lächele und beuge mich vor, um ihm ins Ohr zu sprechen. »Aber du musst mit mir singen. Dafür darfst du auch das Lied aussuchen.«

Rufus nickt und lehnt seinen Kopf an meinen. »Okay. ›American Pie.‹ Geht das klar?«

Ich liebe diesen Song. »Das geht klar.«

Ich bitte Lidia, auf unsere Getränke aufzupassen, während Rufus und ich zum DJ gehen, um unseren Wunsch durchzugeben. Bevor wir bei ihm sind, singt ein türkisches Mädchen namens Jasmine »Because the Night« von Patti Smith, und es ist unglaublich, wie jemand so Kleines so eine irre Stimmung auslösen kann. Ein braunhaariges Mädchen mit einem breiten Lächeln – mit dem man bei jemandem, der bald sterben wird, nicht rechnet – wünscht sich ein Lied und tritt dann zur Seite. Als ich DJ LouOw unseren Song nenne, beglückwünscht er mich zu unserer Wahl. Ich wippe ein bisschen zu Jasmines Auftritt und nicke mit dem Kopf, wenn ich das Gefühl habe, es passt. Rufus sieht mir lächelnd zu und ich höre verlegen damit auf.

Dann zucke ich die Schultern und fange wieder damit an. Diesmal mag ich es, dass man mir zusieht.

»Der beste Moment meines Lebens, Rufus«, sage ich. »Den habe ich genau jetzt.«

»Ich auch, Alter. Danke, dass du mich über *Letzte Freunde* kontaktiert hast«, sagt Rufus.

»Danke, dass du der beste letzte Freund bist, den sich ein Eremit wie ich wünschen kann.«

Das braunhaarige Mädchen von vorhin, Becky, wird auf die Bühne gerufen und singt Otis Reddings »Try a Little Tenderness«. Wir sind als Nächstes dran und warten neben den leicht klebrigen Stufen zur Bühne. Als Beckys Song zu Ende geht, packt mich schließlich die Nervosität – die Unmittelbarkeit von allem. Trotzdem bin ich nicht auf den Moment vorbereitet, als DJ LouOw sagt: »Rufus und Matthew auf die Bühne.« Ja, er hat meinen Namen falsch verstanden, genau wie Andrea vom Todesboten vor so vielen Stunden, dass es sich schon anfühlt, als wäre es an einem anderen Tag gewesen – heute habe ich ein ganzes Leben gelebt und dieser Augenblick ist meine Zugabe.

Rufus läuft die Stufen hinauf und ich folge ihm. Becky wünscht mir mit einem herzlichen Lächeln viel Glück. Ich bete, dass sie nicht todgeweiht ist, und wenn doch, dass sie diese Erde ohne Reue verlässt. Rufus zieht zwei Barhocker in die Mitte der Bühne für unseren ziemlich langen Song. Eine gute Idee, denn mir zittern die Knie, als ich über die Bühne gehe, das Scheinwerferlicht in den Augen und ein Summen im Ohr. Ich setze mich neben ihn, und DJ LouOw ruft jemanden, der uns Mikrofone gibt. Auf einmal fühle ich mich ganz mächtig, als hätte mir jemand in einer Schlacht, die meine Armee schon fast verloren hat, Excalibur gereicht.

»American Pie« erklingt und die Menge jubelt, als wäre es unser eigener Song und als wüssten sie, wer wir sind. Rufus drückt meine Hand, dann lässt er los.

»A long long time ago ...«, hebt er an. »I can still remember ...«

»How that music used to make me smile«, stimme ich ein. Meine Augen füllen sich mit Tränen. Mein Gesicht ist warm – nein, heiß. Ich entdecke Lidia, die sich zum Klang der Musik wiegt. Nicht mal ein Traum könnte die Intensität dieses Augenblicks einfangen.

»... This'll be the day that I die ... This'll be the day that I die ...«

Die Stimmung im Raum verändert sich. Nicht nur mein Selbstvertrauen trotz meines falschen Gesangs, nein, auch unsere Worte schaffen eine Verbindung zu den Todgeweihten im Publikum, sie durchdringen ihre Haut und sinken tief in ihre Seele ein, die zwar schwächer wird wie ein erlöschendes Glühwürmchen, aber immer noch sehr präsent ist. Einige Todgeweihte singen mit, und ich bin sicher, wenn hier drin Feuerzeuge erlaubt wären, würden sie sie zücken. Manche weinen, andere lächeln mit geschlossenen Augen, hoffentlich in schöne Erinnerungen versunken.

Acht Minuten lang singen Rufus und ich von »a thorny crown«, »whiskey and rye«, »a generation lost in space«, »Satan's spell«, »a girl who sang the blues«, »the day the music died« und vielem mehr. Das Lied ist zu Ende, ich hole tief Luft und atme den tosenden Applaus ein. Ich atme die Liebe des Publikums ein und das gibt mir so viel Energie, dass ich nach Rufus' Hand fasse, während er sich verbeugt.

Ich ziehe ihn von der Bühne, und sobald wir hinter dem Vorhang stehen, blicke ich ihm in die Augen und er lächelt, als wüsste er, was jetzt kommt. Er täuscht sich nicht.

Ich küsse den Jungen, der mich an dem Tag, an dem wir sterben werden, zum Leben erweckt hat.

»Endlich!«, sagt Rufus, als ich ihm die Gelegenheit gebe, Atem zu holen, und jetzt küsst er mich. »Warum hat das denn so lange gedauert?«

»Ich weiß, ich weiß. Tut mir leid. Ich weiß, dass wir keine Zeit zu verlieren haben, aber ich musste sichergehen, dass du auch der bist, für den ich dich gehalten habe. Das Beste am Sterben ist deine Freundschaft.« Ich hätte nie gedacht, mal jemanden zu finden, zu dem ich solche Worte sagen kann. Sie sind so allgemein, aber absolut persönlich, eine Privatsache, die ich mit jedem teilen möchte, und ich glaube, dass es dieses Gefühl ist, dem wir alle hinterherjagen. »Und selbst wenn ich nicht die Gelegenheit bekommen hätte, dich zu küssen, hast du mir das Leben geschenkt, das ich mir immer gewünscht habe.«

»Und du hast dich um mich gekümmert«, sagt Rufus. »In den letzten Monaten hab ich mich so verdammt verloren gefühlt. Vor allem gestern Nacht. Die ganzen Zweifel und diese Wut in mir waren furchtbar. Aber du hast mich total unterstützt und mir geholfen, wieder zu mir zu finden. Du hast mich echt zu einem besseren Menschen gemacht.«

Ich will ihn gerade wieder küssen, als sich sein Blick von meinem löst und über die Bühne ins Publikum wandert. Er drückt meinen Arm.

Rufus' Lächeln wird breiter. »Da sind die Plutos.«

HOWIE MALDONADO
17:23 Uhr

Bei Howie Maldonado hat der Todesbote um 02:37 Uhr angerufen, um ihm zu sagen, dass er heute sterben wird.

Seine 2,3 Millionen Follower auf Twitter hat das hart getroffen.

Den größten Teil des Tages verbrachte Howie in seinem Hotelzimmer, während ein ganzes Team von bewaffneten Wachleuten vor seiner Tür stand. Dieses Leben hat ihm sein Ruhm beschert, der jedoch nicht verhindern kann, dass er es jetzt verliert. Die einzigen Leute, die sein Hotelzimmer betreten durften, waren seine Anwälte, die Howies Testament aufsetzen wollten, und sein Literaturagent, der eine Unterschrift unter seinem nächsten Vertrag brauchte, bevor Howie den Löffel abgeben würde. Komisch, dass ein Buch, das er nicht geschrieben hat, eine größere Zukunft hat als er selbst. Howie nahm Anrufe von anderen Stars entgegen, von seinem kleinen Cousin, dessen Beliebtheit in der Schule eng mit Howies Erfolg verknüpft ist, von weiteren Anwälten und seinen Eltern.

Howies Eltern leben in Puerto Rico. Als seine Karriere in die Gänge kam, waren sie wieder dorthin zurückgekehrt. Howie wollte unbedingt, dass sie in Los Angeles blieben, wo er jetzt lebt, und bot ihnen an, all ihre Rechnungen zu bezahlen und ihnen auch noch den letzten finanziellen Wunsch zu erfüllen, aber die Liebe seiner Eltern zu San Juan, wo sie sich kennengelernt hatten, war zu groß. Es schmerzt Howie, dass seine Eltern, obwohl sie offensichtlich am Boden zerstört sind, auch ohne ihn zurechtkommen werden. Sie haben sich schon daran gewöhnt, ohne ihn zu leben, sein Leben aus der Ferne zu verfolgen – wie Fans.

Wie Fremde.

Jetzt sitzt Howie mit weiteren Fremden in einem Auto. Mit zwei Frauen von *Infinite Weekly*, die ein letztes Interview mit ihm führen wollen. Er tut das nur den Fans zuliebe. Selbst wenn er noch zehn Jahre gelebt hätte, hätte er nie genug über sich mitteilen können. Sie gieren nach »content«, wie seine Pressesprecher und Manager es nennen. Nach jeder Frisur. Jedem neuen Zeitschriftencover. Jedem Tweet, egal wie viele Zeichen er umfasst.

Howies Tweet gestern Abend war ein Bild von seinem Abendessen.

Seinen letzten Tweet hat er bereits verschickt: *Ich danke euch für dieses Leben.* Angehängt war ein lächelndes Selfie.

»Wen fahren Sie besuchen?«, fragt die ältere Frau. Sandy heißt sie, soweit er weiß. Ja, Sandy. Nicht Sally wie seine allererste Pressesprecherin. Sandy.

»Ist das Teil des Interviews?«, fragt Howie. Bei Gesprächen dieser Art muss er sich kein bisschen auf seine Antworten konzentrieren, deshalb schaut er dabei meistens auf sein Handy und scrollt durch Twitter und Instagram. Aber der gewaltigen Liebe standzuhalten, die auf ihn einströmt und sogar Nachrichten vom Autor der Scorpius-Hawthorne-Reihe beinhaltet, ist heute noch viel weniger möglich als sonst.

»Ja, vielleicht«, sagt Sandy. Sie hält das Aufnahmegerät hoch. »Sie entscheiden.«

Howie wünschte, seine Pressesprecherin wäre hier, um diese Frage abzublocken, aber er hat ihr einen dicken Scheck aufs Hotelzimmer geschickt und sie aufgefordert, sich von ihm fernzuhalten, als hätte er sich mit einem Zombievirus infiziert.

»Weiter«, sagt Howie. Es geht niemanden etwas an, dass er auf dem Weg zu seiner besten Kindheitsfreundin und ersten Liebe Lena ist, die extra aus Arkansas hergeflogen ist, um ihn ein letztes Mal zu sehen. Die Frau, die mehr als eine Freundin für ihn hätte sein können, wenn er nicht im Rampenlicht stünde. Die Frau, die ihm früher so sehr gefehlt hat, dass er überall in der Stadt, auf Telefonzellen und Café-Tische, ihren Namen hinschrieb, ohne zu unterschreiben. Die Frau, die das ruhige Leben liebt, das ihr Ehemann ihr bietet.

»Gut«, sagt Sandy. »Auf welche Leistung sind Sie besonders stolz?«

»Auf meine Kunst.« Howie unterdrückt ein Augenrollen. Die andere Frau, Delilah, deren Haare an Polarlichter erinnern, sieht ihn an, als könnte sie diesen ganzen Mist durchschauen.

»Was glauben Sie, wo Sie ohne die Rolle von Draconian Marsh jetzt wären?«, fragt Sandy.

»Wortwörtlich? Bei meinen Eltern in San Juan. Beruflich ... Wer weiß.«

»Jetzt kommt eine bessere Frage«, mischt Delilah sich ein. Sandy ist sauer, aber Delilah lässt sie nicht zu Wort kommen. »Was bereuen Sie?«

»Bitte entschuldigen Sie meine Mitarbeiterin«, sagt Sandy. »Sie ist hiermit gefeuert und steigt an der nächsten roten Ampel aus.«

Howie wendet sich an Delilah. »Ich habe alles, was ich getan habe, gern getan. Aber ich weiß nicht, wer ich bin, außer der Stimme eines Twitter-Accounts und dem bösen Gesicht aus dem Merchandising.«

»Was hätten Sie anders gemacht?«, fragt Delilah.

»Wahrscheinlich hätte ich diesen miesen Teeniefilm nicht gedreht.« Howie lächelt, überrascht von seinem eigenen Humor an diesem allerletzten Tag seines Lebens. »Ich hätte nur das gemacht, was mir viel bedeutet. Zum Beispiel die Scorpius-Filme. Diese Verfilmungen waren einzigartig. Aber ich hätte das Vermögen, das ich damit verdient habe, dazu nutzen sollen, Zeit mit den Menschen zu verbringen, die mir am Herzen liegen. Familie und Freunde. Doch ich war damit beschäftigt, mich neu zu erfinden, um andere Rollen zu bekommen und nicht immer der böse Zauberjunge zu sein. Verdammte Scheiße, ich bin in New York, um mich mit einer Verlegerin wegen eines weiteren Buches zu treffen, das ich nicht geschrieben habe.«

Delilah wirft einen Blick auf das unsignierte Exemplar von Howies Buch, das zwischen ihr und ihrer Chefin liegt.

Oder ihrer Exchefin. Das ist nicht ganz klar.

»Was hätte Sie glücklich gemacht?«, fragt Delilah.

Howie muss augenblicklich an die Liebe denken und das überrascht ihn wie ein Blitz aus heiterem Himmel. Er hat sich nie einsam gefühlt, weil er jederzeit ins Internet gehen konnte und mit Nachrichten überschüttet wurde. Aber die Zuneigung von Millionen und die Vertrautheit mit einem ganz besonderen Menschen sind zwei völlig verschiedene Dinge.

»Mein Leben ist ein zweischneidiges Schwert«, sagt Howie. Er spricht nicht von seinem Leben, als wäre es bereits vorbei, wie andere mutlose Todgeweihte es tun. »Ich bin an diesem Punkt, weil mein Leben so schnell verlief. Wenn ich nicht so erfolgreich gewesen wäre, würde ich vielleicht jemanden lieben, der diese Liebe erwidert. Vielleicht wäre ich ein echter Sohn und nicht jemand, der dachte, ein Bankkonto wäre schon genug. Ich hätte mir Zeit nehmen können, um Spanisch zu lernen, damit ich mich mit meiner Großmutter unterhalten kann, ohne dass meine Mutter das Gespräch übersetzen muss.«

»Wenn Sie keinen Erfolg gehabt hätten und stattdessen all diese Dinge, hätte Ihnen das genügt?«, fragt Delilah. Sie sitzt auf der Kante der Rückbank. Auch Sandy hört aufmerksam zu.

»Ich denke schon ...«

Howie verstummt, als Delilah und Sandy plötzlich die Augen aufreißen.

Das Auto gerät ins Schleudern und Howie schließt die Augen. In seiner Brust verspürt er ein flaues Gefühl wie in der Achterbahn, wenn der Wagen höher und höher kriecht, bis es nicht mehr weitergeht, und dann wahnsinnig schnell hinabstürzt. Nur weiß Howie, dass er heute nicht sicher ist.

DIE NAMENLOSE GANG
17:36 Uhr

Bei dieser Jungsgang hat der Todesbote heute nicht angerufen, und deshalb leben sie, als wären sie unsterblich, solange sie am Leben sind. Sie rennen durch die Straßen, ohne sich um den Verkehr zu kümmern, als wären sie unbesiegbar für rasende Autos und absolut unantastbar für das Gesetz. Zwei Jungen lachen, als ein Auto mit einem anderen zusammenstößt, ins Schleudern gerät und gegen eine Mauer kracht. Der dritte ist zu sehr darauf bedacht, sein Ziel zu erreichen und die Waffe aus dem Rucksack zu holen.

DELILAH GREY
17:37 Uhr

Delilah lebt noch. Sie muss Howie nicht den Puls fühlen, um zu wissen, dass er es nicht mehr tut. Sie hat gesehen, wie sein Schädel gegen die gepanzerte Scheibe geknallt ist, hat das grausige Knacken gehört, das sie nie wieder aus dem Kopf bekommen wird ...

Ihr Herz hämmert. An einem einzigen Tag, demselben Tag, an dem sie einen Anruf bekam, der sie darüber informierte, dass sie heute sterben wird, hat Delilah nicht nur eine Explosion neben einer Buchhandlung überlebt, sondern auch einen Autounfall, der von drei durch die Straßen rennenden Jungen verursacht wurde.

Wenn der Tod sie wollte, hätte er schon zwei Chancen gehabt.

Delilah und der Tod werden sich heute nicht begegnen.

RUFUS
17:39 Uhr

Ich würde gern weiter Mateos Hand halten, aber ich muss meine Kumpels umarmen. Ich dränge mich durch die Menge, schiebe Todgeweihte und andere zur Seite, um zu den Plutos zu gelangen. Wir drücken alle die Pausentaste und dann im selben Augenblick auf Play – wie vier Autos, die an einer grünen Ampel losfahren. Wir schlingen die Arme umeinander, vier Plutos, die in eine Plutosonnensystem-Umarmung fallen, nach der ich mich seit über fünfzehn Stunden sehne, seit ich von meiner eigenen verdammten Trauerfeier abgehauen bin.

»Ich liebe euch«, sage ich. Keiner reißt einen Schwulenwitz. Darüber sind wir hinaus. Sie sollten eigentlich nicht hier sein, aber heute geht es darum, etwas zu riskieren, und ich bin bereit. »Du riechst gar nicht nach Knast, Tagoe.«

»Du solltest mein neues Tattoo sehen«, sagt Tagoe. »Das war voll krass im Knast!«

»Es war überhaupt nicht krass«, sagt Malcolm.

»Ihr seid echt das Gegenteil von krass«, sage ich.

»Nicht mal Hausarrest haben sie gekriegt«, sagt Aimee. »Echt eine Schande.«

Wir lösen uns, bleiben aber dicht beieinander stehen, als würde die Menge uns zwingen, uns aneinanderzupressen. Alle schauen mich an. Tagoe sieht aus, als wollte er mich tätscheln. Malcolm sieht aus, als hätte er ein Gespenst vor sich. Aimee sieht aus, als hätte sie gern noch eine Umarmung. Ich lasse mich nicht von Tagoe behandeln wie ein Hund oder mache »Buh!« in Malcolms Richtung, aber ich nehme Aimee noch mal in den Arm und drücke sie fest an mich.

»Tut mir leid, Ames«, sage ich. Ich wusste gar nicht, dass das so ist, bis ich ihr Gesicht gesehen habe. »Ich hätte dich nicht so abwürgen sollen. Nicht an einem verdammten Abschiedstag.«

»Mir tut es auch leid«, sagt Aimee. »Mir ist nur eine Seite wirklich wichtig, und es tut mir leid, dass ich versucht habe, beide auszuspielen. Wir hatten längst nicht so viel Zeit, wie wir haben sollten, aber du wirst mir immer wichtig sein. Auch wenn du ...«

»Danke, dass du das sagst.«

»Tut mir leid, dass ich etwas so Offensichtliches aussprechen musste«, sagt Aimee.

»Alles gut«, entgegne ich.

Ich weiß, dass ich Mateo geholfen habe, sein Leben zu leben, aber er hat mir auch geholfen, meins wieder in Form zu bringen. Ich möchte als der, der ich jetzt gerade bin, in Erinnerung bleiben, und nicht für den megadämlichen Fehler, den ich gemacht habe. Ich drehe mich zu Mateo und Lidia um, die Schulter an Schulter stehen, und ziehe Mateo am Ellbogen näher.

»Das ist mein letzter Freund Mateo«, sage ich. »Und das ist Lidia, seine Nummer eins.«

Die Plutos schütteln Mateo und Lidia die Hand. Sonnensysteme kollidieren.

»Habt ihr Angst?«, fragt Aimee uns beide.

Ich nehme Mateos Hand und nicke. »Das Spiel ist bald aus, aber vorerst haben wir gewonnen.«

»Danke, dass du dich um unseren Kumpel gekümmert hast«, sagt Malcolm.

»Ihr seid beide Ehrenplutos«, sagt Tagoe. An Malcolm

und Aimee gewandt, fügt er hinzu: »Wir sollten uns Buttons machen lassen.«

Ich erzähle den Plutos haarklein von meinem Abschiedstag und erkläre ihnen, wie die Farbe in mein Instagram-Profil gekommen ist.

»Elastic Heart« von Sia geht zu Ende. »Sollten wir nicht eigentlich dort sein?« Aimee zeigt mit dem Kinn auf die Tanzfläche.

»Also los«, sagt Mateo und kommt mir damit zuvor.

MATEO
17:48 Uhr

Ich nehme Rufus' Hand und ziehe ihn auf die Tanzfläche, als gerade ein junger Schwarzer namens Chris auf die Bühne geht. Chris sagt, er werde einen eigenen Song mit dem Titel »The End« performen. Er rappt über letzte Abschiede, Albträume, aus denen wir aufwachen möchten, und die unausweichliche Bedrohung durch den Tod. Wenn ich nicht mit Rufus und unseren besten Freunden hier wäre, wäre ich jetzt deprimiert. Aber stattdessen tanzen wir alle, was ich nie von mir gedacht hätte – nicht nur dass ich tanze, sondern auch noch mit jemandem, der mich dazu bringt zu leben.

Der Rhythmus pulsiert durch mich hindurch und ich wippe wie die anderen mit dem Kopf und wackele mit den Schultern. Rufus tanzt einen Pseudo-Harlem-Shake, um mich zu beeindrucken oder zum Lachen zu bringen, und er erreicht beides, vor allem weil sein Selbstvertrauen ihn auf wunderbare Weise zum Strahlen bringt. Wir rücken näher aufeinander zu, unsere Hände immer noch neben uns oder in der Luft, tanzen aber dicht an dicht. Nicht immer synchron, aber was solls. Wir drücken uns aneinander, auch als immer mehr Leute auf die Tanzfläche strömen. Gestern hätte Mateo das beengend gefunden, aber jetzt? Ich will nie wieder hier weg.

Der Song verändert sich und wird plötzlich total schnell, aber Rufus hält mich fest und legt mir eine Hand auf die Hüfte. »Tanz mit mir.«

Ich dachte eigentlich, wir würden schon miteinander tanzen. »Mach ich was falsch?«

»Du bist großartig. Ich meinte einen langsamen Tanz.«

Der Rhythmus ist noch schneller geworden, aber wir legen uns die Hände an Schulter und Taille. Meine Finger vergraben sich in ihm, es ist das erste Mal, dass ich jemanden so berühre. Wir bewegen uns ganz langsam, und trotz allem, was ich heute erlebt habe, ist es unheimlich schwer, Rufus anzusehen, ohne den Blick abzuwenden. Es ist sicher der intensivste intime Moment, den ich je erlebt habe. Er beugt sich zu meinem Ohr und katapultiert mich in einen seltsamen Zustand, in dem ich erleichtert bin, nicht länger seinem Blick ausgesetzt zu sein, gleichzeitig aber seine Augen vermisse und die Art, wie er mich ansieht, als wäre ich gut, so wie ich bin. Rufus sagt: »Ich wünschte, wir hätten mehr Zeit ... Ich möchte mit dem Fahrrad durch leere Straßen fahren, hundert Dollar in einer Spielhalle ausgeben und mit der Fähre nach Staten Island fahren, nur um dir mein Lieblings-Slush zu kaufen.«

Ich flüstere ihm ins Ohr: »Ich will zum Jones Beach fahren, mit dir in die Wellen rennen und mit unseren Freunden im Regen spielen. Aber ich will auch ruhige Abende, an denen wir über Blödsinn reden, während wir schlechte Filme schauen.« Ich will, dass wir eine gemeinsame Geschichte haben, länger als das kleine Zeitfenster, das wir in Wirklichkeit teilen, und eine längere Zukunft, aber der allgegenwärtige Tod hier im Raum lastet schwer auf mir. Ich lehne meine Stirn gegen seine, wir sind beide verschwitzt. »Ich muss mit Lidia reden.« Nach einem weiteren Kuss drängen wir uns durch die Menge. Rufus hält meine Hand und folgt mir durch die Gasse, die ich bahne.

Lidia sieht uns Händchen halten, bevor Rufus loslässt

und ich ihre Hand nehme und sie zu den Toiletten ziehe, wo es etwas leiser ist. »Bitte, schlag mich nicht«, sage ich, »aber ich bin wohl in Rufus verknallt und er in mich, und es tut mir leid, dass ich dir nie erzählt habe, dass ich mich in einen wie Rufus verknallen könnte. Ich dachte, ich würde mehr Zeit haben, mich so zu akzeptieren, wie ich bin, auch wenn ich es nie für falsch oder abstoßend gehalten habe. Ich glaube, ich habe auf einen Grund gewartet – irgendwas Schönes und Wunderbares, das zur Erklärung dazugehört. Und das ist Rufus.«

Lidia hebt die Hand. »Ich möchte dich trotzdem schlagen, Mateo Torrez.« Stattdessen schlingt sie die Arme um mich. »Ich kenne diesen Rufus nicht und bin nicht sicher, wie gut du ihn nach nur einem Tag kennst, aber …«

»Ich kenne nicht jede Einzelheit aus seiner Vergangenheit. Aber was er mir an einem Tag gegeben hat, ist sicher mehr, als ich je verdient hätte. Ich weiß nicht, ob das irgendeinen Sinn ergibt.«

»Was soll ich nur ohne dich machen?«

Diese unheilvolle Frage ist der Grund, warum ich nicht wollte, dass jemand von meinem Tod erfährt. Es gibt Fragen, die ich nicht beantworten kann. Ich kann dir nicht sagen, wie du ohne mich überleben sollst. Ich kann dir nicht sagen, wie du um mich trauern sollst. Ich kann dich nicht davon überzeugen, keine Schuldgefühle zu haben, wenn du meinen Todestag vergisst oder wenn du feststellst, dass Tage, Wochen oder Monate vergangen sind, ohne dass du an mich gedacht hast.

Ich will einfach nur, dass du lebst.

An Gummibändern an der Wand hängen Textmarker in vielen Farben, die meisten sind schon ausgetrocknet. Ich finde einen dicken orangefarbenen Marker, der noch funktioniert, stelle mich auf die Zehenspitzen, um an eine freie Stelle zu kommen, und schreibe: *MATEO WAR HIER UND LIDIA WAR WIE IMMER BEI IHM.*

Ich umarme Lidia. »Versprich mir, dass es dir gut gehen wird.«

»Das wäre eine Riesenlüge.«

»Bitte, lüg mich an«, sage ich. »Los, sag mir, dass du nach vorn schaust. Penny braucht dich zu hundert Prozent, und ich muss wissen, dass du stark genug bist, dich um die zukünftige Weltherrscherin zu kümmern.«

»Scheiß drauf, ich kann nicht ...«

»Da stimmt irgendwas nicht«, unterbreche ich sie. Mein Herz hämmert. Aimee steht zwischen Rufus und den Plutos auf der einen Seite und drei Typen, die über sie hinwegbrüllen, auf der anderen. Lidia packt meine Hand, als versuchte sie mich zurückzuhalten, um mir das Leben zu retten, bevor ich in die Sache verwickelt werde. Sie hat Angst davor, mit ansehen zu müssen, wie ich sterbe, und ich auch. Der kleinere Typ mit dem lädierten Gesicht holt eine Waffe heraus – wer könnte Rufus so umbringen wollen?

Der Typ, den er zusammengeschlagen hat.

Alle bemerken die Waffe und in dem Club bricht Chaos aus. Ich laufe auf Rufus zu und werde von Besuchern angerempelt, die in Richtung Tür stürmen. Ich werde umgerannt, die Leute trampeln über mich hinweg, und so werde ich sterben, einen Moment bevor Rufus erschossen wird, vielleicht sogar im selben Moment. Lidia brüllt alle an, stehen zu bleiben und zurückzutreten, dann hilft sie mir auf. Bisher sind keine Schüsse gefallen, aber alle drängen an den Rand. Es ist unmöglich, gegen die Menschenmenge anzukommen, ich komme nicht zu Rufus durch und werde ihn nicht mehr berühren können, bevor er stirbt.

RUFUS
17:59 Uhr

Ich will auf Aimee losgehen, weil ich glaube, dass sie ihn hierhergelotst hat, aber sie steht zwischen mir und seiner Knarre. Auch wenn sie heute nicht sterben wird, schützt sie das nicht vor Kugeln. Keine Ahnung, wie Peck mich mit seinen Kumpels und einer Knarre hier gefunden hat, aber das wars dann wohl für mich.

Ich darf keine Dummheit machen. Ich darf kein Held sein.

Ich will mich nicht damit abfinden – hätte jemand eine Waffe auf mich gerichtet, bevor ich Mateo getroffen und meine Plutos zurückbekommen habe, hätte ich vielleicht gedacht, hey, was solls, drück schon ab. Aber mein Leben ist inzwischen deutlich cooler geworden.

»Jetzt sagst du nichts mehr, was?«, fragt Peck. Seine Hand zittert.

»Tu's nicht. *Bitte.*« Aimee schüttelt den Kopf. »Damit ruinierst du doch auch dein eigenes Leben.«

»Du bettelst für ihn, was? Ich bin dir doch scheißegal.«

»Wenn du das tust, bist du mir wirklich scheißegal.«

Das sagt sie hoffentlich nicht nur, um ihn zu beruhigen, denn wenn die beiden tatsächlich zusammenbleiben, werde ich sie später gnadenlos heimsuchen. Ich überlege einen Moment, mich kurz hinter Malcolm zu verstecken und dann auf Peck loszugehen, aber das wird mich nicht weit bringen.

Mateo.

Er taucht hinter Peck auf und ich schüttele den Kopf, was Peck bemerkt. Er dreht sich um und ich stürze mich auf ihn, weil Mateos Leben bedroht ist. Mateo boxt Peck ins Gesicht, was echt unglaublich ist, und Peck geht zwar nicht zu Boden oder so, aber jetzt haben wir eine Chance. Pecks Kumpel holt nach Mateo aus und ist kurz davor, ihm den Kopf von den Schultern zu schlagen, aber im letzten Augenblick hält er inne, als würde er ihn erkennen – ich weiß nicht, aber schließlich tritt Mateo einen Schritt zurück. Peck stürzt sich auf Mateo, und ich renne auf ihn zu, aber Mateo ist schneller und donnert wie ein Zug in Peck und seinen Kumpel, schiebt sie durch den Raum, wobei die Knarre zu Boden fällt, und dann klatscht er die beiden gegen die Wand.

Wir haben Glück, die Knarre geht nicht los.

Pecks anderer Kumpel läuft auf die Waffe zu, aber ich trete ihm ins Gesicht, als er sich danach bückt, und Tagoe springt ihm auf den Rücken. Ich schnappe mir die Knarre. Jetzt könnte ich Peck ein für alle Mal das Licht auspusten, um Aimee vor ihm zu schützen. Ich richte die Waffe auf ihn, während Malcolm zur Seite geht. Mateo sieht mich an wie heute Morgen, als ich ihn eingeholt habe, nachdem er weggelaufen war. Als wäre ich gefährlich.

Ich feuere die Waffe ab.

Alle Kugeln landen in der Wand.

Ich packe Mateo und wir hauen ab, denn Peck und seine Kumpels sind hier, um zu töten, und wir sind diejenigen, die wohl am ehesten ein Messer in den Hals oder Kugeln in den Kopf kriegen werden.

Der Tag heute versaut mir echt alle Abschiedsversuche.

DALMA YOUNG
18:20 Uhr

Bei Dalma Young hat der Todesbote nicht angerufen, weil sie heute nicht sterben wird, aber wenn es so gewesen wäre, hätte sie den Tag mit ihrer Halbschwester verbracht und vielleicht auch mit einem letzten Freund – immerhin hat sie die entsprechende App entworfen.

»Du willst bestimmt nicht für mich arbeiten«, sagt Dalma, während sie Arm in Arm mit ihrer Halbschwester die Straße überquert. »Nicht mal ich selbst will das. Dieser Job ist inzwischen so richtig jobmäßig.«

»Aber dieses Praktikum ist total dämlich«, sagt Dahlia. »Wenn ich schon so viel im Computerbereich arbeite, könnte ich auch das Dreifache von dem verdienen, was ich jetzt kriege.« Dahlia ist die ungeduldigste Zwanzigjährige in ganz New York. Sie weigert sich, es ein bisschen ruhiger angehen zu lassen, und will immer gleich in die nächste Lebensphase starten. Als sie anfing, mit ihrer letzten Freundin zu gehen, sprach sie schon nach einer Woche vom Heiraten. Und jetzt will sie, dass ihr Computerpraktikum zu einem Job bei *Letzte Freunde* wird. »Na ja, egal. Wie sind deine Treffen gelaufen? Hast du Mark Zuckerberg kennengelernt?«

»Die Treffen waren echt gut«, sagt Dalma. »Twitter wird die Anwendung vielleicht schon nächsten Monat anbieten. Bei Facebook wird es wohl noch etwas länger dauern.«

Dalma ist in der Stadt, um sich mit den Entwicklern von Twitter und Facebook zu treffen. Heute Morgen hat sie eine neue Anwendung namens *Letzte Nachricht* vorgestellt, mit der Nutzer ihre letzten Tweets oder Status so aufbereiten können, dass ihr Onlinevermächtnis etwas bedeutsamer ist als ihre Meinung zu einem angesagten Film oder irgendein virales Video vom Hund eines anderen.

»Was wäre deine letzte Nachricht?«, fragt Dahlia. »Ich würde mich wahrscheinlich für dieses Zitat aus *Moulin Rouge* entscheiden, dass es das Großartigste im Leben ist, zu lieben und geliebt zu werden und blablablubb.«

»Ja, dieses Zitat scheints dir wirklich angetan zu haben, Schwesterherz«, sagt Dalma.

Natürlich hat Dalma über diese Frage schon nachgedacht. Die *Letzte Freunde*-App war in den beiden vergangenen Jahren seit ihrem Prototyp eine unglaubliche Sache, aber dass letzten Sommer durch die App elf Serienmorde verübt wurden, ist absolut entsetzlich. Dalma wollte die App schon verkaufen, um sich das Blut von den Händen zu waschen. Aber es gab so viele Augenblicke, in denen die App auch Gutes getan hat. Heute Nachmittag hat Dalma in der U-Bahn ein Gespräch zwischen zwei jungen Frauen mit angehört, die sich anlächelten, und eine sagte, sie sei so dankbar, dass sie sich bei *Letzte Freunde* angemeldet habe. Dabei hat Dalma auch erfahren, dass die andere die App so toll findet, dass sie Tags in der ganzen Stadt verteilt, um sie bekannt zu machen.

Ihre App.

Bevor Dalma antworten kann, rennen zwei Jugendliche an ihr vorbei. Der eine mit kurz geschorenen Haaren und brauner Hautfarbe, die einen Hauch heller ist als ihre, und der andere mit Brille, volleren braunen Haaren und leicht gebräunter Haut wie Dahlia. Der Erste stolpert, woraufhin der andere ihm aufhilft, dann laufen sie weiter. Dalma fragt sich, ob die beiden ebenfalls Halbgeschwister mit einer gemeinsamen Mutter sind. Oder vielleicht sind sie schon ihr

Leben lang befreundet, haben dauernd Unsinn im Kopf und helfen sich ständig gegenseitig auf.

Vielleicht haben sie sich auch gerade erst kennengelernt.

Dalma sieht den beiden hinterher. »Meine letzte Nachricht wäre, dass man sich mit seinen Lieben zusammentun soll. Und jeden Tag lebt wie ein ganzes Leben.«

MATEO
18:24 Uhr

Wir sind aus der Gefahrenzone raus und lassen uns an eine Wand sinken wie vorhin, als ich zusammengebrochen bin, nachdem ich bei Lidia weggerannt war. Ich möchte irgendwo sein, wo wir in Sicherheit sind, in einem abgeschlossenen Raum, nicht hier draußen, wo man Rufus finden könnte. Rufus hält meine Hand, legt mir den Arm um die Schulter und zieht mich an sich.

»Respekt, wie du Peck eine reingehauen hast«, sagt er.

»Das war das erste Mal, dass ich jemanden geschlagen habe«, sage ich. Ich bin immer noch ganz erschrocken über die vielen ersten Male – vor Publikum singen, Rufus küssen, tanzen, jemanden schlagen, Schüsse aus nächster Nähe hören.

»Du solltest nicht unbedingt jemand schlagen, der eine Knarre in der Hand hält«, sagt Rufus. »Du hättest draufgehen können.«

Ich sehe auf die Straße und ringe nach Atem. »Hast du was daran auszusetzen, wie ich dir das Leben gerettet habe?«

»Möglicherweise hätte ich mich umgedreht und du wärst tot gewesen. Auf so was kann ich gut verzichten.«

Ich bedaure nichts. Ich spule in Gedanken noch mal die Zeit zurück und stelle mir vor, ich wäre etwas langsamer gewesen, vielleicht gestolpert, hätte wertvolle Sekunden verloren – und auch meinen wertvollen Freund, dessen schönes Herz von Kugeln durchsiebt worden wäre.

Beinahe hätte ich Rufus verloren. Uns bleiben keine

sechs Stunden mehr, und wenn er zuerst geht, werde ich ein Zombie sein, der sich mehr als bewusst ist, dass sein Kopf auf dem Schafott liegt. Mit der Beziehung, die ich zu Rufus habe, hätte ich nicht gerechnet, als ich ihn heute Morgen gegen drei Uhr kennengelernt habe.

Dieser Tag ist unglaublich wertvoll und gleichzeitig absolut unvorstellbar.

Ich breche in Tränen aus und kann nicht aufhören zu weinen. Endlich weine ich, weil ich mir noch mehr Tage wünsche.

»Ich vermisse alle«, sage ich. »Lidia. Die Plutos.«

»Ich auch«, sagt Rufus. »Aber wir dürfen ihr Leben nicht noch einmal in Gefahr bringen.«

Ich nicke. »Diese ganze Anspannung macht mich fertig. Ich ertrage es nicht, hier draußen zu sein.« Meine Brust wird ganz eng. Es ist ein Riesenunterschied, furchtlos zu leben, wie ich es am Ende getan habe, oder zu wissen, dass man etwas zu befürchten hat, wenn man da draußen lebt. »Kannst du mich noch leiden, wenn ich jetzt nach Hause will? Ich will mich in meinem Bett verkriechen, wo ich in Sicherheit bin, und möchte, dass du mitkommst, diesmal auch nach drinnen. Ich weiß, dass ich mich mein Leben lang dort versteckt habe, aber ich habe trotzdem mein Bestes gegeben, um zu leben, und möchte diesen Ort mit dir teilen.«

Rufus drückt meine Hand. »Nimm mich mit nach Hause, Mateo.«

DIE PLUTOS
18:33 Uhr

Bei diesen drei Plutos hat der Todesbote nicht angerufen, weil sie heute nicht sterben werden, aber der vierte hat den Anruf sehr wohl erhalten und das ist entsetzlich genug. Die Plutos wären beinahe Zeuge geworden, wie ihr bester Freund Rufus starb, als eine Waffe auf ihn gerichtet wurde. Aber dann erschien Rufus' letzter Freund wie ein Superheld aus dem Nichts, boxte Peck ins Gesicht und rettete Rufus das Leben – noch für eine Weile zumindest. Die Plutos wissen, dass Rufus diesen Tag nicht überleben wird, aber sie haben ihn wenigstens nicht durch eine Gewalttat von jemandem verloren, der es auf ihn abgesehen hatte.

Jetzt stehen die Plutos auf dem Bürgersteig vor *Clint's Graveyard*, während ein Polizeiauto davonrast und die namenlose Gang mitnimmt.

Die beiden Jungen jubeln und hoffen, dass die Gang mehr Zeit hinter Gittern verbringen muss als sie selbst heute.

Das Mädchen bereut ihre Rolle in dieser ganzen Angelegenheit. Aber sie ist froh, dass nicht ihr unsicherer, eifersüchtiger Freund den tödlichen Schuss abgegeben hat. Ihr Exfreund.

Auch wenn sie selbst nicht dem Tod entgegensehen, wird sich morgen alles für die Plutos verändern. Sie werden einen Neuanfang machen müssen, etwas, woran sie bereits gewöhnt sind. Sie haben schon mehr davon hinter sich als andere Jugendliche in ihrem Alter. Der Tod ihres Freundes wird sie für immer begleiten, egal wie er ablaufen wird.

Nicht das ganze Leben ist eine Lektion, aber ohne Lektionen geht es nicht im Leben.

Man wird zwar in eine Familie hineingeboren, aber man findet Freundschaften. Bei manchen wird man feststellen, dass man sie besser hinter sich lässt. Andere sind jedes Risiko wert.

Die drei Freunde umarmen sich. Ein Planet in ihrem Plutosonnensystem fehlt – er wird aber immer unvergessen sein.

RUFUS
19:17 Uhr

Wir kommen an der Stelle vorbei, wo Mateo heute Morgen diesen Vogel beerdigt hat, als ich noch ein Fremder auf einem Fahrrad war. Es wäre kein Wunder, wenn wir jetzt voll ausrasten würden, weil wir bald verfault sein werden wie altes Fleisch, aber ich reiße mich vor Mateo zusammen und er scheint auch cool zu bleiben.

Mateo geht vor mir her ins Haus. »Wenn du sonst nichts mehr machen willst, Roof, könnten wir vielleicht meinen Vater noch mal besuchen.«

»Hast du mich gerade ›Roof‹ genannt, Alter?«

Mateo nickt und verzieht leicht das Gesicht, als hätte er ’nen schlechten Witz erzählt. »Ich hab gedacht, ich probiers mal aus. Ist das okay?«

»Absolut okay«, sage ich. »Den Plan find ich auch gut. Aber lass uns ruhig ein bisschen ausruhen, bevor wir wieder losziehen.« Ein Teil von mir fragt sich unwillkürlich, ob Mateo mich mit nach Hause nimmt, damit wir miteinander schlafen können, aber es ist wohl eher unwahrscheinlich, dass er an Sex denkt.

Mateo will gerade auf den Aufzugknopf drücken, als ihm wieder einfällt, dass wir das nicht tun sollten, vor allem nicht so spät am Tag. Er zieht die Tür zum Treppenhaus auf und geht vorsichtig hinauf. Das Schweigen zwischen uns wird immer schwerer, Schritt für Schritt. Ich wünschte, ich könnte ihn zu einem Wettrennen zu seiner Wohnung herausfordern, so wie er sich das am Jones Beach vorgestellt hat, aber das wäre ein todsicherer Weg, nicht mehr in der Wohnung anzukommen.

»Ich vermisse ...« Im dritten Stock bleibt Mateo stehen. Ich rechne damit, dass er von seinem Alten spricht oder von Lidia. »Ich vermisse die Zeit, als ich noch so jung war, dass ich keine Angst vor dem Tod hatte. Ich vermisse sogar, wie ich mich gestern gefühlt habe, als ich völlig paranoid war und noch überhaupt nicht am Sterben.«

Ich umarme ihn, denn das sagt alles, während ich eigentlich nichts zu sagen habe. Er erwidert meine Umarmung, bevor wir die letzten Stufen hinaufsteigen.

Mateo schließt die Wohnungstür auf. »Ich kann nicht glauben, dass ich zum ersten Mal einen Jungen mit nach Hause bringe und niemand hier ist, den ich dir vorstellen kann.«

Wäre es nicht irre, wenn wir reingehen und sein Alter auf dem Sofa auf ihn warten würde?

Wir gehen rein und außer uns ist niemand da.

Hoffentlich.

Ich sehe mich im Wohnzimmer um. Ehrlich gesagt bin ich leicht nervös, ob vielleicht ein alter Freund der Familie, der zum Feind geworden ist, plötzlich auftaucht, weil er dachte, jetzt, wo Mateos Alter im Koma liegt, wäre die Wohnung ungeschützt. Aber alles scheint in Ordnung zu sein. Ich schaue mir Mateos Klassenfotos an. Auf einer Menge Fotos trägt er keine Brille.

»Seit wann hast du die Brille?«, frage ich.

»Seit der Vierten. Ich hatte Glück, sie haben mich nur eine Woche lang gehänselt.« Mateo betrachtet sein Abschlussfoto mit Hut und Umhang. Er sieht aus, als würde er in einen Spiegel schauen und dort sich selbst in einer Science-Fiction-Version aus irgendeinem Paralleluniversum erblicken. Ich sollte es mit der Kamera festhalten, denn es sieht toll aus, aber als ich sein Gesicht sehe, will ich ihn am liebsten schon wieder umarmen. »Mein Vater war bestimmt enttäuscht, dass ich mich für ein Onlinestudium eingeschrieben habe. Er war so stolz auf mich, als ich mit der Schule fertig war, und ich bin sicher, er hat gehofft, ich würde es mir noch anders überlegen, mich vom Internet verabschieden und die klassische Uni-Laufbahn wählen.«

»Du wirst ihm nachher von allem erzählen können, was du heute gemacht hast«, sage ich. Wir werden nicht lange hierbleiben. Mateo bedeutet es viel, seinen Alten noch mal zu besuchen.

Mateo nickt. »Komm mit.«

Wir gehen den kurzen Flur entlang in sein Zimmer.

»Hier hast du dich also vor mir versteckt«, sage ich. Überall auf dem Boden liegen Bücher, als wäre jemand eingebrochen. Mateo wirkt nicht beunruhigt.

»Ich habe mich nicht vor *dir* versteckt.« Mateo bückt sich und legt die Bücher auf Stapel. »Ich hatte vorhin eine Panikattacke. Ich will nicht, dass mein Vater bei seiner Rückkehr nach Hause erfährt, dass ich Angst hatte. Er soll glauben, dass ich die ganze Zeit stark war.«

Ich gehe auf die Knie und hebe ein Buch auf. »Sind die irgendwie geordnet?«

»Nicht mehr«, sagt Mateo.

Wir stellen die Bücher zurück ins Regal und räumen noch weiteren Kram vom Boden auf.

»Mir gefällt der Gedanke, dass du Angst hattest, auch nicht.«

»Es war gar nicht so schlimm. Mach dir keine Sorgen um mein altes Ich.«

Ich schaue mich in seinem Zimmer um. Da sind eine

Xbox Infinity, ein Klavier, Lautsprecher, Teile einer Landkarte, die ich für ihn vom Boden aufhebe. Ich streiche sie mit der Faust glatt und denke an all die coolen Orte, wo Mateo und ich zusammen waren, als ich zwischen der Kommode und dem Bett eine Luigi-Mütze entdecke. Ich schnappe sie mir und Mateo grinst, als ich sie ihm aufsetze.

»Da ist der Typ, der mich heute Morgen angehauen hat«, sage ich.

»Luigi?«, fragt Mateo.

Ich lache und hole das Handy raus. Er lächelt nicht für die Kamera, sondern lächelt mich einfach an. So gut habe ich mich nicht mehr gefühlt, seit ich mit Aimee zusammen war.

»Los, Alter, Fotosession. Hüpf mal ein bisschen auf dem Bett rum oder so.«

Mateo läuft zum Bett und springt kopfüber darauf. Er steht auf und hüpft und hüpft, wobei er sich kurz nach dem Fenster umdreht, als könnte ihn ein verrückter Sprungunfall wie ein Katapult hindurchschleudern.

Ich mache endlos Fotos von diesem unglaublichen Mateo, der nicht wiederzuerkennen ist.

MATEO
19:34 Uhr

Ich gehe total aus mir heraus und Rufus findet es toll. Genau wie ich.

Dann höre ich auf zu hüpfen und bleibe auf der Bettkante sitzen, um Atem zu holen. Rufus setzt sich neben mich und nimmt meine Hand. »Ich werde etwas für dich singen«, sage ich. Eigentlich will ich seine Hand nicht loslassen, aber ich nehme mir vor, meine beiden Hände jetzt gut zu nutzen.

Ich setze mich vor mein Keyboard. »Mach dich bereit. Das ist ein absolut einmaliger Auftritt.« Ich werfe einen Blick über die Schulter. »Na, fühlst du dich schon besonders?«

Rufus gibt sich unbeeindruckt. »Ich fühle mich ganz okay. Bisschen müde, um ehrlich zu sein.«

»Tja, dann wach auf und fühl dich besonders. Mein Vater hat das immer meiner Mutter vorgesungen, allerdings klingt seine Stimme viel besser als meine.«

Mit klopfendem Herzen schlage ich die Tasten für Elton Johns »Your Song« an, auch wenn mein Gesicht nicht so glüht wie vorhin in *Clint's Graveyard*. Es ist mein voller Ernst, dass Rufus sich jetzt besonders fühlen soll. Ich treffe die Töne nicht, aber das ist mir in seiner Gegenwart vollkommen egal.

Ich singe von einem »man who makes potions in a travelling show«, davon, dass »my gift is my song«, von »the sweetest eyes I've ever seen« und so weiter. In einer kurzen

Pause drehe ich mich um und sehe, dass Rufus mich mit dem Handy filmt. Ich lächele ihm zu. Er kommt zu mir und gibt mir einen Kuss auf die Stirn, während ich neben ihm singe: »I hope you don't mind, I hope you don't mind that I put down in words ... How wonderful life is while you're in the world ...«

Ich beende den Song und Rufus' Lächeln fühlt sich an wie ein Sieg. Er bricht in Tränen aus. »Und ob du dich vor mir versteckt hast, Mateo. Ich wollte immer jemand wie dich treffen, und es ist echt ätzend, dass ich dich über eine dämliche App finden musste.«

»Ich finde *Letzte Freunde* gut«, sage ich. Ich kann seinen Gedanken nachvollziehen, aber ich würde die Art, wie ich Rufus kennengelernt habe, nicht ändern wollen. »Ich war einfach auf der Suche nach Gesellschaft und hab dich gefunden und du mich, und dann haben wir aus einem Bauchgefühl heraus beschlossen, uns zu treffen. Was wäre die Alternative gewesen? Keine Ahnung, ob ich jemals die Wohnung verlassen hätte und wir uns über den Weg gelaufen wären. Nicht mit nur noch einem Tag zu leben. Das hätte eine tolle Story abgegeben, klar, aber ich glaube, dass einen die App da draußen viel sichtbarer macht. Ich habe damit zugegeben, dass ich einsam war und mit jemandem Kontakt aufnehmen wollte. Nur habe ich nicht mit dem gerechnet, was wir jetzt haben.«

»Du hast recht, Mateo Torrez.«

»So was passiert nur ganz selten, Rufus Emeterio.« Es ist das erste Mal, dass ich seinen Nachnamen sage, und ich hoffe, ich habe ihn richtig ausgesprochen.

Ich gehe in die Küche und hole uns was zu essen. Es ist kindisch, aber wir spielen Familie. Ich bestreiche Cracker mit Erdnussbutter für ihn – nachdem ich mich vergewissert habe, dass er keine Allergie hat – und reiche sie ihm mit einem Glas Eistee. »Wie war dein Tag, Rufus?«

»Genial«, sagt er.

»Meiner auch«, sage ich.

Rufus klopft auf die Bettkante. »Komm her.« Ich setze mich neben ihn und wir machen es uns bequem, verschränken Arme und Beine miteinander. Wir erzählen uns Dinge aus unserem Leben, wie seine Eltern ihn zum Beispiel immer gezwungen haben, sich mit ihnen in die Mitte des Zimmers zu setzen, wenn er einen Ausraster hatte, genau wie mein Vater immer zu mir gesagt hat, ich soll unter die Dusche gehen und mich abregen. Er erzählt mir von Olivia und ich ihm von Lidia.

Bis es nicht länger um die Vergangenheit geht.

»Das hier ist unser Schutzraum, unsere kleine Insel.« Rufus beschreibt einen unsichtbaren Kreis um uns. »Hier gehen wir nicht weg. Wenn wir uns nicht von hier wegbewegen, können wir nicht sterben. Verstanden?«

»Vielleicht erdrücken wir uns gegenseitig«, sage ich.

»Das wär verdammt noch mal besser als alles, was außerhalb unserer Insel passiert.«

Ich hole tief Luft. »Aber wenn dieser Plan aus irgendeinem Grund nicht funktioniert, müssen wir uns versprechen, dass wir im Leben nach dem Tod nacheinander Ausschau halten. Es muss ein Leben nach dem Tod geben, Roof, denn das ist das Einzige, was einen so frühen Tod fair erscheinen lässt.«

Rufus nickt. »Ich werde es dir extrem leicht machen, mich zu finden. Neonschrift. Blaskapellen.«

»Gut, denn vielleicht habe ich meine Brille nicht auf«, sage ich. »Ich weiß nicht, ob die mit mir in den Himmel kommt.«

»Du bist sicher, dass es im Leben nach dem Tod ein Kino gibt, aber nicht, ob du deine Brille dabeihaben wirst? Da hast du in deinem Plan vom Himmel wohl was übersehen, Alter.« Rufus nimmt mir die Brille ab und setzt sie auf. »Wow. Deine Augen sind echt mies.«

»Davon, dass du mir die Brille wegnimmst, werden sie nicht besser.« Ich sehe ganz verschwommen und kann nur seine Hautfarbe, aber nicht seine Gesichtszüge erkennen. »Du siehst bestimmt bescheuert damit aus.«

»Ich mache mal ein Foto. Komm, du musst auch mit drauf.«

Ich kann nichts sehen, gucke aber blinzelnd geradeaus und lächele. Er setzt mir die Brille wieder auf und ich schaue mir das Foto an. Ich sehe aus, als käme ich gerade aus dem Bett. Rufus mit meiner Brille ist ein angenehm vertrauter Anblick, als würden wir uns schon so lange kennen, dass uns solche Albereien leichtfallen. Damit hätte ich nicht gerechnet.

»Wenn wir mehr Zeit gehabt hätten, hätte ich dich geliebt.« Ich lasse es raus, weil es das ist, was ich in diesem Augenblick fühle und was ich in den vielen Augenblicken, Minuten und Stunden davor gefühlt habe. »Vielleicht tue ich es sogar schon. Ich hoffe, du hasst mich nicht dafür, dass ich das sage, aber ich bin so unfassbar glücklich.

Die Leute haben genaue Vorstellungen davon, wie lange man jemanden kennen sollte, bevor man das Recht hat, so etwas zu sagen, aber ich würde dich nicht anlügen, egal wie wenig Zeit wir haben. Die Leute verschwenden Zeit und warten auf den richtigen Moment, aber das können wir uns nicht leisten. Wenn wir unser ganzes Leben noch vor uns hätten, würdest du es bestimmt irgendwann leid sein, dass ich dir so oft sage, wie sehr ich dich liebe, denn ich bin sicher, dass es darauf hinauslaufen würde. Aber weil wir bald sterben werden, will ich es so oft sagen, wie ich will: Ich liebe dich, ich liebe dich, ich liebe dich, ich liebe dich.«

RUFUS
19:54 Uhr

»Okay. Du weißt verdammt gut, dass ich dich auch liebe.« Mann, es tut richtig weh, wie ernst ich das meine. »Und da spricht nicht nur mein Schwanz, so bin ich nicht, das weißt du.« Ich will ihn wieder küssen, weil er mich gerettet hat, aber ich bin sauer. Wenn ich nicht vernünftig wäre und mich nicht so bemüht hätte, der zu sein, der ich jetzt bin, könnte ich schon wieder irgendeinen Scheiß machen und irgendwo reinhauen, so angepisst bin ich. »Die Welt ist voll grausam. Als mein Abschiedstag angefangen hat, hab ich jemand zusammengeschlagen, weil er mit meiner Exfreundin geht, und jetzt lieg ich mit 'nem genialen Typen im Bett, den ich noch keine vierundzwanzig Stunden kenne ... Das ist so scheiße. Glaubst du ...?«

»Ob ich was glaube?« Vor zwölf Stunden hätte es Mateo noch nervös gemacht, mir eine Frage zu stellen, und er hätte dabei sicher weggeguckt. Jetzt hält er den Blickkontakt.

Ich hasse es, diese Frage zu stellen, aber vielleicht denkt er auch darüber nach. »Werden wir sterben, weil wir uns kennengelernt haben?«

»Es war schon klar, dass wir sterben, bevor wir uns kannten.«

»Ich weiß. Aber vielleicht stand es so schon immer in den Sternen oder in Stein gemeißelt, was weiß ich: Zwei Typen lernen sich kennen. Sie verknallen sich. Sie sterben.« Wenn das wirklich so ist, werde ich ganz bestimmt auf irgendeine Wand einschlagen. Davon kann mich keiner abhalten.

»So geht unsere Geschichte nicht.« Mateo drückt meine Hand. »Wir sterben nicht aus Liebe. Wir wären heute so oder so gestorben. Du hast mich nicht nur am Leben erhalten, du hast mich überhaupt erst zum Leben gebracht.« Er kommt auf meinen Schoß, sodass wir uns noch näher sind, und umarmt mich so fest, dass sein Herz an meiner Brust klopft. Ich wette, er kann auch meins spüren. »Zwei Typen lernten sich kennen. Sie verliebten sich ineinander. Sie lebten. So geht unsere Geschichte.«

»Diese Geschichte ist besser. Nur das Ende muss man noch ein bisschen bearbeiten.«

»Vergiss das Ende«, flüstert Mateo mir ins Ohr. Er löst sich von mir, um mir in die Augen zu sehen. »Ich bezweifle, dass die Welt ein Wunder verträgt, wir können also nicht mit einem Happy End rechnen. Mich interessieren nur die Enden, die wir heute erlebt haben. Dass ich aufgehört habe, Angst vor der Welt und den Menschen zu haben.«

»Und ich hab aufgehört jemand zu sein, den ich nicht mag«, sage ich. »Du hättest mich auch nicht gemocht.«

Er weint und lächelt gleichzeitig. »Und du hättest nicht gewartet, bis ich endlich den Mut aufgebracht hätte. Vielleicht ist es besser, es an einem Tag richtig gemacht zu haben und glücklich gewesen zu sein, anstatt sein ganzes Leben falsch zu leben.«

Er hat mit allem recht.

Wir lassen uns aufs Kissen sinken. Ich hoffe, wir sterben im Schlaf. Das scheint mir die beste Art zu sein, abzutreten.

Ich küsse meinen letzten Freund, denn die Welt kann nicht gegen uns sein, wenn sie uns zusammengebracht hat.

MATEO
20:41 Uhr

Als ich aufwache, fühle ich mich unbesiegbar. Ich sehe nicht auf die Uhr, weil ich nicht will, dass irgendetwas meinen Überlebenswillen zerstört. In meinem Kopf ist der nächste Tag schon angebrochen. Ich habe mich über die Vorhersage des Todesboten hinweggesetzt, bin der erste Mensch in der Geschichte, dem das gelingt. Ich setze die Brille wieder auf, drücke Rufus einen Kuss auf die Stirn und betrachte ihn, während er schläft. Nervös taste ich nach seinem Herzen und bin erleichtert, dass es noch schlägt: Er ist auch unbesiegbar.

Ich klettere über ihn hinweg und wette, er würde mich eigenhändig umbringen, wenn er mitbekäme, dass ich unsere sichere Insel verlasse, aber ich will ihn Dad vorstellen. Ich gehe in die Küche, um uns Tee zu kochen, stelle den Topf auf den Gasherd, suche im Küchenschrank nach Tee und entscheide mich für Pfefferminze.

Als ich den Herd anschalte, schnürt mir die Reue die Kehle zu. Selbst wenn man weiß, dass einem der Tod bevorsteht, kommt das plötzliche Aufflammen doch unerwartet.

RUFUS
20:47 Uhr

Als ich aufwache, raubt mir Rauch den Atem. Der ohrenbetäubende Feueralarm macht das Denken fast unmöglich. Ich weiß nicht, was los ist, aber ich weiß – jetzt ist es so weit. Ich strecke die Hand aus, um Mateo zu wecken, aber in der Dunkelheit ist niemand, nur mein Handy, das ich in die Tasche stecke.

»MATEO!«

Der Feueralarm übertönt meine Schreie und ich bekomme kaum Luft, aber trotzdem rufe ich nach ihm. Der Mond scheint durchs Fenster, mehr Licht habe ich nicht. Ich nehme meine Fleecejacke und wickele sie mir ums Gesicht, während ich über den Boden krieche und die Hand nach Mateo ausstrecke, der irgendwo hier liegen muss und nicht in der Nähe der Rauchquelle. Die Gedanken an einen brennenden Mateo verscheuche ich, denn nein, das passiert nicht. Unmöglich.

Ich erreiche die Wohnungstür und öffne sie, damit der schwarze Rauch abzieht. Ich huste und huste, würge und würge. Die frische Luft tut gut, aber die Panik hat mich fest im Griff, denn gleich geht es los. Das Atmen fällt so verdammt schwer. Hier draußen stehen ein paar Nachbarn, von denen mir Mateo nichts erzählt hat. Es gibt so viele Dinge, die er mir nicht mehr erzählen konnte. Schon okay. Uns bleiben ja noch ein paar gemeinsame Stunden, sobald ich ihn gefunden habe.

»Wir haben schon die Feuerwehr gerufen«, sagt eine Frau.

»Gebt ihm mal Wasser«, sagt ein Mann und klopft mir auf den Rücken, während ich weiter würge.

»Ich hatte vorhin eine Nachricht von Mateo im Briefkasten«, sagt ein anderer Mann. »Er meinte, er würde sterben, und ich bräuchte mich nicht mehr um den Herd zu kümmern ... Wann ist er denn nach Hause gekommen? Ich habe vorhin geklopft, aber er war nicht da!«

Ich unterdrücke das Husten, so gut es geht, bevor ich den Mann zur Seite stoße, kräftiger, als ich mir zugetraut hätte. Dann renne ich zurück in die brennende Wohnung, direkt auf den orangefarbenen Schein in der Küche zu. Die Wohnung glüht vor Hitze, wie ich es noch nie erlebt habe. Höchstens im Kuba-Urlaub mit meiner Familie am Strand von Varadero. Ich weiß nicht, warum Mateo nicht im Bett geblieben ist, wir hatten doch eine verdammte Abmachung. Ich weiß auch nicht, was für ein Problem es mit dem Herd gab, aber wenn ich Mateo richtig einschätze, und fuck, so gut kenne ich ihn inzwischen, dann wollte er bestimmt irgendwas Nettes für uns machen, irgendwas, das definitiv nicht sein Leben wert ist.

Ich stürze mich in die Flammen.

Gerade als ich in die Küche rennen will, stößt mein Fuß gegen etwas Festes. Ich falle auf die Knie und greife danach. Es ist der Arm, der mich beim Aufwachen eigentlich hätte halten sollen. Ich packe Mateo, meine Finger vergraben sich tief in glühend heißer Haut, und ich weine wie verrückt, als ich Mateos anderen Arm ertaste und ihn vom Feuer wegziehe, aus dem Rauch heraus und auf all die Dreckskerle zu, die mir von der Tür aus zuschreien, aber nicht den Mumm hatten, reinzukommen und zwei Jungs das Leben zu retten.

Das Flurlicht fällt auf Mateo. Er hat schwere Verbrennungen am Rücken. Ich drehe ihn um. Die Hälfte seines Gesichts ist stark verbrannt, die andere Seite tiefrot. Ich schlinge die Arme um seinen Hals, ziehe ihn auf meinen Schoß und wiege mich vor und zurück. »Wach auf, Mateo, wach auf, wach auf«, flehe ich. »Warum bist du aufgestanden …? Wir … wir hatten doch gesagt, wir würden nicht …« Er hätte nicht aufstehen sollen und er hätte mich nicht in dieser Wohnung voller Feuer und Rauch zurücklassen dürfen.

Die Feuerwehr kommt. Die Nachbarn versuchen mich von Mateo wegzuziehen und ich schlage nach einem und hoffe, dass sie sich alle verpissen oder in Mateos brennender Wohnung landen, wenn ich einem von ihnen eine verpasse. Ich will Mateo eine runterhauen, damit er aufwacht, aber ich sollte ihm nicht ins Gesicht schlagen, das schon von den Flammen zerstört ist. Aber dieser dumme Mateo wacht einfach nicht auf, fuck.

Ein Feuerwehrmann geht neben mir in die Hocke. »Wir müssen ihn in den Krankenwagen legen.«

Schließlich gebe ich nach. »Er hat heute den Anruf nicht erhalten«, lüge ich. »Bringen Sie ihn bitte schnell ins Krankenhaus.«

Ich bleibe bei Mateo, während sie ihn mit dem Aufzug nach unten bringen, durch die Eingangshalle schieben und nach draußen zum Krankenwagen. Ein Rettungssanitäter fühlt ihm den Puls und sieht mich mitleidig an. Bullshit!

»Wir müssen ihn ins Krankenhaus bringen, sehen Sie das nicht!«, rufe ich. »Los! Machen Sie keinen Scheiß! Auf gehts!«

»Tut mir leid. Er ist tot.«

»MACHEN SIE IHRE ARBEIT UND BRINGEN SIE IHN IN DAS VERFICKTE KRANKENHAUS!«

Ein anderer Rettungssanitäter öffnet die Türen hinten

am Krankenwagen. Er schiebt Mateo aber nicht hinein, sondern holt einen Leichensack heraus.

Fuck, nein!

Ich reiße ihm den Sack aus der Hand und schmeiße ihn ins Gebüsch. Leichensäcke sind für Leichen und Mateo ist nicht tot. Dann kehre ich zu Mateo zurück, schluchzend, heulend und sterbend. »Komm schon, Mateo, ich bins, Roof. Hörst du mich? Ich bins, Roof. Wach jetzt auf. Bitte, wach auf.«

21:16 Uhr

Ich sitze auf der Bordsteinkante, während die Rettungssanitäter Mateo Torrez in den Leichensack legen.

21:24 Uhr

Auf dem Weg ins Strouse-Memorial-Krankenhaus werde ich hinten im Krankenwagen medizinisch versorgt. Hier zu sitzen erinnert mich wieder daran, wie meine Familie gestorben ist. Mein Herz brennt und ich bin so sauer auf Mateo, dass er vor mir gestorben ist. Ich will nicht hier sein, ich sollte mir einen Fahrradverleih suchen oder ein Stück rennen, auch wenn das Atmen schmerzt, aber ich kann ihn auch nicht allein lassen.

Ich rede mit dem Jungen in dem Leichensack über all die Dinge, die wir noch zusammen machen wollten, aber er kann mich nicht hören.

Als wir das Krankenhaus erreichen, trennen sie uns. Mich bringen sie auf die Intensivstation und Mateo schieben sie in die Leichenhalle.

Mein Herz brennt.

21:37 Uhr

Ich liege in einem Krankenhausbett, atme frische Luft aus einer Sauerstoffmaske und schaue mir die ganzen liebevollen Nachrichten der Plutos unter meinen Instagram-Bildern an. Es sind keine beschissenen weinenden Emojis, sie wissen, dass ich auf so was nicht stehe. Ihre Kommentare zu meinem letzten Bild mit Mateo gehen mir unter die Haut:

@tagoeaway: Wir werden für dich leben, Roof! #Plutos4Life #PlutosForever
@manthony12: Liebe dich, Alter. Wir sehn uns im nächsten Level. #Plutos4Life
@aimee_dubois: Ich liebe dich und werde jeden Tag nach dir Ausschau halten. #PlutoConstellation

Sie schreiben nicht, ich soll auf mich aufpassen oder so was, weil sie wissen, was los ist, aber sie drücken mir ganz bestimmt die Daumen.

Unter all meinen Fotos haben sie Kommentare hinterlassen, dass sie so gern mit uns in der *World Travel Arena* gewesen wären, bei *Make-A-Moment* und auf dem Friedhof. Überall.

Ich öffne den Pluto-Gruppenchat und schicke ihnen die schmerzhafte Nachricht: *Mateo ist tot.*

Ihre Beileidswünsche rauschen rasend schnell herein, es ist schwindelerregend. Sie fragen nicht nach Einzelheiten, und ich wette, Tagoe muss sich schwer zusammenreißen, um sich die Frage zu verkneifen, wie es passiert ist. Ich bin erleichtert, dass er nicht fragt.

Ich muss kurz die Augen zumachen. Nicht lange, denn ich habe nicht viel Zeit. Aber falls ich wegen irgendwelcher Komplikationen nicht mehr aufwachen sollte, haue ich eine letzte Nachricht an sie raus: *Was auch immer mit mir passiert, verstreut mich im Althea Park. Kreist weiterhin auf eurer Umlaufbahn umeinander! Ich liebe euch.*

22:02 Uhr

Ich schrecke aus einem Albtraum hoch. Der Albtraum-Mateo stand komplett in Flammen und gab mir die Schuld an seinem Tod. Er sagte, er wäre nicht gestorben, wenn er mich nicht getroffen hätte. Das brennt sich in meine Seele ein, aber es kann ja nur ein böser Traum sein, denn Mateo würde niemals irgendjemand an irgendwas die Schuld geben.

Mateo ist tot.

So hätte er nicht abtreten sollen. Mateo hätte abtreten sollen, während er jemand rettet, weil er so ein selbstloser Mensch war. Nein, auch wenn er keinen Heldentod gestorben ist, ist er trotzdem als Held gestorben.

Mateo Torrez hat auf jeden Fall mich gerettet.

LIDIA VARGAS
22:10 Uhr

Lidia sitzt zu Hause auf dem Sofa und tröstet sich mit Bonbons. Penny darf noch aufbleiben. Lidias Großmutter ist schon ins Bett gegangen, erschöpft davon, dass sie den ganzen Tag auf Penny aufgepasst hat, und Penny selbst wird auch langsam müde. Sie ist nicht knatschig und weint nicht, als wüsste sie, dass sie ihre Mutter in Ruhe lassen muss.

Lidias Telefon klingelt. Es ist dieselbe Nummer, von der aus Mateo sie vorhin angerufen hat, Rufus' Nummer. Sie geht ran: »Mateo!«

Penny sieht zur Tür, aber Mateo ist dort nicht.

Lidia wartet auf seine Stimme, doch er meldet sich nicht.

»... Rufus?« Lidias Herz rast und sie schließt die Augen.

»Ja.«

Es ist passiert.

Lidia lässt das Handy aufs Sofa fallen und boxt gegen die Kissen, sodass Penny Angst bekommt. Lidia will nicht wissen, wie es passiert ist, heute Abend nicht. Ihr Herz ist schon gebrochen, jetzt muss nicht auch noch das letzte Stück zerschmettert werden. Kleine Hände ziehen Lidias Hände von ihrem Gesicht weg, und wie zuvor bricht auch Penny in Tränen aus, weil ihre Mutter weint.

»Mommy«, sagt Penny. Dieses eine Wort sagt Lidia alles – sie darf ja die Nerven verlieren, muss sich aber schnell wieder zusammenreißen. Wenn nicht für sich selbst, dann zumindest für ihre Tochter.

Lidia gibt Penny einen Kuss auf die Stirn und greift nach dem Telefon. »Bist du noch da, Rufus?«

»Ja«, sagt er wieder. »Es tut mir leid für dich.«

»Es tut mir auch leid für dich«, sagt Lidia. »Wo bist du?«

»Ich bin im selben Krankenhaus wie sein Vater«, sagt Rufus.

Lidia will ihn fragen, ob es ihm gut geht, aber sie weiß, dass das schon bald nicht mehr der Fall sein wird.

»Ich werd ihn besuchen«, sagt Rufus. »Mateo wollte noch mal hierherkommen, aber ... Wir haben es nicht mehr geschafft. Soll ich es seinem Vater sagen? Ist es komisch, wenn ich das tue? Du kennst ihn am besten.«

»Du kennst ihn auch sehr gut«, sagt Lidia. »Wenn du es nicht fertigbringst, kann ich es machen.«

»Ich weiß, dass er mich nicht hören kann, aber ich will ihm erzählen, wie mutig sein Sohn war«, sagt Rufus.

War. Mateo gibt es jetzt nur noch als *war*.

»*Ich* kann dich hören«, sagt Lidia. »Bitte, erzähl es zuerst mir.«

Lidia hat Penny auf dem Schoß, während Rufus ihr alles erzählt, was Mateo ihr heute Abend nicht mehr selbst sagen konnte. Morgen wird sie das Regal aufbauen, das Mateo für Penny gekauft hat, und überall im Zimmer Fotos von ihm aufhängen.

Lidia wird Mateo auf die einzige ihr mögliche Art am Leben erhalten.

DELILAH GREY
22:12 Uhr

Delilah schreibt den Nachruf auf Grundlage des Interviews, das doch nicht zu ihrem Rauswurf geführt hat. Howie Maldonado hätte sich vielleicht ein anderes Leben gewünscht, aber das Vermächtnis, das Delilah von ihm erhalten hat, ist ein wichtiges: Im Leben geht es um die richtige Balance. Ein Tortendiagramm mit gleich großen Stücken in allen Lebensbereichen sorgt für das größtmögliche Glück, das hat sie heute gelernt.

Delilah war sich sicher, dass sie heute nicht dem Tod begegnen würde. Aber vielleicht hat der Tod auch nur andere Pläne für sie. Es bleiben immer noch knapp zwei Stunden bis Mitternacht. Genug Zeit, um festzustellen, ob es Zufall war oder ein verhängnisvolles Schicksal, das sie den ganzen Tag hin- und hergeschleudert hat wie eine Welle nach der anderen.

Sie sitzt im *Althea*, dem Lokal, das nach dem Park gegenüber benannt ist und in dem sie Victor kennengelernt hat. Delilah hat den Nachruf auf den Mann, den sie größtenteils nur aus der Ferne kannte, fast fertiggestellt, statt in ihren möglicherweise letzten Stunden den Mann zur Rede zu stellen, den sie liebt.

Sie schiebt das Notebook zur Seite und lässt auf dem Tisch den Verlobungsring kreisen, den Victor gestern Abend nicht zurücknehmen wollte. Delilah entscheidet sich für ein Spiel. Wenn der Smaragd auf sie zeigt, wird sie Victor anrufen. Wenn nicht, wird sie den Nachruf beenden, nach Hause gehen, sich ausschlafen und morgen über ihre nächsten Schritte nachdenken.

Delilah dreht den Ring und der Smaragd zeigt direkt auf sie, kein bisschen auf ihre Schulter oder andere Gäste.

Sie holt ihr Handy heraus und ruft Victor an. Dabei hofft Delilah von ganzem Herzen, dass er sie verarscht hat. Vielleicht ist es eines der vielen Geheimnisse der Todesboten, dass sie selbst entscheiden, wer stirbt, wie bei einer Lotterie, die niemand gewinnen will. Vielleicht ist Victor heute zur Arbeit gegangen, hat dem Herrn Chefvollstrecker ihren Namen über den Tisch geschoben und gesagt: »Nehmen Sie die.«

Vielleicht kann ein gebrochenes Herz einen umbringen.

VICTOR GALLAHER
22:13 Uhr

Bei Victor Gallaher hat der Todesbote nicht angerufen, weil er heute nicht sterben wird. Das Protokoll für Angestellte des Todesboten im Fall ihres Abschiedstages sieht vor, dass sie von der Geschäftsführung »zu einem Gespräch« gebeten werden. Die anderen Angestellten wissen dann nie, ob die Betreffenden sterben oder ihnen gekündigt wurde – sie kehren einfach nicht an ihren Schreibtisch zurück. Aber das kümmert Victor wenig, weil er heute nicht sterben wird.

Victor war im Lauf des Tages ziemlich depressiv, stärker als sonst. Seine Verlobte – er nennt Delilah immer noch seine Verlobte, denn sie hat ja immer noch den Ring seiner Großmutter – hat versucht, sich letzte Nacht von ihm zu trennen. Sie behauptet, der Grund wäre, dass sie nicht auf derselben Wellenlänge lägen, aber er kennt den wahren Grund, nämlich dass er in letzter Zeit nicht er selbst war. Seit er vor drei Monaten beim Todesboten angefangen hat, steckt er gelinde gesagt in einem tiefen Loch. Er ist gerade auf dem Weg zum Firmentherapeuten für alle Angestellten des Todesboten, denn nicht nur Delilahs Versuch, mit ihm Schluss zu machen, sondern auch der Druck seines Jobs bringt ihn fast um: die flehentlichen Bitten, die er nicht erfüllen kann, die Fragen, auf die er keine Antworten hat – all das macht ihn fertig. Aber die Bezahlung ist verdammt gut und die Krankenversicherung auch, und er wäre wirklich froh, wenn die Beziehung zu seiner Verlobten auch wieder verdammt gut wäre.

Victor betritt das Gebäude – das natürlich an einem unbekannten Ort liegt – zusammen mit Andrea Donahue, einer Kollegin, die sich nicht die Zeit nimmt, die Porträts lächelnder Viktorianer und ehemaliger Präsidenten an den gelben Wänden zu betrachten. Die Ästhetik beim Todesboten entspricht nicht dem, was man erwarten würde. Hier herrscht keine Düsternis und keine Resignation. Die offen gehaltenen Großraumbüros sollen nicht wie eine Behörde wirken, sondern hell wie eine Kindertagesstätte, damit die Boten nicht verrückt werden, weil sie ihre Todesanrufe in engen Zellen erledigen.

»Hallo, Andrea«, sagt Victor und drückt auf den Fahrstuhlknopf.

Andrea arbeitet schon von Anfang an beim Todesboten, und Victor weiß, dass sie den Job dringend braucht, obwohl sie ihn hasst. Sie braucht die verdammt gute Bezahlung für die horrenden Studiengebühren ihres Kindes und die verdammt gute Krankenversicherung wegen ihres kaputten Beins. »Hi«, sagt sie.

»Wie gehts dem kleinen Kätzchen?«

Small Talk vor und nach der Schicht wird von der Geschäftsführung des Todesboten ausdrücklich begrüßt; kleine Gelegenheiten, sich mit Menschen auszutauschen, für die es ein Morgen gibt.

»Ist immer noch klein«, sagt Andrea.

»Wie schön.«

Der Aufzug kommt. Victor und Andrea steigen ein, und Victor drückt schnell auf den Knopf, um die Türen zu schließen, damit nicht noch einige der Kollegen einsteigen, die dauernd über irgendwelche unwichtigen Sachen reden wie Promiklatsch und miese Fernsehsendungen, während sie auf dem Weg sind, um jemandem das Leben zu zerstören.

Victor und Delilah nennen sie »Schalter« und sie finden solche Leute furchtbar.

Das Handy in seiner Tasche vibriert. Er versucht sich nicht damit verrückt zu machen, dass es ein Anruf von Delilah sein könnte, aber als er ihren Namen liest, rast sein Herz. »Das ist sie«, sagt Victor zu Andrea, als wüsste sie Bescheid. Dabei ist sie vermutlich genauso interessiert an seinem Leben wie er an ihrer Katze. Er geht ran: »Delilah! Hi.« Klingt ein bisschen verzweifelt, klar, aber schließlich geht es hier um Liebe.

»Warst du das, Victor?«

»Ob ich was war?«

»Verarsch mich nicht.«

»Wovon redest du?«

»Von dem Todesbotenanruf. Hast du jemanden dazu gebracht, mich einzuschüchtern, weil du sauer auf mich bist? Wenn das stimmt, werde ich dich nicht melden. Aber sags mir jetzt und dann vergessen wir's.«

Als Victor im zehnten Stock ankommt, hat er ein flaues Gefühl im Magen. »Du hast den Anruf bekommen?« Andrea will gerade aussteigen, bleibt aber im Aufzug stehen. Victor weiß nicht, ob sie bleibt, weil sie Mitgefühl oder Interesse verspürt, und es ist ihm auch egal. Victor weiß, dass Delilah es ernst meint. Er kann immer an ihrem Tonfall erkennen, ob sie lügt, und er weiß, dass sie ihm gerade eine konkrete Bedrohung zur Last legt, für die sie ihn sehr wohl melden würde. »Delilah.«

Delilah schweigt am anderen Ende der Leitung.

»Delilah, wo bist du?«

»Im *Althea*«, sagt sie.

Das Lokal, in dem sie sich kennengelernt haben – sie liebt ihn immer noch, er hat es gewusst.

»Rühr dich nicht von der Stelle, okay? Ich komme.« Er drückt wieder auf den Knopf, um die Türen zu schließen, wodurch Andrea mit ihm gefangen ist. Dann haut er gut dreißigmal auf *EG*, selbst als der Aufzug längst hinunterfährt.

»Ich habe den Tag verschwendet«, ruft Delilah. »Ich dachte ... ich bin so dumm, so saudumm. Ich habe den Tag verschwendet.«

»Du bist nicht dumm, es wird alles gut.« Victor hat bis heute noch nie einen Todgeweihten angelogen. O Scheiße, Delilah ist todgeweiht. Der Aufzug hält im ersten Stock und er stürzt hinaus, rennt die Treppe hinunter und verliert dabei den Handyempfang. Er rennt durch die Eingangshalle, sagt Delilah, wie sehr er sie liebt und dass er schon unterwegs ist. Er sieht auf die Uhr: noch genau zwei Stunden, aber nach allem, was er weiß, könnte es auch in zwei Minuten vorbei sein.

Victor springt ins Auto und rast zum *Althea*.

RUFUS
22:14 Uhr

Das letzte Foto, das ich auf Instagram poste, ist das von mir mit meinem letzten Freund. Das Foto, das wir in seinem Zimmer gemacht haben, als ich seine Brille aufhatte und er die Augen zusammengekniffen hat und wir lächelten, weil wir glücklich waren, bevor ich ihn verloren habe. Ich scrolle durch all meine Fotos und bin extrem dankbar für die Farbtupfer, die Mateo mir an unserem Abschiedstag verschafft hat.

Die Schwester will, dass ich im Bett bleibe, aber es gehört zu meinen Rechten als Todgeweihter, Hilfe abzulehnen, und ich werde auch auf keinen Fall weiter hier herumhängen, wo ich doch zu Mateos Vater muss.

Mir bleiben keine zwei Stunden Leben mehr und ich kann mir keine bessere Art vorstellen, diese Zeit zu verbringen, als Mateos letzten Wunsch zu erfüllen, seinen Vater zu treffen – aber diesmal richtig. Ich muss den Mann kennenlernen, der aus Mateo den Typen gemacht hat, in den ich mich in weniger als einem Tag verliebt habe.

Begleitet von der nervigen Krankenschwester mache ich mich auf den Weg in den achten Stock. Ja, klar, sie meints gut und will mir helfen, schon kapiert. Ich hab nur gerade nicht besonders viel Geduld. Vor dem Zimmer zögere ich nicht. Ich gehe einfach rein.

Mateos Vater sieht nicht so aus, wie ich mir Mateo in der Zukunft vorgestellt habe, aber er sieht ihm doch ähnlich. Er schläft immer noch tief und fest, vollkommen ahnungslos, dass sein Sohn nicht mehr da sein wird und ihn nicht nach Hause bringen kann, falls er je wieder aufwacht. Ich weiß nicht mal, was von ihrem Zuhause überhaupt noch übrig ist. Hoffentlich konnten die Feuerwehrleute das Feuer eindämmen.

»Hey, Mr Torrez.« Ich setze mich neben ihn. Auf denselben Platz, auf dem Mateo heute früh saß, als er ihm etwas vorgesungen hat. »Ich bin Rufus und war Mateos letzter Freund. Ich konnte ihn tatsächlich aus dem Haus locken, ich weiß nicht, ob er Ihnen das erzählt hat. Er war wirklich mutig.« Ich hole das Handy aus der Tasche und bin erleichtert, dass es noch angeht. »Ich bin sicher, sie sind irre stolz auf ihn und wussten schon die ganze Zeit, was in ihm steckt. Ich hab ihn nur einen Tag lang gekannt und bin auch irre stolz auf ihn. Ich konnte dabei zusehen, wie er zu dem Menschen wurde, der er immer sein wollte.«

Ich scrolle durch die Fotos, die ich heute gemacht habe, überspringe die, bei denen ich Mateo noch nicht kannte, und fange mit dem ersten Farbfoto an. »Wir haben heute richtig intensiv gelebt.« Ich erzähle ihm alles, während ich von Foto zu Foto springe: ein heimlicher Schnappschuss von Mateo im Wunderland, den ich ihm gar nicht gezeigt habe; wir beide im Pilotenoutfit bei *Make-A-Moment*, als wir »Fallschirmspringen« waren; der Friedhof der Telefonzellen, wo wir über Sterblichkeit gesprochen haben; Mateo, der in der U-Bahn schläft, sein Legohaus im Schoß; Mateo in seinem halb fertigen Grab; das Schaufenster des *Open Bookstore*, nur Minuten bevor wir eine Explosion dort überlebt haben; der Typ, der mit meinem Fahrrad davonfährt, das ich nicht mehr haben wollte, weil Mateo Angst hatte, es würde uns den Tod bringen, nachdem wir zum ersten und letzten Mal damit gefahren sind; Abenteuer in der *World*

Travel Arena; vor *Clint's Graveyard*, wo Mateo und ich gesungen, getanzt und uns geküsst haben und um unser Leben gerannt sind; Mateo, der vor mir auf dem Bett herumhüpft; und unser letztes gemeinsames Foto, ich mit Mateos Brille und er mit zusammengekniffenen Augen, aber total glücklich.

Ich bin auch glücklich. Sogar jetzt, wo ich am Boden zerstört bin, hat Mateo mich wieder hingekriegt.

Ich spiele das Video ab, das ich mir pausenlos anhören könnte. »Und hier hat er mir ›Your Song‹ vorgesungen. Er hat gesagt, dass Sie das auch gesungen haben. Mateo hat so getan, als würde er nur singen, damit ich mich besonders fühle. Das hab ich auch, aber ich weiß, dass er auch für sich selbst gesungen hat. Er hat es geliebt zu singen, obwohl er es nicht besonders gut konnte, ha. Er hat das Singen geliebt und Sie und Lidia und Penny und mich und alle.«

Mr Torrez' Herzmonitor reagiert nicht auf Mateos Lied oder meine Erzählungen. Keine Ausschläge, nichts. Das alles ist herzzerreißend. Mr Torrez, der hier lebendig gefangen ist und nirgendwohin kann.

Vielleicht ist das sogar ein noch härterer Schlag, als jung zu sterben. Aber vielleicht wacht er noch auf. Ich wette, er wird sich wie der letzte Mensch auf Erden fühlen, nachdem er seinen Sohn verloren hat, obwohl täglich Tausende um ihn herum sind.

Auf dem Nachttisch neben Mr Torrez' Bett steht ein Foto. Es zeigt Mateo als Kind, seinen Vater und eine *Toy Story*-Torte. Der kleine Mateo sieht so verdammt glücklich aus. Ich wünschte, ich hätte ihn schon als Kind gekannt.

Oder auch nur eine Woche früher.

Eine Stunde.

Einfach etwas länger.

Hinten auf dem Foto steht eine Nachricht:

Danke für alles, Dad.
Ich werde mutig sein und mir wird es gut gehen.
Ich liebe Dich von ganzem Herzen.
Mateo

Ich starre auf Mateos Handschrift. Das hat er heute geschrieben und er hat alles davon erfüllt.

Mateos Dad muss erfahren, was sein Sohn gemacht hat. Ich krame in meiner Tasche und finde meine Zeichnung der Welt, die ich gemalt habe, als Mateo und ich heute Morgen in meiner Lieblingskneipe waren. Die Zeichnung ist zerknittert und etwas feucht, aber das macht nichts. Ich hole einen Stift aus der Nachttischschublade und schreibe um die Welt herum.

Mr Torrez,
ich heiße Rufus Emeterio und war Mateos letzter Freund. Er war an seinem Abschiedstag wahnsinnig mutig.
Ich hab den ganzen Tag Fotos auf Instagram gepostet. Sie müssen sich anschauen, wie er gelebt hat. Mein Username ist @RufusonPluto. Ich bin wirklich froh, dass Ihr Sohn mit mir Kontakt aufgenommen hat an diesem Tag, der mein allerschlimmster hätte werden können.
Mein herzliches Beileid,
Rufus (5.9.17)

Ich falte die Nachricht zusammen und lege sie neben das Foto.

Zitternd verlasse ich das Zimmer. Ich gehe nicht zu Mateos Leichnam. Er hätte nicht gewollt, dass ich meine letzten Minuten so verbringe.

Ich verlasse das Krankenhaus.

22:36 Uhr

Die Uhr ist beinahe abgelaufen. Langsam wirds unheimlich. Ich stelle mir vor, dass der Tod mich verfolgt, sich hinter Autos und Büschen versteckt, bereit, seine verdammte Sense zu schwingen.

Ich bin tierisch müde, nicht nur körperlich, sondern auch emotional vollkommen ausgelaugt. Genauso habe ich mich auch gefühlt, nachdem ich meine Familie verloren hatte. Ungebremste Trauer, von der ich mich nur mit viel Zeit befreien kann, die ich jetzt nicht mehr habe.

Ich bin auf dem Weg zurück zum Althea Park, wo ich das Ende dieser Nacht abwarten will. Auch wenn das für mich ganz normal ist, zittere ich unentwegt, denn egal wie wachsam ich auch bin, es ändert nichts an dem, was mir bevorsteht. Außerdem fehlen mir meine Familie und Mateo so sehr.

Mann, ich hoffe echt auf ein Leben nach dem Tod und dass Mateo leicht zu finden sein wird. Ob er seine Mutter schon gefunden hat? Ob er ihr wohl von mir erzählt hat? Wenn ich zuerst meine Familie finde, werden wir uns alle umarmen und dann müssen sie mit mir nach Mateo suchen. Und wer weiß, was danach kommt.

Ich setze den Kopfhörer auf und schaue mir das Video an, in dem Mateo für mich singt.

In der Ferne sehe ich den Althea Park, den Ort meiner großen Veränderungen.

Dann schaue ich wieder auf das Video, während mir Mateos Stimme im Ohr dröhnt.

Ich trete auf die Straße, ohne dass mich ein Arm zurückhält.

DANKSAGUNG

Ich habe das Schreiben eines weiteren Buches überlebt! Aber das habe ich nicht allein geschafft.

Wie immer einen großen Dank an meinen Agenten Brooks Sherman, der meinen neuen Ideen, die ich ihm nervös vortrug, grünes Licht gab und die beste Heimat für meine buchartigen Dinger fand. Ich werde nie vergessen, wie sehr er sich darüber gefreut hat, dass ich ein Buch mit dem Titel *Am Ende sterben wir sowieso* schrieb, oder wie er mir gegen sechs Uhr morgens geantwortet hat, als ich die erste Fassung beendet hatte. Mein Lektor Andrew Harwell verdient zehntausend Gehaltserhöhungen, weil er mir geholfen hat, aus diesem buchähnlichen Ding ein »dunkles Jenga-Spiel« – seine genialen Worte, nicht meine! – zu machen. Die unzähligen Neufassungen dieses Romans waren trotzdem nicht leicht, und ohne Andrews aufmerksames Auge und sorgfältiges Herz/Hirn wären sie unmöglich gewesen.

Einen Riesendank an das gesamte Team von HarperCollins dafür, dass sie mich aufgenommen haben. Rosemary Brosnan ist eine große Freude. Erin Fitzsimmons und der Illustrator Simon Prades schufen dieses zweifellos großartige und hintersinnige Cover – das mich schon auf den ersten Blick umgehauen hat. Margot Wood vollbringt jedes Mal ein unglaubliches Hexenwerk und Zauberei. Janet Fletcher und Bethany Reis haben mich schlauer aussehen lassen. Kate Jackson hat sich für dieses Buch eingesetzt, bevor sie mich überhaupt kannte. Und an alle Leute, deren Fingerabdrücke dieses Buch trägt: Ich freue mich darauf, euch kennenzulernen und eure Namen zu erfahren.

Danke an The Bent Agency, insbesondere an Jenny Bent, für ihren Einsatz für meine Bücher.

Meinem Assistenten Michael D'Angelo danke dafür, dass er mich weiterhin herumscheucht. Und für seine urkomischen Selfies.

Mein Freundeskreis ist durch Worte, die wir geschrieben haben, größer geworden, und das wird mir immer etwas bedeuten. Danke an meine Schwester / berufliche Ehefrau Becky Albertalli und meinen Bruder / falschen Ehemann David Arnold-Silvera für Gruppenchats und Gruppenumarmungen. An Corey Whaley, den Ersten, den ich angehauen habe, als ich im Dezember 2012 die Idee für dieses Buch hatte. Meine unglaublich reichen Freundschaften schließen außerdem ein: Jasmine Warga, Sabaa Tahir, Nicola Yoon, Angie Thomas, Victoria Aveyard, Dhonielle Clayton, Sona Charaipotra, Jeff Zentner, Arvin Ahmadi, Lance Rubin, Kathryn Holmes und Ameriie. Und dann gibt es noch all die Freunde, die bereits lange vor meinem ersten Buch *More Happy Than Not* da waren, wie Amanda und Michael Diaz, die mich schon ein Leben lang ertragen, sowie Luis Rivera, der ein Lebensretter im wörtlichen Sinne ist. Danke euch allen dafür, dass ihr immer wisst, wann ihr mich vom Laptop loseisen müsst, und mich letzten Endes doch dazu animiert, an jede Geschichte zurückzukehren.

Danke an Lauren Oliver, Lexa Hillyer und die gesamte Glasstown-Clique. Ich hatte nie das Glück, ein Buch in eurer Gesellschaft zu schreiben, aber bei der Arbeit mit dieser überaus talentierten Gruppe habe ich unheimlich viel übers Geschichtenerzählen gelernt.

Ich bin dankbar für frühe Rückmeldungen von Hannah

Fergesen, Dahlia Adler und Tristina Wright, um nur einige zu nennen.

Danke an meine Mutter, Persi Rosa, und ihre Zwillings-Seelenverwandte Cecilia Renn, meine Vorbilder und Cheerleader, die mich immer ermutigt haben, jedem Traum (und jedem Typen) hinterherzujagen.

An Keegan Strouse, der bewiesen hat, dass einen jemand in weniger als vierundzwanzig Stunden verändern kann.

Danke an alle Leserinnen, Buchhändler, Bibliothekarinnen, Lehrer und Verlagsheldinnen, die alles geben, um Bücher am Leben zu erhalten. Euretwegen ist die Welt ein besserer Ort.

Und schließlich an alle Fremden, die mir nicht die Polizei auf den Hals gehetzt haben, als ich sie fragte: »Was würden Sie tun, wenn Sie wüssten, dass Sie bald sterben müssen?« Keine der Antworten hat irgendeinen Einfluss auf dieses Buch gehabt, aber war es nicht total witzig, von einem Fremden zum Nachdenken über die eigene Sterblichkeit gebracht zu werden?

ZITATNACHWEISE

Oscar Wilde, *Der Sozialismus und die Seele des Menschen*, Deutsch von Hedwig Lachmann und Gustav Landauer, Karl Schnabel Verlag, Berlin (S. 9)

Alle übrigen Zitate aus dem Englischen übersetzt von Katharina Diestelmeier.

Adam Silvera wurde in der Bronx, New York geboren. Bevor er mit dem Schreiben begann, arbeitete er als Buchhändler und Rezensent für Kinderbücher. Mit seinem Roman *Am Ende sterben wir sowieso*, der auf Anhieb zum Bestseller wurde, gelang ihm endgültig der Durchbruch als Autor. Er lebt in New York.

Katharina Diestelmeier studierte nach einer Buchhändlerlehre Germanistik, Hispanistik und Geschichte, anschließend arbeitete sie mehrere Jahre als Lektorin. Inzwischen übersetzt sie Literatur aus dem Englischen und Spanischen. Sie lebt mit ihrer Familie in Tübingen.